Mensagem no Jardim

Françoise Bourdin

Mensagem no Jardim

Tradução
Karina Jannini

Copyright © 2006, Belfond, um selo da Place des Éditeurs

Título original: *L'inconnue de Peyrolles*

Capa: Simone Villas-Boas

Editoração: DFL

2009
Impresso no Brasil
Printed in Brazil

CIP-Brasil. Catalogação na fonte
Sindicato Nacional dos Editores de Livros, RJ

B778m	Bourdin, Françoise
	Mensagem no jardim/Françoise Bourdin; tradução Karina Jannini. — Rio de Janeiro: Bertrand Brasil, 2009.
	378p.
	Tradução de: L'inconnue de Peyrolles
	ISBN 978-85-286-1394-0
	1. Romance francês. I. Jannini, Karina. II. Título.
09-2493	CDD – 843
	CDU – 821.133.1-3

Todos os direitos reservados pela:
EDITORA BERTRAND BRASIL LTDA.
Rua Argentina, 171 — 1º. andar — São Cristóvão
20921-380 — Rio de Janeiro — RJ
Tel.: (0xx21) 2585-2070 — Fax: (0xx21) 2585-2087

Não é permitida a reprodução total ou parcial desta obra, por quaisquer meios, sem a prévia autorização por escrito da Editora.

Atendemos pelo Reembolso Postal.

O motor girava a três mil e cem rotações, rotor sincronizado. Antes de passar para voo estacionário por cima da pista, Samuel verificou que todos os ponteiros estavam no verde, e todos os visores, apagados. Primeiro procurou a vertical com o cíclico, depois, lentamente, deixou o helicóptero levantar. A apenas um metro do solo, fez a máquina oscilar imperceptivelmente para a frente, esperou o engate e acelerou até a velocidade adequada para subir.

— Lá vamos nós, minha querida... — disse em seu microfone. — Quando quiser, os comandos são seus!

Pascale esboçou um sorriso, sabendo muito bem que ele não a deixaria pilotar no estado de fadiga em que ela se encontrava.

— Para onde gostaria de ir?

Transmitida pelos fones de ouvido, a voz de Samuel era calorosa, tranquilizadora. Como sempre ocorria quando voava com ele, Pascale pensou que poderia levá-la ao fim do mundo que ela não iria protestar.

— Escolha por mim — respondeu apoiando a nuca contra o encosto de cabeça.

Àquela altura, os hangares do aeroclube tinham-se reduzido ao tamanho de brinquedos a seus pés. Samuel chamou a torre de controle e virou para a esquerda, enquanto Pascale fechava os olhos. Passear pelo céu era exatamente o que ela sentia vontade de fazer depois daqueles dias terríveis. Seu pai e seu irmão, tão abatidos quanto ela, tinham ido embora de carro logo após o enterro, incapazes de entender por que ela fazia tanta questão de ficar.

Ela mesma não saberia dizer. Havia quantos anos não voltava para a região? Vinte anos, no mínimo.

— Vou levá-la para Gaillac — anunciou Samuel. — Você vai ver umas vinhas e as margens do Tarn...

Sua gentileza era comovente o bastante para Pascale sentir um nó se formar em sua garganta. Engoliu várias vezes, reabriu os olhos, enxugou da maneira mais discreta possível uma lágrima que começava a rolar em sua face.

— Não chore agora, senão você não vê a paisagem!

Ele a consolava melhor do que ninguém, cercava-a de carinho, deixara-a soluçar parte da noite em seu ombro e, no entanto, eles se haviam divorciado três anos antes.

— Você é um ex-marido fantástico — disse ela fungando.

A risada de Samuel ecoou nos fones de ouvido. Embora a brincadeira não fosse nova, ele ainda parecia apreciá-la. Por um segundo ele baixou os olhos para o mapa aberto na diagonal sobre seus joelhos, depois voltou a levantá-los para identificar seus pontos de referência no solo.

— Você não vai acabar com a sua tristeza em dois dias — acrescentou ele —, então, deixe-a para mais tarde.

Ela sabia disso, resignada por antecipação com a lentidão do luto e aliviada por ter deixado para trás aquele enterro que lhe parecia insuperável. Perder sua mãe era a pior coisa que lhe

acontecera; aos trinta e dois anos, ela nunca havia passado por um verdadeiro drama, exceto talvez aquela dolorosa separação de Samuel, que mortificara tanto um quanto outro. No que se referia a todo o resto, seu temperamento tenaz revelou-se um trunfo precioso, e não um obstáculo, ao contrário do que lhe anunciavam quando ela era criança. Menina teimosa, extremamente perfeccionista, extremamente exigente, tinha crises de raiva se não conseguisse alcançar os objetivos que havia estabelecido para si. Ora, ela costumava ser muito seletiva, pelo menos era o que seus pais afirmavam rindo.

Seus pais... Uma palavra que ela já não pronunciava, a não ser no passado. Será que sua mãe, na confusão mental em que se encontrava naqueles últimos tempos, teria realmente engolido todos aqueles medicamentos por distração? Ou será que, conscientemente, ela havia renunciado a lutar contra a doença que a minava? Por estar condenada, teria ela apressado seu fim? Ela falava pouco de si mesma, pudica demais que era para se abrir, e a cada um apresentava, desde sempre, uma expressão afetuosa e enigmática. Algumas semanas antes de sua morte, festejara seu sexagésimo aniversário, mas ninguém lhe daria essa idade, só seus cabelos brancos a traíam. Nascida de mãe vietnamita e pai francês, ela portava um tipo asiático bastante marcado, e Pascale herdara dela os grandes olhos pretos puxados para as têmporas, as maçãs do rosto realçadas, a pele mate e um narizinho encantador.

— Se quiser, podemos subir até Albi — propôs Samuel.

Ele devia ter em mente levá-la até a casa de sua infância, da qual ela tanto lhe falara, mas ela não fazia questão, não naquele dia.

— Não, mantenha a direção para Gaillac, está ótimo...

Para que remexer naquelas lembranças distantes, que estavam todas ligadas à sua mãe e àquele tempo maravilhoso em que ela corria no imenso jardim de Peyrolles? Havia flores por todos os lados, um cachorrão pardo que pulava, um gramado ligeiramente inclinado até o muro que circundava a propriedade. Quando começava a esquentar, sua mãe usava uma espécie de chapéu de palha, colocado de través sobre o coque, carregava um cesto de vime no braço e uma tesoura de podar na mão. Colocando-se de costas contra o portão, onde toda noite Pascale esperava seu pai, podia-se ver a casa branca arder ao sol que se punha. Ir embora dali tinha sido muito doloroso para a menina.

A mão de Samuel roçou seu joelho, e, novamente, as lágrimas vieram aos olhos dela.

— Me desculpe — murmurou ela.

Por mais baixo que ela tenha falado, o microfone era sensível o bastante para que Samuel a ouvisse. Ele lhe passou o mapa declarando:

— Vamos lá, localize-se nele e me mostre o que você sabe fazer!

Espantada por ele lhe confiar a máquina, ela lhe lançou um rápido olhar.

— Pelo menos você vai pensar em outra coisa...

Ela voava com tanta frequência quanto lhe era possível, mas o tempo que dedicava ao hospital Necker praticamente não lhe deixava espaço para o lazer, e fazia bem uns três meses que não pilotava um helicóptero.

— Você me ajuda, hein? — disse ela entre os dentes.

Ele se pôs a rir antes de soltar os comandos e cruzar os braços.

Henry Fontanel abriu a porta do apartamento e parou de repente, desorientado pela escuridão. Precisou de um ou dois segundos para se dar conta de que, doravante, sua mulher não o

esperaria mais. Naqueles últimos tempos, era, antes, a enfermeira que o recebia, mas, enfim, havia alguém, um ar de vida.

Com um suspiro resignado, acendeu o lustre da entrada, jogou sua capa sobre uma poltrona medalhão. Assoalho claro, tinta bordô na parede, mobiliário de época: seu padrão de vida era exatamente como ele gostava. Só que agora ele corria o risco de se sentir muito só. Ainda que Camille, doente havia dois anos, tivesse ficado cada vez mais silenciosa com o passar dos dias, pelo menos ela estava ali, e ele podia ocupar-se dela. Olhá-la também, e, de tanto fazê-lo, ver nela a jovem que ela era trinta e cinco anos antes, uma pequena tânagra oriental irresistível, pela qual ele era louco.

Atravessou a sala de estar, a sala de jantar, empurrou a porta de seu escritório. O visor da secretária eletrônica piscava, e ele ouviu a mensagem de seu filho, que o convidava para encontrá-lo no restaurante para jantar. Uma ideia generosa, bem no estilo de Adrien. Pelo menos, restavam a Henry seus dois grandes filhos, que se tornaram adultos dos quais ele tinha muito orgulho. Adrien, tão brilhante quanto ele desejara, e Pascale, que não parava de surpreendê-lo, embora nem sempre a compreendesse. Entre outras coisas, por que ela tinha decidido ficar em Albi? Para ficar alguns dias junto de Samuel? Nunca deviam ter-se separado, aqueles dois formavam um casal extraordinário, e Sam tinha sido estúpido de se opor àquela história de filhos. O futuro e a plenitude de uma mulher passavam pela maternidade, Henry estava convencido disso; portanto, dava razão à sua filha, apesar de toda a sua afeição por Samuel. Aliás, um rapaz repleto de qualidades, e seria difícil Pascale arrumar outro marido como ele. Ah, o dia em que Sam foi à casa de Henry para fazer o pedido! Ou o que seria o pedido, porque uma hora Sam balbuciou, justo ele que não se deixava impressionar por ninguém. Sua maneira de anunciar que estava apaixonado por Pascale e que esperava se casar com ela deixou Henry feliz. Por pouco ele não teria abençoado aquela apendicite que dera aos dois jovens a oportunidade de se conhecer. Nada mais banal do que uma apendicite sem complicações, mas, como filha do chefão, Pascale tinha direito em relação a tudo, incluída uma longa consulta do anestesista-reanimador, no caso, Samuel Hoffmann, que sucumbira a seu charme de imediato. Um ano mais tarde, os pombinhos se casavam, e Henry lhes ofereceu uma festa suntuosa. Uma foto tirada na saída da igreja ainda reinava em sua escrivaninha. Nela, Pascale estava sublime em seu vestido de seda branca; Samuel, irresistivelmente sedutor de fraque; atrás deles, Henry e Camille sorriam satisfeitos, de mãos dadas... Um tempo feliz, hoje já terminado.

O único benefício, antes inesperado, desse ridículo divórcio tinha sido o retorno de Pascale para a casa dos pais. Uma solução *provisória*, que já estava durando três anos, para grande satisfação de Henry. "Você economiza o aluguel e, assim, pode se dar de presente todas as horas de voo que quiser!" Era o que ele lhe dissera ao acolhê-la de braços abertos. De todo modo, ela estava num estado deplorável depois de ter deixado Sam; refugiar-se no seio de sua família só podia ajudá-la a superar aquela dificuldade. O que, logicamente, ela acabou fazendo, graças àquela bendita vontade de que era provida. Mergulhou fundo no trabalho; Henry lamentava esse fato, pois ela estava desperdiçando sua juventude e parecia mais preocupada com seus pacientes do que com a própria existência. Quando a via sair de manhã, de jeans, tênis e pulôver de gola alta, para pegar o RER,* ele se

---

* *Réseau Express Régional*: linha metropolitana rápida da região parisiense. (N.T.)

dizia que ela faria melhor negócio em ser perua — ou mesmo fútil, por que não? Passar o dia inteiro, sem contar os plantões noturnos, num serviço de pneumologia da assistência pública não era um objetivo em si para uma mulher de trinta anos. Aliás, segundo Henry, as mulheres não eram feitas para o carreirismo, a ambição profissional. Uma visão retrógrada, talvez, mas era o que ele pensava, e lamentava que sua filha passasse sua profissão na frente de sua feminilidade. No entanto, quando se esforçava, Pascale era realmente bonita. Por duas ou três vezes ele a levara a coquetéis que reuniam a fina flor da medicina, e ela sempre fizera o maior sucesso. De vestido ou tailleur, com uma leve maquiagem, salto alto e um coque sofisticado, ela deixava de ser a mesma. Silhueta ideal, perfil perfeito, mistério de sua origem mestiça que mal dava para discernir: encantava todos os homens e, nessas ocasiões, Henry ficava muito contente de poder especificar, ao apresentá-la, que ela *também* tinha o título de pneumologista.

No início, ele não acreditara que ela ia terminar seus estudos de medicina, convencido que estava de que ela queria apenas fazer como o pai, como Adrien, e de que o caminho seria longo demais para ela. Além do mais, por ter obtido seu diploma de ensino médio aos dezesseis anos, ela era jovem demais para aquele primeiro ano de faculdade, terminado não sem dificuldade. Mas ela se dedicara, com seu ardor de costume, e, com o doutorado de medicina no bolso, seguira adiante com uma especialização em pneumologia. Sempre um pouco incrédulo quanto a suas motivações, mas, antes, orgulhoso de seu sucesso, Henry convidara-a na época para entrar em sua clínica de Saint-Germain, o que ela recusara. Ela preferia o setor público, o ambiente de um grande hospital; queria "confrontar-se com a realidade", segundo sua expressão. E talvez não estivesse errada, já que Henry não dispunha realmente de um cargo de pneumologista para período integral em sua policlínica.

Um negócio da China esse estabelecimento situado em pleno coração de Saint-Germain-en-Laye. Ele tivera faro ao investir nele vinte anos antes. Na época, estava desesperado para deixar Albi e subir a Paris. O estado mental de Camille começava a se degradar, ela estava à beira da depressão, ele tinha de tirá-la de sua obsessão, e esse imperativo familiar correspondia totalmente a suas ambições profissionais. Sem hesitar, consagrara o essencial de sua fortuna a adquirir partes da clínica e endividara-se para comprar aquele apartamento de alto padrão, cujas janelas davam para um parque suntuoso. Camille apreciara o lugar, sua nova vida a tranquilizara por um período.

O toque do telefone o fez sobressaltar, e ele ajustou maquinalmente seus pequenos óculos sobre o nariz antes de atender.

— Pai? Recebeu minha mensagem?

— Recebi, Adrien... Encontro você na *brasserie* do teatro em meia hora, se estiver bom para você.

— Combinado. Estarei lá.

Henry desligou sorrindo. Adrien era pontual, atencioso, responsável. Provavelmente tinha mais o que fazer do que se ocupar da tristeza de seu pai, mas certamente fazia disso um dever. Tanto que, como Pascale havia ficado no sul, ele sabia que o pai estava sozinho. E, indiscutivelmente, Henry não tinha vontade alguma de ficar vagando de um cômodo a outro no silêncio daquele apartamento grande demais.

Deixou seu escritório, apagou todas as luzes pelo caminho e saiu. Como o restaurante se encontrava na frente do castelo, ele podia ir até lá a pé, apesar do frescor da noite. Aproveitou o passeio para pensar no modo como ia reorganizar sua vida. Logo estaria na idade de se aposentar, ainda que, como médico, nada o obrigasse a fazê-lo. Estava com vontade de continuar sua carreira? Para quem e para que, doravante, lutaria? Adrien não teria nenhuma dificuldade para dirigir a clínica; já fazia um tempo que ele estava habituado a esse exercício. Mas, se Henry fizesse a escolha de deixar de exercer sua profissão, sua existência corria o risco de cair na ociosidade. Algumas partidas de golfe, aos domingos, ou algumas viagens ocasionais não bastariam para preencher as semanas, os meses, os anos que se estendiam à sua frente. Uma amante? Por que não, afinal de contas... Ele já havia feito algumas tentativas, muito discretas, logicamente, mas sem convicção nem felicidade. Durante todo o seu casamento, sentira-se apaixonado pela mulher e não conseguira interessar-se por mais ninguém. No entanto, com palavras veladas, com sua reserva e seu pudor habituais, Camille o encorajava a se distrair, já que o rejeitava quase sistematicamente havia cerca de dez anos. Ao envelhecer, ela começou a querer-lhe mal, ou talvez sempre lhe escondera seu rancor. Como saber?

Empurrou a porta da *brasserie* e logo viu Adrien, já acomodado diante de uma taça de Chablis.

— Novidades da Pascale? — perguntou Adrien tirando a garrafa do balde.

Depois de servir seu pai, acendeu um cigarro, soltou uma baforada profunda e dispersou a nuvem de fumaça com a mão.

— Você devia parar de fumar, Adrien...

— Fique tranquilo, quase não fumo mais, é proibido em todo lugar.

— Graças a Deus! Sua irmã volta amanhã à noite ou no domingo de manhã. Mas estou tranquilo, o Sam está cuidando dela.

— O contrário me espantaria muito. Agora que ela precisa dele, ele não vai deixar de lhe estender a mão.

Henry tinha visto muito bem com que carinho Samuel se comportara na véspera no cemitério. Seu braço em volta dos ombros de Pascale, seu olhar para ela, a delicadeza com a qual a afastara do túmulo.

— Você acha que ele ainda a ama?

— Em todo caso, ele nunca digeriu o fracasso deles.

— Maldita confusão — murmurou Henry com uma voz apagada.

Ele acabava de ser acometido por um acesso de tristeza e teve de fazer um esforço para se recuperar. Levantando os olhos para o filho, observou-o pensativamente. Aos quarenta anos, Adrien estava sozinho, levando uma vida de solteiro feliz, na qual não parecia querer pôr um ponto final. Loiro de olhos azuis, ele não se parecia com ninguém, talvez com a mãe, cujos traços Henry esquecera havia muito tempo. Adrien tampouco devia se lembrar dela. Criado desde os dois anos por Camille, que ele adorava e que sentia o mesmo por ele, fora um menino sem problemas, feliz e alegre.

— Daqui a pouco você vai pensar menos, pai — disse Adrien com um sorriso desolado.

Seguramente era verdade, por mais penoso que fosse admiti-lo. Henry não ficaria inconsolável, ninguém fica; contudo, estava se aproximando da velhice, e, naquele momento, a perda de Camille o deixava sem forças. Começaria a sentir remorso agora que ela não estava mais ali? Não, ele fizera o que devia, para o bem de todos os seus, incluída Camille, e continuava sem querer lembrar-se daquilo, hoje menos do que nunca.

— Tem planos para o fim de semana? — quis saber Adrien com solicitude.

— Preciso dar uma arrumada no apartamento, separar as coisas da sua mãe...

— Espere a Pascale.

— Nem pensar em impor isso a ela. Vou cuidar disso amanhã; quanto antes, melhor.

— Então vou ajudar você.

Henry agradeceu-lhe com um simples meneio de cabeça. Eles sempre foram próximos um do outro, pai e filho cúmplices até em seu trabalho na clínica, mas ele não queria introduzi-lo em certos assuntos.

— O melhor seria vender Peyrolles — declarou de repente.

— Está sem inquilino no momento, vale a pena aproveitar. Fiquei sabendo pela agência que a casa está em bom estado, vou pedir a eles uma avaliação.

— Nenhum de nós vai colocar os pés lá um dia, é longe demais — aprovou Adrien.

Na verdade, de avião ou TGV,* e contanto que se alugasse um carro em Toulouse, Albi nada tinha de inacessível. No entanto, Henry tinha riscado um traço no passado, e a propriedade de Peyrolles, onde ele havia nascido, onde seus filhos haviam nascido, onde três gerações de Fontanel o haviam precedido, já não significava nada para ele. Ao deixá-la vinte anos antes, ele não conseguira tomar a decisão de vendê-la, mas agora era o que queria. Desconhecidos tinham se sucedido ali, enquanto ele gastava os aluguéis que recebia nas reformas anuais que lhe cabiam, e, no final das contas, desinteressara-se totalmente da casa. Morar na região parisiense parecia-lhe preferível a uma vida no interior, mais estimulante e mais gratificante.

Um garçom colocou na frente deles uma travessa de frutos do mar, pedida automaticamente por Adrien. Não era preciso estar com apetite para engolir algumas ostras.

---

* *Train à Grande Vitesse*: trem de alta velocidade ou trem bala. (N.T.)

— Se eu quiser me aposentar, Adrien, você se sentiria pronto para me suceder?

Seu filho levantou a cabeça e o olhou diretamente nos olhos.

— Você não está pensando nisso de verdade, pai. É só um momento difícil.

Henry permitiu-se um sorriso, achando graça na perspicácia de Adrien.

— Talvez... — reconheceu. — Mas vai chegar o dia em que você terá de me suceder.

— Que seja o mais tarde possível, então.

Ou se tratava de pura gentileza, ou ele não fazia questão de se sobrecarregar de responsabilidades. Será que queria a todo custo salvaguardar sua vida de jovem? Será que ainda encontrava esse tipo de satisfação aos quarenta anos? Dera uma festa de arromba quando mudara de decênio, convidando uma multidão de amigos para o Cazaudehore,* em plena floresta de Saint-Germain, onde dançaram até o amanhecer como adolescentes. Era comum vê-lo em companhia de belas mulheres, mas sempre se abstivera de procurar namorada entre a equipe da clínica, e Henry não conhecia nem seus amigos nem suas amantes.

— Adrien — perguntou abruptamente —, você nunca teve vontade de se casar?

O olhar azul-claro de seu filho pareceu ensombrar-se, depois se esquivou.

— Você sabe, o casamento... Quando vejo o que aconteceu com a Pascale, não, muito obrigado!

Henry quase respondeu que, por sua parte, Camille o fizera extremamente feliz em alguns momentos, mas se absteve. Pronunciar o nome de sua mulher podia fazer ressurgir toda a

---

* Hotel em Saint-Germain-en-Laye. (N.T.)

tristeza que ele estava reprimindo laboriosamente havia alguns dias, então, contentou-se em suspirar.

Ao acordar, Pascale teve muita dificuldade para se lembrar do lugar onde se encontrava. O quarto era espaçoso, moderno, impessoal, e, pela janela entreaberta, ela podia ouvir as águas tumultuosas do Tarn, que corriam a alguns metros do hotel.

O camareiro havia deixado a bandeja com o café da manhã aos pés da cama, e ela se endireitou, puxando as cobertas até os ombros. Na véspera, Samuel tinha ficado com ela até o bar fechar, em seguida deixou-a ao pé da escada, depois de desejar-lhe boa-noite. No meio do caminho, ela se voltou para sorrir-lhe uma última vez, melancólica com a ideia de não tê-lo revisto havia tanto tempo. Ele também parecia triste, mas, no entanto, havia uma mulher em sua vida. Várias vezes ele atendera a chamadas pelo celular que não deixavam nenhuma dúvida. Certa Marianne, a respeito da qual ele se mostrara muito discreto.

Pascale serviu-se de uma xícara de café, depois partiu um pãozinho de leite, que cobriu com geleia. As preocupações ou tristezas nunca lhe faziam perder o apetite, e esta certamente era uma das razões de sua inesgotável energia. Mesmo por ocasião dos plantões desgastantes no hospital, ela comia ao longo da noite em claro tudo o que caísse em sua mão. No entanto, continuava bem magra, com os quadris estreitos e o ventre liso, conservando a silhueta longilínea de adolescente. Na época em que desejou ter um bebê, Samuel recomendara-lhe fazer uma radiopelvimetria, certo de que sua morfologia não lhe permitiria um parto normal.

Eles falaram tanto dessa criança que tentaram pôr a caminho! Mas todo mês a decepção estava lá, cada vez mais amarga para Pascale, enquanto Samuel parecia indiferente. Com ou sem bebê, ele era louco por sua mulher e achava que não havia pressa alguma. Afinal, não tinham a vida pela frente? Pascale ficava revoltada, encolerizava-se, só pensava nisso. Queria ser uma jovem mãe, e se desesperava, surda aos argumentos de Samuel, exasperada por ouvi-lo repetir com indiferença que tudo se arranjaria. O ginecologista concordava com ele, evidentemente Pascale estava errada em fazer dessa história uma obsessão. De resto, ela estava terminando seus estudos, redigindo sua tese e se preparando sem descanso para o exame de residência, um período pouco propício para dar à luz com serenidade. Mas Pascale não dera ouvidos nem a um nem a outro; começara uma série de exames, já se imaginando estéril, e quisera que Samuel também se submetesse a eles. Ele se recusara categoricamente. Disso vinha o mal-entendido que, agravando-se pouco a pouco, conduzira-os ao divórcio.

Muito mais tarde, Pascale lamentara a própria intransigência, mas, na época, sinceramente vira-se como vítima. No entanto, na sala do juiz, por ocasião da última conciliação, Samuel bem que tentara fazê-la sucumbir com seu ar de infeliz e seu olhar de súplica, mas, naquele momento, ela ainda estava chateada com ele e se afastou para nunca mais vê-lo. Alguns dias mais tarde, ele deixava Paris por Toulouse, onde havia obtido um cargo de anestesista no hospital Purpan. Provavelmente desejava estabelecer o máximo de distância entre ele e Pascale, todavia conservava o hábito de lhe telefonar com frequência. Considerava-se seu amigo, seu melhor amigo, sem lhe fazer nenhuma pergunta sobre sua vida particular, limitando-se a assuntos menos pessoais, e em sua voz sempre transparecia aquele carinho infinito. Quando ela lhe anunciara a morte de sua mãe, ele logo se liberara de todas as suas obrigações, pronto a se ocupar dela e a consolá-la como só ele sabia fazer.

Samuel... Quem era afinal essa Marianne que o perseguia ao telefone? Uma amiga, uma amante, sua futura mulher? Ele acabaria refazendo sua vida mais dia, menos dia, e já era inacreditável que, havia três anos, nenhuma mulher passara a corda em seu pescoço. Levantando os ombros, Pascale terminou seu último brioche e constatou que tinha esvaziado toda a cestinha de doces. Satisfeita, tomou uma ducha antes de vestir calças jeans e um pulôver pretos. Como seu trem só ia partir no final da tarde, ela dispunha do dia todo para vaguear pelas ruas de Albi, atrás de lembranças da infância. Rever o pátio da escola, o portão do consultório do dentista, aonde ia todas as quartas, passear na frente da catedral Sainte-Cécile e dar uma olhada no mercado da praça, comprar na doceria Galy rosquinhas de cidra, tijolinhos albigenses pralinados ou ainda os *jeannots*, deliciosos biscoitos de anis.

Saiu do hotel por volta das onze horas, deixando sua bolsa de viagem na recepção, depois deu início ao que parecia mais uma peregrinação do que um passeio. A cada passo na antiga cidade, lembrava-se de uma anedota, de um detalhe, de um momento particular, espantada por ter uma memória tão boa e por sentir tamanho prazer. Nunca em Saint-Germain-en-Laye, e depois em Paris, sentira-se em casa. Estudando e trabalhando sem muita animação, ocultara as imagens do passado, acreditara que se havia soltado de suas raízes. Mas naquele momento, às margens do Tarn, aos poucos ela sentia um estranho bem-estar, quase um apaziguamento, que lhe dava a impressão de ter encontrado alguma coisa importante.

Quando se cansou de andar e de pensar em sua mãe, instalou-se no Robinson, um antigo café dos anos 20, transformado em restaurante. Ainda tinha tempo e, contanto que encontrasse um táxi, poderia terminar seu périplo indo dar uma olhada em Peyrolles. Na véspera, quando Sam lhe propusera ir até lá, ela não tivera coragem, mas agora estava pronta.

Peyrolles... Será que ia reconhecer o cenário de sua infância? Talvez o tivesse engrandecido em suas lembranças de menina, talvez estivesse indo ao encontro de uma decepção, todavia não partiria sem vê-lo. Terminou sua salada de rabanete com fígado de porco salgado, especialidade que não se encontra em outra região a não ser naquela albigense, depois pediu ao dono do restaurante que lhe chamasse um táxi. Ao se instalar no banco de trás, disse ao motorista que ia precisar dele a tarde toda antes de explicar-lhe sua intenção de ir até Peyrolles. Quando estavam saindo da cidade, com o nariz colado ao vidro, ela pensou na frase de Chateaubriand a respeito de Albi: "Nesta manhã, pensei que estivesse na Itália..." E, efetivamente, a cor ocre-avermelhada das casas, os ciprestes ou os pinheiros-guarda-sol nos jardins, a luminosidade particular evocavam mesmo a indolência e a brandura da Toscana. Foi para lá que Samuel a levara na lua de mel, e ela havia adorado Siena, Florença e Pisa, pois se sentira numa atmosfera familiar.

— Depois de Castelnau, vou continuar na D1, está bom para a senhora? — quis saber o motorista.

— Sim, está ótimo. Vamos pegar a 18 à esquerda, um pouco mais adiante...

Ela tinha percorrido tantas vezes aquela estrada que seria capaz de segui-la de olhos fechados. Ao voltar da escola todos os dias às cinco horas, ela se via tagarelando alegremente, agarrada ao encosto do banco de sua mãe. Esta última não gostava de dirigir, ia bem devagar, só ouvia sua filha com um ouvido distraído e permanecia concentrada nas curvas. Mas, de todo modo, não era de muita conversa. Suas frases, bem como suas risadas, eram sempre medidas, breves, contidas.

Novamente, Pascale apoiou o rosto no vidro. O Tarn não estava longe, numa de suas partes mais selvagens, com margens escarpadas e ondas que rebentavam em lâminas de xisto.

— Pare aqui! — exclamou de repente.

O muro que circundava Peyrolles acabava de aparecer na margem da estrada, um amontoado de pedras planas que ela reconheceria entre mil. Com o coração batendo, inspirou profundamente antes de pedir ao motorista que avançasse até o portão, cem metros adiante.

— Se puder me esperar aqui, não vou demorar muito.

Ela esperou que ele estacionasse à sombra das castanheiras que ladeavam a propriedade e desceu. A primeira coisa que viu foi a placa "Aluga-se" pendurada nas grades. O inquilino anterior tinha ido embora dois meses antes, ela se lembrava vagamente de ter ouvido seu pai mencioná-lo. Havia vinte anos, aqueles que se sucederam geralmente eram pessoas com uma boa situação e uma família numerosa, a maioria com bons empregos, mas que iam embora ao sabor de suas transferências.

Decepcionada por não poder entrar, deu-se conta tarde demais de que deveria ter passado na imobiliária para pedir as chaves. Da estrada, a casa era invisível, e o portão alto, impossível de pular. Sem nem refletir, Pascale pôs-se a ladear o muro, afastando-se do táxi. No final, voltou-se para o canto direito num caminho de terra onde a vegetação proliferava de maneira anárquica. Depois de se arranhar nas sarças, encontrou a pequena porta que estava procurando e que tanto havia escalado, de brincadeira, quando tinha dez anos. Usando a hera que recobria o ferro forjado e enferrujado, conseguiu alçar-se e passou por cima da porta, depois se jogou do outro lado. Para sua grande surpresa, o jardim não lhe pareceu tão malconservado. A grama estava alta, mas as árvores haviam sido podadas recentemente, conforme atestavam algumas pilhas de madeira bem arrumadas, e alguns canteiros transbordavam de flores, apesar das ervas daninhas.

Subindo pela alameda de cascalho, lembrou-se do jardineiro que, na época, ajudava sua mãe. Ele se chamava Lucien Lestrade e lhe ensinara como debulhar as groselhas, colher morangos silvestres ou ainda aplacar as queimaduras de urtigas. Ele lhe parecia velho, como todos os adultos, e, no entanto, não devia nem ter trinta anos. Será que ainda trabalhava ali?

No final da alameda, diminuiu o passo, fechou os olhos por um segundo, só o tempo de superar os dois primeiros metros a fim de ultrapassar a tília bicentenária que encobria a visão. Depois, com um arrepio de excitação, reabriu os olhos: à sua frente, a cerca de trinta metros, a casa branca finalmente surgiu.

Pascale esperava encontrá-la menos imponente do que em sua lembrança, mas não, ela estava idêntica, exatamente como na imagem precisa que sua memória havia conservado. Ampla, sólida, elegante, quase orgulhosa com suas colunas emparelhadas ao redor das janelas, sua escadaria sobrelevada e seu terraço fechado por uma balaustrada em forma de pera. De estilo neoclássico, era coroada por um telhado de telhas rosa, quase plano.

— Peyrolles... — suspirou Pascale.

Ficou com vontade de correr até a fachada, mas estava sem a chave e ninguém lhe abriria. Contrariamente ao que pudera temer, sentia um prazer próximo ao êxtase ao contemplar aquela casa. Sua casa. Um lugar onde ela havia sido tão despreocupada e feliz que estava para sempre associado à ideia de felicidade.

Um som distante de buzina a fez voltar brutalmente à realidade: seu motorista devia estar se perguntando onde ela tinha ido parar. Deu uma última olhada em volta, notando aqui e ali alguns sinais de abandono. Os vidros da estufa onde se guarda-

vam as ferramentas de jardinagem estavam quase todos quebrados, o musgo esverdeava os parapeitos de pedra, e as venezianas precisavam de uma pintura. Todavia, no conjunto, a propriedade estava bem apresentável e certamente encontraria um inquilino em pouco tempo. Essa perspectiva tinha alguma coisa de tão desagradável que Pascale esboçou uma careta. Aquele ou aqueles que fossem instalar-se ali tinham uma sorte enorme, ela já os invejava antecipadamente.

A passos lentos, voltou pela mesma alameda, de repente oprimida por um sentimento de nostalgia. Voltar a Saint-Germain-en-Laye, retomar seu trabalho no hospital Necker, enfrentar o RER e a monotonia, esquecer Peyrolles... Ela se alçou desajeitadamente por cima da pequena porta enferrujada e retornou ao táxi. O motorista havia ligado o rádio, mas desligou-o ao vê-la chegar.

— Por onde você andou, moça?

— Dei a volta nessa propriedade.

— O número da imobiliária está na grade — observou ele com um tom suspeito.

— Não quero alugá-la — explicou Pascale —, só estava com vontade de revê-la; vivi aqui quando era criança.

— Ah, bom, agora estou entendendo! Sabe, eu podia lhe ter feito escadinha...

Achando graça, Pascale cruzou seu olhar no retrovisor e lhe sorriu.

— O local pertence a certo Fontanel, mas faz séculos que ele o aluga — precisou o motorista com ar de conspirador. — Uma antiga família da região, acho que de médicos de várias gerações. Não muito benquistos por aqui.

Estas últimas palavras tiveram em Pascale o efeito de uma bofetada. Não eram benquistos? Por quê? De fato, seu avô —

que ela não conhecera — e seu bisavô eram médicos em Albi. Havia até uma ruazinha com o nome deles, e a jovem sempre estivera convencida de que as pessoas os apreciavam muito.

— É mesmo? — respondeu ela com uma desenvoltura bem estudada.

— Sou de Marssac — replicou o motorista —, conheço todo o mundo! Histórias a gente ouve de todas as cores, é preciso fazer uma triagem... Mas, como se costuma dizer, onde há fumaça há fogo, não é mesmo? E os Fontanel não deixaram uma lembrança boa, isso é certo.

Estupefata, Pascale virou a cabeça enquanto o táxi partia. Esse sujeito devia estar confundindo com outro nome, outra família. Na época em que eles ainda moravam em Peyrolles, seu pai trabalhava com sucesso numa clínica de Albi, da qual possuía algumas cotas, e Adrien era um excelente aluno do ensino médio. Seus pais recebiam bem poucas visitas, mas organizavam alguns grandes jantares, bem com uma tradicional festa no jardim no início de junho, que reunia todas as pessoas importantes da região. Por que não seriam benquistos?

O retorno a Albi deu-se em silêncio, o motorista respeitando o que talvez considerasse nostalgia. Pascale pediu-lhe para parar cinco minutos no cemitério, onde ela faria uma última oração junto ao túmulo de sua mãe, depois recuperou sua bagagem no hotel e foi levada para a estação. Ainda tinha uma boa meia hora, que gastou passeando ao longo da plataforma, perdida em seus pensamentos. Sua visita a Peyrolles deixara-lhe uma impressão estranha e cheia de nostalgia. Gostaria de ter visto o interior da casa, seu quarto de criança, o jardim de inverno onde assistia à televisão com Adrien. Oito anos mais velho, ele fingia esquecer sua presença quando a hora de dormir chegava para ela, e ela se encolhia toda em sua poltrona de ratã até o final do filme. Em seguida, Adrien a levava até sua cama, lia para ela uma história, esperava que adormecesse.

Cinco minutos antes da chegada do trem, tirou o celular da bolsa e ligou para seu pai. Como previsto, ele propôs ir buscá-la na estação, mas ela lhe assegurou que se viraria, preocupada em poupá-lo do trânsito de sábado à noite em Paris.

— Fui dar uma volta em Peyrolles — acrescentou ela.

— Ah, é? Que ideia! Em que estado está a casa?

— Não deu para entrar, só vi de fora. O jardim está bem cuidado.

— Que bom! Sabe, ainda pago o Lestrade, o jardineiro, porque, com os inquilinos, aquilo logo viraria uma floresta virgem...

Nos alto-falantes da plataforma, uma voz que parecia vir do além anunciou a entrada do trem na estação e impediu Pascale de ouvir a sequência da frase.

— O que você disse, pai?

— Disse que vou colocar Peyrolles à venda — repetiu ele. — Bom, minha pequena, boa viagem e até mais.

Contrariada, ela encerrou a ligação enquanto os vagões desfilavam à sua frente. Uma vez instalada em sua poltrona, no carro 13, ela quase ligou de novo para seu pai, mas deixou de lado. Teria todo o tempo, naquela noite ou no dia seguinte, para perguntar-lhe por que razão havia tomado essa decisão. Vender Peyrolles era uma péssima ideia, disso ela tinha certeza, ainda que não soubesse por quê. Lógico, a propriedade não devia dar lucro algum, provavelmente os aluguéis eram consumidos nas despesas de manutenção e nos impostos; no entanto, nunca haviam cogitado separar-se dela. Como todas as casas de família, ela representava uma soma de preciosas lembranças, e Pascale sempre acreditara que seus pais acabariam voltando a morar lá quando se aposentassem. Talvez seu pai não se visse morando nela sozinho? Agora ele tinha seus hábitos e seus amigos em Saint-Germain ou em Paris; aliás, ele adorava seu apartamento e não se arrependera em nenhum momento de ter deixado a região de Albi.

Como o vagão estava quase vazio, ela se instalou confortavelmente, pronta a tirar um cochilo até a estação de Austerlitz. Sem a presença de Samuel a seu lado, aqueles dias teriam sido ainda mais sinistros. No momento, ela e seu irmão iam dar apoio ao pai, cercá-lo de afeição. No cemitério, quando estavam descendo o caixão, ele quase desabara, com os olhos cheios de lágrimas e o semblante tão perdido que Pascale chorara por ele quase tanto quanto por sua mãe.

Mas ela não queria mais pensar nessas imagens do enterro nem no braço de Sam em volta de seus ombros. Ao sair da igreja, abatida de tristeza, apoiara-se nele, e, de repente, uma pergunta atravessou sua cabeça: por que o deixara? Nenhum dos homens que havia conhecido desde seu divórcio chegava aos pés de Sam, e nenhum ficara com ela além de algumas semanas.

Afundou mais em seu assento, tentando desesperadamente adormecer. Pensar em Sam não a levaria a parte alguma, ela estava fragilizada pelo luto de sua mãe, isso era tudo. E assoprar as brasas de um amor passado não servia para nada, ela sabia muito bem disso. Sam tinha sua vida, e ela, a sua; seus caminhos definitivamente se haviam separado.

A imagem de Peyrolles impôs-se novamente a ela. A pedra branca, as venezianas fechadas, a grama alta demais... Vendida a casa, seria impossível voltar lá, só restariam algumas fotos nos álbuns de família.

Incapaz de conciliar o sono, Pascale acabou se endireitando e apoiou a testa contra o vidro. O céu estava encoberto, o dia, indo embora, a subida a Paris anunciava-se melancólica. Para evitar a baldeação em Toulouse, havia escolhido um trem *corail*,* que

---

* De COnfort RAIL, trem cujos vagões não têm compartimentos e sim um corredor central. (N.T.)

levava um tempo enorme e chegaria muito tarde à estação de Austerlitz. Dali até lá podia tentar encontrar argumentos para convencer seu pai a ficar com a propriedade. Continuar a alugá-la ou, o que era muito mais interessante, fazer dela uma casa de férias. Quando ela enfim tivesse filhos, seria o lugar ideal para levá-los no verão...

Paradoxalmente, sua necessidade de ter filhos parecia-lhe menos imperiosa do que alguns anos antes. Provavelmente porque estava sozinha. Na época de seu casamento com Samuel, via nele o pai ideal e, naquele momento, acreditava que conseguiria conciliar seus estudos com a maternidade. Como seria hoje com uma profissão tão puxada como a sua? Havia perdido as ilusões de moça, assim como havia perdido Sam e, no momento, sua mãe. Já não estava na hora de cuidar direito de sua vida e lhe dar um sentido? Preservada demais, intransigente demais, contentara-se em mergulhar de cabeça nas coisas sem nunca se perguntar se o que estava fazendo era realmente o que *desejava* fazer. Ao escolher medicina, quisera provar a si mesma que era digna de seu pai e de seu irmão, pouco disposta a se tornar uma dona de casa, mas poderia ter optado por mil outras carreiras, nas quais nem chegara a pensar.

Embalada pelo barulho das rodas nos trilhos, conseguiu adormecer e caiu num sono agitado, entrecortado por sonhos em sobressalto. Quanto mais se afastava de Albi, mais a imagem de Peyrolles voltava a assombrá-la, perseguindo-a até em seus sonhos. Reviu-se menina, num de seus vestidos de seda com estampa chinesa que sua mãe lhe comprava e que ela rasgava ao subir nas árvores. Sempre que convidava outras crianças de sua classe para um lanche ou um piquenique, a reação delas era a mesma, Peyrolles as fascinava. Tinha orgulho de morar lá, orgulho de seus pais e sobretudo de Adrien, esse formidável irmão mais velho, que deixava todas as suas amigas com inveja.

Ao final da viagem, que lhe pareceu interminável, só tinha pressa de uma coisa: ver-se em sua cama. Apesar da hora tardia, convenceu um motorista de táxi a conduzi-la a Saint-Germain, aonde chegou à uma hora da manhã, esgotada.

O apartamento estava em silêncio, mas seu pai deixara uma luz acesa na entrada. Desde que Pascale voltara a morar na casa dos pais, ele se preocupava com esse tipo de detalhes: uma luminária acesa, um bilhete afetuoso sobre o balcão da cozinha ou ainda um artigo recortado para ela de uma das numerosas publicações científicas que ele assinava.

Foi pegar uma garrafa d'água e encontrou a cozinha impecavelmente arrumada, o que a levava a crer que Henry não tinha feito nenhuma refeição ali. Provavelmente estava fugindo da solidão e se refugiara no restaurante, com Adrien ou alguns amigos. Quando estava saindo, com a garrafa debaixo do braço, seu olhar caiu sobre o bloco de notas perto do telefone. Pegou a caneta, hesitou um segundo, depois escreveu algumas palavras antes de arrancar a folha. Em seguida, percorreu o corredor na ponta dos pés, parou diante do quarto de seu pai e abriu a porta sem fazer barulho. Aproximando-se da cama pé ante pé, constatou que ele dormia profundamente. Esticou a mão e afagou sua têmpora. Até onde era capaz de se lembrar, ele havia sido para ela um pai atento, afetuoso, e ela esperava com todas as suas forças que ele conseguisse superar a tristeza. Ao lado do abajur do criado-mudo, viu um *blister* de soníferos no qual faltavam dois comprimidos. Razoável, ele tinha preferido a ajuda destes a uma noite em claro, o que provava que estava decidido a não se deixar abater.

Delicadamente, ela colocou a folha do bloco de notas contra o despertador, de maneira que ele a visse ao acordar. Com sua letra nervosa, escrevera apenas duas pequenas frases: *Já voltei, pai. Por favor, não venda Peyrolles, acho que eu gostaria de me instalar lá.*

— É a ideia mais idiota do ano! — acrescentou Adrien, endereçando um sorriso malicioso à sua irmã.

Chamado como reforço pelo pai, ele tinha vindo para o jantar de domingo à noite no apartamento.

— Se você trabalhar em Toulouse — continuou Henry —, terá de percorrer setenta quilômetros toda manhã e toda noite! O melhor meio de acabar se matando na estrada, não?

— Pai — protestou Pascale —, há um hospital em Albi, não tenho nenhuma intenção de tentar vaga no Purpan ou no Rangueil!

— Ah, é? Não seria para se aproximar do Samuel que você estaria pensando em...

— Que *estou pensando* — corrigiu ela. — Quanto ao Sam, vale lembrar que nos divorciamos. Somos bons amigos, nada além disso.

— E quem lhe disse que estão precisando de uma pneumologista em Albi? — lançou Adrien.

Ele atravessou a cozinha e deu uma olhada por cima do ombro de Pascale, que estava preparando espaguete *alla carbonara*.

— Mesmo que você encontre uma vaga por lá, vai morrer de tédio num hospital pequeno do interior, provavelmente sem recursos nem equipamento técnico. Depois, vai morrer de medo à noite ao voltar para Peyrolles. Você consegue se imaginar sozinha naquela casa? É um casarão!

— Adoro aquela casa, estou com vontade de viver lá — repetiu ela, irritada de ser posta à prova desde o início do dia.

Assim que levantara da cama, seu pai precipitara-se na cozinha de roupão, agitando com ar aterrorizado o bilhete deixado por Pascale.

— Seja como for — acrescentou Adrien —, você não estaria escolhendo o melhor momento para ir embora...

Um modo de lembrá-la de que, supostamente, tanto ela quanto ele deviam zelar por seu pai e não deixá-lo sozinho.

— Não disse que ia embora nesta semana! Esse tipo de mudança vai precisar de certo tempo, não estou com pressa.

Ela tirou das mãos dele o pacotinho de parmesão para acrescentá-lo às gemas de ovo, aos toucinhos grelhados e ao creme de leite fresco. Atrás deles, seu pai pigarreou.

— Claro, querida, não estou lhe pedindo para ficar aqui. Você não é minha dama de companhia, entendo muito bem que queira levar sua vida, mas por que no outro extremo da França?

— Porque é de lá que eu venho. Quer dizer, nasci lá e...

Ela largou a colher de madeira e voltou-se para eles, englobando ambos com o mesmo olhar penetrante.

— Fiquei realmente maravilhada quando vi Peyrolles. Eu achava que tinha me esquecido da casa, do jardim, e, ao contrário, tudo me era tão familiar, até nos mínimos detalhes! Morar lá seria como voltar para casa. Pensei durante toda a viagem ontem...

A julgar pela cara fechada dos dois, eles não estavam decididos a aprovar sua escolha, mas ela teimou:

— Não gosto de morar em Paris. Quero outra coisa, conhecer gente nova, ter espaço e sol. Já com o Sam eu detestava nosso apartamento da rua de Vaugirard. A gente sempre planejava comprar uma casa em algum lugar, ir embora. E comentei isso com vocês na época; vocês sabem muito bem que não é uma ideia nova nem uma decisão de última hora.

Seu irmão deu de ombros sem responder, ocupado em buscar outros argumentos, enquanto seu pai continuava a considerá-la com um semblante sombrio.

— Eu sei, querida... Mas conheço Peyrolles melhor do que você, a manutenção é pesada, mesmo com uma boa situação. E ninguém vai lhe oferecer um belo emprego em Albi, admitindo-se que lhe ofereçam algum. Uma moça sozinha, naquele casarão...

— Não vou ficar sempre sozinha, pai.

— Claro. Só que, até lá, você vai ter de assumir todas as despesas, e não vejo como vai fazer isso. Se vendermos a propriedade, posso repartir o lucro da venda entre seu irmão e você, em seguida vocês fazem com ele o que bem entenderem. Seria mais justo, não?

Imediatamente ela percebeu todas as implicações dessas palavras. Por que tinha imaginado que ele a deixaria morar em Peyrolles sem contraparte? Por que ele nunca falava de dinheiro? Ela ignorava sua situação material e supunha que ele estivesse bem, a julgar pela rentabilidade de sua clínica, mas talvez estivesse com problemas que preferia não evocar perante os filhos. A menos que, simplesmente, só estivesse querendo colocar seus negócios em ordem.

— Não estava pensando em me apropriar — murmurou ela. — É que... Afinal de contas, já que você aluga, eu podia ser sua inquilina, não podia?

— Não vou mais alugar, vou vender! — cortou Henry. — Não vendi até agora porque sua mãe não teria entendido. Ela gostava muito dessa casa, preferia que nós a mantivéssemos.

— Eu também! — insurgiu-se Pascale. — Mas você tem razão: em relação ao Adrien, seria muito egoísta. É melhor eu me apresentar como compradora, assim as coisas ficarão claras.

— Mas você enlouqueceu! — explodiu Henry.

Sua reação, excessiva, surpreendeu Pascale. Por que ele estava tão contrariado com a ideia de vê-la instalada em Peyrolles? Em geral, ele tentava compreendê-la, ajudá-la, e era um homem bastante ponderado, que adorava argumentar calmamente.

— Tenho trinta e dois anos — continuou ela sem se deixar abater —, um bom trabalho, conseguirei crédito sem nenhum problema. Você sempre me disse que um investimento imobiliário é a melhor maneira de economizar, então decidi me lançar.

Ela o fazia cair na própria armadilha; seja como for, ele não podia pretender vender a casa a outra pessoa que não ela. No silêncio que se seguiu, a água começou a transbordar da panela, e Adrien se precipitou para retirá-la do fogo. Escorreu os espaguetes, acrescentou o molho, depois colocou o prato sobre a mesa. Pascale aproveitou para se aproximar de seu pai, tocando afetuosamente em seu ombro.

— Demos para brigar agora?

— Não, minha querida... Mas não estamos de acordo, isso é certo.

De repente seu semblante pareceu cansado, quase velho.

— Entendo seus desejos, seus sonhos, infelizmente! Peyrolles não é um lugar que traz felicidade — acrescentou a contragosto.

Nunca ele fizera alusão ao acidente que havia custado a vida à mãe de Adrien, quando este último só tinha dois anos. O fogo começara na dependência onde a jovem instalara um ateliê de aquarela, e ela queimara viva no incêndio. Esse drama terrível deixara Henry viúvo, sozinho para criar seu filho pequeno, que mal começava a andar. Felizmente, encontrou Camille alguns meses mais tarde. Encontrar não era o termo correto, pois já se conheciam de longa data, mas se haviam perdido de vista durante todo o período em que ela deixara a região para estudar em Paris. Doce, sensível, ela consolara Henry e, já bastante maternal, pusera Adrien sob suas asas, amando-o como seu próprio filho, a ponto de ele logo ter-se esquecido da mãe, da qual praticamente não conservava lembrança alguma.

O fato de seu pai lembrar deliberadamente aquele episódio trágico era sinal de uma profunda perturbação. Após o incêndio, ele mandara demolir as ruínas da dependência, e plantar lilases e hibiscos no local, mas continuara em Peyrolles, sem sentir necessidade de deixar o lugar. Com Camille, fundara uma nova família, concretizada com o nascimento de Pascale. Na época, portanto, ele não achava que Peyrolles podia lhe trazer infelicidade. De resto, todos os três haviam sido muito felizes ali por muitos anos.

— Se bem me lembro — retomou Adrien —, você queria fazer carreira no hospital, não? Não é se enterrando em Albi que vai conseguir!

Ele também voltava à carga, aparentemente decidido a continuar a discussão até Pascale ceder.

— Carreira é uma palavra e tanto — respondeu ela em tom comedido. — Gosto do que faço, Ad, não estou correndo atrás de promoções. Cuidar dos pacientes já me basta.

No hospital, ela descobrira coisas que seus estudos não lhe haviam ensinado. Aliviar o sofrimento, devolver a esperança, acompanhar até o fim, quando necessário, e, às vezes, mais raramente, curar. Além do diagnóstico ou do tratamento, tinha um verdadeiro contato com seus pacientes e era capaz de lutar ao lado deles. Alguns de seus colegas a julgavam sensível demais, envolvida demais, o que a deixava fora de si, mas em nada modificava seu comportamento.

— Coma, vai esfriar — murmurou seu pai.

Ela baixou os olhos sobre a colina de espaguetes que Adrien acabava de lhe servir. Com o apetite interrompido, pensou no minúsculo macarrão salteado que sua mãe preparava aos domingos, com almôndegas de carne enroladas em folhas de menta e cozidas no vapor. Onde aprendera a arte da culinária vietnamita? Tendo chegado à França aos três meses, nunca voltara a seu país de origem.

— Seja como for, não há pressa, voltaremos a falar a respeito — disse ela forçando-se a sorrir.

Henry não respondeu, mas Adrien levantou os olhos em sinal de reprovação. Por que seu irmão parecia opor-se de modo tão veemente a seu projeto? Em que o fato de ela querer viver em Peyrolles podia contrariá-lo, uma vez que ele não seria lesado no plano financeiro?

Sem convicção, ela enrolou alguns espaguetes no garfo. Ia ter de se agarrar à sua ideia para impô-la; porém, quanto mais pensava a respeito, mais se sentia segura de sua escolha. A não ser pelo fato de que não sabia em que momento nem por que havia tomado essa decisão insensata.

Marianne estava de costas para ele, empenhada em terminar de passar uma camisa branca, que colocou num cabide.

— Meu Deus, está uma sauna aqui! Por que está fazendo isso? — exclamou Samuel, fazendo-a sobressaltar.

Nunca lhe pedira para cuidar de sua roupa. Aliás, não gostava muito desse excesso de atenção com que ela o cercava. Foi

abrir bem a janela e debruçou-se para dar uma olhada no jardim. Um pequeno gramado quadrado, bem cuidado — que ele podava com um cortador elétrico —, e roseiras-trepadeiras ao longo da cerca branca davam uma impressão de limpeza, de cuidado, quase desoladora. Mas Samuel não tinha tempo de cuidar das flores, trabalhava muito no hospital e dedicava o essencial de seu lazer aos helicópteros.

Ouviu Marianne mover-se atrás de si. Um segundo depois, ela estava passando os braços ao redor de seu pescoço, beijando sua nuca.

— Samuel — cochichou com uma voz carinhosa.

Como todo domingo, ele tinha voado a manhã inteira com seus alunos. O melhor meio para ele se entregar à sua paixão tinha sido conseguir a qualificação de instrutor de voo de helicóptero, depois encontrar trabalho num aeroclube. Rapidamente descobrira que tinha o dom de ensinar e que sentia um prazer real em formar futuros pilotos.

— Não quer fazer uma pequena sesta? — acrescentou Marianne, ainda mais baixo.

Apertou-se ainda mais contra ele, que sentiu desejo por ela. Só que, se ele cedesse a seu desejo, não teria coragem de mandá-la para casa depois, mas estava morrendo de vontade de voltar ao bar do aeroclube para um *happy hour* com os amigos. Marianne era uma moça adorável e ainda por cima muito bonita, com aqueles grandes olhos azul-porcelana, cachos loiros, o corpo cheio de curvas, mas ele não estava apaixonado por ela e sim bastante decidido a não ficar. Não queria se prender a outra mulher, tinha sofrido muito quando se separara de Pascale, nunca poderia suportar reviver esse tipo de prova. Felizmente, Marianne só representava um risco muito limitado.

— Estou com uma montanha de e-mails atrasados — reclamou ele —, telefonemas para dar e...

Interrompeu-se quando ela deslizou suas mãos por baixo de sua camiseta. Em geral, ela não tomava a iniciativa em suas carícias, muito reservada que era para provocá-las, e ele achou seu gesto enternecedor. Será que ela estava mesmo com tanta vontade de fazer amor? Ou era só vontade de ficar até o dia seguinte, de preparar o jantar para ele à luz de velas e adormecer encolhida sobre seu ombro? Desesperadamente romântica, ela imaginava viver um grande amor, recusando-se a admitir que se enganara ao escolhê-lo. Ele se voltou, obrigando-a a recuar um pouco.

— Não estou livre esta noite, vou jantar com uns amigos — anunciou o mais gentilmente possível.

Diante de seu semblante desiludido, sentiu-se ao mesmo tempo culpado e aliviado. Às vezes, quando ela se enfiava em sua casa aos domingos, ele não ousava dizer nada e terminava o dia exasperado, sobretudo se ela começasse a arrumar a casa ou a cozinhar. Desde seu divórcio, ele tentava preservar sua independência, mas Marianne parecia acreditar que poderia mudar as coisas.

— A que horas você tem de sair? — perguntou ela num tom triste.

— Lá pelas seis horas.

— Então não está com pressa?

Pouco à vontade, tomou-a nos braços, tirando-a do chão. Ignorar sua insistência a magoaria e, de todo modo, ele a desejava. Levou-a até o quarto, colocou-a na cama e deitou-se a seu lado. Com gestos lentos, tirou-lhe a blusa, o sutiã, beijou-a entre os seios.

— Você é tão linda, Marianne...

Sua pele era macia, porém, muito pálida, uma verdadeira pele delicada de loira. Deixou correr os dedos por seus quadris curvos, seu baixo-ventre arredondado. Nada nela podia evocar Pascale, e certamente era por isso que ele continuava com ela.

— Você está perdendo seu tempo comigo; você merece outra coisa — suspirou ele.

Ele não lhe fizera nenhuma declaração, nenhuma promessa; desde o início, jogara limpo com ela, e, no entanto, ela insistia.

— Não diga bobagens — cochichou —, é você quem eu quero.

Ela nunca escutava o que não tinha vontade de ouvir, talvez fosse essa sua força.

— Faça carinho em mim...

Ele não pedia nada além disso, aliás, não era um bom momento para ficar novamente na defensiva. Na primeira noite, explicara que estava saindo de um divórcio doloroso, do qual ainda não se havia recuperado, e que não teria condição alguma de investir num relacionamento duradouro. Ela lhe fizera algumas perguntas sobre sua ex-mulher, às quais ele respondera a contragosto, até ela declarar com uma incrível ingenuidade: "Ai, como eu a detesto; vou fazer você se esquecer dela!"

Esquecer Pascale? Ele não fazia a menor questão. Seus anos de casamento tinham sido os mais fantásticos de sua vida, e só a lembrança do dia em que a conhecera ainda o fazia estremecer. Uma verdadeira paixão, uma onda repentina, uma sensação nova que ele nunca tivera antes, nem depois. Ela vestia um pijama cor de pêssego e parecia assustada com a ideia de se ver no centro cirúrgico. Seus grandes olhos pretos estavam fixos nos de Samuel, como se esperasse dele todas as explicações que o cirurgião não lhe dera. Sentado à beira da cama, intimidado pela violência do que estava sentindo ao olhá-la, esforçara-se para tranquilizá-la, prometera-lhe que seguraria a sua mão ao anestesiá-la e que estaria presente quando ela acordasse. Alguns meses mais tarde, casou-se com ela, louco de felicidade. O fascínio que ela exercia sobre ele nunca diminuíra; toda manhã ele agradecia aos céus, até começarem suas primeiras brigas por causa daquele filho que ela queria mais do que tudo, mas que não conseguia conceber. A querela tornara-se cotidiana, agravara-se, e, no entanto, ele não tinha medido o tamanho do perigo, não havia imaginado que essa história de bebê os levaria a dizer horrores um ao outro e, por fim, a se separar. Na noite em que ela foi embora para valer — ele a conhecia o suficiente para entender que não voltaria mais —, ficou com vontade de meter uma bala na cabeça.

— Samuel — soltou Marianne num suspiro.

Pego em flagrante delito de desatenção, ele quase pediu desculpas, mas percebeu a tempo que a moça não se dera conta de nada e que estava gemendo de prazer sob suas mãos.

Durante duas semanas, Pascale esforçara-se para não pensar em Peyrolles, mas sonhava com o lugar todas as noites. Por que estava tão obcecada por lá? Quando criança, sentira muita falta dali; no entanto, todo ano visitava um país diferente com seus pais, e essas viagens fizeram com que aos poucos se esquecesse de Peyrolles. Em seguida, vieram as estadas na Inglaterra ou na Espanha para aprender o idioma, depois as excursões com os colegas de faculdade, e a lembrança da casa da família velara-se por completo. Acontecia-lhe às vezes de falar dela como de um paraíso perdido — sobretudo a Samuel —, mas sem pensar em voltar para lá.

E eis que diante de Peyrolles, quinze dias antes, ela sentira um verdadeiro choque, cuja consequência, sem que ela soubesse como nem por quê, era a necessidade imperiosa de voltar a viver lá. A casa a chamava, a atraía, ela quase poderia considerar-se a heroína de um daqueles filmes fantásticos em que as paredes parecem ter alguma coisa a transmitir. Mas ela era pragmática demais para esse tipo de superstição e interpretava com mais sobriedade sua paixão. Na realidade, a morte de sua mãe chegara para pôr o ponto final num período difícil para ela. O bebê que não pudera ter, o rompimento com Sam, o retorno à casa dos pais, onde ela se sentia de volta à infância: tudo concorrera para desestabilizá-la havia três anos. Se quisesse sair daquela situação, teria de tomar decisões pessoais e manter-se fiel a elas. Peyrolles era uma delas, pouco importava se não obtivesse o apoio de sua família.

Enviou um currículo ao hospital de Albi, bem como aos principais estabelecimentos de Toulouse, em todo caso. Encontrar um emprego era a condição necessária para os próximos passos, mas, para ganhar tempo, pediu uma avaliação da propriedade à agência imobiliária que se ocupara de alugá-la.

Toda noite, ao voltar para o apartamento de seu pai, abria sua correspondência com uma impaciência febril; e todo dia, tão logo tinha uma pausa no hospital, fantasiava projetos de futuro. Por ocasião de seu divórcio com Sam, mandara tudo o que lhe pertencia — móveis, livros ou louças — ao guarda-móveis e não se preocupara mais com isso. No início, como se tratava de um retorno *provisório* à casa de seus pais, deixara-se mimar sem se questionar muito, com o vago projeto de alugar um apartamento moderno, de dois cômodos, próximo do Necker. Mas sua mãe caíra doente, e ela acabou ficando. Uma doença estranha, difícil de diagnosticar, quase impossível de tratar. Alzheimer precoce? Depressão crônica que se tornara uma instabilidade mental? Camille piorava cada vez mais, falava cada vez menos, apertava convulsivamente lenços úmidos nas mãos e mal se alimentava. Em alguns meses, seu estado degradara-se a ponto de tornar-se alarmante, mas nem os colegas chamados em socorro nem os inúmeros exames trouxeram solução. Naquela época, ocorrera a Pascale de dizer a si mesma que sua mãe estava deixando-se morrer.

Pascale, Adrien e Henry lutaram até o último momento, alternando-se em vão, impotentes apesar de sua formação de médicos e de todo o seu amor. Perto do fim, Camille parecia não vê-los mais, exceto, talvez, Pascale, a quem ela às vezes endereçava um sorriso triste, terrivelmente lúcido.

Deixar o apartamento da família em Saint-Germain e abandonar seu emprego no Necker permitiriam à jovem fazer tábua rasa. Sam tinha conseguido refazer sua vida em outro lugar, por que ela também não conseguiria? Pessoas diferentes, um clima mais clemente, talvez novos amigos e, sobretudo, morar em Peyrolles, mesmo endividando-se pelos próximos dez ou quinze anos, era tudo o que ela desejava.

Seu pai e seu irmão, infelizmente, não se desarmavam, sempre se opondo ao que chamavam de sua "loucura". Sem paciência, Adrien chegou a chamá-la de doida e egoísta, o que a deixou irritada e levou a lembrá-lo rudemente de que, aos trinta e dois anos, não receberia lição de ninguém. Até porque não dependia do pai, não trabalhava em sua clínica e podia ir aonde bem entendesse. Furioso com essa declaração que lhe concernia diretamente, Adrien deixou de lhe dirigir a palavra por oito dias.

Henry era mais moderado. Embora não aprovasse a escolha de Pascale, não queria brigar com ela. Cansado, abatido, ouvia as alterações de voz entre irmão e irmã, dando razão a Adrien, mas sempre acabava pegando a filha nos braços. Ele a amava, tinha orgulho dela e se recusava a ser aquele que a deteria contra sua vontade, mesmo estando convencido de que ela ia cometer uma enorme besteira.

Quando finalmente recebeu a avaliação da imobiliária, Pascale ficou chocada ao ler o número. Peyrolles valia muito. Devido ao desenvolvimento turístico da região, à arquitetura encantadora da casa e a seu entorno preservado, a propriedade podia ser negociada em quinhentos mil euros, e até mais se o vendedor não estivesse com pressa. A soma, muito superior às previsões de Pascale, era para deixá-la preocupada. Além do crédito, cujas mensalidades corriam o risco de pesar muito em seu orçamento, ela ia ter de encontrar um aporte pessoal. A quem ia pedir? Quase todos os amigos de Pascale também se estabeleceram profissionalmente contraindo empréstimos, ninguém poderia ajudá-la de imediato.

A não ser... a não ser Samuel, talvez. Mas como encontrar coragem para lhe fazer essa pergunta? Procurá-lo por questões de dinheiro era algo delicado demais. Ela se recusava a explorar esse carinho que ele sempre lhe dedicava, a pôr em risco a relação frágil que haviam conseguido salvar apesar de tudo. No momento de seu divórcio, decidido em comum acordo, não haviam pedido nada um ao outro, e não seria agora que começariam a fazê-lo. Pascale sabia que Samuel perdera cedo os pais, que era filho único e, portanto, único herdeiro. Os Hoffmann possuíam uma próspera empresa têxtil, que Sam vendera por um bom preço. Era de imaginar que não tivesse problemas financeiros, tal como lhe repetira ao se casar com ela, mas Pascale nunca se metera em seus negócios.

Após longas tergiversações, marcou uma hora no banco para estudar a possibilidade de um financiamento. Durante mais de duas horas, examinou diversas propostas e chegou à conclusão de que precisaria de ajuda para conseguir entender alguma coisa daquela floresta de números vertiginosos. Pelo menos podia recorrer a Samuel para um conselho imparcial. O fato de ela querer comprar Peyrolles não o levaria a dar pulos de alegria, mas talvez, enfim, ela encontrasse nele alguém que a aprovasse.

No entanto, sua conversa ao telefone com Sam não se desenvolveu totalmente como previsto. Inicialmente, seu ex-marido pareceu consternado com a ideia de vê-la instalar-se na região que ele escolhera para se refugiar. Após alguns segundos de silêncio, no entanto, ele admitiu que o apego de Pascale por Peyrolles remontava à infância e justificava sua escolha. Mostrou-se bastante pessimista quanto às possibilidades de trabalho em Albi. Todavia, provisoriamente, os hospitais de Toulouse provavelmente ofereceriam uma oportunidade a Pascale, já que pneumologia não era uma especialidade muito saturada. Por fim, no que se referia ao mais importante, ou seja, o projeto de compra imobiliária, ele foi categórico: ia ajudá-la.

— Você não pode se lançar num investimento desse sem um tostão, senão será estrangulada pelos reembolsos.

— Não quero seu dinheiro, Sam.

— Eu sei, mas não vou dá-lo a você, vou emprestá-lo.

— Não.

— Providenciamos todos os papéis necessários num tabelião, está bem?

— Está fora de questão. Não liguei para você por causa disso. Digamos que me sinto completamente novata nessas histórias de crédito e só estou procurando um conselho de amigo. Meu gerente só me propõe o que é bom para ele, tenho bem consciência disso.

— Discuto até as taxas de juros para você, se quiser; hoje em dia, tudo se negocia!

— Sam...

Desencorajada, ela pronunciou delicadamente o diminutivo para fazê-lo calar. Deixou passar um silêncio e retomou:

— Me dê sua opinião, não estou pedindo mais nada.

— Minha opinião sobre o quê? Sobre você se instalar em Peyrolles? Será bom na medida em que você nunca viveu sozinha, Pascale. Seus pais, a moça com quem você dividia o apartamento quando era estudante, depois eu, e de novo seus pais... Já está na hora de você assumir a própria vida. No fundo, você é uma mulher independente, dê a si mesma os meios de ser de verdade!

A lição era um pouco dura de engolir e Pascale quase replicou, mas se conteve. Samuel a conhecia bem, não estava errado.

— Você sempre adorou esse lugar, Pascale. Me falou tanto dele! Então vá em frente, ofereça-se esse presente. É muito mais interessante do que se seu pai o desse para você.

— Em todo caso, é mais justo em relação a Adrien.

— Também. A não ser que seu pai pudesse fazer a ele uma doação equivalente, mas ele não tem condição.

Surpresa com essa afirmação categórica, Pascale perguntou-se por que Samuel estava mais informado do que ela sobre a situação financeira de seu pai.

— Vamos voltar ao seu plano de financiamento — encadeou ele. — O montante do seu aporte pessoal é que vai determinar o nível de risco para quem empresta, e, quanto maior for esse aporte, melhor será a taxa de juros conferida.

— Se bem entendi, dinheiro atrai dinheiro — ironizou.

— Infelizmente, sim. E, seja como for, você não vai conseguir cem por cento de crédito sobre uma operação imobiliária dessa envergadura. Até porque você ainda terá de acrescentar ao preço de compra as taxas de transferência, o que erroneamente é chamado de despesas com o tabelião. No caso de Peyrolles, isso representa cerca de trinta mil euros a mais.

— Você não é nem um pouco animador — suspirou ela.
— Ao contrário, estou falando para você ir em frente!
— Me explicando que é impossível.
Ela ouviu sua risada e relaxou um pouco.
— Aceite minha ajuda, Pascale. Como lembrança dos bons e velhos tempos...
— Nem tão velhos assim — murmurou.

Tinham sido realmente "bons tempos" aquelas noites que passaram brigando? Ele achava que ela estava estragando tudo, quando o que ela queria era apenas um bebê. Em algumas noites, quando davam as costas um para o outro e ficavam amuados, cada um de seu lado, Sam acabava pegando sua mão, que apertava levemente, no escuro, enquanto ela fingia dormir. Ela ficava magoada com ele por causa de sua indiferença em relação ao que ela considerava um problema muito importante, de sua pouca diligência em se tornar pai; ela suspeitava até que ele estava satisfeito com sua condição de eterno recém-casado. Provavelmente ele não tinha vontade de ver sua mulher se transformar em mãe nem de ser deixado de lado em benefício de um recém-nascido, e esse egoísmo deixava Pascale escandalizada.

— Você ainda está aí, querida? Gostaria de lhe fazer uma última pergunta, por pura curiosidade.
— Faça.
— Por que o Henry está deixando você se virar sozinha nessa história da compra?
— Porque não concorda que eu vá morar no outro extremo da França. Quando veio morar na região parisiense, teve a impressão de que estava progredindo, e acha que estou regredindo.
— É um raciocínio muito provinciano, pouco digno dele. Gosto muito do seu pai...

— Eu sei.

Um novo silêncio se instalou na linha. Pascale estava pensando na oferta de Sam, perguntando-se se faria bem ou mal em recusar. A quem mais poderia recorrer? Em quem mais tinha confiança suficiente, e quem a amava o bastante para ajudá-la?

— Me mande por fax as propostas do seu banco e me deixe tomar conta disso — retomou Samuel. — Por favor.

Com um breve suspiro resignado, ela prometeu ao menos mantê-lo informado, depois desligou. Tudo o que ele acabara de lhe dizer não abalava sua decisão de comprar Peyrolles, mas seria muito mais difícil do que o previsto. Após ter refletido por mais alguns minutos, chegou à conclusão de que valeria a pena e de que, quanto mais difícil, mais saborearia sua nova vida.

Henry assinou todos os documentos que o contador havia organizado para ele numa pasta de papel-cartão. A taxa de ocupação da policlínica era excelente; por enquanto, a crise estava poupando seu estabelecimento. Ele havia feito o necessário para tanto, nunca transigindo sobre as qualidades profissionais das pessoas que empregava nem sobre os serviços destinados a seduzir certa categoria de pacientes. Apostar no luxo revelava-se uma boa escolha, contanto que se mantivesse a seriedade.

Na grande escrivaninha de aço e vidro, a foto de Camille continuava a reinar no mesmo lugar havia quase vinte anos. Meu Deus, como ela estava bonita ali! Os cabelos puxados para trás, o rosto perfeito, imensos olhos pretos e aquele sorrisinho enigmático que a caracterizava. Henry tinha sido literalmente louco por ela. A ponto de esquecer tudo o que precedera a chegada de Camille em sua vida e de praticamente não se interessar mais pelo que ia acontecer, agora que ela já não estava lá. Sem dúvida, os últimos anos haviam sido um pouco difíceis. Pois, apesar de toda a sua reserva e de todo o seu pudor natural, Camille mostrava sinais de angústia, cuja causa Henry adivinhava muito bem qual era. Mas de que adiantava voltar ao passado, tal como ele explicara a ela mil vezes? Ele não entendia esses remorsos tardios, perfeitamente inúteis, que corroíam sua mulher até a demência.

Camille era seu primeiro nome, escolhido por seu pai quando a declarara e reconhecera, mas vinha seguido de outros, totalmente impronunciáveis. Nascida em Hanói em 1945, fora levada para a França com poucas semanas de vida. Sua história era triste, quase banal, infelizmente, devido àquele período de guerra na Indochina. Sua mãe, uma vietnamita muito jovem e de modesta condição, sucumbira ao charme de um oficial francês de quem se tornara amante. Quando dera à luz o bebê de seu amante, este último estava para voltar para a França, tendo sido finalmente convocado pelo exército. Ela preferira confiar-lhe a criança a criá-la na vergonha e na miséria. O capitão Abel Montague tinha senso de honra e conhecia bem os costumes do país: se recusasse, a criança conheceria um destino miserável. Então aceitou tomar conta dela, embora já fosse casado e pai.

Camille não sabia de que maneira dera-se o retorno pouco triunfal do capitão Montague ao lar. Ela era pequena demais para se lembrar da acolhida reservada ao marido infiel e à sua bastarda. Claro, Abel tinha suas desculpas, ficara na Indochina por mais de seis anos — dos quais dezoito meses como prisioneiro dos japoneses —, consumindo-se numa guerra colonial que se tornara incompreensível para todo o mundo, até para os militares. De lá trazia o temperamento arisco, a saúde minada pela malária e uma profunda aversão pelo exército. Sua mulher reencontrara um homem irreconhecível, que chegava até a lhe dar medo, e não ousara recusar a menina mestiça que ele lhe impunha. Sendo assim, Camille foi criada com os três filhos legítimos de Montague, muito mais velhos do que ela. Abel morrera alguns anos mais tarde, e Camille, que definitivamente não tinha lugar na família, fora mandada para um pensionato. Uma escola de meninas bastante rígida, situada perto de Albi, onde os Montague, de uma maneira ou de outra, acabaram por esquecê-la.

Foi nessa época que Henry a vira pela primeira vez, quando a classe do segundo ano estava indo visitar a catedral. Ela se sobressaía em meio às outras alunas com sua pele acobreada, seus grandes olhos pretos, sua silhueta frágil. Tinha dezesseis anos, e Henry, vinte e um mal completados, e se olharam... Uma ou duas vezes, conseguiram se rever, às pressas, depois Henry partira para prestar o serviço militar e também acabara por esquecê-la. Liberado de suas obrigações, casara-se com Alexandra e tivera Adrien.

Alexandra. Como ele se lembrava pouco dela! Uma loira fria e altiva, com um rico dote, muito apaixonada por ele. Uma boa esposa, no fundo, junto da qual ele poderia ter levado uma vida agradável, não fosse aquele horrível incêndio. Mas o destino decidira de outra forma e pusera Camille novamente em seu caminho.

Esticou a mão até o porta-retratos e aproximou-o de seus olhos. Ela estava realmente bonita naquela foto, mas, na época em que a revira, encontrava-se num estado lamentável. Maltratada pela vida, numa situação desesperadora, à beira do abismo. Ele achava que a tinha salvado.

Salvado? Dando um longo suspiro, pôs o porta-retratos de volta no lugar. Será que dá para salvar as pessoas contra a vontade delas? Camille acabara aceitando suas condições, as únicas possíveis. Ele não se arrependia de nada, ainda que às vezes...

— Pai?

Ele levantou a cabeça bruscamente. Pascale estava na soleira do escritório, hesitando entrar.

— Incomodo? Você parecia tão absorvido...

— Não, nem um pouco. Venha se sentar.

Ela raramente passava na clínica, e ele ficou comovido que tivesse se deslocado até lá.

— Vamos jantar juntos — acrescentou ela. — Lembra-se?

— Claro. Aliás, já acabei. Acho que estava sonhando, não ouvi você chegar.

— Eu bati.

Achando graça, ele lhe deu um largo sorriso. Claro que ela tinha batido à porta, era perfeitamente bem-educada, graças a Camille e graças a ele.

— Tive uma longa conversa com o Sam — encadeou ela. — Ele vai me ajudar a montar meu currículo para Peyrolles.

— Seu currículo? — repetiu Henry.

Como previsto, ela não tinha abandonado sua ideia. Por que a surpresa? Ele sabia que era teimosa, obstinada, que não capitularia. Sobretudo se Sam se metesse no assunto.

— Acho que ele saberá aconselhá-la — disse prudentemente.

Além de suas qualidades como anestesista, Samuel administrava suas finanças com inteligência, sensatez, e corria o risco de achar o projeto imobiliário de Pascale tão entusiástico num plano material quanto feliz num plano mais pessoal.

— Vou para lá na semana que vem.

— Você tem razão. Passeie um pouco pela casa, quando anoitecer, e tente imaginar o que sentirá quando estiver sozinha. Olhe o jardim também; logo vai entender que é preciso dedicar-lhe um tempo louco ou gastar muito dinheiro.

— Vou aprender jardinagem — respondeu ela num tom leve. — Quanto à casa... vou comprar um belo cão de guarda! Você fica mais tranquilo assim?

— Não muito.

E certamente nunca mais ficaria a partir do dia em que Pascale se instalasse em Peyrolles, mas fazer o quê?

— Pai? Tem alguma coisa que... sei lá, alguma coisa que você não me contou e que gostaria de me dizer? Aquele... incêndio deve ter deixado em você uma lembrança terrível, e talvez você não...

— Realmente — interrompeu —, prefiro não falar do passado. Não tem importância hoje. Mas você não vai me impedir de achar que há lugares mais benéficos do que outros!

Pascale contornou a escrivaninha e parou atrás de sua poltrona. Passou os braços ao redor de seu pescoço, deu um beijo em sua têmpora.

— Meu paizinho — cochichou.

Tudo o que ele tentasse para dissuadi-la podia passar por egoísmo, ele tinha a dolorosa consciência disso. Embora preferisse mantê-la perto dele, sabia que isso era impossível e não queria que ela o tomasse por um pai despótico, limitado de espírito, antes de tudo preocupado consigo mesmo. Ao contrário, desejava vê-la desabrochar-se, só que Peyrolles era o último lugar do mundo onde se podia encontrar a felicidade.

Ela se apoiou com todo o seu peso sobre seus ombros, e ele adivinhou que estava olhando a foto de Camille.

— Vamos jantar — disse ele se desvencilhando.

Ceder à emoção só complicaria as coisas. Levantou-se e voltou-se para sua filha. Ela estava com os olhos cheios de lágrimas, e aquele magnífico olhar melancólico, velado de tristeza, era exatamente o mesmo de sua mãe. Pegou-a pela mão, emocionado demais para falar, e conduziu-a para fora do escritório.

* * *

— São ótimas referências — notou Laurent Villeneuve.

Samuel endereçou-lhe um sorriso de reconhecimento. Dava-se muito bem com Villeneuve, diretor do hospital Purpan havia dois anos e, como ele, apaixonado por aeronáutica. Quando lhe enviara o currículo de Pascale, dissera a si mesmo que ela conseguiria a vaga sem problemas, mas o chefe do serviço de pneumologia — uma mulher — parecia reticente.

— Temos outros currículos para examinar — observou ela de maneira pouco convincente.

Nadine Clément, de cabelos grisalhos, puxados para trás, e imponentes óculos de tartaruga na ponta do nariz, nada tinha de afável. Já bem longe da casa dos sessenta e sem nenhum esplendor, seus traços eram angulosos, e sua voz, imperiosa: era o terror de seu andar.

— Eu preferiria contratar alguém com quem já tivesse tido a oportunidade de trabalhar, como, por exemplo, o doutor Médéric — acrescentou, fixando o olhar no do diretor.

Sem se deixar impressionar, Laurent meneou a cabeça, em dúvida.

— Ele está muito perto de se aposentar; um sangue novo seria mais indicado.

Magoada, Nadine reajustou os óculos com um gesto de raiva. Ela própria estava em fim de carreira e não apreciava que a lembrassem disso. Com uma irritação muito ostensiva, virou-se para Samuel.

— O senhor está nos recomendando sua ex-mulher com tanta veemência que podemos nos perguntar por que vocês se divorciaram...

— Talvez possamos nos perguntar — interrompeu o diretor —, mas não diretamente ao senhor Hoffmann; é claro que esse é um assunto muito pessoal! E totalmente fora de propósito, já que as competências profissionais da doutora Pascale Fontanel respondem totalmente à nossa escolha, não é?

Nadine encarou Laurent Villeneuve antes de desistir, com um tom cínico:

— Seja como for, a decisão é sua, e essa moça certamente é mais interessante para o senhor do que o doutor Médéric.

Um modo de lembrá-lo de que ela não era boba. Aos trinta e oito anos, Laurent continuava solteiro e, provavelmente, ela o tomava por um sedutor experiente. Samuel sabia que essa ideia preconcebida circulava entre a equipe do hospital, mas a realidade era bem diferente. Apesar de seu charme evidente de arrasa-quarteirão, Laurent nada tinha do homem que não pode ver um rabo de saia. Sucessivamente desiludido por duas histórias difíceis, continuava à procura da mulher com a qual fundar uma família; no entanto, não se permitia a menor aventura nos estabelecimentos que dirigia. Por conseguinte, a observação de Nadine Clément era inutilmente agressiva.

— Mantenha-me informada — disse ao se levantar.

Laurent deixou que ela saísse antes de sorrir.

— Ela é realmente antipática. Espero que sua ex não se deixe tiranizar!

Como prometido, ele ia, portanto, oferecer a vaga a Pascale, e Samuel ficou feliz por poder anunciar a ela a boa-nova.

— Não se preocupe, ela saberá se defender — respondeu com um tom satisfeito.

— De todo modo, é bom preveni-la de que deve ficar com o pé atrás, pelo menos no começo, porque a Nadine é carne de pescoço.

Tal era a sua reputação, e as queixas das enfermeiras ou dos residentes do serviço de pneumologia se acumulavam sobre a escrivaninha de Laurent.

— Vejo você no clube amanhã — disse Samuel —, preciso voltar para o centro cirúrgico.

Trocaram um vigoroso aperto de mãos, contentes um com o outro. Laurent pôde afirmar sua autoridade de diretor opondo-se à insuportável Nadine Clément, ao passo que Sam conseguiu uma vaga interessante para Pascale.

Apressou-se para deixar o prédio da administração, perdido em seus pensamentos. Por que estava se dando tanto trabalho? A rigor, emprestar dinheiro para sua ex-mulher e encontrar para ela um emprego eram justificáveis, mas daí a pensar nela dez vezes por dia...

— Cem vezes! — murmurou ao atravessar um dos pátios.

O CHU* era gigantesco, estendia-se por vários hectares, mas nele Samuel sentia-se em casa. Quando tomara a decisão de fugir da região parisiense, afastando-se o máximo possível de Pascale e de todas as lembranças dolorosas ligadas a seu divórcio, a cidade de Toulouse parecera-lhe uma terra de acolhida, de esquecimento. Imediatamente seduzido pela arquitetura, pelo clima, pela atmosfera da cidade, compreendera que não se tratava de uma simples escala: havia chegado ao porto.

Lançou-se no prédio que abrigava a cirurgia geral e, desdenhando os elevadores dos funcionários, escalou rapidamente os degraus até o andar do centro cirúrgico. O cronograma do dia estava bastante carregado, como sempre, e ele teria um bom número de pacientes para anestesiar, acompanhar durante a intervenção, depois controlar na sala de recuperação antes de poder pensar em outra coisa.

---

* *Centre Hospitalier Universitaire*: Centro Hospitalar Universitário. (N.T.)

* * *

Ao chegar ao aeroporto de Blagnac, Pascale pegou um ônibus até a praça Joana d'Arc, em pleno centro da cidade, depois um táxi que a conduziu até o Hotel des Beaux-Arts, onde havia reservado um quarto. Teve o prazer de descobrir que, como desejava, suas janelas davam para o rio Garonne. "Para o Garonne", diziam os habitantes de Toulouse, o rio em torno do qual se organizava a cidade era assim glorificado.

Trocou seus mocassins por tênis confortáveis e desceu até a recepção, onde lhe entregaram as chaves do carro que havia alugado. Em seguida, precisou de mais de meia hora para conseguir sair do trânsito, bastante denso, e chegar até a estrada vicinal. Já na rodovia A68, em direção a Albi, finalmente relaxou. Desta vez a aventura estava tomando forma, concretizando-se. A agência imobiliária fizera a gentileza de enviar-lhe um molho de chaves que lhe abriria as portas de Peyrolles: ela ia poder tomar posse do local.

Ainda ao volante, observava a paisagem com uma espécie de avidez, procurando imagens familiares. Deixou a rodovia em Marssac, ultrapassou o Tarn e dirigiu-se a Castelnau. A cada quilômetro que a aproximava da casa — da *sua* casa — ela sentia sua excitação aumentar. De que jeito será que os sucessivos inquilinos haviam transformado os cômodos? Vinte anos antes, ela se lembrava perfeitamente, a maioria das paredes era branca ou de cor pastel. Sua mãe odiava papel de parede e estampas, gostava só de claridade, despojamento, mostrando uma predileção pelas colchas e as cortinas de piquê uniformes. Aqui ou ali, às vezes ela colocava um toque de vermelho ou de preto na decoração com um vaso ou um móvel laqueado, e sempre havia enormes buquês de flores nos jarros colocados no chão.

Finalmente os muros altos de Peyrolles apareceram, e Pascale estacionou bem no lugar onde o táxi a havia esperado um mês antes. Apressada demais para entrar com o carro, ela se contentou em entreabrir o portão e passar para o jardim. Refreando sua vontade de correr, subiu a alameda a grandes passadas. Se o cascalho continuava tão fino, quase branco, o gramado, ao contrário, estava ressecado, com uma proliferação de cardos. As árvores lhe pareceram imensas, maiores do que em sua lembrança, mas também, é claro, vinte anos haviam-se passado.

Ela se lançou para a escadaria, com o coração batendo forte, e ficou irritada com o molho até achar a chave certa. Quando pequena, contentava-se em bater à porta! Finalmente conseguiu abrir, notou distraidamente que esta estava rangendo nos gonzos, depois penetrou o vasto hall.

Sob seus pés, os ladrilhos brancos com motivos pretos brilhavam na penumbra, patinados pelo tempo, desgastados pelas inúmeras passagens. Ela se lembrou de ter experimentado ali seus patins de rodas, que ganhara numa noite de Natal, provocando assim uma série de riscos de borracha, que sua mãe teve um trabalho louco para tirar.

Por um segundo, fechou os olhos e visualizou a casa. À direita do hall encontravam-se a sala, imensa, e depois dela um corredor que conduzia à biblioteca onde seu pai costumava se isolar, bem como uma pequena sala, onde sua mãe gostava de costurar. À esquerda, a sala de jantar e a copa, a cozinha, o vestiário, todos providos de imensos armários embutidos. À sua frente, no fundo do hall, duas portas duplas, de vidro, davam para o jardim de inverno, prolongado por uma varanda. Ela voltou a abrir os olhos, soltou um profundo suspiro. Estava adorando a ideia de todo aquele espaço a seu redor, mas como ia cuidar dele sozinha? Peyrolles era uma casa de família feita para abrigar gritos de crianças, correrias e risadas, grandes reuniões à mesa...

Com um passo decidido, começou o percurso do térreo, abrindo as venezianas uma a uma. A pintura das paredes estava um pouco desbotada, e o assoalho dos cômodos de recepção, deteriorado em alguns cantos, mas, no geral, os últimos ocupantes tinham sido bastante cuidadosos, e Pascale poderia instalar-se sem ter de fazer reforma de imediato.

No primeiro andar, encontrou o antigo quarto dos pais em bom estado, apesar do carpete meio gasto. Na época, o chão era feito de ladrilhos hexagonais de cerâmica e devia ser recuperável, contanto que ninguém tenha tido a má ideia de usar cola! Plantada no meio do quarto, perguntou-se com o que ia mobiliar tudo aquilo. Desde seu divórcio, o pouco que possuía estava guardado num guarda-móveis da região parisiense, mas seria irrisório ali.

— Quem é você? — lançou uma voz ofegante atrás dela.

Reprimindo um grito de susto, Pascale deu meia-volta e descobriu um homem de certa idade, vestindo um macacão de trabalho, que a contemplava com uma expressão severa.

— O senhor me assustou! — protestou. — Por onde entrou? Estou na minha casa.

— Você? Claro que não, a casa já não está para alugar, está à venda, mas não estou vendo a mulher da imobiliária...

Desconfiado, mediu Pascale dos pés à cabeça.

— Esta propriedade pertence a meu pai, Henry Fontanel — replicou.

Viu que os olhos do homem se arregalavam sob o efeito do espanto. Sem desviar o olhar dela, balbuciou:

— Então você... é... a menina Pascale?

— *Doutora* Pascale Fontanel, sim. E o senhor?

— Lucien Lestrade. Não está se lembrando de mim?

Bruscamente tranquilizada, logo relaxou, tomando consciência do susto que a afligira durante esse diálogo.

— Sim, claro. O jardineiro. E o senhor ainda cuida do jardim, não é?

— Faço o que posso. Duas tardes por mês, o que não é suficiente. Seu pai me ligou na semana passada, pedindo para eu deixar tudo em ordem. Pensei que fosse para vender melhor.

— Para dizer a verdade, estou comprando Peyrolles dele; vou me mudar para cá.

Ele recuou dois passos, como se ela tivesse acabado de bater nele.

— Para cá? Ficou louca?

A reação de Lestrade era exatamente igual àquela de seu pai e de seu irmão. O que havia afinal de tão terrível no fato de ela querer morar em Peyrolles?

— Você é casada? Tem filhos?

— Não — respondeu ela com um tom seco —, mas com certeza isso irá acontecer. Agora, se não se incomodar, vou continuar minha visita.

Passou na frente dele e dirigiu-se à porta, com um vago mal-estar. Por que será que não sentia nenhuma simpatia por esse homem que ela conhecia desde a infância? Quantas vezes não insinuara sua mãozinha na grande mão calosa do jardineiro, enquanto ele lhe nomeava uma a uma as flores que sua mãe plantava?

Ele a seguiu para sair do quarto, e ela o ouviu pigarrear.

— Pascale? Ouça... Você deveria voltar para o lugar de onde veio. Aqui está cheio de más lembranças para você. Por que tentar o diabo?

— O diabo! — repetiu levantando os ombros, exasperada. — E o senhor, por que não pendurou seu avental de jardineiro?

Como ele nada respondia, contentando-se em fitá-la em silêncio, ela encadeou:

— Seja como for, provavelmente não vou ter dinheiro para mantê-lo. Sinto muito.

— Tudo bem, entendo. Aliás, seu pai também não queria me manter mais, e depois... A natureza prolifera a uma velocidade louca aqui! A vantagem é que tudo cresce, tudo dá, mas o inconveniente é que o jardim é difícil de cuidar. Então, não se preocupe, vou ajudá-la de graça, pelo menos no começo, o tempo de você pegar o jeito. Peyrolles não é brincadeira, você vai ver!

Ele suspirou, tirou um lenço do bolso de seu macacão e enxugou a testa. Suas rugas estavam profundamente marcadas, e a pele, curtida pelo sol. Agora que ela o olhava sem inquietação, constatou que deveria tê-lo reconhecido de imediato.

— Aliás, esqueça o "senhor" e me chame de Lucien; somos velhos conhecidos, você e eu. Gosta de flores? Sua mãe adorava, coitada...

— Não sei se ficou sabendo — disse ela hesitante —, mas minha mãe morreu faz pouco tempo.

— Estive no enterro. Não há dúvida, ela está bem melhor onde se encontra agora!

Esta última observação era tão incongruente que Pascale, atordoada, não soube o que responder. Evidentemente, Lucien Lestrade não soubera do estado de saúde de sua antiga patroa, por que então achava sua morte reconfortante?

— Bom, vou indo — decidiu ele —, tenho trabalho no bosque.

Agarrou firmemente o corrimão de ferro forjado e começou a descer a escada, deixando Pascale boquiaberta. Depois de alguns instantes, ela se debruçou para se assegurar de que ele tinha mesmo ido embora. Que sujeito esquisito...

Ao atravessar o patamar, ela deu uma olhada pela janela. Até então, não sentira grande interesse pelas flores nem pelas plantas. Será que ia tomar gosto pela coisa, como sua mãe? Embaixo, no gramado amarelado, Lestrade havia recuperado sua carriola, onde se amontoavam luvas, um regador, tesouras. Por acaso ele se achava o guardião de Peyrolles? Os inquilinos haviam passado, mas ele continuava ali, e parecia decidido a ficar, disposto a trabalhar de graça.

Ela se afastou da janela e percorreu apressadamente a galeria, abrindo as portas uma após a outra. Seis quartos e três banheiros, nada havia mudado no andar, mas todos aqueles cômodos desesperadamente vazios pareciam abandonados. A última porta, mais estreita e trancada com ferrolho, dava para a escada do sótão. Pascale pegou novamente o molho de chaves no bolso de sua jaqueta jeans e lutou por um instante com a fechadura. Quando conseguiu abrir, o batente cedeu com um barulho de borracha dilacerada. Todo o alizar havia sido calafetado, provavelmente para evitar desperdício de calor, pois a estrutura não era isolada no segundo andar. Pó e teias de aranha haviam-se acumulado nos degraus de madeira crua, prova de que ninguém jamais subia ali.

Pisando no patamar do sótão, Pascale teve a surpresa de descobrir uma verdadeira caverna de Ali Babá. No primeiro olhar, reconheceu os móveis da família e identificou alguns objetos. Um impressionante bricabraque havia sido relegado àquele lugar havia mais de vinte anos, provavelmente para poder alugar logo a casa.

— Mas veja só! — exclamou.

Sua voz ressoou sob as vigas de carvalho e as telhas rosa do telhado. Reinava um calor seco que irritava a garganta, mas ela ficou ali um tempo, a fim de fazer um levantamento do que lhe poderia servir. Poltronas de ratã pintadas de branco para colocar no jardim de inverno, uma cômoda bojuda que ficaria perfeita em seu quarto, a grande mesa em estilo Regência que voltaria a ter seu lugar na sala de jantar, e um biombo de laca vermelha que sua mãe havia decorado a nanquim.

Recriar em parte a decoração de sua infância talvez não fosse uma boa ideia, mas ela morria de vontade de fazer isso e, de todo modo, por muito tempo não teria dinheiro para comprar móveis. Prestes a deixar o local, contente com sua descoberta, percebeu seu reflexo num grande espelho veneziano apoiado contra a parede. Aproximou-se dele, considerou por um momento sua imagem tornada vaporosa devido ao pó. O que estava fazendo, afinal, sozinha no sótão de Peyrolles? Por que Samuel não a ajudara a ter os filhos que ela tanto desejava, a fundar uma família? Ele se esquivara em vez de lutar com ela, conduzindo, assim, o casamento ao fracasso, e agora ela tinha de todo jeito de recuperar o tempo perdido porque já estava com trinta e dois anos!

— Nunca vou perdoá-lo, Sam — disse entre os dentes.

Após sua separação, saíra muito para se distrair, mas nunca encontrara alguém interessante, apesar de todos os homens que suas amigas se apressavam em apresentar-lhe. No final das contas, acabou preferindo aceitar plantões a ir a essas noitadas em que se entediava até não poder mais.

— Tudo isso acabou, vou mudar de vida! — lançou ao espelho.

Era bonita — já lhe haviam repetido isso suficientemente para que acabasse acreditando —, exercia uma profissão pela qual tinha paixão e ia morar em Peyrolles: o futuro não tardaria em lhe sorrir. Esboçou um gesto de encorajamento a seu reflexo antes de se virar.

* * *

Nervosa, Marianne brincava com seu colar. Uma joia que Sam lhe dera de aniversário oito dias antes, mas foi preciso que ela o arrastasse para a frente da vitrine da joalheria. "Se quer me dar um presente, então quero dizer que estou sonhando com este aí!" Com o dedo apontado para um suporte de joias, ela havia indicado uma peça qualquer. O que ela queria na verdade era ver sua reação. Inicialmente surpreso, ele balançou a cabeça, depois entrou na loja, deixando-a na calçada. Ela esperava outra coisa — palavras carinhosas, uma declaração de amor —, mas teve de se contentar com sua boa vontade. Dois minutos depois, ele lhe entregou o estojo com um sorriso gentil. Que idiota ela era! Por que havia forçado a barra com tamanha falta de tato? Porque havia medo de que ele esquecesse a data, como, aliás, esquecia tudo o que dizia respeito a ela? Se pelo menos ela tivesse sido mais paciente, mais serena, talvez tivesse direito a uma surpresa romântica? Não, era pouco provável, Sam nunca seria o príncipe encantado que ela desejava.

Sentado ao lado dela, ele acabava de dar uma olhada discreta em seu relógio, como se estivesse irritado com o atraso de sua ex-mulher. Irritado ou impaciente? Falava dela com tanto carinho que Marianne, ao mesmo tempo que sentia ciúme, roía-se de curiosidade. Insistira muito para acompanhá-lo naquela noite, com o pretexto de que queria conhecer Pascale e, eventualmente, tornar-se sua amiga. Ele aceitara de bastante má vontade, não encontrando nenhuma razão válida para recusar.

Foi a primeira a notar a moça que acabava de entrar no salão. Silhueta esbelta, valorizada por umas calças jeans justas e uma jaqueta bem curta por cima de uma camisa branca simples, cuja gola estava levantada. Longos cabelos pretos, lisos e brilhantes, presos por uma fivela em forma de pinça, e grandes olhos escuros, amendoados, que contrastavam com uma tez mate. Com um aperto no coração, Marianne entendeu que Pascale Fontanel era exatamente seu contrário. A morena e a loira, a magrinha e a gordinha...

Já de pé, Samuel sorria com uma felicidade exasperadora.

— Como é que você está?

A questão não era puramente formal, ele parecia realmente interessado na resposta. Ao passar um braço protetor ao redor dos ombros de Pascale, lembrou-se enfim da presença de Marianne.

— Quero lhe apresentar Marianne, uma amiga, e esta é Pascale...

Uma amiga? Magoada, Marianne mal conseguiu sorrir ao balbuciar uma frase de bem-vinda enquanto a moça tomava assento diante deles.

— Sabia que eu já vinha aqui com meu pai e o Adrien quando tinha dez anos? — declarou ela com um ar radiante.

— Nos Abattoirs?

— É, a gente almoçava aqui aos sábados, quando minha mãe queria fazer compras em Toulouse. Não mudou nada, nem mesmo os bancos! Espero que a carne continue tão boa quanto antes...

Sua voz era grave, um pouco rouca, ao contrário da de Marianne, mais para aguda.

— Vou pedir uma fraldinha malpassada — decidiu ela após um olhar rápido no cardápio.

Quando voltou a levantar a cabeça, seu olhar pousou em Marianne.

— Obrigada por dedicarem a noite de vocês a mim, vou tentar não importuná-los com essa história de compra da casa...

— Está quase tudo resolvido — cortou Samuel. — Sua documentação foi aceita, o banco vai desbloquear os fundos no dia da assinatura no cartório. Você manda entregar a eles seu novo contrato de trabalho depois que o assinar, mas é só uma formalidade.

— Por quê? Por acaso eles acham que não existe pneumologista desempregada?

— Algo desse tipo. De todo modo, o crédito comporta um seguro, e não se esqueça de que eles terão Peyrolles como hipoteca.

— Não vou correr o risco de esquecer! — respondeu rindo.

Será que ela achava engraçado endividar-se por dez anos? Sam tinha passado um tempão ocupando-se dos assuntos de sua ex-mulher, e Marianne achava que ele dava a ela uma importância exagerada.

— Temos uma reunião amanhã de manhã, às nove horas, com o Laurent Villeneuve — lembrou ele a Pascale. — Você vai ver, ele é muito simpático para um diretor de hospital!

Desta vez, Marianne sentiu-se vencida pelo mau humor. Ela também trabalhava no CHU, porém, como simples secretária administrativa, não pertencia à elite composta pela direção, pelos chefes de setor, pelos médicos e, a rigor, pelas enfermeiras. Um grupo ao qual Pascale Fontanel iria se unir assim que chegasse.

— Laurent é um piloto excelente — acrescentou Sam —, e somos sócios do mesmo clube. Você vai ter de se inscrever!

Em dúvida, Pascale balançou a cabeça, o que soltou a massa de cabelos pretos. Ela pegou a fivela que havia caído sobre a mesa e pôs-se a brincar com ela.

— Por enquanto, tenho outras prioridades financeiras. E se eu ficar com muita vontade de voar, você me leva para um passeio! Você gosta de voar, Marianne?

— Não sei, o Samuel ainda não me iniciou no voo.

Ela respondera de maneira um tanto seca, mas se tratava de um assunto delicado. Para Sam, o aeroclube era um território muito pessoal, e ele nunca propusera a Marianne acompanhá-lo. Ela se consolava supondo que ele preferia ficar entre homens, com seus amigos, e, no entanto, acabara de incluir Pascale com entusiasmo.

— Se você for um dia desses, eu bem que gostaria de ir — lançou com um tom que esperava fosse desenvolto.

— Você pode subir com ela sem medo num helicóptero — afirmou Sam.

Devia se tratar de um elogio, um a mais em meio a todas as gentilezas que ele reservava à sua ex-mulher.

— Em todo caso, no início — retomou Pascale —, não acho que vou ter vontade de pegar a estrada para Toulouse nos meus dias de folga. Fico muito feliz que você tenha conseguido esse emprego para mim no Purpan, mas se um dia houver alguma possibilidade no hospital de Albi, confesso que eu vou ficar aliviada.

— Pascale! — protestou Sam. — Depois do Necker, o hospital de Albi lhe daria a impressão de uma enfermaria no meio do mato.

A brincadeira a fez dar uma gargalhada, e Marianne se amuou ainda mais. Se era para eles começarem uma daquelas conversas que os médicos adoram, ela ia morrer de tédio.

— É um bom hospital, vai ser perfeitamente adequado para mim. E tem também a clínica Claude-Bernard, com seus duzentos leitos e suas dez salas de cirurgia. Me informei a respeito, Sam...

— As viagens de carro são mesmo insuportáveis — interveio Marianne. — Entendo que a Pascale não queira dedicar a elas todo o seu tempo livre. Ainda mais com o trânsito louco de Toulouse, em algumas noites se leva mais de uma hora para sair da cidade!

Era melhor mesmo não lhe pintar um quadro idílico da situação. Morar a oitenta quilômetros de seu local de trabalho não seria nem um pouco prazeroso, e quanto mais cedo Pascale pensasse em ir para Albi, melhor seria para todo o mundo. Marianne esvaziou sua taça para tomar mais coragem, depois, com um gesto deliberadamente sensual, colocou a mão sobre a de Samuel.

— Amor, eu queria um pouco mais de vinho...

Ele se desvencilhou para pegar a garrafa e servi-la sem dizer palavra. Ainda que ele ficasse contrariado, ela não se arrependia de ter deixado as coisas bem claras. Não, ela não era *uma amiga*, era sua amante, a mulher com quem ele ia voltar para casa, aquela com quem faria amor naquela noite.

Diante deles, Pascale observava indulgente, com ar de quem estava se divertindo. Aparentemente, não ficara chocada de ver seu ex ser acariciado por outra, o que deu um grande alívio a Marianne.

— Onde você está hospedada? — perguntou Sam.

— No Hotel des Beaux-Arts.

— Passo para pegá-la amanhã de manhã, às oito e meia — propôs fazendo sinal para o garçom.

Pagou a conta, e os três saíram no ar agradável da noite.

— Vou voltar a pé, não é longe — decidiu Pascale. — Obrigada pelo jantar, Sam.

Pegou-o pelo pescoço para beijá-lo levemente na bochecha, depois se voltou para Marianne.

— Fiquei muito contente de conhecer você. Até logo, eu espero.

Com seu passo decidido, afastou-se sem se voltar ao longo da alameda Charles-de-Fitte, em direção à praça Saint-Cyprien. Pela rua de la République, só teria de atravessar o Garonne para chegar ao hotel.

Como não era muito tarde, os transeuntes ainda eram numerosos, e Pascale diminuiu um pouco o passo para aproveitar seu passeio. Sam lhe parecera tenso durante todo o jantar. Será que estava sem graça por causa da presença de Marianne? Nesse caso, ela conversaria com ele; ele tinha todo o direito de refazer sua vida, e essa moça parecia ser boa. E muito amorosa... Pelo menos, tinha achado necessário mostrá-lo. Claro, Sam merecia muito ser amado. Ninguém podia ser mais gentil do que ele, mais charmoso quando queria, e era também um homem equilibrado, altruísta, generoso. Se já não era seu marido, ficou sendo seu amigo, seu melhor amigo, o único a apoiá-la naqueles últimos tempos, e ela encontraria um meio para provar-lhe sua gratidão. Será que ele precisava de sua absolvição para ser feliz com Marianne?

Sobre a Pont-Neuf, ela parou por um instante na parte mais alta. Um músico, sentado no chão, estava tocando melancolicamente saxofone, e algumas moedas reluziam a seu redor. Pascale se inclinou para deixar dois euros a seus pés, depois continuou seu caminho. Ainda não sabia se ia gostar de Toulouse nem do hospital Purpan, mas estava certa de que tinha tomado a decisão correta ao mudar radicalmente de vida. Morar em Peyrolles ia ser uma aventura maravilhosa, pela qual ela se sentia pronta a lutar se fosse necessário.

* * *

— Não acredito! — repetiu Aurore pela terceira vez.

Pascale reconhecera imediatamente a moça, uma bela ruiva coberta de sardas. Apesar dos anos passados, elas só se olharam por dois segundos até uma cair nos braços da outra.

— E você vai trabalhar aqui? É maravilhoso!

Tinham feito juntas o ensino fundamental, depois o ensino médio em Albi, e quando Pascale deixou a região, juraram que iam se escrever. Ao longo do tempo, as correspondências se espaçaram, resumindo-se a cartões de Natal ou pelos respectivos aniversários. Pascale sabia que Aurore se tornara enfermeira, mas nunca ia imaginar encontrá-la no Purpan, no setor de pneumologia que ela acabava de visitar em companhia do diretor do hospital.

De braços dados, deixaram o andar para descer até a cafeteria do térreo. Em algumas palavras, Pascale explicou por que havia decidido voltar e de que maneira voltaria a ser proprietária de Peyrolles. Aurore se entusiasmou, aparentemente feliz com a ideia de rever a casa onde havia brincado tantas vezes e da qual conservava uma lembrança fascinante.

— Continua magnífica?

— Um pouco deteriorada pelo tempo e pelos sucessivos inquilinos, mas no geral está de pé!

Evocaram antigas amigas que tinham participado daqueles lanches da criançada, depois contaram brevemente, uma à outra, suas vidas. Aurore conhecia Samuel de vista e achava estranho que pudesse ter sido o marido de Pascale. De sua parte, ela ainda não havia encontrado sua alma gêmea, mas não queria ouvir falar de homem que pertencesse ao meio hospitalar.

— Todos esses médicos são de uma arrogância absurda perante as enfermeiras, quando, na verdade, só pensam em ir para a cama com elas, pouco demais para mim! De todo modo, no setor, os playboys são bastante raros, você vai ver...

— E o ambiente?

— Só trabalho. A chefe é uma mulher odiosa que...

— Sei, sei, foi o que me pareceu! Acabei de sair de sua sala e não estava esperando esse tipo de recepção. Fria, metida a besta, hostil, me passou o cargo sem muita convicção, como se a decisão tivesse sido tomada só por causa da penúria de candidatos.

— A Nadine Clément é uma verdadeira megera — precisou Aurore baixando a voz — e, além do mais, não gosta de gente nova! Por outro lado, é competente, não se pode negar.

— É o principal, quanto ao resto eu me ajeito — afirmou Pascale.

No entanto, a perspectiva de ter uma amiga no setor era um alívio para ela. Mesmo estando habituada à hierarquia do hospital, a suas intrigas, a seus golpes baixos e às fofocas, não tinha vontade alguma de entrar em guerra já no primeiro dia.

— Sinto muito por sua mãe — retomou Aurore. — Me lembro dela como uma mulher muito bonita, misteriosa, exótica... O tipo de mãe que todas as meninas gostariam de ter! Acho que a classe inteira invejava você por seu irmão, sua casa e seus pais.

— É mesmo? Pois é, veja você, a gente não se dá conta de nada quando é criança!

— Quanto a mim, eu me consolava dizendo a mim mesma que em casa, pelo menos, a gente ria para valer. Minha mãe era incrivelmente alegre, aliás ainda é, enquanto a sua parecia sempre tão triste... Ela tinha muitos problemas?

— Na época? Não... não que eu me lembre.

O coração de Pascale ficou apertado com essa evocação. Vinte anos antes, sua mãe não estava doente, mas, de fato, mostrava-se bastante melancólica, e seus sorrisos tinham algo de forçado.

— Meu pai sonhava em subir a Paris, estava convencido de que minha mãe se entediava em Peyrolles. Não sei se fez bem.

Aurore deu uma olhada no relógio preso à parede e se levantou de repente.

— Minha pausa acabou, preciso subir, não estou a fim de levar bronca! Quando você começa a trabalhar com a gente?

— Daqui a oito dias.

— Então me ligue até lá, vamos jantar juntas, e eu ponho você a par de tudo o que precisa saber sobre o funcionamento do setor!

Tirou um papel e uma caneta do bolso do jaleco, rabiscou o número de seu celular e o estendeu a Pascale.

— Estou muito contente — repetiu antes de sair correndo.

Pascale a seguiu com os olhos, enquanto ela se apressava em atravessar o hall em direção aos elevadores de funcionários. A professora Nadine Clément parecia mesmo um verdadeiro terror, mas pouco importava, Pascale sentia-se irrepreensível no plano profissional e contava trabalhar sem descanso para conquistar um lugar no Purpan.

Ao deixar o hospital, tentou se lembrar de todas as informações dadas por Laurent Villeneuve. Ele tinha sido muito cortês ao recebê-la e acompanhá-la, um favor que ela devia a Sam, mais uma vez. O que seria dela sem ele? Talvez não tivesse tido coragem de mudar radicalmente sua vida se ele não tivesse removido as dificuldades uma após a outra das negociações com o banco até aquela vaga em pneumologia, sem esquecer a soma que ele lhe emprestara como amigo. Ela jurou a si mesma que, a partir daquele momento, ia se virar sozinha. E, para começar, ia organizar rapidamente sua mudança para Peyrolles. Não tinha mais do que uma semana à sua frente para planejar tudo, e a lista das tarefas que a esperavam só fazia crescer. Mandar vir seus poucos móveis de Paris, descer outros do sótão, nem que tivesse de pagar Lucien Lestrade por um ou dois dias se ele estivesse disponível, encher os armários de mantimentos, cuidar das questões administrativas, organizar um bate-e-volta a Saint-Germain para arrumar suas malas... e comprar o indispensável carro que ia permitir-lhe navegar entre Albi e Toulouse.

Uma onda de excitação fez com que apressasse o passo. Ela havia tomado as rédeas da própria vida, já não estava com medo.

TRÊS

Nadine Clément bateu a porta de sua sala. Em um mês, sua aversão pela jovem Fontanel só fizera crescer. Com que direito haviam colocado aquela mulher em seu caminho? E como ia se livrar dela? Claro, do ponto de vista profissional, não havia nada contra ela. Diagnósticos excelentes, relações muito humanas — até demais? — com os pacientes, relatórios claros e concisos, com prescrições sensatas: Pascale Fontanel parecia quase inatacável. A rigor, às vezes os numerosos exames que ela pedia eram supérfluos. Ora, num hospital daquela importância, cada chefe tinha de controlar as despesas de seu setor. Nadine ia aproveitar a situação para convocar Pascale e lhe dar uma reprimenda, só para ver sua reação. Se aquela metida se mostrasse incapaz de aceitar as advertências, seria uma boa oportunidade para colocá-la em seu devido lugar ou até provocar um escândalo.

Inclinada sobre seu interfone, Nadine pediu à sua secretária que lhe trouxesse todos os prontuários que a doutora Fontanel vinha acompanhando. Nada lhe era mais odioso do que esse nome. Os Fontanel! Desde que deixaram a região, vinte anos antes, Nadine os ocultara, esquecera, graças a Deus! E eis que a própria filha de Camille voltava, mostrando com ar de inocente uma semelhança desgraçada com a mãe. O suposto charme asiático absolutamente insuportável. De resto, quando jovem, Nadine ouvira tudo o que tinha de ouvir sobre o Vietnã e a guerra da Indochina, não aguentava mais esse assunto.

A secretária entrou carregando uma pilha de grandes envelopes de papel Kraft. Todo paciente que havia passado por uma consulta em pneumologia tinha o seu, com uma etiqueta que trazia o nome do médico encarregado. Em quatro malditas semanas, a pequena Fontanel tinha visto tudo aquilo de gente?

Sem barulho, a porta voltou a se fechar, e Nadine ficou novamente sozinha. Ela aterrorizava seus colaboradores, sabia muito bem disso, mas estava persuadida de que seu setor ia de vento em popa. A ordem e o rigor eram seus cavalos de batalha. Talvez por ela ter sido criada por um militar? Dando de ombros, resolveu encarar os prontuários, bastante decidida a encontrar uma falha.

— Quando penso que você fica com uma cara de anjo nelas! — suspirou Laurent Villeneuve.

Ele se referia à fileira de fotos em que figuravam os seis instrutores do aeroclube. Na sua, Samuel sorria com um ar sedutor, com a expressão de alguém em quem logo se pode confiar.

— Ele fez você passar por maus bocados? — lançou o tesoureiro, que naquele dia estava trabalhando atrás do balcão, no rodízio de barman que cabia a todos.

— Vórtice — disse Samuel com sobriedade.

Com um riso resignado, Laurent levantou os olhos.

— Aquele negócio que consiste em tomar altitude e depois deixar a máquina cair feito uma pedra, enquanto seu estômago sobe até os dentes!

— Essa situação de urgência faz parte das coisas que talvez um dia você tenha de enfrentar — lembrou-lhe Sam.

— Acho que vou mudar de professor — lançou Laurent, que evidentemente estava longe de pensar nisso. — E, para comemorar, pago uma rodada...

Na realidade, ele estava feliz por ter Samuel como instrutor, pois ambos se davam muito bem e partilhavam a mesma paixão. Havia tempos que Laurent tinha o brevê de piloto de avião, mas alguns meses antes ficara com vontade de se iniciar em helicóptero. O primeiro voo o entusiasmara tanto que ele se inscrevera no curso naquele dia mesmo. Como piloto, se não tivesse dificuldade com a navegação, tampouco teria com os comandos. Pilotar um helicóptero revelava-se bem mais delicado do que pilotar um avião e requeria mais prática. Habituado a puxar o manche de um bimotor sem problemas, Laurent sentia alguma dificuldade em mudar de técnica e suava frio ao decolar, ao aterrissar ou, pior ainda, em voo estacionário.

Beberam alguns goles de cerveja fazendo as brincadeiras de sempre, depois foram instalar-se a uma mesa. Passar o tempo no aeroclube entre homens que só falavam de planos de voo ou acrobacias aéreas era realmente um dos prazeres do sábado.

— Sua ex está gostando de trabalhar conosco? — quis saber Laurent.

— Pelo que sei, está sim. Quer dizer, não costumo encontrá-la no hospital, e ela anda muito ocupada com sua casa.

— Perto de Albi, não é?

— Acima de Gaillac, entre Labastide e Castelnaude-Lévis. Uma bela propriedade de família que ela resolveu comprar do pai de uma hora para outra. Estava querendo voltar para cá, acho que não gosta da região parisiense.

— Nem na época em que vocês eram casados?

— Nem naquela época.

A ponto de acrescentar alguma coisa, Sam escolheu calar-se. As perguntas de Laurent não o incomodavam, mas ele se deu conta de que não estava muito a fim de falar de Pascale com outro homem. Sobretudo com um homem solteiro e charmoso. Laurent acabara de fazer trinta e oito anos, tinha um belo olhar azul de aço, um sorriso de uma gentileza irresistível e era muito bem-humorado para um funcionário de alto escalão. Em suma, agradava muito às mulheres.

— Você ainda a ama? — interrogou Laurent.

Ele estava observando Sam, provavelmente surpreso com seu brusco silêncio.

— A expressão é muito exagerada, digamos que me sinto sempre um pouco... envolvido. Claro, é idiota, ela virou a página há muito tempo.

— E você não? Achei que com a Marianne...

— Sim, sim — afirmou Sam sem convicção alguma. — Marianne é uma moça adorável.

Não encontrando nada a acrescentar para defini-la, refugiou-se em novo silêncio, que acabou arrancando um sorriso de Laurent.

— Estou vendo!

Sua ironia irritou Samuel, como sempre quando o assunto era Pascale nos últimos tempos. Saber que ela estava tão próxima o deixava nervoso, e Marianne não deixava de fazê-lo notar. No fundo, o fato de ele ainda amá-la não deixava a menor dúvida, e talvez a amasse para sempre, como um paraíso perdido? Em todo caso, custava a admiti-lo e não queria que o obrigassem a reconhecê-lo. De resto, estava perdendo seu tempo e, enquanto pensasse em Pascale, não iria conseguir se apegar a outra mulher, o que era ridículo, nocivo e doentio.

— Sam?

Laurent continuava a escrutá-lo com curiosidade, e Samuel fez um esforço para sorrir.

— Não faça essa cara de pena, está bem? Se não, para a sua próxima aula, vou pegar tão pesado que você nem vai lembrar como se chama!

— Ah, mas isso é fácil de lembrar, escreve-se como se pronuncia: "senhor diretor".

Sam começou a rir e, depois de ter levantado ostensivamente os ombros, foi buscar mais duas cervejas.

Pascale deixou-se cair num grande pufe de couro marroquino, o que levantou uma nuvem de poeira. De pé em sua frente, com as mãos nos quadris, Aurore protestou:

— Não me diga que está cansada!

— Morta... Você quer mesmo ficar com essa coisa horrorosa?

— Gosto do exotismo e, desse ponto de vista, seu sótão é uma verdadeira caverna do Ali Babá. Com uma bela encerada, esse pufe vai ficar magnífico!

Elas haviam passado o dia todo carregando móveis para os quais estavam tentando encontrar o melhor lugar.

— Você foi tão gentil em me acolher aqui — repetiu Aurore pela décima vez, no mínimo.

A ideia ocorrera às duas ao mesmo tempo, numa noite em que jantavam numa pizzaria e trocavam confidências. Aurore não estava conseguindo viver dentro de seu orçamento e passava seu tempo tentando cobrir seus rombos bancários. Gastadeira, fantasista, administrava tão mal seu orçamento que pagar aluguel havia se tornado um problema. Por ser caro e, ao mesmo tempo, não ter charme algum, foi com alívio que ela avisou ao proprietário que ia deixar o apartamento de dois cômodos que ocupava na periferia de Toulouse. Para acomodá-la em Peyrolles, Pascale só lhe pedia que contribuísse com uma quantia preestabelecida para pagar as despesas de aquecimento e eletricidade, mas Aurore decretara que também daria uma força em todos os trabalhos de bricolagem. Quando seus horários de trabalho coincidissem, também podiam fazer o trajeto no mesmo carro, em vez de cada uma pegar o seu. Um arranjo simples, que tinha o mérito de romper sua solidão de solteiras.

Em Peyrolles, Aurore se sentia eufórica e transbordava de energia. A casa a fascinava tanto quanto o jardim, e ela se dedicava a ambos sem limites. Sua frivolidade tinha pelo menos um lado bom: ela sempre tinha mil ideias boas de decoração. Sem ela, Pascale logo desanimaria, pois, evidentemente, havia subestimado a extensão da tarefa. Para si mesma, escolhera o quarto de seus pais; para Aurore, o de Adrien, e seu antigo quarto de criança, amplo e claro, foi destinado a eventuais amigos. No térreo, sem contar a cozinha, apenas o jardim de inverno tinha sido arrumado. Esse grande espaço retangular, prolongado por uma larga varanda, era o local mais agradável da casa. Nele, às vezes Pascale e Aurore ficavam conversando até uma hora avançada da noite, degustando infusões de plantas provenientes do jardim: verbena, menta ou tília. Planejavam fazer doces com os pêssegos e as cerejas, mas claro que nunca tinham tempo para isso.

— Esta noite — decretou Aurore — vou fazer para você uma omelete gigantesca com tudo o que sobrou, tipo *tortilla*.

— Então vou comprar pão.

Levantaram-se a contragosto, tão esgotadas que estavam depois de todos os esforços que haviam feito desde a manhã.

— Um sábado bem preenchido — constatou Pascale dando uma olhada ao redor.

O quarto de Aurore tinha ficado realmente alegre com suas cortinas cor-de-rosa, recuperadas numa mala, um biombo gradeado, transformado em porta-retratos gigante, uma cômoda alvaiadada, ornada de motivos pintados com moldes, e agora o grande pufe marroquino que reinava entre as duas janelas. Achando graça, Pascale meneou a cabeça em sinal de aprovação. Por que não era capaz de ter a mesma imaginação? Seu gosto, mais para o clássico, a induzia a certo despojamento, mas será que algum dia ela teve tempo de ocupar-se de uma casa? Enquanto era casada, Sam e ela estavam muito absorvidos pelo trabalho para se preocupar com a decoração de seu apartamento. De todo modo, sonhavam em mudar, o que teriam feito se Pascale tivesse engravidado...

Desceu correndo as escadas, pegou sua bolsa que estava largada num dos consoles do hall e saiu. Na aldeia vizinha, só havia três estabelecimentos: uma padaria, um bar-tabacaria, que vendia alguns jornais, e um açougue. Pascale já tinha passado por ali algumas vezes sem conseguir travar conversa com alguém. Ou porque as pessoas a tomavam por uma turista de férias, ou porque não gostavam do sotaque parisiense; em todo caso, ninguém a acolhera com gentileza. Decidiu que tinha de fazer um esforço suplementar, talvez explicar quem era ou ao menos especificar que estava morando ali e que seria uma cliente regular.

Quando entrou na padaria, com um sorriso nos lábios, surpreendeu o olhar hostil da mulher de meia-idade que estava atrás do caixa.

— Boa-tarde, senhora, gostaria de uma baguete e de um pão caseiro — anunciou da maneira mais amável possível.

— Quer o pão fatiado?

O tom não era agradável, tampouco a expressão do rosto.

— Sim, por favor. Fica ótimo no café da manhã!

Sem responder ao elogio, a mulher introduziu o pão na máquina, com os olhos voltados para as lâminas.

— Acabo de me instalar a dois quilômetros daqui — encadeou Pascale. — Ou melhor, de me reinstalar, porque passei a infância toda aqui!

— Você é uma Fontanel, não é? — lançou por fim a padeira, de mau humor.

— Sou! E voltei para morar na casa da minha família.

— Que ideia!

Decepcionada com sua reação, Pascale estendeu-lhe uma nota de cinco euros.

— Seus pais não faziam compras na aldeia — resmungou a mulher, entregando-lhe o troco. — Mas devo tê-la visto uma ou duas vezes quando você era pequena...

— Então, de agora em diante, a senhora vai me ver com muito mais frequência!

Após outro sorriso, ainda mais insistente do que o primeiro, Pascale virou-se e saiu. Que recepção estranha para uma comerciante que não parecia ter muitos clientes! Teria sido mais lógico mostrar-se afável ou, pelo menos, curiosa.

Pascale atravessou a rua e empurrou a porta do bar-tabacaria, onde pretendia comprar algumas revistas femininas. Aurore adorava folheá-las no domingo de manhã, sempre atrás das últimas tendências da moda, de ideias novas para a decoração, de receitas de culinária que ela punha em prática — mais ou menos bem — no mesmo dia.

— Médico lê esse tipo de coisa? — gracejou o proprietário, medindo-a por trás do balcão.

— O fim de semana foi feito para relaxar! — respondeu Pascale de bom humor.

Finalmente alguém que não parecia tomá-la por uma perfeita estrangeira.

— Moro ao lado da aldeia — precisou ela para engatar esse princípio de conversa.

— Eu sei, eu sei... Fica-se sabendo de tudo tão rápido! Seu jardineiro espalhou a notícia há um mês.

— Lucien Lestrade não é meu jardineiro. Ele meteu na cabeça de me dar uma força, mas está fazendo isso de graça, não estou empregando ninguém por enquanto.

— Não vai conseguir fazer com que ele deixe Peyrolles assim de repente! — brincou o homem.

Era pouco mais velho do que Pascale e certamente não conhecera sua família na época, o que parecia torná-lo mais loquaz do que a padeira.

— Lucien sempre fala muito de lá. Do seu jardim, quero dizer. Segundo ele, é extraordinário; é um tal de Peyrolles aqui, Peyrolles acolá... Ele tem trabalho em outros lugares, mas é para sua casa que gosta de ir.

— A propriedade não é mais o que era — respondeu com prudência Pascale, que começava a achá-lo confiado demais. — Vou tentar me ocupar dela, só que trabalho em Toulouse, então não tenho tempo de...

— Por que tão longe? Seu pai trabalhava em Albi, não?

— Realmente você está a par de tudo! — exclamou, forçando-se a rir.

— As pessoas falam quando estão na frente do copo — respondeu de cabeça baixa, com um gesto na direção das garrafas alinhadas acima do bar. — Toco este bar há dez anos e, desde então, já ouvi de tudo.

Pascale guardou o porta-moedas e pegou suas revistas, depois se dirigiu para a porta. No momento em que a abria, o sujeito lançou:

— O nome Fontanel é apreciado de várias formas por aqui!

Com uma lentidão calculada, ela voltou para encará-lo.

— Não entendi — articulou ela.

— Na minha opinião, seu pai não deixou boas lembranças na cidade...

Estupefata, hesitou em ir embora. Aquele homem podia contar o que fosse para fazê-la cair em sua história, mas, instintivamente, estava certa de que ele estava dizendo a verdade. De fato, ele devia ouvir muita fofoca atrás de seu balcão, e, graças a Lucien Lestrade, o retorno de Pascale a Peyrolles não passara despercebido.

— Meu pai é um excelente médico — declarou com um tom firme.

— Ah, mas isso não tem nada a ver! O problema são as histórias com mulheres. Aquela que morreu queimada, depois a chinesa que...

Ele se interrompeu de imediato e deu um tapa na testa.

— Como sou idiota! Me desculpe. Sempre digo que sou pior que o último dos tagarelas! Pegue. Você fuma?

Envergonhado, estendeu-lhe uma grande caixa de fósforos decorada, como se esperasse compensar sua gafe com aquele presente irrisório.

— Não, não fumo, obrigada.

— Pode usar para acender o fogão ou a lareira.

Contornando o balcão, ele colocou a caixa em sua mão.

— Não me leve a mal... Você tem mesmo traços asiáticos, eu devia ter percebido.

Sem saber o que fazer, ela pegou a caixa de fósforos e saiu sem acrescentar uma palavra. "A chinesa"... Era assim que as pessoas da aldeia chamavam sua mãe? Por despeito, porque ela fazia suas compras em Albi? Porque era mestiça?

Contrariada, Pascale voltou a Peyrolles ruminando as palavras do dono do bar-tabacaria. Primeiro, como ele a reconhecera? Será que ela se havia tornado o único assunto das conversas daquele fim de mundo? Nesse caso, nunca mais poria os pés ali; também faria suas compras em Albi, exatamente como sua mãe. Quanto àquelas velhas "histórias com mulheres", seu pai não era nenhum barba-azul! No entanto, era a segunda vez que lhe diziam que os Fontanel não haviam deixado uma boa lembrança. O motorista de táxi que a conduzira a Peyrolles no dia seguinte ao enterro de sua mãe, e agora o cara do bar-tabacaria...

Aurore esperava por ela, plantada no meio da cozinha, com uma garrafa de Gaillac na mão.

— Tive tempo de preparar um creme caramelizado que você vai adorar! Mas primeiro vamos beber; abra isso aqui, é o presente de um paciente...

Seu bom humor era suficientemente reconfortante para Pascale esquecer as idiotices que ouvira na aldeia. Sobre a mesa, dois castiçais altos, de cobre, tinham sido guarnecidos de velas brancas.

— São aqueles do sótão? — espantou-se Pascale.

— Consegui recuperá-los com vinagre e sal. Até que não ficaram mal, não é? Vão ficar lindos no jardim de inverno, assim que descermos o console e o repintarmos. Podemos pintar motivos com o molde...

— Amanhã é domingo — protestou Pascale —, vou dormir a manhã toda!

— Não se preocupe, a tarde deve ser suficiente.

Apertando a baguete entre o polegar e o indicador, Aurore fez cara de gulosa.

— Adoro este pão, temos sorte de ter uma boa padaria por perto!

— Boa pode ser, mas a dona não é nada amável. Entre ela e o cara da tabacaria tive a impressão de não ser bem recebida. É estranho, o nome Fontanel parece associado a alguma coisa desagradável, e, no entanto, pensei que fosse o contrário, que a lembrança deixada por meu pai e meu avô fosse uma espécie de "abre-te, sésamo".

— Por quê?

— Porque são originários daqui. Instalaram-se há várias gerações, passaram a medicina de pai para filho... Peyrolles está na família há quase duzentos anos, percebe o que isso significa?

— E daí? Vocês fazem parte dos abastados, raramente vistos com bons olhos!

— A julgar pelo que dizem — continuou Pascale —, meu pai teria tido uma porção de mulheres, mas na verdade era só um jovem viúvo que queria se casar de novo, o que acabou fazendo, nem mais nem menos do que isso.

— A não ser pelo fato de um belo dia vocês terem ido embora, sem nenhuma explicação, e é o tipo de partida precipitada que alimenta as conversas.

— Pode ser...

Pouco convencida, Pascale tirou a grande caixa de fósforos da bolsa e começou a acender as velas. As noites estavam mais curtas, mais frescas, o outono estava no fim, o que era atestado pelas folhas mortas que começavam a cobrir as alamedas do jardim.

— Seja como for, chamar minha mãe de "a chinesa"!

— Ela era vietnamita, não?

— Em parte. Seu pai era francês. Ele a trouxe de Hanói quando ela só tinha alguns meses. Foi criada em Toulouse, tinha até o sotaque de lá! Bom, era um pouco arredia, talvez... Nem tagarela nem expansiva como as pessoas daqui. Mas, segundo meu pai, não foi muito feliz em sua família, o que explicava sua natureza reservada.

— Ela não falava a respeito com você?

— De sua família? Não, nunca. Tinha cortado os vínculos, nem fazia alusão a ela. Era como se suas lembranças começassem quando conheceu meu pai...

No entanto, nos últimos anos de vida, sua mãe mudara de atitude. Já não olhava para seu marido com o mesmo carinho de gratidão, começara a desconfiar de todo o mundo.

— No final das contas — constatou Pascale —, não sei grande coisa sobre ela, sobre sua infância nem sobre sua vida de solteira.

— Ah, não reclame, conheço nos mínimos detalhes a juventude da minha mãe! Ela me encheu os ouvidos de tanto contar sua história; até parece que era uma santa...

Aurore parecia achar graça, e Pascale acabou sorrindo. De que adiantava voltar ao passado? A tristeza por ter perdido sua mãe estava justamente começando a se atenuar, e ela não queria pensar nisso naquele momento. Observou Aurore, que, com a mão firme, batia ovos numa tigela. A noite já estava caindo, mas a luz das velas dava um ar de alegria à atmosfera da cozinha.

— Sua casa é um lugar idílico — concluiu Aurore. — Será que é por isso que as pessoas sentem inveja? Não dê ouvidos aos falatórios, você tem coisa melhor para fazer.

Definitivamente, a sua companhia era uma vantagem. Impossível ficar triste por muito tempo ao lado dela, sua alegria de viver era contagiante. No entanto, Pascale prometeu a si mesma fazer algumas perguntas a seu pai da próxima vez que lhe telefonasse.

* * *

Nadine vacilou sob o choque e soltou um palavrão em alto e bom som. Confuso, Laurent Villeneuve estendeu a mão em sua direção, como se temesse vê-la desabar.

— Sinto muito, estávamos os dois andando rápido demais...

Deram um encontrão na curva do corredor, tão apressados que estavam para cuidar de suas atividades.

— Estou indo ver um de meus pacientes em cirurgia — precisou ela.

Será que estava com medo de ele se perguntar por que estava deixando seu andar de forma tão precipitada? A ideia quase o fez sorrir, mas absteve-se de fazê-lo por conhecer seu temperamento. Aliás, Nadine Clément podia muito bem ir aonde quisesse, ele não estava nem aí. Ela era uma das melhores chefes do hospital, e a única coisa que podia inquietá-lo em relação a ela era sua idade. Aos sessenta e quatro anos, muitas vezes parecia esgotada, com muito menos fôlego do que a maioria de seus pacientes.

Ele recuou para permitir que ela continuasse seu caminho e a seguiu com o olhar, enquanto ela se afastava com pressa. Uma mulher brilhante, mas que cuidava pouco de si mesma. Gorda demais porque comia qualquer coisa, nunca bem penteada porque ela mesma cortava seus cabelos, sem se dar ao trabalho de tingi-los, e vestida com o que devia cair em sua mão. Não era de espantar que fosse tão agressiva com as mulheres bonitas de seu setor! Sobretudo com Pascale Fontanel, contra a qual soltava os cachorros ao menos uma vez por semana sob a forma de anotações irascíveis, que se empilhavam sobre a escrivaninha de Laurent, ou de descomposturas que sempre acabavam por se repercutir.

Parado no meio do corredor, ele se perguntou o que tinha ido fazer no setor de pneumologia. Acalmar os ânimos? Não era seu papel, podia contentar-se em dirigir o CHU de Purpan do fundo de sua sala, tratava-se, antes de tudo, de um trabalho administrativo e, no que se referia às relações humanas, dispunha de colaboradores. Não, a verdadeira razão de seu breve passeio naquele setor era a vontade pura e simples de trocar algumas palavras com Pascale Fontanel, que ele via pouco demais para seu gosto. Havia encontrado com ela uma vez num dos halls, observando novamente como era bonita, depois, na semana seguinte, vira-a passar diante de suas janelas, realmente seduzido por sua silhueta e, por fim, encontrara-a no estacionamento dos médicos. Ela estava quebrando a cabeça com o controle da trava de seu carro, e como o alarme de seu Clio disparara, ele lhe mostrara como neutralizá-lo. Ao olhá-la de perto, duas coisas o impressionaram: a delicadeza da textura de sua pele e o brilho de seu sorriso. Nos dias que se seguiram, surpreendera-se pensando nisso.

Duas enfermeiras passaram por ele, cumprimentando-o com um leve sinal de cabeça, e ele se deu conta de que devia estar com uma cara estranha plantado ali. De todo modo, nunca misturava o trabalho e o prazer, nem pensar em paquerar quem quer que fosse naquele hospital. Sem contar que seu amigo Samuel Hoffmann não veria necessariamente com bons olhos uma tentativa de seduzir sua ex-mulher, da qual, evidentemente, não se havia desligado. Pobre Sam...

— Bom-dia, senhor Villeneuve!

Pregado no chão, Laurent devolveu maquinalmente o cumprimento a Pascale. Ela estava saindo de uma sala de exames, com o estetoscópio em volta do pescoço, seu jaleco branco aberto por cima de um pulôver azul-claro.

— Quando vai se reunir a nós no aeroclube, doutora Fontanel?

— Quando meu tempo e meu dinheiro me permitirem, o que ainda deve demorar um bocado!

Definitivamente, seu sorriso era deslumbrante, e ele não resistiu à vontade de continuar conversando com ela.

— Já se habituou ao setor?

— Sem problemas... A professora Clément nem sempre é fácil, mas faz um trabalho extraordinário.

Não havia nenhum traço de rancor nem de ironia em suas palavras, o que ele apreciou.

— Quanto a Nadine Clément, ela acha que você é um pouco pródiga em seus pedidos de exames. Por exemplo, algumas escanografias inúteis, segundo a nota que ela me mandou.

— Inúteis? Eu as prescrevo se tenho alguma dúvida, é normal. Ela já me falou a respeito e pensei que tivesse me justificado.

— A assistência pública está tentando economizar, você sabe bem — reclamou.

— Não à custa dos pacientes!

Seu sorriso tinha desaparecido, ela o media, com as sobrancelhas franzidas, pronta a defender seu ponto de vista. Ele buscava uma resposta apropriada quando viu que Nadine Clément estava voltando.

— Falando nela... — murmurou ele para avisar Pascale.

— Espero que o senhor traga a doutora Fontanel de volta à razão! — lançou Nadine parando ao lado deles. — Com ela os prontuários dos pacientes ficam gordos como anuários.

Atingida em seu amor-próprio, Pascale se endireitou e resolveu enfrentar a situação.

— Não pedi nada de supérfluo, acho que sei fazer um diagnóstico quando possível. Se a senhora está se referindo ao paciente desta manhã, sua auscultação não era significativa, e as radiografias não revelavam grande coisa. Mas se trata de um homem de sessenta e cinco anos, que fuma muito desde a adolescência, que está se queixando de falta de ar e...

— Ora, veja só! — exclamou Nadine levantando os olhos.

Sem levar em conta a interrupção, Pascale continuou:

— Prescrevi uma bateria completa de exames, é verdade, para ver a que ponto o enfisema já atingiu os pulmões e de que modo poderíamos aliviá-lo.

— Por que não o aconselhar a parar de fumar? — ironizou Nadine.

— Porque simplesmente ele ainda não decidiu parar. Quero saber se existe uma lesão, se...

— Santo Deus, você está se comportando como uma iniciante! Há uma consulta especial para os fumantes, e aqueles que fazem questão de cavar a própria cova com suas bitucas são a praga do meu setor! Enquanto isso, você não é uma aluna de externato.* Assuma suas responsabilidades sem se refugiar sistematicamente atrás dos resultados antes de arriscar a menor iniciativa!

Tanto uma quanto a outra haviam elevado a voz, e Laurent interveio.

— Sei que o cigarro é seu maior inimigo, Nadine, no entanto...

— Se vocês vissem os horrores que trato aqui ao longo do ano, teriam a mesma opinião que eu. Seja como for, nossa conversa não se baseia nos danos causados pelo tabaco, mas nas prescrições exorbitantes da doutora Fontanel. Quando estiver insegura, minha querida, mande o paciente para mim. Posso estar até aqui de trabalho, mas vou tirar cinco minutos para consertar suas besteiras!

---

* Na França, estudante de medicina do quarto ao sexto ano que auxilia os residentes nos hospitais. (N.T.)

Ela acentuou sua última frase com um leve sarcasmo mordaz antes de deixá-los ali. Pascale empalideceu de raiva, mas não se autorizou nenhum comentário. Limitando-se a despedir-se de Laurent com um meneio um tanto rígido de cabeça, afastou-se rumo à sala das enfermeiras. Levar uma descompostura daquela maneira devia ser ainda mais desagradável, uma vez que ela não tinha por que ser repreendida. A nova geração de médicos gostava de fazer uso de escanografias e outros métodos de investigação, quando os velhos chefes se fiavam na própria experiência. Eterno confronto de antigos e modernos.

Ele decidiu mexer-se, de repente apressado para voltar à sua sala. Dirigir um centro hospitalar como Purpan não era moleza. Também estava atolado de trabalho, Nadine Clément não era a única a sentir-se assoberbada.

No elevador que conduzia ao térreo, começou a torcer para que o conflito entre as duas mulheres não se acirrasse. A hostilidade manifesta de Nadine parecia excessiva, mesmo se levando em conta seu temperamento difícil. Desde que se tratou de contratar Pascale, ela lhe mostrou aversão. Por quê? Porque Pascale era jovem, bonita e vinha de um grande hospital parisiense? Não, devia haver outra razão. Só pelo jeito de Nadine articular "doutora Fontanel", com furor e desprezo, já dava para adivinhar uma espécie de ódio. Se fosse esse o caso, a situação só poderia piorar. Irritado com essa perspectiva, Laurent atravessou o hall a passos rápidos. Não estava entre suas atribuições proteger Pascale, ele precisava de todo jeito parar de pensar nela.

— Ah, não! Não concordo! — explodiu Marianne. — Não quero passar minhas férias sozinha. Esperei até outubro para poder sair de férias com você, e agora você me diz que não vem?

— O cronograma do centro cirúrgico é uma loucura — suspirou Samuel —, não dá para tirar duas semanas seguidas.

— Mas você precisa descansar, não precisa?

— Me contento em tirar folga de um dia uma vez ou outra até fevereiro, quando vou levar você para esquiar, prometo.

— Sam, ainda tenho dezoito dias de folga para tirar neste ano... Tínhamos combinado as datas, já estava previsto...

Ela o olhava magoada, e ele se sentiu culpado. Se insistisse um pouco, conseguiria arranjar-se com seus colegas, mas, no fundo, não estava com muita vontade de acompanhar Marianne à Tunísia. A ideia dessa viagem era dela; quanto a ele, preferia, de longe, dedicar seu tempo livre a voar.

— Estou muito decepcionada! — desabafou ela com uma voz vibrante de raiva.

— Vá sem mim, Marianne. Você estará bronzeada e em plena forma quando voltar.

Pelo jeito como ela apertou os lábios, ele entendeu que estava se abstendo de lhe dizer coisas desagradáveis.

— Sinto muito — suspirou ele abaixando a cabeça.

Por que ele não era capaz de fazê-la feliz? O carinho e o desejo que ela lhe inspirava não eram suficientes para encobrir a verdade: ele não estava apaixonado por ela. E só de pensar em ficar sozinho com ela por quinze dias num quarto de hotel ou numa praia já o aborrecia antecipadamente.

— Sam? Fique tranquilo, vou viajar. Você não faz questão que eu fique, não é?

— Você precisa de um descanso e...

— E você, de ficar um pouco sozinho, é isso?

Ele levantou os olhos, surpreso com a frieza de sua voz.

— Vou pegar o avião no domingo, não tem problema, mas, se você não achar inconveniente, vou acompanhá-lo na festinha preparada pela sua ex no sábado à noite.

O convite de Pascale para festejar sua mudança dirigia-se a ambos, e, aparentemente, Marianne não tinha a intenção de excluir-se. Ela não escondia que considerava Pascale uma rival, apesar de todos os protestos de Sam.

— Na semana que vem você vai estar bem tranquilo, vai poder ficar tonto de tanto andar de helicóptero, ficar no clube até tarde, arrumar alguém para me substituir, choramingar por causa do seu divórcio, tudo o que quiser!

Estupefato, ele a observou por um momento em silêncio. Na maior parte do tempo ela era doce, quase dengosa, e eis que estava se transformando numa mulher temperamental!

— Estou cheia, Samuel — disse aproximando-se dele. — Dou tudo de mim para amar você e não recebo nada em troca. Nenhuma palavra de carinho, nenhum olhar verdadeiro, nenhum projeto. Essa viagem era muito importante para mim, mas você não está nem aí...

Era agora ou nunca a oportunidade para responder-lhe com franqueza. Como a maioria dos homens, ele temia cenas e detestava rompimentos. De resto, não queria deixá-la realmente.

— Não é que não estou nem aí — murmurou ele. — Não iludi você, não fiquei tentando embelezar as coisas. As palavras que você gostaria de ouvir seriam mentirosas.

— Então por que você me liga? Por que me convida para jantar, para dormir na sua cama?

Ele se absteve de notar que, de modo geral, era ela quem lhe telefonava, quem lhe propunha sair à noite ou, simplesmente, desembarcava em sua casa sem avisar.

— Fico contente quando a vejo, mas não tenho vontade de viver com você. Não é você o problema, Marianne. Gosto da minha independência e me sinto incapaz de dividir minha vida por enquanto, isso é tudo. Se essa situação é insuportável para você, então é melhor nos separarmos.

O que mais ele podia dizer? Nunca lhe daria o que ela esperava; disso ele já tinha certeza. Havia um ano que a conhecia, que a tinha em seus braços, e não pretendia nada além dessa ligação episódica, agradável, quase *confortável*... Assim que essa palavra se formou em sua mente, ele se obrigou a reagir:

— Ainda não me recuperei do meu divórcio, com certeza você tem razão. Não quero me apegar, me comprometer, e você já sabia disso. Na sua idade, bonita como você é, tem direito a uma história de amor de verdade, que...

— Mas eu amo você! — gritou. — Você e ninguém mais! Estou pouco me lixando para tudo isso que você está me falando. Vou ter a paciência de esperar porque vai chegar o dia em que você vai acordar curado dessa mulher!

— Curado? — repetiu ele, desconcertado.

— Você ainda pensa nela, não venha querer dizer o contrário.

— Acontece de eu pensar nela, sim. É um fracasso pelo qual não me perdoo, mas isso não me tira o sono. Você está misturando tudo, Marianne.

De tanto sentir ciúme de Pascale, e inconsciente de seu erro, Marianne acabava fazendo com que ele pensasse em sua ex-mulher o tempo todo. Ele parou de olhá-la e retirou-se no outro canto do quarto. O espetáculo da cama desfeita e dos lençóis amassados trouxe-lhe à memória o começo da cena. Deitada a seu lado, Marianne fumava um cigarro enquanto enumerava todas as alegrias que os esperavam na Tunísia, e quanto mais ela falava, mais a ideia daquela viagem acabrunhava Samuel. Então ele teve a coragem — ou a covardia? — de anunciar-lhe que não iria.

— É melhor você terminar comigo — disse ele tranquilamente.

— Não, isso não!

Ela o alcançou em três passos largos, apoiou-se contra suas costas e passou os braços ao redor de sua cintura.

— Vou fazer de tudo para ficar com você, Sam. Coisas que você nem imagina. Você me acha uma maluca, mas está enganado. Escute, não vamos brigar hoje. Vou viajar sozinha; dar um tempo vai ser bom para nós dois...

As palavras embaralhavam-se enquanto ela se agarrava a ele.

— Em quinze dias, quem sabe, você vai se dar conta de que lhe faço falta. Você precisa de carinho, precisa ser consolado, ganhar confiança, você é como todo o mundo, meu amor. Fica bancando o indiferente, mas adora que eu cuide de você.

E se ela tivesse razão? Afinal de contas, sim, ele bem que gostava de ouvi-la rir ou tagarelar, vê-la movimentar-se e fazer amor com ela. Achava que não se apegava a ninguém e, no entanto, ocorria-lhe de pensar nela com certo prazer. Seria só egoísmo?

— Não posso prometer nada a você — suspirou ele.

— Pelo menos me dê uma chance.

Na época, pedira a mesma coisa a Pascale e, diante de sua recusa, sentira-se tão mal! Podia fazer o mesmo e infligir-lhe esse tipo de sofrimento? Virou-se e a tomou nos braços.

Nunca desprovida de ideias, Aurore fez de tudo para dar um ar de festa à casa, concentrando seus esforços no jardim de inverno. Uma porção de velas vermelhas, os últimos gladíolos do jardim nos grandes vasos de Camille encontrados no sótão, pinhas e fentos servindo de decoração sobre o console transformado em bufê. Passara a tarde preparando saladas, pratos de carne fria ou peixe defumado, além de tábuas de queijo. Pascale, por sua vez, tratara de confeccionar tortas de frutas e, enquanto estas assavam, foi comprar vinho em Albi.

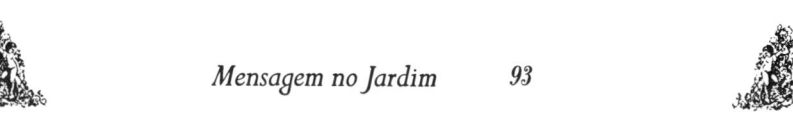

No caminho de volta, deu-se conta de que havia esquecido de pegar pão fresco. Contrariada por estar atrasada, recusou-se a dar meia-volta. Embora não tivesse vontade alguma de voltar a pôr os pés na padaria da aldeia, abriria uma exceção.

A mulher de meia-idade acolheu-a tão mal quanto da primeira vez, contemplando-a com uma hostilidade evidente.

— Três baguetes e dois pães caseiros, por favor! — lançou Pascale sem se deixar impressionar.

Durante todo o tempo que a padeira levou para servi-la, ela ficou olhando ao redor, com um sorriso educado preso aos lábios.

— Boa-noite! — Riu com escárnio a mulher atrás dela, enquanto ela saía.

Na calçada, quase trombou com Lucien Lestrade.

— Fico feliz por encontrá-la, pois preciso falar com você sobre as plantações. A estação já está adiantada, mas comprei todos os bulbos, então vou até sua casa na segunda. Vou passar a tarde lá, deve ser suficiente.

— Senhor Lestrade...

Ela se lembrou de que ele lhe havia pedido para chamá-lo pelo primeiro nome, então se corrigiu:

— Lucien. Já lhe expliquei que não posso contratá-lo.

— Mas faço de graça! — replicou. — Só que é preciso começar agora, do contrário não haverá flores na primavera.

— Não tem problema.

A resposta pareceu escandalizá-lo. Ele arregalou os olhos e recuou um passo.

— Como assim não tem problema? Você tem noção do que está dizendo? Eu prometi! E só tenho uma palavra, vou cuidar disso até o fim. Hoje em dia, as pessoas não estão nem aí para nada, não dá para acreditar...

— Prometeu o quê? A quem?

Ele a envolveu com um olhar indecifrável antes de dar de ombros.

— Estarei lá por volta das nove horas — resmungou.

— Tudo bem, mas eu não; vou trabalhar!

— Não se preocupe, tenho a chave do portãozinho.

Com um gesto vago em direção a seu boné, fazendo menção de cumprimentá-la, contornou-a e entrou na padaria. Durante dois ou três segundos, ela ficou imóvel, hesitando segui-lo na loja para pedir-lhe mais explicações. Por fim, acabou desistindo. Tentaria voltar cedo para casa na segunda-feira para ter uma conversa sensata com ele. Não queria que ele ficasse com uma chave do jardim nem que ficasse em sua casa enquanto ela estivesse ausente. As flores eram a última de suas preocupações. Com que direito aquele homem as imporia a ela? Nunca teria a paciência de sua mãe para arrancar as ervas daninhas, regar, cuidar... E quem ia pagar por esses bulbos?

Ela retomou a estrada para Peyrolles, remoendo sua contrariedade. Estabelecera toda uma lista de trabalhos urgentes, na qual o jardim não tinha lugar. Ao lado da estufa, ao abrigo, ela vira um cortador de grama, um pequeno trator, um aparador de grama e uma serra elétrica. Esse material pertencia à propriedade, seu pai deve tê-lo renovado com o passar do tempo para permitir a manutenção do jardim. Lestrade e os inquilinos utilizaram-no, ela podia aprender a fazer o mesmo.

Ao chegar diante dos portões bem abertos, descobriu as tochas instaladas por Aurore no canto do gramado. Suas chamas rompiam o crepúsculo, dando um misterioso ar de festa a Peyrolles. Perto da escadaria, um carro desconhecido já estava estacionado, mas a casa parecia deserta. Pascale apressou-se para colocar o pão na cozinha, esperando ter tempo de se trocar antes da chegada dos outros convidados.

Enquanto subia as escadas correndo, uma exclamação a fez levantar a cabeça.

— Filha!

Ela se lançou nos braços de seu pai, feliz como uma menina por vê-lo ali, no patamar, tão parecido com a imagem de infância que ela guardava dele, quando toda a família era feliz em Peyrolles.

— Você conseguiu vir, que ótimo! E o Adrien?

— Está com a sua amiga Aurore, no seu antigo quarto. Onde você vai nos alojar?

— No meu. Quer dizer, no meu antigo, que reservei para os amigos, mas, se preferir, devolvo o seu, eu...

Henry começou a rir, aparentemente achando graça da situação.

— Está perfeito, querida. Você está na sua casa agora, é você quem nos recebe.

— Vocês vão ficar por mais tempo?

— Até amanhã à noite. Alugamos um carro no aeroporto, era o meio mais rápido, porque não tenho muito tempo, mas estava com tanta vontade de ver você!

Ele a contemplou com um carinho que a emocionou, e ela se deixou levar, com a cabeça contra seu ombro.

— Senti saudade, pai. Você está bem?

Provavelmente ele fizera um esforço para passar pela porta daquela casa tão cheia de lembranças, e ela lhe era muito grata por isso.

— Nem bem nem mal. Sua mãe deixou um vazio que nunca vou conseguir preencher, então nem estou tentando. A clínica tem me absorvido completamente.

Ela não queria imaginar o que estava sendo a vida dele em Saint-Germain, no apartamento vazio.

— Quem você convidou para comemorar sua mudança?

— Sam e a noiva dele, colegas do Purpan...

— Samuel está noivo? — espantou-se.

— Ainda não, mas espero que se decida logo!

Com o indicador, ele levantou seu queixo para olhá-la nos olhos.

— Espera mesmo?

Um pouco embaraçada, ela buscou a resposta mais honesta:

— Ele vai acabar refazendo sua vida, e essa moça me parece boa. Quero poder continuar sendo sua amiga sem nenhum equívoco, entende?

Um sorriso indulgente iluminou o rosto de Henry.

— Vocês, jovens, inventam cada uma... francamente! Vá logo se arrumar, você não está pensando em receber seus convidados de jeans, está?

Aliviada por escapar a suas perguntas, ela correu para o banheiro. Em dois minutos, conseguiu fazer um coque, maquiar-se levemente e perfumar-se. Depois foi até o closet, onde enfiou um vestido de seda preto, com uma fenda do lado, e sapatos de salto alto. Uma olhada no espelho a deixou em dúvida. Estava se achando produzida demais, mas já não tinha tempo de procurar outra roupa.

Logo que chegou ao térreo, constatou que Aurore já havia recebido dois médicos que trabalhavam no setor de pneumologia e uma enfermeira amiga sua, que ela estava apresentando a Adrien. Pascale abraçou o irmão, depois conduziu todo o mundo para o jardim de inverno. Serviu sangria a quem queria e abriu uma garrafa de Chablis para o pai. Como este lhe fizera notar, agora ela estava em sua própria casa; no entanto, o papel de anfitriã lhe parecia um pouco incongruente.

— Que diferença dos seus lanches de menina! — lançou Adrien, levantando o copo. — Nada de laranjada nem de rocambole de geleia...

Ele bebeu sua sangria de um só gole e estalou a língua.

— Uma delícia. Vou pegar mais um pouco, se você permitir. Então, em que ponto você está? Vi que encontrou um monte de coisas velhas, das quais teria feito melhor em se livrar. Por que não arranja uma decoração nova?

— Por falta de recursos. E, depois, não me incomoda, só desci do sótão coisas de que gosto.

— Não deveria se apegar ao passado, querida. Morar aqui já deve ser pesado...

— Pesado? Não. Ao contrário, é formidável. Não renego nada.

Com o canto dos olhos, ela viu chegar Laurent Villeneuve. Ele se dirigiu diretamente a ela e estendeu-lhe a mão, um pouco atrapalhado com as duas garrafas de champanhe que trazia.

— Você está magnífica! — exclamou. — E a casa parece à altura.

Ao fazer o convite, ela havia deixado claro que estava festejando sua mudança e que aquela seria uma reunião descontraída. Laurent estava de calças jeans, uma camisa branca sem gravata e uma jaqueta de couro. Por que ela havia colocado um vestido tão chique?

— Senhor Villeneuve? Que prazer reencontrá-lo, já nos vimos por ocasião de um congresso em Madri, há dois anos.

Laurent virou-se para Henry, que vinha juntar-se a eles.

— Doutor Fontanel, claro... Fico feliz em revê-lo.

Aproveitando a presença de seu pai, Pascale atravessou o jardim de inverno para ir receber Samuel e Marianne.

— Você está irresistível — insinuou Sam ao beijá-la.

Um pouco tensa, Marianne olhava a seu redor.

— Você tem uma bela casa — disse sem entusiasmo.

Trouxera de presente uma caixinha com incensos, provavelmente uma ideia de Sam, que muitas vezes vira Pascale acender bastonetes de sândalo para perfumar o apartamento deles.

Aurore parou ao lado deles, carregando uma bandeja com salgadinhos de queijo.

— Quem quer provar? É fabricação minha!

Atrás dela, Adrien fazia passar uma tigela de linguiças fumegantes. Pascale apresentou-lhe Marianne, depois os deixou para cumprimentar outros convidados que estavam chegando. Graças a Aurore, a noite começava a se animar, o volume das conversas subia, risadas já se espalhavam. As grandes portas de vidro que separavam o jardim de inverno da varanda estavam abertas, oferecendo assim um amplo espaço de recepção. Pascale foi verificar se os aquecedores elétricos estavam ligados, pois acabara de sentir um calafrio em seu vestido leve.

— Precisa de ajuda? — quis saber Laurent.

— Acho que está tudo em ordem, obrigada. Mas, se tiver fogo, seria bom acender as velas...

Vasculhou os bolsos e sacou um isqueiro.

— Entendo por que se endividou por este lugar. É magnífico!

— Meu pai não estava de acordo, nem meu irmão. Felizmente sou teimosa! Para dizer a verdade, ficaria desesperada se soubesse que Peyrolles seria vendida a terceiros.

— Comprou de volta suas lembranças da infância, é isso?

— De certo modo. Mas também estou apostando no futuro!

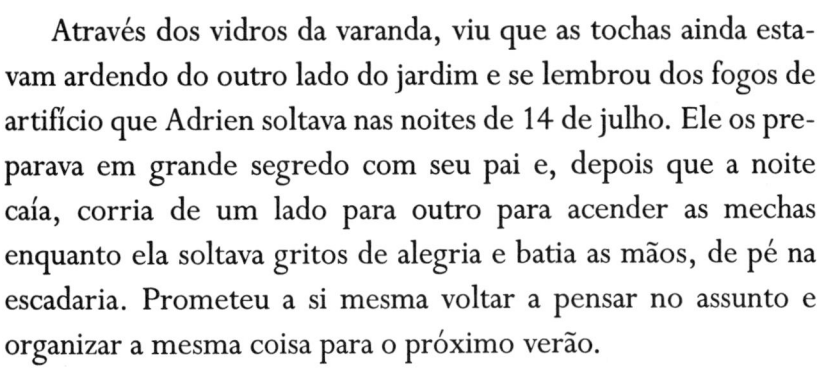

Através dos vidros da varanda, viu que as tochas ainda estavam ardendo do outro lado do jardim e se lembrou dos fogos de artifício que Adrien soltava nas noites de 14 de julho. Ele os preparava em grande segredo com seu pai e, depois que a noite caía, corria de um lado para outro para acender as mechas enquanto ela soltava gritos de alegria e batia as mãos, de pé na escadaria. Prometeu a si mesma voltar a pensar no assunto e organizar a mesma coisa para o próximo verão.

Quando se voltou, constatou que Laurent a observava com um semblante bem animado. Seu sorriso se acentuou e, de repente, ela o achou muito sedutor.

— Não convidou a professora Clément? — brincou.

— Se tivesse convidado, ninguém ia querer vir! Ela é realmente odiosa. Veja o caso de que eu estava falando à sua frente naquele dia, a respeito daquele senhor de idade que é fumante. Pois bem, a escanografia mostrou uma lesão que nada havia detectado até então. Não prescrevo por ignorância, esses mal-entendidos são...

— Não precisa se justificar — disse ele com delicadeza. — Você deveria esquecer um pouco o hospital.

Ele já não␣sorria, mas seu olhar permanecia caloroso. Por dois ou três segundos, Pascale o contemplou em silêncio, depois tomou bruscamente consciência daquilo que sua atitude podia ter de equivocada.

— Vamos beber alguma coisa — balbuciou ela.

Bom, ela era solteira, tinha o direito de mostrar a um homem que ele a agradava, mas, como diretor do CHU, Laurent Villeneuve estava fora da jogada. Paquerá-lo seria a última das besteiras a fazer.

— Pascale?

Ela sentiu que ele estava colocando a mão sobre seu ombro, detendo-a em seu impulso. Até então, não tinha usado seu primeiro nome. A maneira como acabava de pronunciá-lo era absolutamente deliciosa.

— Se eu a contrariei, peço desculpas.

O contato dos dedos com sua pele nua a fez estremecer, e ele a soltou de imediato, tão perturbado quanto ela. Deus do céu, será mesmo que ela estava *a fim* dele? Ela o vira três vezes!

— De maneira alguma, mas preciso voltar para meus convidados, eu...

— O que vocês dois estão aprontando? — lançou Samuel com um tom brincalhão. — Será que vai ser preciso abastecer vocês aqui mesmo?

Ele trazia dois copos de sangria, que colocou automaticamente nas mãos deles.

— Aurore está esperando você na cozinha. Ela me encarregou de colocar alguma música, só que seus discos são de doer. Laurent, você não teria uma ou duas coisas boas no seu carro? Um pouco de música pop inglesa ou...

— Claro. Vou buscá-los.

Samuel esperou que ele saísse da varanda para começar a rir.

— Pelo visto ele mexe com você!

— Guarde seus comentários para você, Sam.

A impressão de ter sido pega em flagrante a exasperava pelo menos tanto quanto o desejo que ela de fato acabava de sentir.

— Eu estava brincando, querida. Aliás, você sempre me repetiu que não gostava de olhos azuis... Era só para me agradar?

Ele a pegou pela cintura com um gesto de proprietário e conduziu-a para o jardim de inverno.

— Me solte, a Marianne pode não gostar.

— Não sou casado com ela! — protestou retirando o braço.

— Nem comigo.

Ela o viu retesar-se, como se o tivesse ofendido, e mal conseguiu ouvir a frase que ele pronunciou em voz baixa:

— Pode acreditar que lamento por isso.

Afastando-se dela, deu dois passos em direção à mesa que servia de bufê.

— Sam! Você perdeu seu humor?

Por que ele estava reagindo tão mal? Porque a encontrara conversando com Laurent? Ela foi juntar-se a ele e plantou-se à sua frente.

— Quer visitar a casa? Falei tanto dela para você! E, depois, se estamos todos aqui esta noite, é graças a você, nunca vou conseguir lhe agradecer o suficiente.

— Não seja tola, você teria muito bem conseguido comprá-la sozinha.

— Ah, teria mesmo! — anunciou Henry. — Ela ia acabar conseguindo porque é teimosa feito uma mula, mas, seja como for, você não me ajudou nessa história, Samuel. Agora, minha filha mora sozinha numa casa enorme a setecentos quilômetros do seu velho pai...

Ele parecia brincar, mas Pascale não era boba, tratava-se de críticas, e ele estava contente por servi-las a seu ex-genro.

— Me leve para conhecer a propriedade, Henry, para que eu faça uma ideia.

Aqueles dois sempre encontravam um jeito de se entender, mesmo quando não estavam de acordo. Samuel endereçou uma piscadela de cumplicidade a Pascale e seguiu Henry, mas, ao passar perto dela, parou por um segundo para cochichar em seu ouvido:

— Quando um homem realmente amou uma mulher, para ele a história nunca termina.

Desconcertada, ela pegou o primeiro copo que apareceu em sua frente e o esvaziou de um só gole. *Nunca termina?* O que ele acabara de lhe fazer era uma espécie de declaração de amor, enquanto Marianne se encontrava no mesmo cômodo? Ela procurou a moça com os olhos e a descobriu conversando com Georges Matéi, um rapaz charmoso que exercia cinesioterapia como ninguém. Aparentemente, ela não notara nada, parecia divertir-se; melhor assim.

Pascale foi para a cozinha, onde Aurore se empenhava, sempre ajudada por Adrien.

— Esta festa está um sucesso! — declarou seriamente seu irmão.

Ela o examinou com um olhar crítico, perguntando-se se ele tinha bebido demais ou se era a presença de Aurore que o deixava falante. Até onde se lembrava, Adrien sempre cedera ao charme das moças bonitas.

— Leve isso para lá — disse-lhe estendendo-lhe duas grandes saladeiras.

Aurore estava tirando as tortas do forno, e Pascale as colocou para esfriar na beirada da janela.

— Seu irmão parece gostar de um rabo de saia...

— Isso é um eufemismo!

Depois de trocar um olhar, desataram a rir ao mesmo tempo.

— Confesse que tive uma boa ideia ao incentivar você a fazer esses convites. Sua casa é o lugar ideal para receber e se divertir.

O rumor das conversas chegava até elas sobre o fundo musical.

— Nosso bom diretor virou *disc-jockey*? — ironizou Aurore.

— Eu o vi passar faz trinta segundos com uma pilha de CDs...

— O que você acha dele?

A pergunta escapara a Pascale, que mordeu os lábios enquanto Aurore a observava.

— Villeneuve? Irresistível, claro! Mas intocável, já vou lhe avisando. Tem um monte de meninas no Purpan que quebrou a cara. Pense bem, ele tem razão de ficar fora de alcance, se não, imagine o rebuliço...

Saíram da cozinha carregadas de pratos que iam colocar sobre o bufê.

— Sirvam-se e instalem-se onde quiserem! — anunciou Pascale em voz alta.

Durante quase quinze minutos, ela serviu pratos, abriu garrafas, conversou com cada um sem sair de seu lugar, até seu pai e Samuel voltarem a se juntar a ela.

— Já visitei tudo e posso lhe dizer uma coisa, minha querida: você fez um excelente investimento!

Sam lhe sorriu gentilmente, sem nenhuma ambiguidade.

— Persisto em achar o contrário — suspirou Henry. — Morei aqui tempo suficiente para saber disso melhor do que ninguém. Só a manutenção desta encrenca...

— Falando em manutenção — interrompeu Pascale —, seu jardineiro quer porque quer continuar trabalhando aqui. Já lhe disse que não tenho como pagá-lo, mas ele não quer saber.

— O Lestrade? Livre-se dele! Com que direito ele vem invadir seu espaço?

Furioso, seu pai falou alto demais. Controlou-se e continuou, mais baixo, embora de modo igualmente seco:

— É um bronco, não dê ouvidos ao que ele disser, nem o deixe entrar!

— Mas você deixou uma chave com ele — lembrou ela. — E é você quem o emprega há mais de vinte anos.

— Porque senão esses malditos inquilinos deixariam tudo um matagal! Ou arrancariam qualquer coisa...

— Eu também não entendo nada do assunto.

— Pois aprenda! Mas, pelo amor de Deus, não com o Lestrade!

Por que ele estava naquele estado? Adrien aproximou-se dele, pegou-o firmemente pelo braço.

— Venha se sentar, pai, vamos comer alguma coisa.

Henry seguiu-o a contragosto, deixando Pascale desconcertada. Ela também não se sentia à vontade com aquele jardineiro, devido à sua insistência e às suas palavras incompreensíveis; por outro lado, não compreendia o que tanto afligia seu pai.

— Quanta veemência... — assoprou Sam atrás dela. — Por acaso esse tal de Lestrade é algum tarado?

— Não, só um cara de bem um pouco estranho.

Samuel passou a mão em sua nuca, ajeitando uma mecha que tinha escapado de seu coque.

— Seu pai tem algum problema com Peyrolles. Veio para agradá-la e porque estava com saudade de você, mas detesta estar aqui.

Da varanda, Marianne fazia grandes gestos para Samuel para que ele fosse a seu encontro.

— Falamos disso depois — disse ele se afastando.

O bufê estava devastado, já não sobrava quase nada nos pratos, que Pascale começou a empilhar. Pelo visto, o dia seguinte seria consagrado à arrumação, mas pouco importava; por enquanto ela se sentia maravilhosamente bem. À vontade, feliz, em casa. Pois, de sua parte, não tinha *nenhum* problema com Peyrolles.

Levou a louça suja para a cozinha, pegou duas bandejas de queijo e levou-as para o bufê. Por fim, chegou à varanda, onde todo o mundo parecia se divertir muito.

— E se você parasse cinco minutos? — sugeriu Laurent quando ela passou a seu lado.

Estava instalado a uma mesa entre Georges, o cinesioterapeuta, e Aurore. Na frente deles, um cirurgião contava sua recente experiência de férias no Club Méditerranée com um humor acrimonioso. Sentando-se no braço da poltrona de Aurore, Pascale ouviu distraidamente o fim da história, consciente de que os olhos de Laurent não desgrudavam dela. Quando decidiu virar a cabeça para ele, este esboçou um sorriso contrito. Novamente perturbada, como duas horas antes, desta vez foi incapaz de suportar seu olhar. Decididamente, aquele homem a atraía. Talvez ela estivesse sozinha há tempo demais. Depois de seu divórcio com Sam, chegou a acreditar que não ia gostar de mais ninguém, que nenhum encontro teria a mesma intensidade. Sam havia sido seu primeiro e verdadeiro amor, e em seguida suas aventuras — raras — deixaram-na um pouco desiludida. Será que sua reação naquela noite perante Laurent Villeneuve significava que ela finalmente estava curada de Sam e do fracasso de seu casamento?

Respirou fundo para tomar coragem e falar com ele, mas só conseguiu balbuciar que ia pegar uma garrafa de vinho.

— Não, não se mexa, deixe que eu vou.

Ao se levantar, ele colocou a mão sobre seu punho só por um segundo, com um gesto tão delicado quanto um carinho.

QUATRO

Nervoso, Henry olhou para a aeromoça que fazia as demonstrações habituais no corredor central: colete salva-vidas, máscara de oxigênio, evacuação de emergência. Ele detestava andar de avião e se perguntava, estupefato, como sua filha podia gostar de pilotar. Salvo que, por enquanto, graças a Deus, ela tinha parado de voar, de tão assoberbada que estava com seu trabalho no Purpan e com Peyrolles.

A seu lado, Adrien mergulhara na leitura de seu jornal, indiferente à decolagem. Henry fechou os olhos enquanto mastigava o chiclete que, supostamente, deveria impedir que seus ouvidos estalassem. Bom, terminado o fim de semana, ele havia feito seu dever; da próxima vez, caberia a Pascale ir visitá-lo. E, depois, ele encontraria pretextos para não pôr mais os pés lá. Passara a noite inteira pensando em Camille e, quando finalmente pegara no sono, já de madrugada, sonhara com ela.

Camille, deitada nua a seu lado, delicada e frágil, abandonada, às vezes com uma lágrima que perlava entre seus cílios. Mesmo dormindo, acontecia-lhe de chorar. Quando faziam amor, ela se agarrava a ele como se estivesse se afogando. Esqueceria ela sua tristeza no prazer?

A máquina devia ter atingido sua velocidade de cruzeiro, parecia estabilizada. Henry arriscou uma olhada pela janela: não havia estritamente nada para ser visto. Tampouco em Peyrolles, na noite anterior, vira alguma coisa quando estava de pé diante da janela a contemplar o jardim escuro e se perguntando por que Lucien Lestrade estava assediando sua filha. Teria ele alguma coisa precisa a lhe dizer? O que sabia do drama que consumira os Fontanel na época? Ele só podia conceber dúvidas, levantar hipóteses, pois nunca Camille se teria confidenciado a alguém como ele.

Seja como for, Henry estava decidido a telefonar para ele já no dia seguinte. Não queria mais saber dele metendo o bedelho em Peyrolles, a página estava virada, ele teria de entender. Henry ia oferecer-lhe dinheiro, uma soma destinada tanto a recompensá-lo por trinta anos de serviço quanto para comprar seu silêncio. Se fosse esse o caso.

Encostando a nuca no apoio de cabeça, perguntou-se pela milésima vez se estava certo ou errado. Uma pergunta cuja resposta provavelmente ele jamais saberia, mas que continuava a persegui-lo.

O carrinho com as bebidas apareceu no corredor central, empurrado pela aeromoça. O voo de Toulouse a Paris era curto: mal dava tempo de terminar a bebida e já se começava a descer. Melhor assim. Quanto mais depressa Henry retomasse seu trabalho na clínica, menos se perderia em suas lembranças. Em Saint-Germain, a sombra de Camille ainda pairava no apartamento, mas de modo menos incisivo do que em Peyrolles. Felizmente para ela, Pascale não sabia de nada, e Henry não deixaria Lucien Lestrade colocar a pulga atrás de sua orelha. Que ela aproveitasse aquela casa, já que gostava tanto dela! E já que ele não havia sido capaz de dissuadi-la...

— Em que você está pensando, pai?

Adrien o observava com o semblante inquieto, então Henry respondeu a primeira coisa que lhe passou pela cabeça:

— No próximo conselho administrativo.

— Não se preocupe, não há problema algum — afirmou seu filho batendo de leve em sua mão.

Claro que não. Os problemas, ele os deixara para trás ao sair da pista do aeroporto de Toulouse. Henry escolheu um suco de laranja e consultou o relógio, apressado em chegar, apressado em esquecer.

Aurore depositou com cuidado o último vaso que acabava de descer.

— Pronto! Desta vez está tudo arrumado, já que você não queria que eles ficassem lá embaixo...

Do fundo do sótão, Pascale começou a rir.

— De que servem vasos sem flores?

Ela estava vasculhando entre malas velhas, cobertas de poeira e empilhadas num canto escuro. Algumas traziam etiquetas escritas com a letra de sua mãe: "Cortinas da biblioteca", "Colcha do quarto do fundo". Será que Camille acreditava que aqueles tecidos poderiam voltar a ter uso um dia? Será que tinha em mente voltar a morar em Peyrolles quando seu marido se aposentasse?

Pascale levantou uma tampa e sentiu um vago odor de naftalina. Folhas de papel-jornal cobriam tecidos bem dobrados, que as traças pareciam ter poupado. Ela lançou um olhar para Aurore e decidiu não dizer nada a respeito de seus achados, a fim de não vê-los pendurados em todo canto da casa.

— Adoro explorar seu sótão, é tão excitante quanto estar num antiquário com um bônus de compra ilimitado! — lançou Aurore. — Olhe só que graça essa penteadeira... Se a gente consertasse o pé quebrado e trocasse o espelho, ficaria linda num quarto, não?

Abandonando as malas, Pascale foi a seu encontro.

— Já trabalhamos o bastante por hoje — decidiu. — Em todo caso, a noite de ontem foi fantástica, você tinha mil vezes razão.

Ela achava isso sinceramente, embora ambas tenham tido de passar parte da tarde lavando a louça, como previsto.

— Você precisa relaxar, Pascale. No seu setor você dá duro doze horas por dia e está sempre sob pressão por causa da Nadine Clément. A ponto de não se dar conta de quantos corações tem estraçalhado! O Georges, o cinesioterapeuta, olha para você com olhar de peixe morto... O que não me agrada, porque gosto muito dele. Primeiro, porque não é médico; estes, eu coloco todos no mesmo saco com uma pedra no fundo e jogo no Tarn! Depois, porque adoro seu humor, ele... Veja só, o que é isso?

Ao abrir a gaveta da penteadeira, ela maquinalmente passara a mão no fundo e puxou uma bolsinha de plástico cinza, toda desbeiçada, que examinou por um segundo antes de passar a Pascale.

— Na minha opinião, há bônus do Tesouro aí dentro, ou então cartas de amor!

— Quanto ao Georges — disse Pascale —, o caminho está livre para você, ele não faz nem um pouco o meu tipo.

O plástico estava um pouco melado devido ao tempo e ao calor do sótão, mas ela conseguiu tirar dele uma espécie de caderneta, que se revelou um antigo documento de família.

— Quero lembrar — ironizou Aurore — que, se seu tipo é Laurent Villeneuve, você não pode...

— Sim, sim, eu sei.

De sobrancelhas franzidas, Pascale releu três vezes as poucas linhas que tinha sob os olhos.

— O que significa isto? — murmurou.

Aurore aproximou-se para dar uma olhada por cima de seu ombro.

— Certidão de casamento com data de 16 de abril de 1966. Esposo: Coste, Raoul; esposa: Montague, Camille Huong Lan...

Estupefata, Pascale voltou à primeira página.

— Cidade de Paris, administração regional do XII *arrondissement*! É ridículo, minha mãe e meu pai se casaram em 1970, em Albi.

Ela fechou o documento por um segundo, considerando-o com um olhar crítico; infelizmente, ele parecia bem autêntico. Reabriu-o, leu-o de novo, virou uma página. O registro de óbito dos cônjuges estava vazio, porém, no campo "primeiro filho", estava inscrito um nome, com a assinatura de um oficial do registro civil.

— Aos 3 de agosto de 1966, às nove horas e quinze minutos, nasceu Julia Nhàn Coste.

Novamente, nada constava no campo relativo ao óbito.

— Tenho fotos do casamento dos meus pais — articulou com uma voz sem timbre. — Na igreja. E, na igreja, a menos que a pessoa seja viúva, como meu pai era, só se pode casar uma vez!

— A não ser que ela tenha se contentado com o cartório na primeira vez...

Com o cair da noite, as sombras invadiam o sótão, apesar da lâmpada acesa.

— Raoul Coste. Julia Coste. Caramba, quem são essas pessoas?

O mais simples era ligar para seu pai, era o que ela ia fazer imediatamente. Tinha de haver uma explicação simples, na qual Pascale, chocada demais com sua descoberta, não conseguia pensar. Henry lhe daria essa explicação. Quer dizer, talvez... Só talvez, porque de que maneira ele ia justificar esse mistério? Por que nem ele nem Camille nunca fizeram alusão a isso?

Uma vontade incontrolável de chorar apertava a garganta de Pascale, e ela sentiu que Aurore a estava pegando pelo cotovelo.

— Venha, vamos descer.

Com os dedos crispados na caderneta, Pascale deixou-se conduzir até o térreo. Uma vez sentada na cozinha, com os cotovelos apoiados na mesa e o queixo nas mãos, tentou entender a situação, enquanto Aurore, em silêncio, punha a chaleira para esquentar. Então, sua mãe teria se casado ao completar vinte e um anos e já grávida, pois o bebê nascera três meses depois. Uma menina chamada Julia — com o segundo nome vietnamita, como a própria Camille —, que hoje devia ter trinta e nove anos. A filha mais velha de sua mãe, da qual Pascale *nunca* ouvira falar. Nem uma palavra, nem mesmo uma vaga alusão. Essa Julia Coste não existia na família Fontanel. Evidentemente, ela podia ter morrido com pouca idade, mas por que escondê-lo?

— Ligue para o seu pai, assim você fica livre dessa dúvida — sugeriu Aurore ao colocar duas xícaras de chá fumegante sobre a mesa.

Além da alegria de viver, a gentileza era uma das principais qualidades de Aurore. Sem ela, o que teria sido de Pascale? Sim,

Peyrolles era grande demais para uma mulher sozinha, tal como lhe haviam repetido tantas vezes, e a presença de uma amiga mudava tudo. Sozinhas, as duas tinham arrumado a casa em pouquíssimo tempo, dado boas risadas, conversado noites inteiras enquanto limpavam os objetos recuperados nas profundezas do sótão. Elas se divertiram e trocaram confidências. A chegada do inverno as encontraria, no domingo, enroladas debaixo de uma coberta na frente da televisão, e, na próxima primavera, cuidariam juntas do jardim, para devolver-lhe um pouco de vida. Aurore era insubstituível. Sem ela, talvez Pascale jamais abrisse a gaveta da penteadeira.

— Se você não estivesse aqui — murmurou —, com certeza eu estaria chorando... Me dou conta de que não posso perguntar isso a meu pai porque ele não vai me responder. Ou não vai dizer a verdade. Evidentemente, trata-se de um segredo bem guardado; por que ele falaria dele hoje?

— Mas você tem o direito de saber! É da sua mãe que se trata, da sua irmã! Quer dizer... da sua meia-irmã...

A palavra não pôde ser contida. Em algum lugar do mundo existia uma mulher que era sua meia-irmã. O mesmo vínculo de parentesco, nem mais nem menos, que aquele com Adrien.

— Se ela ainda estiver viva — murmurou Pascale —, vou encontrá-la.

Ela não tinha outra solução, e já sabia que não ficaria em paz enquanto não descobrisse a verdade.

— Acha que seu irmão está a par?

— Acho que não. Se não, vou ter de duvidar de todo o mundo! Apesar da nossa diferença de idade, éramos muito próximos e muito cúmplices, Adrien e eu, até eu me casar com o Samuel. Não imagino que ele tenha me escondido uma coisa dessas.

Mas ela não tinha certeza. Uma hora antes, teria jurado a mesma coisa em relação a seu pai, e, no entanto...

— Vou escrever para a administração regional do XII *arrondissement* em Paris. Se Julia Coste tiver morrido, vai estar inscrito em seus registros. Não se pode enterrar ninguém sem entrar em contato com a administração regional de nascimento, é o procedimento habitual. A partir disso, vou ver o que devo fazer.

Aurore a observou em silêncio, depois se levantou para acender as luzes. Logo, a atmosfera da cozinha tornou-se mais calorosa, e Pascale voltou a reprimir aquela estúpida vontade de chorar. Sua mãe tinha sido uma mulher carinhosa, delicada, que se dedicara inteiramente à educação de Adrien e de Pascale. Adorava crianças e certamente tinha amado essa Julia. Quando e como a perdera? Será que Raoul, o pai, a tinha levado, sequestrado? E ele, que fim levara? Mas, sobretudo — e essa questão era a mais dolorosa —, por que fazer dessa passagem da vida tamanho mistério? Claro, Camille era de falar pouco, e quase nunca de si mesma. Avara de confidências, não evocava nem sua juventude nem sua família, com a qual havia rompido. "Gente ruim" era a única coisa que dizia, exceção feita a seu pai, que a trouxera de Hanói. Do Vietnã, evidentemente, ela não conservava nenhuma lembrança, a não ser a identidade da mãe, que se chamava Lê Anh Dào. Tudo isso não tinha nenhuma relação com esse tal de Raoul Coste, que surgira do nada.

— Como é possível saber tão pouco sobre a própria família? — suspirou Pascale.

Paradoxalmente, ela conhecia bem a história paterna, com a dinastia de médicos albigenses da qual Henry descendia. Adrien e Pascale, como todos os Fontanel, haviam pronunciado o juramento de Hipócrates, perpetuando a tradição; existia até uma rua com o nome de Édouard Fontanel, cirurgião no século XIX. Mas dos Montague, nada. Só desse oficial que tinha trazido da Indochina a medalha militar com palmas... e uma criança adulterina. Camille não contava mais do que isso, a não ser que só tinha amado dois homens na vida: o capitão Abel Montague e Henry. Nenhuma menção a nenhum Raoul! Um erro da juventude que ela queria apagar? Não abandonando um bebê, isso era impensável. Ela sempre dizia, com um amor infinito: "Meus dois filhos. Tenho dois filhos." Adrien, que ela adotara como seu, e Pascale. Mas às vezes a expressão era: "*Tive* dois filhos." Ninguém prestava atenção, claro.

— Vou preparar alguma coisa para o nosso jantar — decretou Aurore. — E não vá me dizer que não está com fome!

Nada no mundo tirava o apetite de Pascale, isso era legendário, tanto que ela não teve coragem de confessar a Aurore que, pela primeira vez, a ideia de comer a enjoava.

Samuel deixou a sala de recuperação assobiando. Seu último paciente acabava de sair da anestesia sem problemas, com os ritmos cardíaco e respiratório satisfatórios.

Tomara uma ducha junto com alguns cirurgiões ao sair do centro cirúrgico, depois, nada mais o segurava no hospital. Felizmente, pois ele detestava trabalhar sábado de manhã, mas esta era uma obrigação da qual conseguia escapar cada vez menos, em razão da penúria de anestesistas-reanimadores. Uma carência lógica devido a essa moda — vinda dos Estados Unidos — de intentar ações judiciárias contra os médicos ou os estabelecimentos hospitalares. Era só alguma coisa dar errado numa operação para o anestesista ser acusado, na maioria das vezes sem justificativa. A situação desolava Samuel, que adorava sua profissão, mas estava completamente assoberbado.

Ao olhar para o relógio, viu que tinha o tempo justo de ir ao aeroclube, onde havia marcado um encontro com Pascale. Desde o jantar em Peyrolles, durante toda aquela semana não se haviam encontrado nem uma única vez nos corredores do Purpan, então acabou ligando, a fim de convidá-la para almoçar. Não queria parecer que estava aproveitando a ausência de Marianne, só que estava morrendo de vontade de ver Pascale a sós. Ele a achara tão bonita naquele vestido de seda preta! Elegante, sensual, exótica... Ao lado dela, Marianne se tornava quase insignificante. Coitada da Marianne! Ela ligava todas as noites para contar em detalhes como estavam sendo seus dias de férias e terminava seus telefonemas com uma ladainha de juras de amor. Ao ouvi-la, ele se sentia pouco à vontade, acabrunhado pela tepidez dos próprios sentimentos, culpado por não saber romper e, apesar de tudo, comovido. Nem se fosse ameaçado de morte ele saberia dizer o que sentia por ela. Contudo, no que se referia à sua ex-mulher, infelizmente não tinha a menor dúvida: ainda era louco por ela e provavelmente assim ficaria até o fim de seus dias. Será que deveria tentar o impossível para que ela lhe desse uma segunda chance ou, ao contrário, obrigar-se a não vê-la mais nem pensar nela? Travado em suas contradições, censurava-se por ter feito de tudo para que ela viesse instalar-se ali. Sua diligência em ajudá-la só ocultava um desejo egoísta, ele não conseguia enganar a si mesmo.

Sentada num dos altos tamboretes do bar, Pascale ria com gosto. Como havia chegado muito antes do encontro com Sam, encontrara Laurent Villeneuve, que acabava de descer de um pequeno avião de turismo, um Robin DR 400. Ele logo se oferecera para mostrar-lhe o aeroclube inteiro, das pistas à torre de controle, passando pelos hangares, antes de levá-la para beber alguma coisa. Aparentemente tão contente quanto ela com o acaso que os colocava na presença um do outro fora do ambiente do hospital, ele brincava alegremente e agia de modo a deixá-la à vontade.

Mal recuperada da descoberta da caderneta de família, ela se sentia cansada. Havia uma semana que o sono lhe escapava, e, quando finalmente conseguia adormecer, tinha pesadelos. Além da correspondência enviada à administração regional parisiense, não tentara nem decidira nada. E, sobretudo, não ligara para seu pai, a quem não saberia o que dizer.

— Onde você estava? — quis saber Laurent com um sorriso que desarma. — É a saudade do piloto sem máquina? Posso levá-la para dar uma volta quando quiser, mas sei que prefere o helicóptero.

— Quando a gente experimenta, vira logo uma paixão, você vai ver.

— Já fui picado! O Samuel é um excelente professor, espero conseguir o brevê daqui a dois ou três meses.

— Ele também foi meu instrutor, com ele tudo parece fácil.

Na época em que Sam lhe dava aulas, em Issy-les-Moulineaux, eram recém-casados e muito apaixonados. Pensar nisso deixou-a subitamente melancólica. Será que Sam ia se casar com Marianne? Dar-lhe filhos, claro, sem se questionar?

— Se estiver a fim de voar, Pascale, não pense duas vezes. Não gaste todo o seu dinheiro em Peyrolles, reserve um tempo para se divertir...

Ele se enganava quanto à expressão de tristeza que ela deve ter estampado no rosto sem querer, contudo, sua solicitude era muito reconfortante.

— Eu queria lhe fazer uma pergunta — lançou ela de maneira abrupta. — Como se faz para encontrar alguém que só conhecemos pela identidade, pela data e pelo local de nascimento?

Dirigir-se a ele não a comprometia em nada, uma vez que ela estava determinada a se calar diante de Sam. Ele se entendia bem demais com seu pai, seria capaz de ligar para ele se ela lhe contasse sua descoberta.

— Você está querendo fazer uma investigação pessoal ou está escrevendo um romance policial?

Laurent voltava a sorrir, atencioso, manifestamente charmoso e, vendo que ela não respondia, encadeou:

— Você poderia tentar uma pesquisa pela Internet. Mas comece pedindo uma ficha de estado civil da pessoa em questão. Aliás, você tem ao menos os sete primeiros números de seu número de seguro social, caso se trate de um francês.

— Sim.

— Há também a família, as pessoas próximas...

Ouvindo-o falar, parecia simples, mas como ele era um funcionário de alto escalão, não devia ser desencorajado pelas dificuldades administrativas. Aliviada, ela lhe dirigiu um olhar de reconhecimento e ficou surpresa ao vê-lo enrubescer. Não imaginara que pudesse ser tímido nem que ela pudesse ter qualquer coisa de impressionante para um homem como ele.

— Peguei um trânsito louco! — exclamou Samuel aparecendo atrás deles. — Sinto muito pelo atraso, mas, pelo menos, você não estava se entediando, estava sim em boa companhia...

Beijou-a no pescoço antes de propor, com um tom malicioso:

— Almoça conosco, Laurent?

— Não, não quero incomodar vocês, vou deixá-los.

Decepcionada com sua recusa, Pascale apertou sua mão agradecendo-lhe pela visita, depois seguiu Sam na direção do restaurante do clube. A decoração era toda dedicada à aviação, com fotos esplêndidas de Mirage, de Rafale ou ainda de um Super-Étendard aterrissando no *Charles-de-Gaulle*,* presas às paredes revestidas de lambris.

— Eu gostaria de ser piloto de caça, não segui minha vocação! — brincou Samuel.

Ele parecia em plena forma, e Pascale o invejava por sua despreocupação.

— Tem boas notícias da Marianne?

— Excelentes, ela está aproveitando bem suas férias... e fico bastante contente de ficar um pouco sozinho.

— Não é muito gentil com ela.

— Então digamos que não sou nem um pouco feito para a vida a dois.

Um pouco espantada, ela lembrou como era fácil viver com ele, quase sempre de bom humor e nunca se isolando em seu canto.

— Com você eu adorei, mas depois, acabou — acrescentou ele com delicadeza.

— Não pense assim. Quantas vezes não lhe falei que você daria um excelente pai, e continuo acreditando nisso. Trate de começar uma família, Sam!

Ele esboçou um sorriso indecifrável, balançou a cabeça.

— Imagine que Henry sente a maior falta de mim. Segundo ele, eu era o genro ideal.

— Claro, um médico, da panelinha, pode crer! Se eu apresentar a ele um arquiteto ou um encanador, vai fazer a maior cara feia.

---

* Porta-aviões. (N.T.)

— Você pensa nisso?

— No quê?

— Em aproveitar os bons conselhos que está me dando, ou seja, voltar a se casar?

— Vou pensar no dia em que me apaixonar.

— Não estou muito a fim de ver você apaixonada por outro.

— Sam! Espero que você esteja brincando. Nós nos divorciamos, lembra-se? E chegamos até a trocar ofensas na sala do juiz! Eu estava desesperada para ter filhos com você, devo ter sido odiosa... Mas isso é página virada, ao contrário do que você me disse em Peyrolles no sábado à noite.

Sua franqueza parece ter atingido Samuel. Ele baixou os olhos e absorveu-se na contemplação de seu prato. Acabavam de servir-lhe um *confit* de pato que estava perfumado; no entanto, ele fez uma careta. Ao final de um bom minuto de silêncio, suspirou:

— Sinto muito... Não convidei você para isso. Vamos almoçar, depois vou levá-la para dar uma volta e deixá-la pilotar. Minha primeira aula é só às quatro horas, temos tempo.

A perspectiva de voar entusiasmou Pascale de imediato:

— Você pode pegar o helicóptero ou isso vai nos custar os olhos da cara?

— Tenho horas grátis como instrutor.

— Ótimo!

Pela primeira vez em oito dias ela se sentia realmente alegre, capaz de esquecer por um momento o mistério familiar. Depois de engolir um pedaço de *fénétra*, rica em pasta de amêndoas com merengue e limões em conserva, ela renunciou ao café para poder sair da mesa. Samuel parecia ter esquecido sua tentativa de reconquista fracassada e sorria por vê-la impaciente como uma menina. Foram juntos buscar o Jet Ranger num dos hangares e o empurraram até sua plataforma.

— Também temos um Hugues 300 e outro 500 — explicou Sam enquanto se instalava.

Ele a observou enquanto ela afivelava seu equipamento de segurança e punha o fone.

— Está me ouvindo bem? Bom, para onde quer ir?

— Para Peyrolles!

— Certo.

Com o mapa aberto sobre os joelhos, ele estudou o plano de voo e fez algumas anotações, depois deu partida no motor e as pás começaram a girar. Contente, Pascale afundou-se em seu assento. Como todos os helicópteros, o Jet Ranger era equipado com comandos duplos, e logo ela ia poder senti-lo vibrar sob seus dedos. Observou feliz a decolagem impecável de Sam, ouviu-o anunciar suas intenções ao controlador na torre. Abaixo deles, um Robin deslizava sobre uma pista, e ela se perguntou se não era Laurent que estava saindo de novo para passear.

Na segunda de manhã, ao chegar ao seu setor, Nadine Clément começou dando uma bela reprimenda em sua secretária antes de atacar uma auxiliar de enfermagem, depois dirigiu sua cólera para a equipe dos cinesioterapeutas, escolhendo Georges Matéi como bode expiatório. Às dez e meia, quando Pascale levou um copo de café para Aurore na salinha das enfermeiras, uma atmosfera de chumbo reinava no setor de pneumologia.

— Não atravesse o caminho dela — cochichou Aurore. — Ela está com um humor do cão!

— Como sempre, não?

Com um suspiro de cansaço, Pascale empoleirou-se na borda de uma pia.

— O garotinho do quarto 7 está com medo de usar a bomba de morfina; precisamos ajudá-lo.

A criança tinha passado por uma grave intervenção alguns dias antes e estava sofrendo muito.

— Vou passar para dar uma olhada nele a cada hora — prometeu Aurore.

Georges Matéi entrou abruptamente e parou de repente ao ver Pascale.

— Oh, desculpe! Estou atrapalhando?

— Não, estamos fazendo um intervalo — respondeu precipitadamente Aurore —, você pode se juntar a nós.

— Então também vou pegar um café. Querem outro?

Aquiesceram juntas e esperaram que ele saísse para sufocar uma risada.

— Era você quem ele estava procurando — disse Aurore, amuada.

— Que nada, acho que ele não sabe qual escolher, e se você o encorajar um pouco...

— Ele é muito tímido.

— Todos os homens são — afirmou Pascale, lembrando-se da maneira como havia feito enrubescer Laurent Villeneuve com um só olhar.

Do lado de fora, a chuva caía sem parar desde a manhã, e uma rajada de vento fez as janelas tremerem.

— Que tempo horrível! — suspirou Aurore.

— Vamos acender a lareira esta noite.

— Você tem lenha?

— Tem uma pilha de achas junto ao muro, do outro lado da estufa. Quanto à estufa, há uma porção de vidros quebrados no telhado, não dá para perceber por causa da vegetação, mas deu para ver direitinho quando sobrevoei Peyrolles com Sam antes de ontem.

— Como é lá de cima?

— Bem pequena. Uma casinha de boneca... cercada por uma verdadeira selva! Precisamos de todo jeito tirar um domingo para dar um trato nesse jardim, pois ele já não se parece com mais nada.

Georges voltou trazendo três copos que mal conseguia equilibrar numa bandeja esmaltada, em forma de feijão.

— Bom, vou tomar este aqui rapidinho e voltar ao trabalho — decidiu Pascale, abandonando seu assento.

Nesse instante, a porta abriu-se com toda força, e Nadine Clément parou na soleira, de braços cruzados. Seu olhar pousou por um segundo sobre a bandeja, onde o café havia derramado, depois parou em Pascale.

— Pelo visto você não tem o que fazer.

Sem dar-lhe tempo para responder, interpelou Georges:

— Pensei que estivesse abarrotado de trabalho! Foi essa a explicação fantasiosa que o senhor me deu há pouco? Seja como for, certamente seu lugar não é entre as enfermeiras, pode ir se retirando!

Ela se afastou para deixá-lo passar antes de dirigir-se novamente a Pascale, ignorando Aurore, como se esta fosse invisível:

— É inútil você vir refugiar-se aqui, sei que este é seu esconderijo favorito para fugir do trabalho. No meu setor, os médicos ficam em seu posto. Se você se sente incapaz, que vá procurar emprego em outro lugar.

Muito calma, Pascale a encarou, bastante decidida a não se deixar tiranizar.

— Já vi todos os meus pacientes, senhora. Só estava tomando um café enquanto aguardava a hora da visita.

A visita da professora Clément acontecia toda manhã, às onze horas em ponto, quando Nadine queria toda a sua equipe atrás dela, como qualquer patrão, mas ainda faltavam dez minutos.

— Espero que os seus prontuários estejam em dia e que minha secretária tenha todos os seus relatórios!

— Perfeitamente.

Com o olhar faiscando de raiva, Nadine media Pascale sem conseguir fazer com que ela baixasse os olhos. Provavelmente ia interrogá-la na frente de cada um de seus pacientes ao passar pelos leitos do andar, mas Pascale sentia-se segura de si. Várias vezes Nadine quisera encostá-la na parede com questões minuciosas, às quais Pascale sempre dera a resposta correta. Conscienciosa, perfeccionista, hábil graças à sólida experiência adquirida no hospital Necker, ela dava seu melhor para tratar cada caso e não tinha razão alguma para inquietar-se.

— Não gosto de você, doutora Fontanel — soltou bruscamente Nadine, com um sorrisinho bastante desdenhoso. — Só para você saber!

— Vou tomar nota disso — replicou Pascale com um tom neutro.

Desconcertada com a desenvoltura da resposta, Nadine hesitou, depois preferiu bater a porta com violência. Voltou ao corredor a passos rápidos, espantando os residentes que encontrava pelo caminho. Abrigada em sua sala, pegou um peso de papel que havia ganhado de um laboratório e o jogou com toda força contra a parede. Por que se entregara a uma reflexão tão pessoal? E, ainda por cima, na frente de uma enfermeira! Aquela altercação ia percorrer todo o setor antes do meio-dia e todo o hospital antes daquela noite. "Vou tomar nota disso." Que presunção, que arrogância! Precisava acabar com aquela bestinha para não perder a própria dignidade. Encontraria um erro profissional, se não, caso fosse necessário, inventaria um. De todo modo, já não a suportava, só de olhar para ela ficava doente, tinha a impressão de estar vendo Camille.

Forçando-se a sentar-se e a respirar devagar, fechou os olhos. Na realidade, suas lembranças em relação a Camille tinham-se atenuado bastante com o tempo. Quando aquela idiota acompanhara seu Raoul até Paris, Nadine tinha o quê? Vinte e cinco anos? E já fazia anos que não a via, indiferente à sua sorte. Os Montague haviam excluído de sua vida aquela agregada, aquela excrescência vergonhosa que entrara para sua família. Pouco lhes importava que fim ia levar a bastarda — assim a chamavam —, e se apressaram em esquecer sua existência. Muito mais tarde, ficaram estupefatos ao saber que ela voltara para a região e se casara com Henry Fontanel. Simplesmente! Já Nadine se casara com Louis Clément. Esse casamento não a impedira de seguir sua carreira médica, até porque se vira viúva aos quarenta anos e pudera dedicar-se inteiramente à sua profissão, até obter aquele cargo supremo de chefe do setor.

Reabriu os olhos e consultou o relógio da sala. Dez e cinquenta e sete. Só lhe restavam três minutos para se acalmar por completo. Manifestamente, Pascale Fontanel não sabia com quem estava lidando, o que conferia certa vantagem a Nadine. No início, ao constatar que Villeneuve queria realmente dar-lhe aquele posto — e tudo isso para agradar seu amigo Samuel Hoffmann! —, Nadine imaginara que se daria um confronto inevitável entre ambas. Mas evidentemente o nome Clément nada dizia a Pascale. As coisas poderiam ter parado ali se a moça não carregasse os traços de sua mestiçagem. Sem seus grandes olhos escuros, seus cabelos muito lisos, sua tez de asiática, talvez Nadine conseguisse ignorá-la. Infelizmente, a semelhança com Camille era irritante demais, e sua maneira de responder com arrogância, totalmente insuportável!

De repente Nadine visualizou seu pai de uniforme. Belo homem, belo oficial, que recebera recompensas por sua campanha na Indochina, da qual ele quase não falava. Diante dela, evocara apenas uma vez a tomada do forte Lang Son, cruelmente defendido contra os japoneses por um punhado de franceses. Ele fizera parte daqueles soldados aos quais o inimigo apresentara as armas... antes de fazê-los prisioneiros. Não gostava de contar essa história, contentava-se em pousar um olhar triste e terno sobre a pequena Camille, enquanto Nadine sentia-se devorada pelo ciúme. Ela batia o pé, queria subir nos joelhos do pai. Ele a deixava fazer e se calava. O que poderia dizer? Ela era sua filha mais velha, sua verdadeira filha, tinha todos os direitos.

Rechaçando essas lembranças indesejáveis, Nadine se levantou. Já não era uma menina, e Abel Montague não era um herói. Afinal, não tinha traído sua mulher e seus filhos legítimos? Aliás, morrera em seu leito como um homem comum.

Tirou seu jaleco branco, colocou o blazer de seu tailleur. Sempre fazia a visita em roupa comum, a fim de se distinguir de sua equipe, pois ela era a chefe. A chefona.

Envergonhado, desolado, Samuel pediu desculpas enquanto Marianne ria extasiada. Para ela, o fato de ele ter falhado daquela maneira era mais lisonjeiro do que frustrante. Ele a apertou contra si, um pouco ofegante, depois beijou seu ombro, seus seios, seu ventre. Embora ele tivesse atingido o orgasmo cedo demais, rápido demais, pela primeira vez incapaz de se controlar, ia cuidar dela, ela sabia disso. Era um amante maravilhoso, que a deixava louca na cama, mas nunca poderia acreditar que teria o mesmo efeito sobre ele. Tinha emagrecido um pouco durante as férias, seu apetite sumira por causa da ausência de Sam, e quinze dias de sol deram-lhe um belo bronzeado dourado, que clareou ainda mais seus cabelos loiros. Aos olhos dos outros homens, ela se sentira bonita, e Samuel o confirmara quando ela se jogou em seus braços no aeroporto de Blagnac.

As mãos de Sam eram de uma maciez extraordinária, bem como sua boca. Ela sufocou um gemido, entregou-se mais às suas carícias. Será que finalmente ele tinha se apaixonado por ela? Essa ideia era tão excitante que ela se abandonou ao prazer que aumentava, gritando contra sua própria vontade.

Ele precisou de um ou dois minutos para se recuperar. Apoiado num cotovelo, Sam a olhava amavelmente. Não com um carinho autêntico, só amavelmente.

— Você está linda... Descansou bastante por lá?

Nem paixão nem declaração, só uma solicitude amigável que era desanimadora. Em que momento ele ia se levantar, afastar-se dela anunciando que ia sair para voar? Ah, pelo visto ele não a havia traído, a julgar por seu desejo urgente! Não, provavelmente era fiel, menos em pensamento, pois continuava sonhando com a ex-mulher e nem se dava ao trabalho de escondê-lo.

— Você chegou a ver Pascale nesses dias?

A questão o pegou desprevenido, mas ele aquiesceu com um sinal de cabeça. Depois, como ela esperava a sequência, ele explicou de má vontade:

— Almocei com ela no clube no sábado passado e a levei para dar um passeio. Ela estava com vontade de pilotar.

E, claro, as vontades de Pascale eram sagradas.

— Sorte dela. Queria tanto que isso acontecesse comigo.

Ela nunca ousara pedir que ele a levasse para voar, mas já que Pascale tinha direito de frequentar o aeroclube, ela se recusava a ficar de fora.

— Está querendo aprender? — perguntou ele com um sorriso. — É caro demais...

— É mesmo? Caro demais para uma simples secretária e complicado demais para mim!

Furiosa, ela se ergueu repentinamente e correu até o banheiro, onde se trancou. Por que era estúpida o bastante para estragar o encontro com ele? Tudo tinha começado tão bem!

— Marianne...

Ela passou o trinco, pôs as mãos nos ouvidos. Se o ouvisse, ele acabaria por convencê-la a sair dali e a se refugiar em seus braços. Ele sabia consolar, mas não sabia amar. Em todo caso, não ela. Aliás, nunca se arriscara a dizer isso a ela, não era mentiroso.

Sentada na borda da banheira, ela ficou um bom tempo prostrada. Quando finalmente decidiu se mexer para ir dar uma olhada pela janela, constatou que o carro de Sam já não estava lá.

— Bem feito para você, sua idiota — articulou à meia-voz.

A conquista de um homem como Samuel não passava pelas lágrimas, pelas cenas nem pelos dramas. Ele lhe confessara desde o início que conservava uma lembrança terrível de seu divórcio e que ainda não se sentia curado. Por que então exigir o que ele não estava em condições de dar?

Aproximou-se do espelho em pé, reprimindo sua vontade de chorar. De frente, de perfil, observou-se sem indulgência. Realmente, linda ela era. Então, em vez de se declarar vencida, devia continuar lutando. Ela queria Sam, ela o teria.

* * *

Pascale acenou enquanto os faróis traseiros do carro de Aurore se distanciavam na alameda. Doravante, a noite caía cedo, acompanhada de um frio penetrante que dava um gosto antecipado do inverno. Apesar de seu pulôver de tricô irlandês e gola alta, Pascale estava tremendo e tratou de entrar logo, perguntando-se aonde Georges Matéi ia levar Aurore para jantar. Para aquele primeiro encontro, eles tinham combinado no Père Louis, uma vinheria da rua des Tourneurs, no centro de Toulouse. Pena que Aurore tinha de pegar a estrada de novo, mas fizera questão de voltar para casa a fim de poder trocar de roupa e lavar o cabelo.

Nem um pouco angustiada com a perspectiva de ficar sozinha, Pascale havia decidido aproveitar a ocasião para arrumar a biblioteca. Como seu pai, na época, ela instalara ali seu escritório, mas os papéis estavam se acumulando desordenadamente, e algumas caixas de livros que vinham do guarda-móveis de Paris ainda não tinham sido desembaladas.

Começou dando uma boa espanada nas prateleiras de madeira clara — provavelmente de cerejeira-brava —, pensando numa ordem de arrumação. Os livros de literatura geral, na grande parede do fundo, e as obras científicas, perto dela, ao alcance da mão, a fim de refrescar seus conhecimentos, para que ela fosse capaz de responder a todas as charadas pérfidas de Nadine Clément! Esta última havia engolido a raiva na véspera, desinteressando-se de Pascale durante a visita, mas uma pergunta permanecia: por que tamanha agressividade?

Debruçada sobre uma caixa aberta, ela leu os títulos com um aperto no coração. Aqueles lhe haviam sido dados de presente por Sam, depois que ela fora operada da apendicite, um bom pretexto para voltar a vê-la e sentar-se dez minutos à beira de sua cama. Ela se lembrava muito bem da maneira como ele a havia olhado naquele dia, apaixonado e incrédulo.

Um estalo seco do lado de fora a fez sobressaltar. Ergueu-se, à espreita, com o coração batendo, e teve a impressão de que ouvira uma espécie de rangido. Os vidros das duas portas eram escuros, ela não conseguia distinguir nada do que se passava no jardim. Mecanicamente, procurou um objeto qualquer para se defender, em caso de necessidade, e pegou o abridor de cartas de sua escrivaninha. Um gesto irrisório, que, no entanto, lhe permitiu recuperar o sangue-frio. Sem soltar sua arma da sorte, atravessou o cômodo com passos decididos, girou a cremona da primeira porta e a abriu bruscamente.

— Não tenha medo, sou eu! — lançou uma voz rouca.

— Senhor Lestrade?

— Lucien, eu já lhe disse...

Ele surgiu na poça de luz que emanava da biblioteca, arrastando os pés. Suas calças de veludo estavam manchadas de terra na altura dos joelhos. Sempre na defensiva, Pascale o mediu com desconfiança.

— O que está fazendo aqui?

— Bem... estava trabalhando, é isso!

— No escuro?

— Não, agora estou arrumando minhas ferramentas. A noite tem caído cedo demais.

— Mas, afinal — indignou-se ela —, com que direito você entra na minha casa? Já conversamos, Lucien, não quero que você...

— Eu sei, só que você não faz nada! Absolutamente nada! Há ervas daninhas por todo lado, folhas secas, uma desordem de flores murchas!

— E daí?

— Como e daí? Meu Deus, então você não entende?

Muito agitado, deu dois passos em sua direção, e ela, por instinto, recuou, apertando ainda mais o abridor de cartas entre os dedos.

— Desculpe — disse ele, parando de imediato. — Não queria assustá-la. Não você, principalmente você... Vou embora agora mesmo, volto amanhã.

— Não! Por favor, Lucien, não volte.

— Não vou fazer barulho, só preciso de um sacho. Não se preocupe, não estou lhe pedindo dinheiro, nem vou me aproximar da casa, se preferir.

Sua obstinação tinha algo de estranho, de perturbador. Pascale não ousou contradizê-lo, no entanto, não queria mais vê-lo andando por Peyrolles. Ele desapareceu na sombra e deve ter recuperado sua carriola, pois ela voltou a ouvir o rangido.

— Vou passar óleo nela! — gritou ele.

Ela esperou alguns instantes, irritada por não ter sabido mostrar-se mais firme, depois entrou. Colocou o abridor de cartas inútil sobre sua escrivaninha, ficou alerta, em vão. Será que finalmente ele tinha ido embora?

Angustiada, atravessou toda a casa até a cozinha, acendendo as luzes ao passar. A cara de pau de Lestrade a exasperava tanto quanto o jardim parecia, de fato, entregue ao abandono. Todavia, quando ele vinha ficar um tempo ali, dedicava-se a um trabalho de formiga cujo resultado praticamente não era visível. O que fazia exatamente? Ela prometeu a si mesma consagrar o próximo fim de semana inteiro a fazer uma limpeza, pois, se queria se livrar de Lestrade, tinha de começar colocando ordem em tudo e, assim, provar-lhe que não precisava dele.

— Mas por que sou obrigada a fazer isso? Do que ele está se ocupando?

O que lhe dissera duas semanas antes? "Prometi." Uma aposta? Um juramento? A quem? Ela não tinha como saber, já que Lestrade não respondia às perguntas diretas. Nem às ordens de se manter a distância!

Uma sensação de mal-estar inundou Pascale. Mais uma vez, teve vontade de ligar para seu pai, de gritar por socorro, de exigir uma explicação para todos aqueles mistérios. Infelizmente, ele era o primeiro a criá-los. Desde que Peyrolles entrara para a ordem do dia, ele se mostrara hostil, sem conseguir opor uma única razão válida ao desejo de sua filha.

Com um gesto impulsivo, pegou o telefone, começou a teclar o número de seu pai, mas mudou de ideia e ligou para Adrien. Ele atendeu depois de seis chamadas, com a voz pastosa.

— Estou incomodando? — desculpou-se.

— Não, não... Fico sempre feliz de ouvir você, maninha.

Quando ele a chamava assim, era porque não estava sozinho.

— Não vou aborrecê-lo por muito tempo, só queria que você respondesse a duas ou três perguntas.

— É para algum jogo da televisão?

Ela ouviu distintamente o barulho de seu isqueiro. Como estava acendendo um cigarro, não estava com muita pressa.

— É sério, Adrien. Primeiro, você se lembra da razão exata que levou o papai a deixar Peyrolles? Você tinha vinte anos, deve saber de coisas que ignoro.

— Bom... ele sonhava com a região parisiense, estava se sentindo sufocado no interior. E depois a mamãe estava definhando, falava cada vez menos e só se interessava por suas flores. Isso acabou preocupando o papai.

Provavelmente as flores representavam para sua mãe uma válvula de escape. Pascale pensou naquele cesto raso no qual ficavam deitadas as rosas de caule longo ou os lírios. Haveria alguma relação entre a obsessão de Camille por seus canteiros e as ideias fixas de Lucien Lestrade?

— Na sua opinião, Ad, por que há tantos móveis guardados no sótão? A casa estava para ser alugada, nossos pais podiam vender por aqui mesmo o que não fossem levar para Saint-Germain, não?

— A mamãe era muito sentimental com os objetos, você deve se lembrar! Ela decretou que os inquilinos não iam precisar do sótão e que ele ficaria relegado; assim, pôde guardar nele aquilo de que não queria se separar. Perdi a conta de quantas vezes subi aquela escada! Ela me pedia para levar para lá uma coisa e outra... Quando penso que você se diverte descendo tudo com a sua amiga Aurore! Aliás, como ela está?

— Está bem, foi jantar em Toulouse com um bonitão.

— Que pena...

— Para quem? Para você? Você está a setecentos quilômetros, Adrien, portanto, não se meta com a Aurore. Em vez disso, me explique por que você e o papai ficaram tão reticentes quando eu quis comprar Peyrolles. Agora que está feito, o assunto deixou de ser tabu, certo?

— Nunca foi — protestou Adrien.

Ela o ouviu expirar ruidosamente a fumaça de seu cigarro, como para ressaltar sua desaprovação, depois ele deixou passar um breve silêncio antes de retomar:

— Por um lado, não foi muito elegante você ir embora logo depois da morte da mamãe. Por outro, essa casa realmente não traz felicidade.

— É o que o papai também diz, mas fomos muito felizes aqui, se minha memória não falha.

— Você pode ser, mas ele não. O incêndio no qual minha... minha mãe, enfim, a primeira, queimou viva é uma lembrança horrível para ele. Embora ele tenha mandado retirar os escombros do ateliê, não conseguiu esquecer.

Durante todo o outono, os hibiscos malva floresceram no local. Pascale pensou nisso com um arrepio desagradável.

— Ele poderia ter vendido a casa naquele momento se ela era tão insuportável.

— Para quem? Logo as pessoas iam batizar Peyrolles de casa do drama, casa maldita, e não haveria comprador! Eu era muito pequeno, ele não ia se aventurar com uma criança de pouca idade...

— Bom, tudo bem, mas e depois? Não houve outra tragédia, que eu saiba.

Novo silêncio, novo suspiro, depois Adrien retomou:

— Olhe, minha querida, acho que o papai teve muitas preocupações com a mamãe. Ele fazia de tudo para esconder isso, só que, quando decidiu deixar Peyrolles, já não estava aguentando. Uma ou duas vezes, antes de partir, conversou comigo. Ele priorizava meus estudos, sob o pretexto de que nada se equiparava à faculdade de medicina de Paris, coisas do tipo... Na realidade, ele estava muito preocupado com a mamãe.

— Por quê? Ela ainda não estava doente na época.

— Doente, não, mas tão triste! Muda, anoréxica. Segundo ele, viver em Peyrolles estava fazendo com que ela definhasse.

De repente, a vontade de revelar a Adrien a existência da antiga caderneta de família foi tão forte que Pascale teve de morder a língua. Seu pai e seu irmão sempre foram próximos, cúmplices, e Adrien devia conhecer acontecimentos que não haviam sido contados à menina que ela era então.

— Sinto não ter perguntado mais para a mamãe, me dei conta de que não sabia quase nada dela. E você?

— Saber o quê? — surpreendeu-se Adrien.

— De sua juventude, de sua família...
— Por quê?
— Mas, afinal, que bicho mordeu você?

A voz de Adrien tornara-se bruscamente enérgica, ele já devia estar farto daquela conversa. Pascale se lembrou de que provavelmente ele não estava sozinho.

— Se preferir — propôs ela —, volto a ligar para você amanhã.

— Já esgotamos o assunto, não?

Nesse momento, ele estava irritado, com pressa de encerrar.

— É melhor você ligar para o papai, essa história toda não me anima nem um pouco. Agora vamos desligar, é tarde. Um beijo, maninha.

Decepcionada, ela também se despediu e desligou. Adrien não se mostrara muito compreensivo, mas não devia ter entendido nada daquela torrente de perguntas. Se ela tivesse mencionado a caderneta de família, como será que ele teria reagido? E por que ela se calava? Por que não confiava em seu irmão? Desde que havia descoberto o primeiro casamento de sua mãe e o nascimento daquela Julia Nhàn, queria encontrar sozinha a verdade. Sozinha, ou seja, sem que a manipulassem nem lhe mentissem.

De pé diante do telefone, ainda refletiu por alguns instantes, depois fez um café instantâneo, que levou até a biblioteca, onde as luzes tinham ficado acesas. Deixando de lado as caixas de livros desembaladas pela metade, ligou seu computador portátil e conectou-se à Internet. Havia ao menos uma coisa bem simples para a qual ela podia obter uma resposta imediata. Percorreu vários sites antes de cair naquele que estava procurando.

"Em geral, os nomes femininos designam a beleza... Os nomes simples sempre consistem numa única palavra, monossilábica... A preferência dos asiáticos pelos nomes compostos lhes permite dar um significado mais rico... Na maioria das vezes, o nome de um filho exprime o sonho dos pais."

Ela fez desfilar na tela a longa lista de nomes até a letra N e descobriu que Nhàn significava "sem preocupações". Julia Sem Preocupações...

Ao abrir a gaveta de sua escrivaninha, Pascale pegou a caderneta de família e a folheou. Sua mãe, Camille, também se chamava Huong Lan, ou seja, "Perfume de Orquídea", e a mãe dela tinha como primeiros nomes Anh Dào, a saber, "Flor de Cerejeira". Flores, sempre flores, a não ser a pequena Julia Sem Preocupações. Seria esse o desejo profundo de Camille, que seu bebê não tivesse a menor preocupação? Ao declarar sua primeira filha, ela julgara de bom alvitre acrescentar-lhe um nome vietnamita, enquanto se absteve de fazê-lo no caso de Pascale. Por que, no momento do nascimento de Julia, ela voltara a pensar em suas origens, em sua própria mãe, Anh Dào, naquele país distante de onde ela vinha?

Com um suspiro desanimado, Pascale fechou o computador. Durante um momento, contentou-se em prestar atenção no silêncio que a circundava, depois estendeu a mão para o envelope que havia chegado naquela manhã mesmo, vindo da administração regional do XX *arrondissement* de Paris. Tal como ela esperava — como ela *sabia* bem no fundo de si mesma —, Julia Nhàn Coste não havia morrido.

Enfiou o envelope na caderneta de família, que voltou a guardar no fundo da gaveta. Por uma pesquisa feita num Minitel* do hospital, ficou sabendo que havia um número enorme de pessoas com o sobrenome Coste na região, mas pouco importava, ela encontraria o rastro de Raoul. Além do mais,

---

* Terminal de consulta de banco de dados. (N.T.)

podia entrar em contato com a família de sua mãe, os Montague, que Camille havia rejeitado em bloco.

Cansada, levantou-se, espreguiçou-se. Não contava esperar Aurore; aliás, torcia para que sua amiga voltasse tarde, sinal de uma boa noitada em companhia de Georges Matéi! Voltou à cozinha, onde preparou ovos mexidos com torradas. Por que Laurent Villeneuve ainda não a tinha convidado para almoçar? Porque sua posição de diretor do CHU o impedia ou por consideração a seu amigo Samuel? Será que chegava a falar dela quando estavam juntos? A ideia de que Sam pudesse sentir que possuía algum direito sobre ela tinha algo de irritante... e de comovente.

Quando acabou de lavar a frigideira, uma porta bateu nos fundos da casa, fazendo-a sobressaltar. Teria deixado uma janela aberta em algum lugar? Fechou a torneira, colocou a frigideira no escorredor e pôs-se a ouvir. Do lado de fora, o vento aumentara e assobiava com força, em rajadas. A sensação de mal-estar sentida duas horas antes apertou-a novamente. Até aquele momento, ela se sentira bem em Peyrolles, nem um pouco impressionada com as dimensões da casa, que ela conhecia de cor, nem com seu isolamento. Então, por que, de repente, estava com medo de uma simples corrente de ar?

Forçou-se a respirar lentamente, para se acalmar, depois foi dar uma volta pelo térreo. Tudo estava fechado, nenhum vidro estava quebrado, nada de anormal. Subiu ao primeiro andar e, do patamar, viu que a porta do quarto de Aurore estava fechada, o que nunca acontecia. Após um segundo de hesitação, abriu-a. Fazia frio no cômodo, algumas folhas secas já cobriam o assoalho, e uma das janelas estava batendo. A explicação estava ali, sob seus olhos, totalmente estúpida, e, no entanto, Pascale sentiu calafrios e precisou superar sua angústia antes de conseguir fechá-la. O barulho do vento atenuou-se de imediato, contudo, parecia continuar circundando insidiosamente a casa.

Refugiada em seu próprio quarto, Pascale ficou um bom tempo sentada ao pé da cama, alerta. Não era muito impressionável, tinha vivido plantões noturnos muito extenuantes em clínicas desertas, ou ainda crises de pânico memoráveis por ocasião de seus primeiros voos solo no comando de um avião. Aos trinta e dois anos, sabia administrar suas emoções e conservar seu sangue-frio, todavia, naquela noite, não estava conseguindo repelir sua ansiedade.

Debaixo de seu edredom, com os dois abajures dos criados-mudos acesos, tentou em vão relaxar. Agora a chuva estava batendo nos vidros, empurrada pelas borrascas do vento desenfreado, e o para-fogo de ferro da lareira do canto vibrava a intervalos regulares.

— Não quero me sentir mal em Peyrolles... Estou na minha casa, estou protegida.

Repetiu várias vezes a frase, em voz baixa, depois mais alta. Mas foi só ao ouvir o carro de Aurore passar pelos cascalhos da alameda, duas horas mais tarde, que finalmente soltou um longo suspiro de alívio.

cinco

Benjamin Montague acabara de festejar seus setenta e dois anos. Afável, elegante, ele se mantinha sentado bem ereto em sua cadeira, respondendo às perguntas de Pascale com muita boa vontade.

Quando ela entrou na Nabuchodonosor, a vinheria onde ele a esperava, ele a identificou de imediato, levantando-se para ir a seu encontro. Depois de perguntar o que ela desejaria beber, conduziu-a para uma mesa isolada, aparentemente animado com aquela situação imprevista que lhe permitia conhecer sua sobrinha.

— Afinal de contas, meu pai era seu avô! — lembrara ele com um pequeno sorriso.

Ela encontrara seus dados na lista telefônica e ficou bastante surpresa por ele ter aceitado encontrá-la com tanta facilidade. No entanto, após as primeiras palavras, ela entendeu que ele não poderia ajudá-la muito.

— As histórias de família são sempre assombrosas, não é? Claro, lembro-me muito bem da Camille, pois na minha idade as lembranças antigas são as mais nítidas. Se quiser que eu lhe fale de sua infância, poderei fazê-lo sem dificuldade. Eu tinha doze anos quando meu pai voltou de Hanói com esse bebê em suas bagagens. Por muito tempo a casa viveu uma atmosfera de drama, você pode imaginar... Em seguida, meu pai morreu, e Camille foi colocada num pensionato.

— Sua mãe não gostava dela?

— Como poderia? Pense um pouco, ela havia esperado pelo meu pai por seis anos, tinha se consumido por causa dele, e eis que ele lhe trazia uma pequena bastarda, concebida com uma tonquinesa! E, pode acreditar, há sessenta anos, o disse me disse tinha sua importância. Em suma, a partir do momento em que Camille ficou entre as freiras, eu praticamente não a vi mais. Fui embora para estudar em Londres.

— Mas vocês se viam durante as férias?

Benjamin Montague levantou os ombros com um breve riso desiludido.

— Eu não tinha pressa em voltar. Minha mãe era muito... austera. Eu tinha um irmão mais velho, que saiu de casa, e uma irmã histérica. Viajei muito.

Decepcionada, Pascale bebeu alguns golinhos de vinho. O Pouilly era tão sublime que, apesar de tudo, ela esboçou um sorriso.

— Talvez esta vinheria seja a mais apreciada pelos verdadeiros apreciadores de vinho — cochichou Benjamin, inclinando-se em sua direção.

Ele se endireitou, observou-a por alguns instantes, depois suspirou.

— Não foi nem um pouco difícil reconhecê-la, você se parece com a Camille. Enfim, com a imagem que guardo dela. Quer dizer, ela era menos radiante que você, quanto a isso não há dúvida! Ela não se sentia bem em nossa casa e, assim que terminou a escola, pediu para ir embora. Imagine, minha mãe consentiu de imediato! Mandou-a para Paris, dizendo que era para ela se virar sozinha e sem se preocupar com o que ia acontecer com ela. Com toda a sinceridade, embora seja cruel dizer isso hoje, particularmente para você, a gente não se interessava por ela. Aliás, ela ficou um bom tempo sem dar notícias. Minha mãe, que era sua tutora legal, a emancipara para se ver livre dela.

Ele contava isso com um tom comedido, quase triste. Será que percebia, com cinquenta anos de atraso, que deveria ter feito alguma coisa por aquela irmãzinha tão mal-amada? Com um nó na garganta, Pascale perguntou:

— E o senhor nunca mais ouviu falar dela? É impossível!

— Sim, seria bastante possível... Mas, de fato, ela acabou se manifestando. Acho que estava em dificuldade naquele momento. Minha mãe não deu detalhes, na época eu estava na Áustria e raramente ligava para casa. Pelo que entendi, Camille tinha se casado, tido um filho, depois foi abandonada pelo sujeito. Minha mãe ficou triunfante, pois considerava que não se podia esperar mais nada de uma moça como ela.

Pascale se endireitou, mediu Benjamin, que se apressou em encadear:

— Minha mãe era injusta, limitada, austera, tudo o que você quiser, estou de acordo! Mas, na época e em Toulouse, Camille representava uma mancha indelével sobre a família Montague. De todo modo, ela não pedia nada, discutiu com a minha mãe e, desta vez, bateu a porta definitivamente. Sob aquela sua aparência dócil, ela tinha seu temperamento, você deve saber... Muito mais tarde, fiquei sabendo que ela havia se casado com um médico de Albi, e juro que fiquei contente por ela.

— Por ela ou porque isso aliviava sua consciência?

A indignação de Pascale, legítima, deixou o velho senhor ainda mais triste. Ele esboçou um gesto de impotência e baixou os olhos.

— Nunca ouvi nada mais cínico do que isso que o senhor acaba de me contar. Camille era sua meia-irmã e, pelo que estou entendendo, nenhum de vocês chegou a defendê-la algum dia. Seu pai devia se revirar no caixão ao vê-los fazer isso! Ou melhor, ao ver que nada faziam por ela...

Embora Pascale tenha elevado o tom, Benjamin teve a decência de não olhar ao redor para ver se os observavam. Que tipo de jovem egoísta e indiferente ele fora afinal?

— Eu sabia que você ficaria magoada com toda essa história — murmurou ele. — Mas tente me entender, não tenho orgulho desse passado nem da minha família. Agimos mal, e meu pai morreu cedo demais. Ele não teria permitido certas coisas, no entanto, também não tenho tanta certeza de que ele era tão apegado a Camille. Ele só fez o que considerava seu dever, apesar de todos os aborrecimentos que isso ia lhe trazer... Minha mãe não era uma mulher generosa, não perdoou sua infidelidade, sua traição, sua filha bastarda, e todo esse rancor acumulado voltou-se contra Camille. No entanto, nunca levantou a mão para ela.

— Ainda bem!

Para não se deixar vencer pela raiva, Pascale esvaziou sua taça de uma só vez. Benjamin acabara de degustar sua bebida e fez sinal para o garçom servir mais. Após um longo silêncio, Pascale olhou de novo para o homem que estava à sua frente e que era seu tio.

— Minha mãe riscou toda a sua família da memória — retomou com uma voz tensa. — Não sei nada dos Montague, o senhor é o primeiro que conheço.

— Não perca seu tempo com os outros, meu irmão e minha irmã provavelmente não aceitariam falar com você. Eles viam Camille como uma injustiça vergonhosa, apoiavam minha mãe a fundo, e me pergunto até se não eram piores do que ela.

— Mas o senhor não? — ironizou Pascale com amargura.

— Eu estava longe e, como lhe expliquei, me limitava à indiferença, o que tampouco é glorioso.

— E essa criança que ela teve em Paris? O que aconteceu com ela?

— A criança?

Espantado, ele a escrutou por dois ou três segundos, sem parecer entender o sentido de sua pergunta.

— Bom, morreu pequena, não? Em todo caso, foi o que ouvi dizer... Você certamente sabe mais do que eu!

— Não, não sei. Essa é a razão pela qual estou com um problema, senhor Montague. A juventude da minha mãe é um tema tabu, ela nunca mencionou na minha frente seu primeiro casamento nem seu primeiro filho. Foi preciso toda uma coincidência de circunstâncias para que eu ficasse sabendo disso há pouco tempo.

— Seu pai deve estar a par, suponho...

Invariavelmente, Pascale era reconduzida a esta evidência: devia interrogar seu pai. Por que se sentia tão reticente à ideia de lhe fazer perguntas? Tinha medo de suas respostas ou de ouvi-lo mentir?

— Ainda lhe posso ser útil, Pascale?

Inclinado em sua direção, Benjamin trazia no rosto um sorriso desolado.

— Acho que não... Obrigada por ter me dedicado seu tempo. Não avancei muito, mas...

Ela havia esperado tanto por essa conversa com ele e estava tão desapontada quanto o velho senhor parecia sincero. Ele lhe dissera tudo o que sabia e, da família Montague, era o mais interessado! Ela não tinha vontade alguma de conhecer os outros, que, além de não lhe trazerem nenhuma novidade, poderiam magoá-la ainda mais.

— A vida é malfeita — acrescentou ele. — Em outras circunstâncias, ficaríamos felizes de nos conhecer, não é mesmo? Infelizmente, tratamos muito mal sua mãe para que algum dia você tenha vontade de se sentir uma de nós. Veja só, eu mesmo já tinha esquecido um pouco essa história, o que é imperdoável.

"Esquecido." Uma palavra odiosa, que remetia Camille ao nada. Seus parentes a tinham esquecido; ela própria, por sua vez, tinha esquecido sua pequena Julia Nhàn em algum lugar. Apenas Henry Fontanel a tirara do círculo infernal da indiferença.

Pascale viu Benjamin colocar discretamente uma nota sobre a mesa. Antes de se levantar, ela o olhou uma última vez para ter certeza de que se lembraria dele.

Nadine deixou o anfiteatro num silêncio completo. Tornara-se uma tradição, nenhum aluno jamais fazia o menor movimento até ela desaparecer pela pequena porta, no fundo do tablado. Seus cursos magistrais, proferidos numa voz suficientemente forte para dispensar o microfone, sempre encontravam o mesmo sucesso. Outros professores provocavam mais entusiasmo, suscitavam risos ou perguntas, estabeleciam uma relação de simpatia com seu auditório, mas Nadine não se preocupava com isso. Não buscava ser popular nem transmitir um saber: expunha com rigor uma realidade científica.

Naquele dia, como nos outros, falara durante duas horas sem o auxílio de nenhuma anotação e tinha sido religiosamente ouvida. Porém, ao sair da faculdade de medicina, todo o seu furor retornou. O fato de o imbecil de seu irmão ter aceito conhecer Pascale Fontanel a deixara fora de si. O que ele teria lhe dito? Benjamin era praticamente o dissidente da família, sempre ausente, sempre distante, era quem havia conhecido menos Camille. O que faria com uma pseudossobrinha àquela altura? De todo modo, a pequena Fontanel não era louca o suficiente — e sobretudo não era estúpida o suficiente — para ir buscar afeição junto aos Montague. Não, provavelmente ela queria informações, talvez por causa da herança. Só que não havia nada a lhe ser dito! No momento da morte de sua mãe, Nadine temera a partilha obrigatória que se seguiria, uma vez que Camille era herdeira tanto quanto ela e seus irmãos. Porém, as coisas se deram de modo muito simples: o tabelião lhe comunicara que Camille renunciava a tudo e que nem compareceria ao cartório, pois não desejava rever nenhum dos Montague. Ela acabara de se casar com Henry Fontanel e devia considerar-se protegida contra qualquer necessidade, portanto, o encontro não ocorrera.

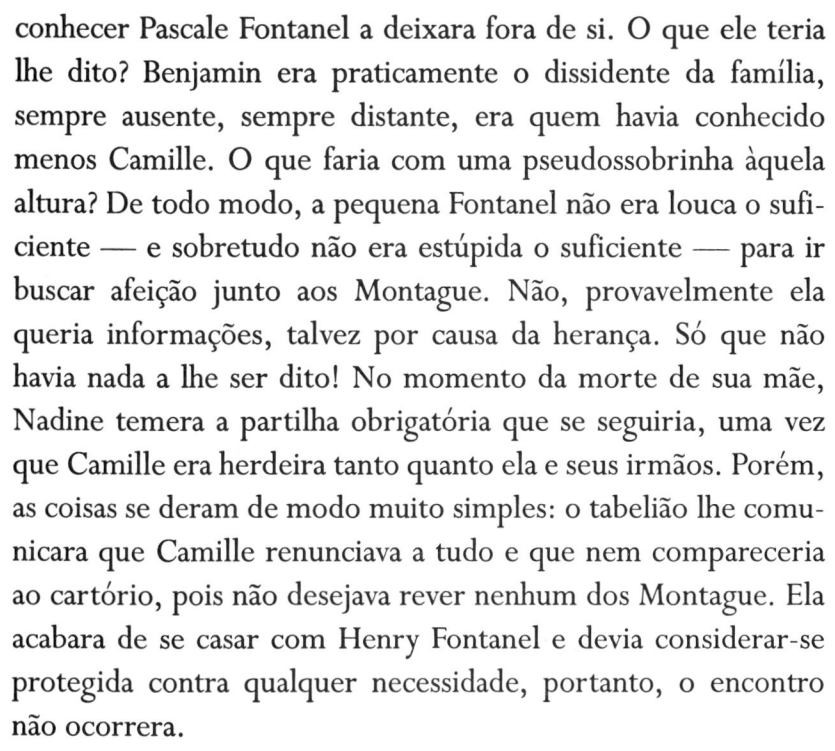

Nadine parou, ofegante. Estava caminhando rápido demais, estava gorda demais. Por que comia tanto, quando recomendava a todos os seus pacientes que não ganhassem peso? Entre a alimentação servida no refeitório dos médicos no hospital e os pratos prontos que ela engolia vorazmente à noite, quando voltava para casa, com o nariz enfiado numa revista de medicina, deixava de lado toda higiene alimentar.

"Vou comprar umas frutas e uns legumes frescos..."

Uma promessa vazia, nunca ela teria tempo de ir ao mercado. Toda a sua vida era consagrada ao setor de pneumologia do hospital Purpan, e estava muito bem assim. Se Abel Montague tivesse vivido o suficiente para ver o êxito de Nadine, teria ficado muito orgulhoso de sua filha. Ela queria tanto ter tido a oportunidade de lhe mostrar do que era capaz! Provar-lhe que era a melhor, e de longe, porque Camille não havia feito nada da vida, a não ser engravidar do primeiro que conhecera. Um segundo casamento a salvara no último instante da vida medíocre à qual estava destinada, e isso era tudo. O que prova que a beleza tinha seus limites, graças a Deus! Quando criança, Nadine não podia suportar o olhar enternecido de seu pai sobre Camille, e quando ele dizia que a achava bonita, ela se sentia rejeitada. Bonita, com sua tez amarela, seus cabelos lisos e escorridos e seus grandes olhos pretos que tomavam todo o seu rosto? Várias vezes, Nadine ia perguntar para sua mãe, que a tranquilizava: não, claro que não, a japa, a bastarda, não era bonita, não, tinha só uma cara de limão. Quanto à própria Nadine, seu físico ingrato era qualificado de interessante... Que eufemismo! Logo ela percebera que a natureza não tinha sido muito generosa com ela e que precisaria encontrar outra coisa para ser admirada.

Mais uma vez sem fôlego, finalmente chegou a seu carro. Havia muitos anos que não pensava em sua infância com tamanha acuidade, mas a presença de Pascale Fontanel em seu setor fazia com que ela voltasse continuamente às suas lembranças.

"Vou ligar para o Benjamin daqui a pouco, quero saber o que ele disse a ela."

Pelo menos, seu irmão fizera a gentileza de preveni-la, e ela exigira que ele não falasse dela, sobretudo que não mencionasse seu nome. Enquanto Pascale não fizesse a ligação entre a professora Nadine Clément e a família Montague, não poderia exclamar: "De alguma maneira, a senhora é minha tia!"

Santo Deus, ela tinha de arranjar um jeito de se livrar dessa mulher antes que uma catástrofe como essa acontecesse.

* * *

Por volta do meio da semana, o tempo mudou. O sol voltou, acompanhado de um frio seco e de um ventinho penetrante. Na luta desigual que Pascale conduzia contra Lucien Lestrade, este último acabara tendo ganho de causa, revolvendo a terra dos canteiros à sua maneira e plantando seus bulbos onde desejava. Num sábado de meados de novembro, declarou seu trabalho concluído, mas sem devolver a chave do portãozinho, que ele disse ter perdido. Nada boba, Pascale se resignou antecipadamente em vê-lo reaparecer na primavera, mas, até lá, finalmente teria paz em Peyrolles.

E ela precisava muito dessa paz, pois já estava cansada das incessantes discussões com Nadine Clément, no Purpan, e muito inquieta com a comemoração do Natal que se aproximava. Tinha convidado seu pai e seu irmão, ainda sem receber resposta definitiva, como se ambos rejeitassem passar dois dias em Peyrolles. No entanto, tinham vontade de se reunir, como todos os anos, e Pascale recusava-se terminantemente a ir a Saint-Germain. Cear numa verdadeira casa, com a lareira acesa e a neve no gramado lhe parecia muito mais agradável do que se enclausurar num apartamento. Além do mais, ela queria aproveitar de todo jeito a presença de seu pai para ter com ele uma conversa que ela estava adiando havia muito tempo e que se revelava impossível por telefone. Algumas noites, antes de dormir, ela repetia a si mesma uma lista de perguntas precisas, a serem formuladas com tato, mas que significavam: "Por que você mentiu para mim?"

Com a chegada iminente do inverno e dos dias muito curtos, a estrada para Toulouse era percorrida à noite, de manhã e à tarde. Pascale e Aurore tentavam fazer coincidir seus horários sem muito sucesso, e muitas vezes se viam sozinhas ao volante. Como previsto, o cansaço dos trajetos se fazia sentir, obrigando

Pascale a se perguntar sobre seu futuro. Era razoável acumular tantos quilômetros ao longo do ano, sobretudo para trabalhar sob as ordens de uma chefe como Nadine?

Em seus raros momentos de liberdade, Pascale procurara em vão o rastro de Raoul Coste. Ou ela não levava jeito para realizar uma investigação policial, ou não tivera sorte, mas, dentre todos os Coste contatados, nenhum conhecia Raoul. Mesmo desanimada, não perdeu seu objetivo de vista e, de uma maneira ou de outra, um dia ficaria sabendo a verdade sobre Julia Sem Preocupações.

Na primeira sexta-feira de dezembro, assim que chegara ao seu setor, uma secretária lhe entregou um bilhete vindo do diretor do hospital. Assinado de próprio punho e redigido com muita cortesia, tratava-se, no entanto, de uma convocação.

— O Villeneuve quer me ver em seu escritório às onze horas — disse a Aurore no momento da pausa. — Acha que é mau sinal?

— A megera deve ter encontrado outra boa razão para se queixar!

Pascale conservara o hábito de ir beber seu café na sala das enfermeiras, onde Aurore fechava cuidadosamente a porta.

— Vou jantar com o Georges — anunciou com os olhos brilhando.

— De novo? Que maravilha!

— Ainda não chegamos nas coisas sérias, mas adoro sua companhia. Ele é de uma gentileza rara.

— Rara? Há muitas pessoas gentis, felizmente.

— Até agora, não encontrei muitas. Queria permanecer discreta, você conhece as más línguas do setor...

Mais valia conservar a vida privada em segredo se não se quisesse alimentar conversas no andar.

— Espero que dê tudo certo em sua reunião — acrescentou Aurore, analisando Pascale da cabeça aos pés.

Em suas conversas, elas evocaram Laurent Villeneuve uma ou duas vezes, e Pascale não escondeu que se sentia atraída por ele.

— Prefiro vê-lo no aeroclube; em seu escritório, ele me faz gelar! — disse rindo.

— Acho que você lhe causa o efeito inverso — replicou Aurore —, mas, de todo modo, não esqueça com quem você está lidando.

— Não tem perigo!

Pascale lhe dirigiu um sorriso de cumplicidade antes de sair. Entrou no vestiário dos médicos, onde tirou o estetoscópio, a blusa, depois vestiu a parca sobre o pulôver preto de gola alta. Tinha de atravessar uma parte do hospital para chegar ao prédio da administração, e estava fazendo muito frio do lado de fora.

No corredor, encontrou um de seus pacientes, que estava fazendo um teste que consistia em caminhar por dez minutos para avaliar sua capacidade respiratória e seu tempo de recuperação. Georges Matéi o seguia docilmente, carregando o aparelho que registrava os dados.

— Bom passeio! — disse Pascale dirigindo-lhe um gesto de encorajamento.

Ela não era a única, muito pelo contrário, a pedir exames de todo tipo. Por que se privar dos benefícios de um material de ponta? Se Nadine Clément preferia a medicina à moda antiga e confiava apenas no próprio diagnóstico, é porque pertencia a outra geração.

Ainda se interrogando sobre as razões de sua convocação, Pascale apresentou-se à secretária de Laurent Villeneuve, que lhe designou uma porta dupla.

— O diretor está esperando pela senhora.

Um pouco tensa, Pascale entrou numa grande sala clara, calorosa, mobiliada com estantes de madeira clara e poltronas de couro havana. Laurent estava à escrivaninha, mas se levantou para recebê-la.

— Sinto muito por ter-lhe endereçado um bilhete tão imperativo. Era o único meio de Nadine Clément deixá-la sair do setor!

Com seu olhar azul de aço, cintilante de malícia, esboçou um sorriso.

— Sente-se, Pascale. Há duas coisas que gostaria de conversar com você, nada grave...

Ela notou o corte perfeito de seu terno azul-marinho, o nó da gravata impecavelmente feito. Em seu papel de diretor, ele era um pouco mais distante, mas igualmente sedutor. Retomou seu lugar, pegou um envelope de sua gaveta e dele tirou uma folha.

— Há algum tempo, você fez um pedido de informações à administração regional de seguro-saúde. Enviaram a resposta para mim.

Pregada em sua poltrona, Pascale ficou dois segundos em silêncio. Por que aqueles malditos funcionários não lhe responderam diretamente?

— Não se trata de um de seus pacientes, não é mesmo? — acrescentou Laurent com uma voz amigável.

Ela balançou a cabeça, buscando rapidamente uma explicação plausível.

— Ainda às voltas com seu romance policial?

— Bem... você sabe que estou tentando encontrar o rastro de uma pessoa que... Para dizer a verdade, é um pouco complicado, é...

— Trata-se de certa Julia Coste, nascida em 3 de agosto de 1966, em Paris.

Ele lhe estendeu a correspondência por cima da escrivaninha.

— Você vai constatar que esta mulher está inscrita na administração regional do Tarn.

— Meu Deus... — murmurou Pascale.

Perturbada, ela olhou a folha sem vê-la.

"Julia está viva. Tenho uma irmã em algum lugar, e não longe daqui!"

— Pascale? Algum problema?

Ela voltou a levantar os olhos para ele, tomada pela irresistível vontade de lhe contar sua história.

— É uma pessoa da minha família, e até agora ninguém achou bom me falar a respeito dela. Eu não deveria ter utilizado minha condição de médica do CHU para obter esta informação, mas...

— Suponho que seja muito importante para você.

— Ah, sim! Sim...

Laurent se levantou, contornou sua escrivaninha e foi sentar-se a seu lado. Com um gesto protetor, roçou seu punho.

— Tem vontade de falar a respeito?

Sua solicitude nada tinha de artificial nem de forçada. Se existia alguém em quem Pascale podia confiar, certamente era aquele homem. Em algumas frases, ela lhe resumiu a situação, atenta a não ceder à emoção.

— Ainda não ousei abordar a questão com meu pai — concluiu.

— Por quê?

— Porque necessariamente existe uma razão para seu silêncio, uma razão que não tenho muita vontade de conhecer. Pelo que me lembro da minha mãe, ela nunca poderia ter abandonado um filho.

Com as sobrancelhas franzidas, Laurent a observou por um momento em silêncio, depois, lentamente, retirou a mão e cruzou os braços.

— Vai entrar em contato com essa mulher? — perguntou, enfim.

— Claro! Pelo menos...

Novamente, releu a resposta da administração regional, que não trazia nenhuma indicação pessoal sobre Julia Coste, a não ser a confirmação de sua existência como assegurada social.

— Posso conseguir os dados dela para você — declarou Laurent, com um tom comedido.

— É mesmo? Seria fantástico!

Provavelmente ele só precisaria dar um simples telefonema; todavia, o fato de ele ter feito essa proposta espontaneamente era uma prova suplementar de sua gentileza.

— Se tiver certeza de que quer encontrá-la. Na minha opinião, você deveria antes ter uma conversa com seu pai.

— Talvez.

Tudo levava ao ponto de partida, ela não ia poder adiar mais o prazo. Laurent meneou a cabeça antes de retomar seu lugar atrás da escrivaninha, como se de repente quisesse estabelecer um pouco de distância entre eles. Teria ele a convocado para alguma coisa totalmente diferente? Seus olhares se cruzaram e permaneceram alguns instantes presos um no outro.

— O segundo ponto que eu gostaria de tratar com você é muito mais... anódino.

— Nadine Clément?

— Sim. Ela realmente cismou com você, mas sei que suas queixas não têm fundamento, ela nem consegue justificá-las.

— Não cometi nenhum erro profissional — defendeu-se Pascale — e acho difícil trabalhar nessas condições. Se houvesse uma vaga em Albi, eu a aceitaria de bom grado, pode acreditar! Não estou habituada a ser vigiada nem criticada sistematicamente, mesmo durante minha residência. Há alguma coisa de muito pessoal na atitude da professora Clément que nada tem a ver com minhas competências.

Ele levantou a mão em sinal de apaziguamento, para represar a torrente de palavras que ela acabava de despejar com uma voz tensa, mas ela não se interrompeu:

— Trabalhar num hospital como este é uma oportunidade, e eu deveria lhe agradecer, mas só tenho uma vontade: ir embora. Você não imagina como me sinto ao ver todas as minhas prescrições controladas, o menor dos meus gestos criticados e, o pior: a dona Clément não hesita em me fazer passar por uma incapaz aos olhos dos meus pacientes!

Finalmente ela se calou, um pouco confusa por ter-se deixado levar, enquanto Laurent sorria.

— Albi a tentaria? De verdade?

— Era minha ideia inicial, sim, mas o Sam me disse que havia uma vaga aqui...

O sorriso de Laurent acentuou-se. Será que ele a julgava estúpida ou sem ambição por preferir um pequeno hospital a um centro hospitalar universitário do tamanho do Purpan? Seu interfone começou a tocar, e ele lançou um olhar irritado ao aparelho, sem atendê-lo.

— Bem — suspirou —, vou liberá-la.

Ela não tinha vontade alguma de ir embora e deixou sua poltrona a contragosto. Como ela ainda estava com a correspondência na mão, ele acrescentou:

— Não se preocupe, vou cuidar do seu caso.

Ele se levantou para acompanhá-la até a porta. Com a mão na maçaneta, pareceu hesitar.

— Tem uma última coisa... Não sei muito bem como dizer, mas gostaria de... convidá-la para jantar uma noite dessas. Não é obrigada a aceitar, sei que é muito inconveniente e...

— Terei muito prazer! Quando?

Ela mordeu os lábios, embaraçada por ter respondido tão depressa.

— Sábado?

— Perfeito — murmurou.

Nesse momento, ambos ficaram tão embaraçados que nem ousaram se olhar mais, e, assim que ele abriu a porta, ela se retirou sem nem mesmo pensar em apertar sua mão.

— Caramba, pensei que ele fosse nos deixar...

Samuel tirou a máscara e as luvas, seguindo com os olhos a maca que levava o paciente para a sala de recuperação.

— Você foi incrível! — afirmou um dos cirurgiões, batendo em seu ombro ao passar.

— Você não poderia operar pessoas em melhores condições de saúde? — brincou Sam.

O paciente lhe dera um trabalhão durante as três horas que durara a intervenção. Quedas brutais de pressão, alterações de ritmo, instabilidade: Sam lutara com todos os incidentes imagináveis enquanto os cirurgiões procediam à ablação de um tumor num dos pulmões.

— Um verdadeiro caso acadêmico — suspirou. — Vou acompanhá-lo de perto até ele ir para o leito no setor de pneumologia.

Nadine Clément, que fizera questão de estar presente no centro cirúrgico, murmurou um breve elogio antes de cumprimentar a equipe e dirigiu a Samuel o que podia — a rigor — passar por um sorriso.

— Sempre amável essa aí! — cochichou uma das instrumentadoras.

Sam tomou o caminho seguido pela maca, perdido em seus pensamentos. O paciente estava sendo acompanhado pela doutora Fontanel, conforme atestava o prontuário em que Sam encontrara todas as informações necessárias para preparar sua anestesia. Pascale era sempre tão precisa e clara em seus relatórios, era um prazer trabalhar com ela.

Ao chegar à sala de recuperação, instalou-se na cabeceira do paciente, que voltava lentamente à consciência.

— Senhor Valier, está me ouvindo? Senhor Valier?

O paciente lhe respondeu com um resmungo, mas Samuel insistiu, com uma voz forte, até obter uma resposta inteligível.

— Correu tudo bem — afirmou sem deixar transparecer nada. — Logo o senhor será levado para o quarto...

Após algumas tentativas infrutíferas, Antoine Valier pronunciou uma frase cuja única palavra compreensível era "Fontanel". Sua consciência estava voltando, e ele reclamava sua médica; era bom sinal. Com um sorriso enternecido, Samuel lembrou que Pascale sempre mantinha um relacionamento excelente com seus pacientes. Era franca com eles, não os infantilizava, insuflava-lhes a energia de que precisavam para lutar contra a doença.

Verificou os painéis de controle, voltou a medir a pressão de Antoine Valier, depois chamou uma enfermeira.

— Vamos esperar mais um pouco antes de transferi-lo. Volto daqui a meia hora, me bipe se houver qualquer problema.

Por enquanto, tudo o que ele desejava era um café puro, acompanhado de uma barra de cereais. Foi à cafeteria, depois saiu do prédio, ávido por respirar um pouco de ar fresco. Muito fresco, no caso, mas pelo menos o céu estava azul. Caminhando a passos largos, a fim de eliminar o estresse daquela longa operação, tentou pensar num presente. Se demorasse muito, iria acabar comprando algo, mas certamente Marianne estava esperando algo especial para o Natal. Mas o quê? Talvez um relógio... Como era mesmo o que ela usava? Puxa vida, ele não era capaz nem de lembrar o que ela usava no pulso! No entanto, pouco a pouco, seus sentimentos evoluíam, ele se sentia melhor com ela e procurava com menos frequência pretextos para ficar sozinho. Mesmo quando ela invadia seu espaço, acabava por comovê-lo. Estaria ele sentindo as vantagens de uma mulher doce e frágil? Contrariamente a Pascale, que tinha um temperamento bem forte e uma vontade obstinada, Marianne era vulnerável, fácil de desarmar, não havia como não sentir vontade de protegê-la. E, se Samuel pôde ajudar Pascale, nunca teria a ideia absurda de querer *protegê-la*.

Deu uma olhada em seu relógio e fez meia-volta. A enfermeira não o bipara, mas ele devia ver novamente Antoine Valier antes de autorizar sua transferência para o setor de pneumologia. Por um instante, pensou em acompanhar seu paciente, o que lhe daria a oportunidade de ver Pascale. Àquela hora, ela estava no setor e sempre encontrariam um jeito de conversar um pouco. Naqueles últimos tempos, ele não lhe telefonava mais, e sempre que a encontrara achara que parecia preocupada. A coabitação com Nadine Clément impunha obstáculos evidentes, todavia Pascale parecia capaz de superá-los. Estaria com outras preocupações que preferia não lhe dizer? A ideia de que ela não confiasse mais nele o desolava. Mas o que não o desolava quando ele pensava nela? Entre outras coisas, por exemplo, aquela espécie de autorização que Laurent lhe pedira implicitamente, na véspera, ao anunciar que pensava em convidá-la para jantar, se Sam não visse objeção, claro. Ora, o que poderia consternar mais do que imaginar Pascale junto com um homem como Laurent? Ele a faria chorar de rir, saberia despertar seu interesse, reunia todas as qualidades de que ela gostava. Aliás, iam gostar um do outro, já se gostavam. Sem contar que ela devia estar cheia de ficar sozinha, ainda que pretendesse o contrário.

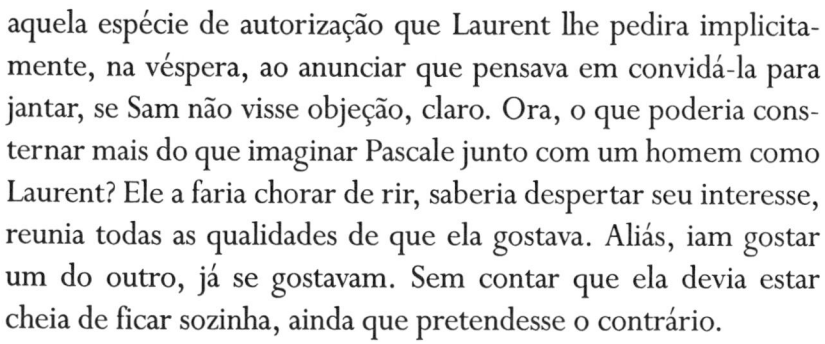

Um jantar com Laurent... Luz de velas e música ambiente. Aonde ele a levaria? Será que ela ia ceder já na primeira noite? Não, ela nada tinha de uma mulher fácil, Laurent deveria passar por suas provas antes. Provavelmente ele não pediria mais do que isso, ele também estava sozinho havia tempo demais, escaldado por seus dois últimos relacionamentos, que haviam sido catastróficos. Para dizer a verdade, ele não dera sorte, coitado, o que era muito injusto, porque devia estar muito apaixonado. Sam lamentava por ele e desejava sinceramente que encontrasse a mulher ideal, mas... Pascale?

Após o divórcio, Sam assumira o papel de amigo porque nada mais lhe restava, e ele se recusava terminantemente a perder Pascale de vista. Eles tinham até pegado o hábito semanal de almoçar juntos ou, pelo menos, beber alguma coisa. Infelizmente, Samuel percebera bem depressa que devia afastar-se fisicamente de sua ex-mulher, senão nunca conseguiria curar-se dela. Então partiu para Toulouse, limitando-se a contatos telefônicos regulares. Ficava sabendo de suas novidades, ela lhe contava sua vida, seu trabalho no Necker, suas raras aventuras. Ele ouvia tudo temendo o dia em que ela lhe anunciasse que estava apaixonada por outro, mas isso não acontecera. Seria capaz de suportar isso hoje? Conseguiria imaginar Pascale nos braços de Laurent sem odiar ambos?

Ao voltar ao andar dos centros cirúrgicos, autorizou a transferência de Antoine Valier, que já estava totalmente acordado e começava a se queixar, mas desistiu de acompanhá-lo.

— O senhor vai encontrar a doutora Fontanel, ela vai cuidar do senhor e lhe administrar um calmante...

Ele próprio bem que estava precisando de uma poção de esquecimento. De tanto pensar em Pascale, ainda estava sem ideia para o presente de Marianne.

— Tem certeza de que escolhi bem a cor? — inquietou-se Pascale ao fazer a curva.

— Absoluta — replicou Aurore com um tom peremptório.
— Este vermelho fica fabuloso em você! E pare de se preocupar. De todo modo, a partida já está ganha, não?

Elas voltavam a Peyrolles depois de terem passado um pente-fino em todas as butiques elegantes da parte antiga de Albi. Seguindo os conselhos entusiastas de Aurore, Pascale acabou se rendendo a um conjunto de saia e *spencer* que ela pretendia vestir naquela noite mesmo.

— Laurent Villeneuve... Francamente! Juro que mal consigo acreditar. Se alguém do hospital vir vocês juntos, a história vai se espalhar como rastilho de pólvora.

— Vamos jantar na casa dele.

— Na casa dele? — exclamou Aurore. — E ainda por cima ele cozinha?

— Não faço ideia. Mas, por causa das fofocas, ele deve ter pensado como você.

Quando estavam a cerca de um quilômetro de Peyrolles, Pascale viu uma senhora de idade, bem à beira da estrada, ocupada em tirar as folhas secas da frente de seu portão. Sua carriola estava bem no meio do caminho, com o cabo de um ancinho perigosamente do lado de fora. Pascale reduziu a velocidade, hesitou, depois estacionou no acostamento.

— Essa gente de idade, vou lhe falar uma coisa... — suspirou Aurore.

No entanto, exatamente como Pascale, ela era capaz de demonstrar uma paciência de Jó com os pacientes o dia inteiro. Desceram juntas, ambas sorridentes.

— A senhora vai acabar sendo atingida por um carro — disse Pascale gentilmente, cumprimentando a senhora de idade. — Precisa de ajuda?

Enquanto Aurore empurrava a carriola para o portão, Pascale se apresentou:

— Somos quase vizinhas, moro...

— Sei onde mora, doutora Fontanel. É engraçado chamá-la assim. Para todo o mundo aqui, era o seu pai o doutor Fontanel. Mas a medicina deve estar no sangue de vocês; imagine, seu avô já cuidava da minha avó!

Em seu rosto marcado pelas rugas, o olhar ainda bastante azul da velha senhora parecia rir.

— Me chamo Léonie Bertin e fico muito contente de apertar sua mão. Contente também que haja gente em Peyrolles, porque o local é muito isolado. Está gostando de lá?

— Muito. É a casa da minha infância.

— É, mas...

Léonie interrompeu-se para observar Pascale atentamente, depois, com um gesto fatalista, encadeou:

— Não pensei que voltaria algum dia. Achei que a casa fosse ser vendida.

— Por quê?

— Ah, você é jovem demais...

Do canto dos olhos, ela vigiava Aurore, que se pusera a amontoar as folhas na carriola.

— É muito gentil da sua parte me ajudar! — lançou-lhe.

— Jovem demais para quê? — insistiu Pascale.

— Para ter más lembranças. Eu conhecia a primeira senhora Fontanel, uma mulher bonita, um pouco altiva, que não merecia uma morte tão horrível. Aquele incêndio, que tragédia... Logo depois, veio sua mãe, e, cá entre nós, você se parece muito com ela, a não ser pelo fato de que ela parecia sempre tão triste! Sei que a gente nunca se recupera do luto de um filho, principalmente quando é pequeno...

Léonie meneou a cabeça apoiando as mãos na região lombar, que devia estar doendo. Pascale calou-se, estupefata. Que luto? Se se tratava de Julia — e de quem mais? —, ela estava bem viva. Por outro lado, Léonie Bertin soltou uma frase infeliz: "Logo depois." Como se seu pai tivesse se apressado em casar de novo, logo após o enterro da primeira mulher.

— E seu irmão? Lembro-me dele como um rapaz muito bonito!

— Ele está bem... É médico também.

— Pronto, deixei o carrinho lá dentro e coloquei o ancinho debaixo do alpendre — declarou Aurore. — Está muito frio, a senhora vai pegar um resfriado se ficar aqui fora.

A noite já estava caindo, e a temperatura baixava mais. Léonie apertou em volta de si seu grande xale em tons desbotados.

— Obrigada, meninas. Vocês duas são muito amáveis. Venham me visitar uma hora dessas. Sempre faço bolos com essência de violeta e biscoitos de farinha de milho na época do Natal.

— Nós viremos, está prometido — afirmou Pascale, esforçando-se para sorrir.

Aquela senhora de idade certamente tinha muitas coisas para lhe contar, e ela pretendia fazê-la falar.

Voltaram para o carro e percorreram as últimas centenas de metros até o portão de Peyrolles. A casa de Léonie Bertin era a última, um pouco isolada depois da saída da aldeia e, portanto, era a mais próxima de Peyrolles.

— Simpática essa senhorinha. Ela lhe contou alguma coisa interessante?

— Se é que se pode dizer isso... Sempre que se trata da minha família, tenho uma surpresa!

Essa constatação a reconduziu à sua obsessão: Julia. Todo aquele mistério, cuja chave ela queria encontrar antes de, finalmente, ter a inevitável explicação de seu pai. Primeiro era preciso encontrar Julia e saber dela a verdade.

Assim que chegou em casa, subiu até o banheiro, onde ligou o aquecedor antes de abrir as torneiras da banheira. A perspectiva de jantar na casa de Laurent lhe dava uma repentina vontade de ficar bonita, e ela não teve pressa em lavar a cabeça e depois fazer uma escova. Depois que seus cabelos estavam brilhantes como seda, maquiou-se levemente, pôs duas gotas de perfume na nuca e se vestiu. A saia e o *spencer* vermelhos destacavam perfeitamente sua silhueta longilínea. Optou por escarpins escuros, que combinavam com o sobretudo de caxemira com gola militar, dado de presente por seu pai no ano anterior.

Quando desceu a escada, Aurore a chamou do hall.

— Você está divina! Nosso querido diretor vai ficar boquiaberto...

— Você também não ia sair? — surpreendeu-se Pascale.

Aurore ainda estava de jeans, pulôver de gola alta e tênis.

— Georges está resfriado, não sabe se quer deixar seu edredom. Acho que vou fazer alguma coisa para comer na frente da televisão e me deitar cedo. Desejo a você a mais fantástica noite da década.

— No mínimo!

— E tenha cuidado na estrada.

Os trajetos cotidianos irritavam Pascale, mas, naquela noite, ela se sentia leve, alegre, pronta para passar um momento agradável na companhia de um homem do qual ela gostava muito. Pegou a rodovia até Toulouse, depois entrou no centro da cidade e deixou o carro no estacionamento da praça Saint-Étienne. O bairro era feito de ruas estreitas e tranquilas, repletas de palacetes particulares. Na rua Ninau, parou diante de um portão tão imponente que verificou o endereço antes de tocar a campainha.

Dois minutos mais tarde, Laurent veio abrir-lhe uma pequena porta lateral e a fez entrar num pátio pavimentado, no fundo do qual se erigia uma bela casa de tijolos e pedra. Provavelmente uma daquelas residências construídas pelos Capitouls* no Renascimento.

— O Ministério da Saúde o aloja bem! — brincou ela ao entrar num vasto hall, ornado por um piso com motivos decorativos.

— Para dizer a verdade, é uma casa de família, meus avós eram de Toulouse.

Ele a precedeu até uma pequena sala, onde uma chama queimava numa lareira de madeira escura. Dois grandes sofás de veludo azul faziam frente um ao outro, e ele a convidou a se sentar depois de ajudá-la a tirar seu sobretudo.

---

* Antigos magistrados da cidade de Toulouse. (N.T.)

— O problema, na minha profissão, são essas nomeações que mandam você de um canto a outro da França. Quando me propuseram administrar o CHU de Purpan, fiquei muito feliz com esse retorno às origens, mas não sei quanto tempo vai durar.

— Você é obrigado a aceitar o que lhe propõem?

— Trata-se sempre de uma promoção e, em princípio, promoções não se recusam. Enfim, tudo depende da maneira como concebemos a carreira!

Sorrindo, relaxado, ele vestia calças pretas e camisa branca com a gola aberta. Sobre a mesa baixa havia colocado uma garrafa de champanhe num balde cheio de gelo triturado, petisqueiras com azeitonas ao pimentão, cubinhos de salmão marinado ao aneto, duas taças de cristal da Boêmia.

— Fico muito feliz por recebê-la, e não apenas para retribuir seu convite a Peyrolles — disse ele abrindo o champanhe.

Uma maneira direta de lhe transmitir suas intenções. Ela o observou com calma por alguns instantes, achando-o sempre muito sedutor, depois levantou sua taça.

— A esta noite, então...

O calor do fogo da lenha deixava a atmosfera da pequena sala particularmente agradável. Pascale cedeu ao encosto macio do sofá e degustou dois goles. Por mais que confiasse em si mesma, o encontro com Laurent a intimidava um pouco. Quando um homem e uma mulher se gostam e sabem disso, as primeiras palavras são as mais difíceis de encontrar.

— Preparei para você um frango à moda de Toulouse — anunciou.

— Você mesmo?

— Claro! Se não, onde estaria o prazer? Não é sempre que vou para o fogão, mas guardo essa receita da minha avó, e é uma maravilha. Pelo menos é o que espero.

— Me diga como é.

— Bom, só é preciso ter *foie gras*, trufas, champinhons e timo de vitela para preparar o recheio...

Pascale deu risada, achando graça no rumo que tomava a conversa. À guisa de romantismo, Laurent escolhia a gastronomia, uma abordagem menos convencional do que o previsto.

— Posso lhe fazer uma pergunta indiscreta? — indagou ela.

— Vá em frente.

— O que um homem como você faz sozinho na vida?

— Um "homem como eu" quer dizer o quê? A situação? O palacete particular?

— Antes a gentileza, o charme — corrigiu ela olhando-o diretamente nos olhos.

O elogio pareceu embaraçá-lo, todavia ele se esforçou para sorrir.

— Obrigado pelo charme. Em todo caso, a gentileza não me ajudou muito com as mulheres até agora. Não tive sorte, e isso me deixou bastante... desconfiado.

— Males de amor?

— Digamos grandes desilusões.

Ele se levantou para recolocar uma acha na lareira e ficou por um momento de costas, ocupado em atiçar as brasas. Quando se voltou, seu olhar azul de aço atravessou Pascale.

— E você?

— Suponho que Samuel tenha lhe falado do nosso divórcio.

— Sim, por cima. Mas ele fica sempre tenso quando fala de você. Não acho que se tenha consolado. Sendo assim, não escondi dele este convite para jantar, espero que você não fique chateada comigo.

— Você estava com medo de que ele não gostasse? — espantou-se Pascale.

— Ele não gostou.

A ideia de Sam ainda estar apaixonado por ela a comovia e, ao mesmo tempo, a exasperava, e ela se recusou a pensar nisso. Hoje ele tinha Marianne, seus caminhos tinham se separado.

— Venha comigo — disse Laurent gentilmente.

A contragosto, ela deixou o sofá para segui-lo nas profundezas da casa. Atravessaram outra sala, menos íntima, depois passaram por um corredor escuro antes de chegar a uma ampla cozinha, separada da sala de jantar por um grande balcão.

— Por enquanto, este é o único cômodo que tive condições de arrumar do meu jeito. Gosta?

O mobiliário, de pinho encerado, era aconchegante e combinava bem com a pintura amarelo-pálida das paredes, mas o conjunto tinha algo de muito despojado, muito novo.

— Muito, só que falta um pouco de desordem aqui! Quando penso na cozinha de Peyrolles...

E na alegre bagunça que sempre reinava nela. Era lá que, desde meados de novembro, Aurore e ela passavam todas as suas noites de solteiras, tendo desertado o jardim de inverno, mais difícil de aquecer. Enquanto uma tentava uma nova receita, a outra verificava suas contas bancárias sobre a velha mesa. Os muitos armários metálicos embutidos, fora de moda mas indestrutíveis, estavam atolados com uma louça desemparelhada, que havia sido trazida aos poucos do sótão, e toda espécie de eletrodomésticos se espalhava pelos grandes balcões de carvalho, marcados por milhares de cortes de faca. Nos parapeitos das janelas havia sempre revistas, livros de bolso, molhos de chaves.

— Você tem a casa com a qual todo o mundo sonha, ela é mágica — declarou Laurent com muita seriedade.

— Às vezes eu a acho um pouco inquietante. Sempre acreditei que tínhamos sido muito felizes ali, mas parece que minha mãe não foi. Todas as pessoas que a conheceram na época me falam de seu semblante triste... E tenho certeza de que os lugares ficam impregnados de lembranças, eles transmitem boas ou más vibrações. Se houve uma tragédia em algum lugar, dá quase para senti-la.

— A memória das paredes?

— Talvez. A primeira mulher do meu pai queimou viva numa das dependências, que ele mandou demolir em seguida.

Laurent voltou-se para ela, com a tampa de uma panela na mão, e a escrutou por dois ou três segundos.

— Se você colocar esse tipo de ideia na cabeça, vai acabar deixando de gostar de Peyrolles, o que seria uma pena. Imagine só quanta coisa não deve ter acontecido aqui desde o Renascimento! Mortes violentas, grandes sofrimentos, duelos, vai-se saber? Pois bem, as pedras não falam comigo, elas me deixam dormir em paz.

Um odor delicioso se espalhava pela cozinha. Pascale aproximou-se do fogão para dar uma olhada no frango que cozinhava lentamente. Sobre um aparador, uma saladeira com rúcula, salpicada de nozes e cebolinha picada. Laurent parecia ter-se esforçado bastante para preparar tudo sozinho. Será que estava querendo agradá-la ou apenas querendo fugir das fofocas ao ficar em casa? Ao procurar um utensílio numa gaveta, recuou um passo e esbarrou em Pascale.

— Ah, desculpe!

Ele a pegara automaticamente pelo braço, como para segurá-la, mas, em vez de soltá-la, puxou-a para si.

— Pascale...

Os braços de Laurent se fecharam em torno dela, depois ela sentiu que ele estava acariciando seus cabelos, fazendo-a estremecer. O abraço durou apenas dois ou três segundos antes de ele se afastar dela.

— Você é tão bonita — disse com um sorriso de desculpas.

Um pouco decepcionada — e irritada por ficar assim —, ela se dirigiu à mesa, que já estava posta. Ali também ele previra tudo: um buquê de flores campestres desabrochadas num vaso, vários tipos de pães, apresentados numa cesta de prata, jogos americanos e guardanapos de linho, de cor cassis.

Ele se juntou a ela, colocou a travessa fumegante perto dos pratos.

— O que quer beber? Um vinho do Loire levemente gelado? Se não, tenho um excelente Borgonha, ou então podemos jantar bebendo champanhe.

— Sim, prefiro não misturar.

Ela teria quase oitenta quilômetros pela frente até chegar a Peyrolles e não aguentava dirigir em estado de embriaguez.

— Se está preocupada com o retorno, pode ficar aqui ou eu a levo para casa.

— É muito gentil, mas...

— Não estou sendo especialmente gentil, Pascale, estou tentando seduzi-la, você sabe muito bem disso.

Sua franqueza chegava a desconcertar Pascale, por isso ele se apressou em acrescentar:

— Esta primeira noite é importante para mim, gostaria que saísse tudo perfeito.

— Pois está saindo! — respondeu ela sorrindo.

— Só que restam dois problemas, e dos grandes! O primeiro é que tenho por regra absoluta não misturar meu trabalho e minha vida privada, mas você é uma médica do Purpan e, por causa disso, eu não deveria tê-la convidado. O segundo é que sou incapaz de cantar alguém, nem sei como se faz. Cabe a você dizer se nosso jantar vai me dar problemas...

Desta vez ela desatou a rir. Achava Laurent divertido, carinhoso e sempre muito sedutor. Dois minutos antes, em seus braços, ela tivera vontade de ficar abraçada a ele, vontade de que ele a beijasse e a tocasse.

— Me fale um pouco de você — sugeriu ela estendendo-lhe seu prato.

Ele escolheu com cuidado um pedaço de frango na panela, depois o cobriu com molho.

— Percurso bem clássico. HEC* em Ciências Políticas, acumulei dois diplomas antes de me lançar na função administrativa. Gosto de organizar, administrar, ter responsabilidades, mas não queria começar por baixo. Meus avós eram burgueses, e meus pais se achavam revolucionários porque tinham "feito" 1968. Quanto à minha vida particular, tive uma história maravilhosa com uma moça que conheci durante meu primeiro ano de faculdade. Ela me deixou sem a menor explicação depois de cinco anos para seguir um australiano. Em seguida, esperei chegar aos trinta para acreditar novamente no amor; infelizmente caí nas garras de uma pilantra, o tipo de loba em pele de cordeira, que me custou muito caro e me traiu com quase todos os meus colegas. Rompi com ela há dezoito meses.

Sentou-se na frente dela, serviu-lhe um pouco de champanhe e desejou-lhe bom apetite.

— Sua maneira de resumir as coisas parece um pouco... distante — observou ela.

— Por que você gostaria que eu me compadecesse da minha própria besteira? Sou orgulhoso demais para isso!

Pascale saboreou um pedaço do frango, imediatamente seduzida pela delicadeza dos aromas.

---

* (*École des*) *Hautes Études Commerciales*: Escola superior de comércio. (N.T.)

— Está uma delícia... Você me dá a receita?

— Acho que não.

— Segredo de família?

— De modo algum, mas há coisas mais interessantes a dizer do que a maneira de preparar frango! Falei da minha vida para você, agora é a sua vez.

— Acho que não — replicou, repetindo deliberadamente a frase. — Na minha opinião, você deve saber tudo pelo Sam. Estou enganada?

Bom jogador, ele aquiesceu com um sinal de cabeça, um pouco incomodado por ela ter adivinhado; no entanto, ele próprio tinha confessado que Sam falava muito dela. Durante alguns minutos, eles se contentaram em comer, e Pascale aceitou de bom grado ser servida novamente, porque estava se regalando.

— É um prazer tê-la como convidada — observou ele. — Geralmente as mulheres ciscam a comida, o que não parece ser do seu gênero. Mas você não pertence a nenhum gênero específico, você foge... à regra.

Essa constatação pareceu alegrá-lo, pois ele lhe dirigiu um sorriso fascinante.

— Na última vez que nos vimos, no meu escritório, você me disse que preferia trabalhar em Albi. É verdade?

— É. Por mais surpreendente que seja, preferiria encontrar um cargo no hospital de lá ou na clínica Claude-Bernard.

— Por causa das viagens?

— A princípio, sim, porque a estrada multiplica os riscos e me faz perder um tempo louco, mas não é só isso. Albi é a cidade da minha infância, aquela onde fui à escola, onde meu pai e meu avô exerceram a medicina antes de mim. Se eu trabalhasse lá, tenho a impressão de que voltaria ao lar, de que estaria no meu lugar. E provavelmente ficaria mais à vontade numa estrutura menos pesada e menos rígida. De todo modo, Albi é o segundo polo hospitalar da região, portanto, dotado de recursos técnicos importantes.

— Você é muito convincente. Por que não se candidata lá?

— Me candidatei, não havia nenhuma vaga.

— Ah, você está querendo dizer que o CHU de Purpan é um quebra-galho? — ironizou.

— Jamais diria uma coisa dessas ao meu diretor! — respondeu ela no mesmo tom.

— Mas deveria, pois se existe alguém que pode conseguir para você o que você deseja...

Ele voltara a ficar sério, e Pascale o observou atentamente.

— Você faria isso?

— Com tanto mais vontade que, nesse caso, um dos meus problemas desapareceria.

— Ou seja?

— Se você deixar de fazer parte da equipe do CHU que dirijo, terei o direito de paquerá-la abertamente.

Após um instante de espanto, Pascale se pôs a rir. A ideia de que Laurent podia intervir em seu favor não havia passado por sua cabeça até então; de todo modo, ela não lhe teria pedido isso.

— Eu gostaria muito — disse ela, pesando suas palavras.

Sua resposta subentendia que ela tampouco era indiferente aos avanços de Laurent, e se endireitou na cadeira, repentinamente embaraçada. Ele aproveitou para se levantar, trocou os pratos e colocou na frente dela um bolo de chocolate.

Durante a hora que se seguiu, falaram de coisas sem importância, como se precisassem recobrar certa distância. Laurent permaneceu um anfitrião atencioso, fez o café, que serviu com docinhos com essência de violeta. Pouco antes da meia-noite, quando Pascale decidiu que devia voltar para Peyrolles, ele vestiu uma jaqueta para acompanhá-la até seu carro.

Surpresos com o frio polar que reinava do lado de fora, apressaram-se em chegar logo ao estacionamento da praça Saint-Étienne, onde Laurent insistiu para descer com ela. Esperou que ela se instalasse ao volante e baixasse o vidro para inclinar-se em sua direção.

— Vamos voltar a nos ver? — perguntou ele simplesmente.

Seu rosto estava bem próximo do de Pascale. Com uma lentidão calculada, ele se aproximou ainda mais, beijou-a no canto dos lábios. Com um gesto impulsivo, Pascale pegou-o pelo pescoço para segurá-lo e eles trocaram um beijo verdadeiro. Depois, sem dizer mais nada, ela deu partida no carro e saiu.

SEIS

Cansado, Henry acompanhou seu último paciente à porta do consultório. Ele não atendia mais do que dois dias por semana, pois aos poucos ia confiando a clientela a Adrien. Entre seu filho e ele, a transmissão de poder efetuava-se lentamente havia alguns anos. Quando chegasse a hora, a clínica não sentiria a ausência de Henry, que poderia, enfim, descansar. Mas será que ele tinha vontade disso? Tal como temera, suas partidas de golfe aos domingos só lhe interessavam medianamente e, tirando alguns velhos amigos fiéis, não gostava muito de sair nem de receber.

Voltou a sentar-se à sua escrivaninha, arrumou a pasta numa das inúmeras gavetas de metal, no momento quase vazias. O exercício da medicina, que o ocupara por tanto tempo, já não conseguia mobilizá-lo. De fato, nada o distraía da ausência de Camille. Enquanto se ocupara dela, mesmo doente, mesmo muda, sua vida tivera um sentido preciso. Agora, ele sofria uma espécie de vazio intelectual e afetivo que o consternava. No entanto, sua amante do momento, uma mulher de quarenta e cinco anos ainda muito bonita, fazia de tudo para agradá-lo. Galante, com frequência ele lhe mandava flores, levava-a para jantar num bom restaurante uma ou duas vezes por mês, mas, em seguida, quando se via em sua cama, sentia todos os sofrimentos do mundo ao fazer amor com ela.

Baixando os olhos sobre a agenda aberta à sua frente, leu "Ida a Peyrolles" na data de 23 de dezembro. Em quatro dias. Tudo estava previsto, até que Adrien fosse buscá-lo de táxi na frente do prédio. Os assentos no TGV estavam reservados, e um carro alugado estaria à disposição deles em Toulouse. Quanto aos presentes de Natal, Henry dera um pulo em Paris e uma volta no *faubourg* Saint-Honoré, até se decidir a entrar na Hermès. Comprou uma bolsa para Pascale e um relógio para Adrien. Uma loucura, talvez, mas doravante só tinha os seus dois filhos adultos para mimar. Antes de deixar a luxuosa loja, lembrou-se de que a amiga de Pascale, Aurore, cearia com eles, então escolheu um lenço para ela.

Durante muitos anos, o Natal fora uma festa magnífica na casa dos Fontanel. Camille sempre queria uma árvore imensa, passava horas a carregá-la de guirlandas luminosas, depois empilhava a seu pé uma porção de pacotes. Pendurava bolas douradas por toda a casa, decorava as janelas, preparava minuciosamente o cardápio, comprava novos castiçais. Henry a deixava fazer, comovido, enquanto Adrien e Pascale batiam as mãos, superexcitados com aqueles preparativos... Será que Pascale ia manter as tradições da mãe? Pelo que conhecia dela, era provável. Ela fatalmente ia querer devolver a Peyrolles a atmosfera de sua infância.

Descer a Peyrolles era um pesadelo para ele. Por que não a vendera sem dizer nada a ninguém? Sua filha não teria ido exilar-se lá e ele não seria obrigado a voltar! Tentou mais uma vez encontrar um pretexto plausível para escapar a essa viagem, em vão. Pascale não compreenderia, tampouco Adrien. No entanto, era tão simples! Peyrolles continha lembranças demais, algumas atrozes, outras maravilhosas; Peyrolles estava muito carregada com a história dos Fontanel, em geral, e com sua história, em particular; Peyrolles o reconduzia sem piedade a seu passado, obrigando-o a se lembrar do que havia feito.

Um erro? Um crime? Que nome dar àquela decisão que ele não terminava de expiar? Camille acabara por olhá-lo com horror, quando havia consentido livremente.

Livremente? Um sorrisinho amargo lhe escapou. Na época, Camille estava perdida, já não tinha nenhuma referência, sua única certeza estava ligada a seu amor por Henry, ele poderia tê-la feito aceitar qualquer coisa. Ao redor deles, as pessoas acreditaram que eles tinham reunido suas duas solidões. Ele era viúvo e procurava uma mãe para seu menino; quanto a ela, a eterna abandonada, buscava refúgio junto a um homem sólido que lhe abria os braços. Mas a verdade era bem diferente desse quadro idílico! Inicialmente, eles se conheciam havia muito tempo, já tinham sentido um pelo outro um amor impossível. E não era este o destino de Camille, deparar com coisas impossíveis? Os Montague a haviam rejeitado, Raoul Coste a havia rejeitado...

Com um golpe furioso com o dorso da mão, Henry empurrou sua agenda, que foi parar do outro lado do escritório. Ele era inteiramente responsável, não tinha nenhuma desculpa. Nenhuma mesmo! Ao querer preservar Camille, acabou preservando sobretudo a si mesmo, como bom egoísta que era, e, no final das contas, condenara a única mulher que amara na vida.

Como faria, em Peyrolles, para não se deixar asfixiar pelas lembranças, pelos arrependimentos, pela culpa? Por que Pascale lhe impunha esse calvário?

Bem à sua frente, o relógio indicava sete horas. Ainda tinha de fazer seu breve passeio habitual pela clínica antes de poder voltar para casa. Com cada vez mais frequência, demorava-se em cada andar, conversando com os médicos de plantão, brincando com as enfermeiras. Não tinha vontade de encontrar seu apartamento deserto; aliás, não tinha vontade de mais nada.

Com um sobressalto, percebeu que ainda tinha um encontro, um jantar, e que quase esquecera. Levantou-se, recuperou sua agenda aberta sobre o carpete. Sim, era naquele dia mesmo que levaria sua amante ao restaurante, mas não fizera reserva em lugar algum e primeiro tinha de se trocar. Já cansado só de pensar na noite que o esperava, deu de ombros duas vezes seguidas, mas esse gesto de mau humor não lhe trouxe o menor alívio.

— Estou caindo de sono! — declarou Aurore ao se servir de outra taça de Sancerre.

— Com tudo o que você já bebeu, é normal — ironizou Pascale.

Instaladas na cozinha, como de costume, passaram um bom tempo à mesa, ocupadas em elaborar os preparativos para o Natal. Para a ceia, Aurore contava com a presença de Georges, mas será que ele não ia se sentir constrangido com essa reunião tão íntima de família? Pascale tinha encontrado a solução ao convidar Sam e Marianne, e agora ela se perguntava sobre a oportunidade de convidar Laurent, caso ele já não tivesse outros compromissos.

— Na minha opinião, ele virá rapidinho — predisse Aurore. — Você sabe que ele é completamente louco por você!

Ela apontou as rosas brancas recebidas na véspera, que reinavam num vaso chinês. O cartão que as acompanhava ainda estava sobre a mesa, e Aurore o pegou para relê-lo.

— "Obrigado por ter vindo, e obrigado por ser você." *Ser você...* Não é fofo? Acho esse cara formidável, mesmo que ele consiga para você um posto em Albi e que eu fique condenada a percorrer a estrada sozinha! Georges nunca me mandou flores; eu lhe falei tanto das flores que você recebeu hoje de manhã, sem dizer a identidade do admirador, fique tranquila. Espero que ele tenha entendido a indireta e passe na Interflora...

Sua taça estava novamente vazia, ela a contemplou com um ar de surpresa.

— Bom, vou parar por aqui esta noite, senão amanhã de manhã vou estar com enxaqueca. Em todo caso, não resolvemos o problema, continuo achando que peru é um prato convencional demais, além de ser terrivelmente seco, com recheio ou sem.

Ela se levantou, espreguiçou-se, titubeou levemente sob o olhar indulgente de Pascale.

— Vou me deitar, minha querida, já está mais do que na hora. Ah, este Sancerre, que maravilha!

Inclinada sobre a mesa, pegou sua bolsa que estava largada no banco.

— Tome, recolhi a correspondência na caixa ao entrar, tinha esquecido de lhe entregar, mas não tem nada importante — desculpou-se estendendo dois envelopes a Pascale.

Beijou-a apoiando-se pesadamente sobre ela, depois foi até a porta, com um passo hesitante. Pascale a ouviu atravessar a despensa, bater contra um armário, e quase desatou a rir. Como Aurore, ela só bebia raramente, não tinha muita resistência ao álcool, do qual em geral desconfiava. Naquela noite, deixara-se levar; uma boa noite de sono apagaria tudo.

Em dez minutos Pascale desfez a mesa, arrumou a cozinha. Contrariamente a Aurore, sentia-se em forma e decidiu ir até a biblioteca, um lugar onde ela gostava de ficar para fazer suas contas, organizar suas faturas ou ler revistas de medicina. Acendeu o abajur estilo inglês, que deixava a maior parte do cômodo no escuro, e instalou-se à sua escrivaninha. Ao seu redor, o silêncio da casa adormecida parecia tão absoluto que o grito repentino de uma coruja, do lado de fora, a fez estremecer. O frio estava intenso demais para entreabrir uma janela e deixar entrar os ruídos da noite. Durante alguns instantes, Pascale ficou alerta, sem ouvir nada além de estalos surdos emitidos pelos revestimentos em madeira ou pelos assoalhos. O isolamento de Peyrolles às vezes era pesado, quase inquietante em algumas noites. Mas, no entanto, Pascale estava gostando cada vez mais daquela casa tão grande.

Pegou os dois envelopes. Um deles trazia o timbre do hospital, o outro, o logotipo de um comerciante de Albi. Deixando a publicidade de lado, abriu a correspondência do Purpan, convencida de que se tratava de alguma nota administrativa. De fato, o envelope continha outro menor, envolvido por uma folha manuscrita. Intrigada, Pascale desdobrou o papel e logo reconheceu a letra de Laurent:

Minha querida Pascale, segue a resposta que me foi enviada e que lhe passo de imediato. Sinto muito dizer-lhe que se trata de uma má notícia. De antemão, adivinho e compreendo a importância que vai lhe dar, mas, antes de qualquer iniciativa, reserve um tempo para refletir. Se sentir necessidade de falar, estou à sua inteira disposição, não hesite em me ligar. Seja qual for o momento, ficarei feliz em ouvi-la. Um beijo.

Com uma angústia indizível, Pascale observou o envelope proveniente da administração regional e endereçado ao senhor Laurent Villeneuve, diretor do hospital Purpan. Uma má notícia? De que tipo? Lentamente, ela levantou a aba que já havia sido deslacrada, retirou a folha datilografada. Inicialmente, as frases nada significaram para ela, que foi obrigada a relê-las.

No silêncio da biblioteca, ela ouviu a própria respiração acelerar-se, tornar-se ruidosa, depois desatou a soluçar.

Por um longo momento, ficou prostrada, com os cotovelos sobre a escrivaninha e a cabeça nas mãos. As implicações daquilo que acabava de descobrir eram inconcebíveis, absurdas. Julia Nhàn Coste, nascida com uma anomalia congênita, sempre fora tratada em diferentes centros para deficientes.

Tratada? Julia Nhàn, sua meia-irmã, Julia Sem Preocupações, portadora de trissomia 21, nunca conhecera uma vida normal. Tentando conter as lágrimas, Pascale teve a impressão de que ia sufocar e levantou-se bruscamente. Deficiente... Em que medida? E como sua mãe pôde abandonar uma criança doente e indefesa? Tudo aquilo era simplesmente inconcebível!

Caminhando de um lado para outro, Pascale tentou refletir, sem conseguir; os pensamentos mais caóticos agitavam-se em sua mente. A tristeza de Camille, de que todo o mundo falava, seus últimos anos de mutismo completo, que a conduziram à beira da demência... Teria ela se roído de remorso até deixar-se morrer, quarenta anos depois? Não, ela não, sobretudo ela, que tanto havia sofrido por não ter conhecido a própria mãe, Anh Dào, como poderia ter infligido a mesma sorte à sua filha? De todo modo, Julia também tinha um pai. Então, o que acontecera com esse Raoul Coste?

Agitada demais para ficar quieta, Pascale precipitou-se para fora da biblioteca e subiu correndo ao primeiro andar. Se não falasse com alguém, iria ficar louca! Bateu à porta e entrou no quarto de Aurore, que dormia feito uma pedra, com o abajur do criado-mudo aceso. Pascale ficou olhando para ela por alguns instantes, depois desistiu de acordá-la. Com tudo aquilo que havia bebido naquela noite, Aurore precisava dormir e, além do mais, não teria condições de manter uma conversa.

Depois de apagar a luz, Pascale deixou o quarto em silêncio e voltou a descer. Era tarde demais para ligar para Laurent. Podia ligar para Adrien, mas não seria melhor esperar que ele chegasse com seu pai para revelar toda essa história?

Passou pela cozinha, remexeu o armário no qual guardava uma garrafa de Armagnac destinada aos molhos e verteu dois dedos, que bebeu de um só gole. Em seguida, voltou à biblioteca, onde retomou as idas e vindas entre as janelas escuras e a lareira. Desde que achara aquela maldita caderneta de família, quantas horas havia passado pensando em Julia, imaginando como seria seu primeiro encontro? Interrogara-se a respeito dos traços de Julia Nhàn, curiosa para descobrir nela aquele tipo asiático que Camille provavelmente lhe havia transmitido, como a ela própria. Entre todas as hipóteses e estimativas, prometera a si mesma reparar uma eventual injustiça se a Julia faltasse qualquer coisa que fosse... Que ironia!

Novamente, as lágrimas corriam sobre sua face, ela sentiu desgosto ao pensar nesse abandono. Com a vista embaralhada, pegou o telefone e teclou o número de Samuel. Apesar da hora tardia, ele atendeu quase imediatamente.

— Sam, sou eu... Sinto muito por ligar para você assim, espero não tê-lo acordado.

— Não — respondeu em voz baixa —, eu não estava dormindo. O que aconteceu?

— Ouça... Não se preocupe, mas eu... eu acabei de descobrir uma coisa abominável e eu... eu não sei a quem contar.

Ela fungou, engoliu a saliva e tentou, em vão, continuar.

— Pascale? Meu Deus, você está chorando? Quer que eu vá até aí?

— Preciso contar isso a alguém! Ah, Sam...

— Você está em Peyrolles?

— Estou.

— Então já estou indo. É o tempo de eu pegar a estrada e você me conta tudo. Enquanto isso, acalme-se, está bem? E lembre-se de abrir o portão para mim!

Ela começou a protestar, mas ele já tinha desligado.

Claro que Marianne não gostou nem um pouco da história. Enquanto Samuel se vestia com pressa, ela acordou e, ao saber que ele ia voar até Peyrolles no meio da noite para socorrer sua ex sem nem mesmo saber qual era o problema, teve um ataque de raiva. De raiva ou de ciúme, pouco importava, ele não estava disposto a ouvi-la.

Correndo na estrada, reviu Marianne sentada sobre seu travesseiro, furiosa, descabelada, ingenuamente persuadida de que poderia impedi-lo de sair. No último instante, ela engolira o ultimato que estava prestes a lançar, no entanto, o mal já estava feito: Samuel acabava de constatar que realmente não era mais livre.

Depois de vestir a jaqueta, cruzou a porta sem dizer palavra. E, no momento, ao volante de seu Audi, sentia-se quase separado de Marianne, como se ela já pertencesse a seu passado.

Mas, afinal, o que dissera ou fizera para Marianne achar que tinha algum direito sobre ele? Nenhuma jura de amor, nenhum compromisso — ele tomara bastante cuidado para não cair nessa. Claro, após algum tempo, eles estavam mais próximos um do outro, viam-se com mais frequência. De maneira insidiosa,

Marianne estabelecia entre eles uma espécie de vida de casal, e Samuel deixava que ela o fizesse. Por covardia, porque não queria vê-la chorar, por egoísmo também, porque era inegável que ele ficava contente por ter uma mulher bonita e amorosa em sua cama, em vez de nela ruminar sozinho ao pensar em Pascale. E Marianne conseguia atenuar essa sua obsessão.

Pegou a saída de Marssac, atravessou o Tarn e entrou na estrada vicinal 18. Pascale fazia esse trajeto de manhã e de noite, era uma loucura. No entanto, quando Laurent evocara vagamente a possibilidade de conseguir para ela um posto em Albi, Sam sentira-se despojado.

Não, a palavra era muito forte: que outro homem pudesse ajudar Pascale o deixava amargo. Será que ele queria ser seu único salvador, seu único amigo? Ele não passava de um apoio para ela, até mesmo um confidente, e se agarrava a esse papel, o último que podia desempenhar a seu lado.

Em todo caso, foi a ele que ela se dirigiu naquela noite, não a Laurent. O que podia ter acontecido para justificar esse pedido de ajuda? Pascale era uma mulher sensata, firme, não o faria ir até lá no meio da noite para afugentar um morcego!

Ladeou o muro, viu o portão aberto e virou na alameda. Peyrolles o fascinava. Ele entendia muito bem por que Pascale fizera de tudo para viver ali. Em princípio, as grandes propriedades não o interessavam, ele preferia de longe as alegrias do céu no comando de um helicóptero. Mas Peyrolles possuía um atrativo particular que provavelmente tinha a ver com sua arquitetura, com seu isolamento, com o charme melancólico de seu jardim tão bem plantado.

Na luz dos faróis, descobriu Pascale no alto da escadaria, enrolada numa parca forrada. Desceu os degraus enquanto ele saía do carro e jogou-se em seus braços.

— Você foi gentil por ter vindo...

Seus cabelos o roçaram, ele imediatamente reconheceu seu perfume: *Addict*. Dera-o de presente a ela quando havia sido lançado, alguns anos antes, e ela permaneceu fiel.

— Não queria ter incomodado você, espero que isso não chateie Marianne. Venha, vamos nos aquecer, eu estava andando de um lado para outro no terraço enquanto esperava você porque estava quase sufocando dentro de casa, mas agora estou com frio.

Ela falava depressa, com uma voz um pouco entrecortada, e, à luz dos lampiões da fachada, Sam viu seus traços puxados, suas olheiras. Seguiu-a ao interior, até a biblioteca, onde ela fechou cuidadosamente a porta. Quando ela tirou a parca, ele não pôde evitar de reparar em sua silhueta esguia. Ela vestia um pulôver de tricô irlandês de lã crua com tranças, calças jeans cinza e justas e botas pretas de cano curto.

— O que vou lhe contar não pode sair desta sala, Sam...

Diante das prateleiras de cerejeira-brava, duas poltronas estilo Voltaire de veludo gasto estavam frente a frente. Pascale foi sentar-se e lhe fez sinal para juntar-se a ela.

— Quando vim me instalar em Peyrolles — começou —, queria reencontrar um pouco da minha infância, como você sabe, mas acabei deparando com uma espécie de viagem no tempo! O sótão está cheio de móveis velhos, e foi divertido vasculhar esse antiquário com Aurore...

Ela se interrompeu por um segundo, levantou a cabeça. Seus grandes olhos pretos, puxados na direção das têmporas, pareciam uma tristeza insondável. Ele teve vontade de se levantar e tomá-la nos braços, mas esforçou-se para permanecer sentado, esperando o que viria a seguir.

— Encontrei uma caderneta de família no fundo de uma gaveta. Era da minha mãe, seu primeiro documento, entregue pela administração regional do XII *arrondissement* de Paris por ocasião do seu casamento com um tal de Raoul Coste, em abril de 1966.

Estupefato, Sam refletiu por alguns instantes, depois levantou os ombros.

— Bom, tudo bem, sua mãe teve um primeiro marido e você não sabia. E depois?

— Também fiquei sabendo do nascimento do filho deles, em agosto do mesmo ano. Uma menina chamada Julia Nhàn.

— Julia o quê?

— Nhàn, que significa "sem preocupações". Foi a única coisa que minha mãe conservou da sua origem vietnamita. Ela mesma se chamava Camille Huong Lan, sua mãe, Lê Anh Dào, e obviamente ela quis perpetuar a tradição com sua primeira filha.

Desta vez, Sam ficou mudo. Tinha conhecido bem Camille e, por mais estranha que ela pudesse ser, a estimara muito. Mas nem ela nem Henry, com quem Sam mantinha um relacionamento excelente, jamais evocaram a existência dessa Julia.

— Quis saber mais — suspirou Pascale. — Primeiro, descobri que Julia ainda está viva e, a partir disso, planejei uma porção de coisas imbecis... Eu me via conhecendo minha meia-irmã... e descobrindo a explicação desse mistério absoluto. Porque ninguém me falou nada a respeito, em trinta anos de existência!

— O que seu pai disse?

— Nada! Não falei com ele. Ainda não... Mas pretendo falar, ele vai estar aqui no Natal, deve chegar depois de amanhã. Só que tem outra coisa.

Pascale tirou um elástico do bolso de seus jeans e, maquinalmente, prendeu os cabelos. Sam sempre adorara vê-la fazer esse tipo de gesto.

— De tanto procurar, acabei de receber uma informação que muda tudo. Tudo! Você entende, Sam, eu achava que devia haver uma boa razão, uma justificativa qualquer... Minha mãe era tão jovem na época! Seu... marido, esse Raoul Coste, poderia ter ficado com a criança ou...

— Provavelmente foi o que aconteceu — observou Sam com um tom calmo.

Ele adivinhava a exasperação de Pascale, sua raiva, sua amargura, e tentava represar a torrente de palavras que sentia estar por vir.

— Minha querida, naquele tempo, os erros da juventude se pagavam caro. Sua mãe deve ter...

— Ela a abandonou, Sam! Ela abandonou oficialmente seu bebê na DDASS,* só que Julia não é... ela tem síndrome de Down.

Estupefato demais para responder, Sam viu que Pascale estava prestes a chorar. No entanto, ela tinha por costume se controlar. Em pneumologia, ela ficava lado a lado com dramas e desespero ao longo do dia.

— Você me consolou quando enterrei minha mãe, mas, na realidade, que espécie de monstro era ela?

— Pascale... espere, não faça julgamentos mordazes, você não conhece as razões dessa história. E essa não é a *sua* história. Sua mãe existiu antes de você e antes de conhecer seu pai.

— Eles mentiram para mim!

---

* *Direction Départamentale des Affaires Sanitaires et Sociales*: instituição pública encarregada das questões de saúde e sociais. (N.T.)

— Talvez eles tenham preservado você.

— Em todo caso, não a Julia! Eles a sacrificaram sem dó nem piedade!

— Você não sabe de nada.

— Sei que há coisas que não podemos fazer, Sam. Aliás, foi minha mãe que me inculcou esses valores absolutos. Você percebe? Ela!

Pascale pulou de sua poltrona como se nela não suportasse ficar nem mais um segundo sequer e pôs-se a percorrer a biblioteca mergulhada na penumbra. Apenas o abajur estilo inglês sobre a escrivaninha formava uma mancha de luz. Samuel observou a moça por um momento, seduzido a contragosto por seu caminhar leve, suas longas pernas, seus quadris de menina. Mas não estava ali para admirá-la, tinha de encontrar alguma coisa para dizer que a acalmasse um pouco.

— Camille não conheceu a própria mãe — lembrou ele. — Talvez tenha repetido inconscientemente um esquema que...

— Por que você a está defendendo?

— Por que você a está condenando automaticamente?

Ela parou, apoiou-se nas prateleiras e pareceu refletir sobre a questão. Ao final de alguns instantes, ele perguntou gentilmente:

— O que quer dizer Huong Lan?

— Perfume de orquídea. É curioso que ela não tenha dado um desses nomes vietnamitas a mim também...

— Talvez ela tenha julgado que, no final das contas, eles não traziam felicidade. Nem à mãe dela nem a ela própria, menos ainda a essa pequena Julia.

Mantendo a cabeça baixa, Pascale não fez nenhum comentário. Devia estar se sentindo magoada, traída por seus pais, de quem ela nunca duvidara até então. Henry fora um pai exemplar, e Camille, uma mãe muito presente, doce, feminina, carinhosa. A imagem de ambos não combinava com esse abandono sórdido, que Samuel não conseguia entender.

— Se eu não tivesse comprado Peyrolles, graças a você, se os móveis tivessem sido vendidos quando deixamos a região, se Aurore não tivesse aberto aquela gaveta, eu nunca saberia de nada. Você vê toda a coincidência de circunstâncias que foi necessária? Não consigo acreditar que meu pai tenha afiançado esse horror, é inimaginável.

— Ele vai se explicar — afirmou Sam, que não tinha nenhuma certeza disso.

— Sim, e é isso o que me assusta. O que ele vai dizer...

— Adrien está sabendo?

— Não. Tentei sondá-lo, fiz-lhe algumas perguntas, mas o passado da família não lhe interessa. Quer dizer, é o que ele diz... Só que sua reação foi excessiva quando decidi me instalar aqui. Eu mesma tive a impressão de que meu pai e ele estavam me escondendo algumas coisas.

— Provavelmente não. Seu pai e seu irmão adoram você. Aliás, eles poderiam muito bem ter sumido com essa caderneta de família.

— Contanto que soubessem da sua existência. Minha mãe a guardou numa velha bolsinha de plástico cinza, que não chamava muito a atenção. Mas não foi um esquecimento nem um ato falho, ela a guardou muito bem. Talvez quisesse salvar uma prova para que Julia não caísse no esquecimento?

— Você está viajando...

— Sim — admitiu Pascale com uma careta. — E cheguei a imaginar coisas piores do que esta! De tanto tentar entender, penso em qualquer coisa, tudo me parece suspeito. Incluído esse incêndio em que a mãe do Adrien queimou viva.

Sua última frase, pronunciada a contragosto, traduzia a extensão de seu mal-estar.

— Não é uma acusação, Sam. Só uma questão suplementar.

— É a Henry que você deve fazer essas perguntas. Quer dizer, não esta última, claro.

Pela primeira vez na noite, Pascale lhe dirigiu o esboço de um sorriso.

— Claro...

Ela tentava enfrentar, rechaçar as dúvidas que a atormentavam e, de repente, pareceu muito vulnerável, longe da imagem da mulher forte que transmitia a maior parte do tempo. Como reagiria se o pior se confirmasse? Era possível que Henry fosse um canalha? E Camille? Difícil imaginar, mas, no fundo, não era impossível, e, nesse caso, Pascale ia sofrer uma decepção na qual ele preferia nem pensar.

— Você me faria um café, querida?

— Sim, claro. Deve me achar muito egoísta por fazê-lo vir até aqui para despejar tudo isso em você!

— Sempre que precisar de mim, estarei disponível para você.

Quando ela já estava à porta, com a mão na maçaneta, voltou-se.

— Ah, Sam...

Será que ela queria agradecer-lhe? Repetir-lhe que ele era seu melhor amigo? Ele venceu a distância que os separava, pegou-a nos braços. Seu abraço era o de um homem apaixonado, inequivocamente, e Pascale poderia muito bem tê-lo rejeitado; ao contrário, ela se apertou contra ele. Havia quanto tempo ele não a abraçava assim?

— Não me deixe ir em frente — cochichou ele —, me ponha para fora.

Sem soltá-la, ele a pegou pelo queixo, obrigou-a a levantar a cabeça.

— Pascale? Quero tanto você...

Um desejo intenso, doloroso, que deixava sua voz rouca. Ele enfiou a mão por baixo do pulôver de tricô irlandês, sentiu sua pele acetinada sob os dedos.

— Sam — suspirou ela —, não...

Com um acesso de orgulho, ele entendeu que ela estava prestes a ceder e a beijou com paixão. Colada nele, ela prendeu a respiração com dificuldade. A harmonia física tinha sido imediata entre eles, desde a primeira vez, e nunca deixara de existir, apesar de suas brigas. Na véspera do dia em que seu divórcio fora pronunciado, ainda faziam amor com desespero, agarrados um ao outro como dois náufragos.

— Não quero, Sam. Vamos nos arrepender muito.

Ele teve de fazer um esforço considerável para afastar-se dela. Será que a atração que ela acabava de sentir por ele — inegável, ele a conhecia muito para se enganar — devia-se à sua solidão? Certamente ela não tinha ido para a cama com Laurent, estava dando-se um tempo antes de se lançar numa relação séria, o que não a impedia de querer ter prazer. Essa ideia lhe bastou para lhe devolver um pouco de sangue-frio.

— Você tem razão... E meu café?

O maravilhoso sorriso que ela lhe dirigiu então foi o que faltava para desmoralizá-lo de vez. Será que não lhe restava nenhuma chance de reconquistá-la? Será que definitivamente ele tinha passado perto da felicidade ao aceitar que aquela mulher o deixasse, três anos antes? Ah, queria muito ser o pai dos filhos dela, de doze se ela quisesse! Sempre quisera isso...

— Venha, Sam...

Imperativamente, ela pegou sua mão e o conduziu para fora da biblioteca.

Uma vez mais, Marianne tinha chorado muito. Às quatro horas da manhã, voltou para sua casa, bastante decidida a que Samuel não a encontrasse em prantos. Uma longa ducha quente, depois morna, a acalmou um pouco. Em seguida, preparou um café da manhã pantagruélico. Que se danasse a boa forma, que se danasse tudo!

Sua quitinete, onde ela só passava metade do tempo, uma vez que a cada duas noites ia para a casa de Sam, estava terrivelmente bagunçada. Uma boa hora de arrumação, realizada com fúria, fez com que ela tomasse outra ducha, depois se vestiu e se maquiou. Por mais infeliz que estivesse, tinha de ir trabalhar. Pelo menos, não tinha grandes responsabilidades, e mesmo que o cansaço fizesse com que ela cometesse erros, não seria muito grave, enquanto Samuel, por sua vez, ia brincar com a vida de seus pacientes após sua noite em claro! Pois provavelmente ele não tinha dormido. Pensar nisso a deixava louca. Bastava que sua ex-mulher assobiasse e ele saía correndo, demasiadamente feliz por poder servi-la. Não contente de ter encontrado um emprego para Pascale, de ter-lhe emprestado dinheiro, ele a levava para passear de helicóptero tão logo ela se entediasse e segurava sua mão ao menor sinal de angústia. E tudo isso por quê? Por altruísmo? Claro que não. Marianne não acreditava nem por um segundo nessa suposta amizade entre eles, naquilo que ele chamava de carinho para dissimular melhor seus sentimentos.

Ao contrário, ela tinha absoluta convicção disto: Samuel continuava perdidamente apaixonado por aquela pilantra com carinha de santa. "Mal recuperado" de seu divórcio — segundo a expressão que ele utilizava — na verdade queria dizer doente! Como ela pôde acreditar que seria capaz de curá-lo?

No ônibus que a conduzia ao Purpan, tentou tomar uma decisão. Teria forças para deixá-lo e não ligar para ele nos próximos três dias? Provavelmente não. Sempre que saía da casa dele batendo a porta, acabava voltando pelas próprias pernas. Um verdadeiro molambo!

Às quinze para as oito, desceu na frente do hospital. Fazia muito frio, e ela correu para o prédio da administração. Uma longa jornada a esperava, insípida e triste, com correspondências para digitar, as conversas fúteis de suas colegas, um almoço infame na cantina. E, naquela noite, ela voltaria para casa, provavelmente já pronta para passar por cima de seu orgulho, sobretudo quando constatasse a ausência de mensagem na secretária eletrônica...

Em todo caso, reconciliando-se ou não com Samuel, não passaria a noite de Natal em Peyrolles! Pelo menos desse sacrifício se pouparia. Ele poderia lhe suplicar, mas nem pensar ir até lá. Preferia ficar sozinha ou aceitar o convite de seus pais, que ficariam felizes em recebê-la, mesmo que no último minuto.

— Bom-dia, Marianne! Vejo que você é sempre pontual, é uma qualidade rara hoje em dia.

Ela parou para retribuir o cumprimento a Laurent Villeneuve. Segundo o falatório da equipe — e um homem como ele suscitava muitos! —, ele quase sempre chegava antes de todo o mundo ao escritório. O fato de ele ter parado para dizer-lhe bom-dia era vagamente lisonjeiro; afinal de contas, ele era o diretor daquele imenso CHU, e ela, uma simples secretária administrativa, entre tantas outras. Mas ela não tinha nenhuma ilusão, esse favor era apenas resultado de sua amizade por Samuel.

— Você está com uma carinha triste — disse ele gentilmente. — Vá logo se esquentar.

Sua solicitude entristeceu Marianne em vez de reconfortá-la, e ela se contentou em balançar a cabeça, com um nó na garganta.

— E mande um beijo para o Sam de minha parte. Acho que vamos nos ver todos no dia 24, na casa de Pascale Fontanel.

Ele estampou um sorriso alegre, que foi insuportável para Marianne. Sem refletir, ela replicou de um só golpe:

— Não contem comigo! Pascale passa seu tempo ligando para Sam, pedindo-lhe socorro; não hesita em tirá-lo da cama no meio da noite, é a ex mais inoportuna que Deus pôs neste mundo! Quanto a mim, não aguento mais, eles têm é que se casar de novo, seria mais simples, mas eu é que não vou passar o Natal com eles. Sinto muito...

Laurent a observava, estupefato, e ela se arrependeu de sua explosão. Murmurando uma desculpa, afastou-se a passos largos e atrapalhados.

Pascale adormeceu ao amanhecer e não ouviu Aurore sair. Abriu um olho por volta das nove horas, espantada por constatar que já era dia. Felizmente só entrava no serviço ao meio-dia, para pegar um plantão de vinte e quatro horas que, pelo visto, seria extenuante.

Vestiu um roupão e desceu até a cozinha bocejando. Aurore tinha deixado um bilhete junto da cafeteira: *Você recebeu alguém esta noite? Que misteriosa... Seja como for, tenha um bom dia. Na volta trago aspirina. Tomei todas.*

Achando graça, Pascale se lembrou de que tinha deixado as xícaras em cima da mesa. Depois de ter conversado bastante com ela, Sam foi embora por volta das cinco horas. Na soleira da porta, não deixou que ela saísse, prometeu que fecharia bem o portão atrás dele e abraçou-a novamente, desta vez sem ambiguidade.

Ela verteu o café fumegante numa xícara grande e acrescentou dois cubinhos de açúcar. Enquanto o café esfriava, aproximou-se da porta e deu uma olhada do lado de fora. O céu estava cinzento, como se anunciasse a neve. Ela não tinha lembrança de ter visto neve com frequência em Peyrolles, mesmo quando os invernos eram rigorosos, mas se pôs a esperar um Natal todo branco.

— E a estrada, então? — resmungou.

De onde estava, via a estufa e os grandes hibiscos desnudados, plantados por seu pai no lugar do ateliê incendiado. Como podia ter pronunciado, na frente de Sam, uma ideia tão monstruosa quanto uma responsabilidade qualquer de seu pai nesse drama? Será que ia suspeitar dele pelos piores crimes só porque ele lhe escondera a existência de Julia? Com tais hipóteses, acabaria desconfiando de todo o mundo e vendo fantasmas por toda parte. Não, definitivamente os sábios conselhos de Samuel representavam o caminho da razão, antes de mais nada, uma explicação se impunha, e essa conversa adiada por tanto tempo com seu pai aconteceria em breve. Enquanto esperava, devia parar de se torturar com essa história.

Voltou a sentar-se, bebeu alguns goles de café. Logo mais, no hospital, Aurore certamente não deixaria de lhe interrogar sobre o misterioso visitante noturno. Um visitante bem inocente... quer dizer, quase!

Bom, encontrar-se nos braços de Samuel lhe provocara um prazer inegável. Desejo também, era inútil esconder. E se, havia alguns dias, ela dormia pensando em Laurent, bem que teve vontade de fazer amor com Sam na noite anterior.

Era estranho descobrir que esses dois homens podiam seduzi-la alternadamente. Seria devido a um longo período de abstinência ou ao estado de fragilidade em que o mistério de Julia a mergulhava? Refugiar-se em Sam era tão natural, tão evidente, tão tranquilizador... e realmente muito sensual. Considerá-lo um amigo talvez equivalesse a mentir para si mesma. Por que ela se fizera de surda na noite em que ele lhe afirmara: "Quando um homem realmente amou uma mulher, para ele a história nunca termina"?

Pensativa, colocou mais café na xícara. Estava delicioso, Aurore o preparava bem forte e dosava com cuidado sua própria mistura de arábicas. Pascale saboreou-o com calma antes se subir e entrar debaixo do chuveiro. Em seguida, pôs uma camiseta branca pensando em seu plantão — reinava um calor sufocante no setor de pneumologia —, vestiu por cima um pulôver bege de gola alta e escolheu calças jeans de veludo cor de ameixa. Reencontrar seus pacientes e a atmosfera do hospital ia lhe permitir não pensar mais em seus problemas. Julia, seu pai, Sam, Laurent e o Natal que estava chegando rápido demais, com a casa para decorar e todas as compras para providenciar. De resto, como ela estava adiantada, só teria de dar uma paradinha em Toulouse para fazer algumas compras.

Do lado de fora, o frio penetrante a fez precipitar-se em seu carro. Deixou o motor esquentar e ligou a ventilação enquanto olhava o jardim pelo para-brisa. A vegetação luxuriante do verão tinha cedido o lugar a árvores nuas, e algumas folhas secas que haviam escapado ao ancinho constelavam o gramado com manchas escuras. A videira virgem tinha desaparecido da estufa, nenhuma flor crescia mais.

Vasculhando sua memória, tentou se lembrar do nome da mãe de Adrien. Alexandra? Uma bela mulher loira, um pouco sem graça, de quem tinha visto uma ou duas fotos. Seu pai não falava dela, como se ela nunca tivesse existido, e quando Pascale nasceu, Adrien já chamava Camille de "mamãe" havia muito tempo. Em que momento ela ficara sabendo que Adrien era seu meio-irmão? Essa verdade, tão natural, fazia parte da história dos Fontanel, nunca a haviam escondido dela, contrariamente a Julia. Por quê?

Com um suspiro exasperado, Pascale pegou a estrada. Muitas perguntas e nenhuma resposta, mas pouco importava, ela ia acabar sabendo tudo porque assim tinha decidido. Teimosa como era, fatalmente ia conseguir. Em seguida, caberia a ela julgar se poderia perdoar.

SETE

Uma fina camada de neve recobria todos os telhados do hospital Purpan, mas os pátios e os arredores, cobertos de areia desde a madrugada, só ofereciam um triste aspecto de lama.

No andar de pneumologia, superaquecido, uma paz relativa estabelecera-se no setor após a visita da chefe, realizada às pressas, como de costume. Nadine Clément bem que fizera umas perguntas pérfidas aos alunos de externato, opusera-se a Pascale a respeito de um caso difícil de bronquite, mas sem insistir, como se também tivesse pressa em ir fazer suas últimas compras de Natal.

Instaladas pela equipe dos cinesioterapeutas, guirlandas alegravam um pouco os corredores, e Aurore havia decorado uma minúscula árvore de Natal, que reinava na sala de descanso das enfermeiras.

À cabeceira de uma de suas pacientes, uma mulher idosa cujo câncer na laringe estava em estágio terminal, Pascale acabava de prescrever morfina à vontade, distribuída por uma bomba que o paciente usava segundo suas necessidades.

— Minha filha deixou isto para a senhora, doutora...

Com a mão que estava livre, toda apergaminhada, a velha senhora designou uma caixa de bombons colocada sobre a mesa com rodízios.

— É muita gentileza!

— Sei que gosta de comer...

A voz era rouca, quase inaudível; Pascale balançou a cabeça com convicção.

— Gosto muito, sim. Sua filha vem vê-la hoje?

— Ela passa todos os dias. Ela ou meu genro. Estou bem cercada...

Ela o dizia com reconhecimento, no entanto, seu olhar era terrivelmente triste. Seria seu último Natal, talvez nem o visse. Com o coração apertado, Pascale forçou-se a sorrir. O sofrimento físico ou moral dos pacientes sempre mexia muito com ela, apesar dos anos. Talvez nunca conseguisse ficar insensível a ele.

— Descanse um pouco — disse tocando o ombro da velha senhora.

Através da camisola, sentiu os ossos que sobressaíam.

— Precisa de alguma coisa? Em todo caso, não hesite em apertar esta pera, a senhora não deve sentir dor.

A dor para nada servia, a não ser para enfraquecer ainda mais e angustiar, mas a equipe médica levara muito tempo para considerar isso.

Quando estava saindo do quarto, gritos elevaram-se no corredor, do lado da sala de descanso das enfermeiras.

— Onde vocês pensam que estão? — gritava Nadine Clément, aparentemente fora de si.

Pascale quase saiu correndo, depois viu Aurore e parou imediatamente.

— Vão fazer isso em outro lugar, é um escândalo!

Atrás de Aurore, Georges Matéi, com as mãos nos bolsos de seu jaleco, esperava a tempestade passar de cabeça baixa.

— Para fora, xô, saiam do meu setor, não quero mais ver nem um nem outro! E se for para usarem esta sala de descanso como motel, vou mandar fechá-la!

Dois alunos de externato, petrificados, já não sabiam aonde ir e ficaram com as costas coladas à parede enquanto Nadine vociferava. Pascale aproximou-se, ainda sem saber o que poderia fazer para defender Aurore, mas bem decidida a intervir. Nadine voltou-se para ela e a mediu.

— Espero que não participe dessas bacanais, doutora Fontanel.

Pascale ignorou a provocação, que só podia agravar o incidente.

— A paciente do quarto 8 provavelmente não vai passar desta noite — declarou calmamente. — Deixei que usasse morfina à vontade.

— À vontade? — repetiu Nadine, sufocada. — Na idade e no estado em que está, essa paciente não vai saber o que estará fazendo! Quer que ela sofra uma overdose?

— Não acho que isso seja muito importante. De todo modo, é o fim.

— Você não tem nenhum direito de decidir. Peça antes para uma enfermeira lhe dar injeções de tempos em tempos.

Ela lançou um último olhar encolerizado na direção de Aurore antes de acrescentar, com uma voz indiferente:

— Eu mesma vou passar para ver a senhora Lambert daqui a pouco.

Pascale notou o tom mais humano, quase cansado. Nadine Clément tinha todos os defeitos do mundo, podia mostrar-se tirânica, agressiva, injusta, mas era também uma médica excepcional, que detestava a doença e o fracasso, que conhecia de cor o prontuário de cada caso e chamava os pacientes pelo nome.

Assim que desapareceu no fundo do corredor, Aurore deixou escapar um longo suspiro de alívio, seguido de um sorrisinho nervoso.

— Caramba, você chegou como a cavalaria, bem na hora!

— Sinto muito — murmurou Georges, pondo a mão no ombro de Aurore.

Pascale achou graça de sua cara de infeliz e o seguiu com os olhos enquanto ele se afastava.

— Ele não é o único responsável, tivemos um momento de... de desvio. Estávamos flertando e depois fomos um pouco longe demais... Você sabe como são essas coisas.

— Eu sei, mas, quanto a Nadine Clément, me surpreenderia muito!

— Por quê? Ela foi casada, não é de ferro.

— Vai-se saber. Em todo caso, no seu setor, é melhor ficar esperta, foi você mesma quem me aconselhou isso quando desembarquei aqui.

— Você tem razão... Não era a hora nem o local, concordo.

Como médica titular, Pascale estava investida de certa autoridade sobre a equipe de enfermagem, todavia não tinha a intenção de dar uma lição de moral a Aurore. Piscou para ela notando, na outra ponta do corredor, um homem de certa idade, cuja silhueta elegante lhe era vagamente familiar. Ele parou alguns instantes diante da sala da supervisora do andar, depois se dirigiu para a sala de espera que ficava na frente da sala de Nadine. Um pouco surpresa, Pascale reconheceu Benjamin Montague. Estaria doente? Não era hora de consulta. Intrigada, decidiu ir cumprimentá-lo antes de ir para o setor de radiologia, onde pretendia pedir resultados urgentes.

Uma campainha estridente pôs-se a tocar de repente, e Pascale deu meia-volta. Notou a luz vermelha que piscava em cima de uma das portas e se precipitou, seguida por Aurore, que disse aos alunos de externato, ainda imóveis:

— Mexam-se!

Debruçada em cima do cronograma dos plantões da última semana de dezembro, Nadine inscreveu Pascale na noite do dia 31.

— Feliz ano-novo... — zombou em voz alta.

Em princípio, não se ocupava dos horários dos médicos, limitando-se a supervisioná-los, como tudo o que, de uma maneira ou de outra, dizia respeito ao seu setor. Assinou o documento antes de chamar sua secretária pelo interfone. O período de festas de fim de ano a irritava ao extremo, com os feriados e as caras de zumbi de todos aqueles que abusam do champanhe nessas ocasiões.

Dez minutos antes, tinha ouvido perfeitamente a campainha do alarme de um dos pacientes, acionada por um aparelho de vigilância, e toda a agitação que se seguira, mas novamente não lhe cabia intervir, havia médicos suficientes em seu setor para fazê-lo, com equipes perfeitamente preparadas para tratar das emergências.

À sua frente, um bloco de notas esperava que ela continuasse a redação de um artigo destinado a uma revista médica muito importante. Como todos os chefes, ela tinha de publicar e ensinar para justificar o título de professora que desejara com tanto ardor.

Uma discreta batida à sua porta precedeu a entrada de sua secretária, que colocou um copo de café fumegante no canto da escrivaninha. Nadine entregou-lhe os documentos e a mandou embora com um gesto.

— O senhor Benjamin Montague está na sala de espera, senhora.

Pega de surpresa, Nadine ficou muda por um segundo, depois se levantou de um salto e saiu no corredor. Primeiro verificou se não havia ninguém à vista, depois foi ao encontro de seu irmão, que conduziu rapidamente à sua sala.

— O que deu em você para vir aqui?

— Nada de especial — defendeu-se, provavelmente surpreso com sua recepção. — Só queria lhe dizer até mais, estou saindo de viagem.

— De novo? Você está *sempre* viajando!

— Pois é, meu horizonte não se detém aos muros de Toulouse — brincou.

— Para onde vai desta vez?

— Para a Tanzânia. Passar o Natal com uns amigos...

A ouvi-lo, parecia que Benjamin tinha inúmeras amizades no mundo inteiro. Afinal de contas, por que não? De todo modo, o gosto pelo exotismo não entrava no universo de Nadine.

— Feliz Natal, então — disse ela com um tom arrogante.

Queria que ele fosse embora o mais discretamente possível, de preferência sem encontrar Pascale Fontanel.

— Tome, meu presente para você — disse ele colocando um pequeno embrulho sobre o bloco de notas.

Desconcertada, ela contemplou o papel prateado e a fita dourada.

— Para mim? Agradeço, mas...

Mas evidentemente ela não havia previsto nada para ele. De vez em quando ia jantar na casa de seu outro irmão, Emmanuel, engenheiro aeronáutico aposentado, com quem mantinha vagas relações familiares. Para este, e uma vez que devia cear em sua casa, havia comprado alguns bibelôs.

— Abra — sugeriu Benjamin.

Superando seu incômodo, Nadine desfez o embrulho que continha um porta-joias de veludo. Ao descobrir a pulseira de pérolas, ficou muda de estupefação. A marca do joalheiro não deixava dúvidas, tratava-se de pérolas verdadeiras, e não de imitação.

— Você ficou louco?

Naqueles dez últimos anos, ela devia ter visto Benjamin três ou quatro vezes, sempre correndo e sem verdadeira afeição.

— Não há nenhuma razão para isso — decretou ela.

Com um gesto seco, fechou o porta-joias e o empurrou para seu irmão.

— Fique com ele para uma de suas conquistas — tentou brincar.

— Na minha idade, você sabe... Não, Nadine, pegue, juro que isso vai me deixar contente.

— Por quê, Deus do céu?

Ele a observou longamente antes de dar de ombros.

— Francamente, não sei. Um impulso. Praticamente não tenho contato com o Emmanuel, que me enche a paciência, e, no fundo, tampouco com você. Nossa família não apenas é restrita, mas decididamente... deteriorada. Prestes a acabar. Com quatro filhos, nossos pais podiam esperar outra perenidade; no entanto, é o fundo do poço.

Com um sobressalto, Nadine recuou sua cadeira.

— Quatro?

— Mas claro! Camille existiu, querendo ou não.

Por que ele tinha de falar nela? Ela sentiu que o momento de enternecimento que poderia sobrevir era novamente impossível.

— É justamente essa a desgraça — bufou. — Tudo teria sido tão diferente sem ela!

Benjamin se levantou, abotoou o sobretudo.

— Não quero perder meu avião — declarou calmamente. — De todo modo, mande lembranças para o Emmanuel.

Ele reabriu o porta-joias, pegou com delicadeza a pulseira e, por conta própria, colocou-a no pulso de Nadine.

— É só uma pequena lembrança, seja gentil, eu não saberia o que fazer com isso — disse ao afivelar o fecho.

Paralisada, ela não teve nenhuma reação quando ele passou pela porta da sala. Cinco minutos mais tarde, sua secretária voltou, carregando uma pilha de documentos administrativos. Nadine a viu lançar um olhar intrigado ao porta-joias, ao papel amassado. Um acesso de fúria a submergiu assim que entendeu que a história ia correr pelo setor.

Um fogo alto ardia na lareira da sala de jantar, onde Pascale e Aurore concentravam seus esforços de decoração. Após conversarem longamente, concordaram em não utilizar a sala grande, que era difícil demais de aquecer. A árvore de Natal havia sido instalada no jardim de inverno, que dispunha de aquecedores elétricos e faria as vezes de sala de recepção para o aperitivo e a tradicional entrega dos presentes. Quanto à ceia, teria lugar na sala de jantar, cuja lareira estavam testando.

— Excelente tiragem — constatou Aurore, bastante orgulhosa do fogo da lareira.

— Sobretudo com lenha molhada!

Debaixo de uma chuva glacial, tinham ido buscar achas e pegaram as primeiras, no topo da pilha, sem se questionar.

— Não vai ser de um dia para outro que vamos virar verdadeiras camponesas — suspirou Pascale.

— Vamos aprendendo um pouco a cada dia, não?

Quase todas as noites, Aurore consultava uma enciclopédia de jardinagem, descoberta na biblioteca, e lia uma passagem a Pascale. Geralmente, essa leitura acabava em grandes risadas.

— Há um toldo grande na estufa, poderíamos cobrir a pilha de lenha para protegê-la — sugeriu Pascale.

— Ah, é? E com o que vamos impedi-lo de voar como uma vela ao vento?

— Com as achas, ora!

Mal dera sete horas, mas a noite estava escura, e elas se sentiam bem protegidas na grande sala de jantar iluminada, enquanto a chuva continuava a bater contra os vidros.

— Fazia tempo que a gente não via um inverno tão rigoroso na região — observou Aurore.

— Você me fez lembrar do tonel de combustível. Precisamos medi-lo para saber quanto nos resta.

Uma verdadeira prova de força, que consistia em levantar uma placa de ferro fundido, desaparafusar a tampa do tonel e nele mergulhar uma longa haste graduada de metal.

— As coisas nunca são feitas para as mulheres quando não se tem um Hércules em casa...

— Você tem razão, vou pedir isso ao meu irmão quando ele vier.

Lucien Lestrade propusera-se a fazê-lo da última vez que viera, mas Pascale tinha sido muito firme com ele: não queria mais vê-lo em Peyrolles.

— O que você acha das minhas guirlandas? — quis saber Aurore.

Empoleirada no alto da escada, ela não tinha como recuar, e Pascale atravessou a sala de jantar para avaliar o efeito.

— Magníficas... Realmente!

Em vez de se limitar a uma decoração convencional, Aurore havia entrelaçado largas fitas cor de cereja com ramos de pinheiro, instalando uma espécie de friso que alegrava todo o cômodo.

— O que eu queria agora era ir cortar azevinho; vou fazer uma coroa para a lareira.

— Agora? Com esse tempo?

— Vamos lá, a gente coloca casaco, gorro e luvas, em cinco minutos cortamos tudo, e isso vai abrir nosso apetite!

Pascale desatou a rir, vencida pelo entusiasmo inesgotável de Aurore.

— Você escolheu a carreira errada, teria dado uma excelente decoradora.

— Teria adorado... Às vezes tenho a impressão de ter me enganado, embora eu goste muito da minha profissão. E você?

— Eu? Ah, se não fosse médica, eu me veria como piloto de caça!

— Sério?

— É. Mas descobri isso tarde demais, quando comecei a voar. É uma sensação única.

Pela primeira vez, Pascale exprimia claramente seus arrependimentos, dos quais não se tinha conscientizado por completo até então. Meneando a cabeça, reprimiu essa nostalgia inútil Por sorte, tinha a possibilidade de pilotar de vez em quando e, quanto ao resto, sentia-se no lugar certo dentro de um hospital. Tratar da doença e lutar contra ela continuavam sendo sua verdadeira vocação, ela não desejava outra coisa.

— A chuva parou — observou —, vamos aproveitar para ir pegar seu maldito azevinho!

Passaram pela copa para se munir de grossas luvas de jardineiro, de uma tesoura e de uma lanterna, depois vestiram suas parcas antes de se arriscarem a sair. A terra molhada já começava a congelar na superfície, e Aurore quase caiu.

— Porcaria de tempo! — resmungou agarrando-se a Pascale.

De braços dados, dirigiram-se ao fundo do jardim, onde se encontravam os arbustos identificados por Aurore. Apesar das luzes da fachada, assim que se afastaram da casa tiveram a impressão desagradável de ser engolidas pela escuridão. Um animalzinho — provavelmente um roedor — fugiu quando elas se aproximaram, fazendo cascalhos rolar.

— É realmente sinistro, não? — cochichou Aurore.

— É, mas não vamos dar meia-volta como duas patetas!

Ao chegarem à curva da alameda, cortaram caminho pelo gramado, sempre apertadas uma contra a outra. Na escuridão, o jardim parecia maior, menos familiar.

— Então, onde está esse azevinho?

— Perto do muro, do lado da bacia de pedra.

O grito repentino de uma coruja as fez sobressaltar. Quase imediatamente, Pascale forçou-se a rir.

— Temos direito à versão integral do filme de terror, é melhor nos apressarmos!

Brincava sem convicção, sensível à atmosfera um pouco inquietante daquela noite tão sombria. À luz da lanterna, viram enfim os arbustos com folhas brilhantes, como que envernizadas, semeadas de frutos vermelhos.

— Aí está sua decoração, sirva-se à vontade...

Com a tesoura, Aurore começou a cortar os galhos enquanto Pascale iluminava. Quando juntou um buquê, que segurava com a ponta dos dedos para não se espetar, declarou-se satisfeita.

— Vamos voltar logo, estamos congelando!

Retornaram à casa, cujas luzes ainda estavam acesas, mas, de repente, tudo se apagou.

Parando imediatamente, Pascale xingou entre os dentes:

— Mais uma dessas malditas interrupções de energia! Em princípio, leva só alguns instantes...

Esperaram um minuto, sempre imóveis, com os olhos voltados na direção da casa, que já não estavam vendo.

— Vamos, venha — cochichou Aurore.

— Você pode falar em voz alta, não vai incomodar ninguém — brincou Pascale, que, no entanto, se sentia vagamente inquieta.

Somente a luz da lanterna perfurava a escuridão à frente delas; contudo, voltaram sem dificuldade à alameda de cascalho. À altura da fileira de hibiscos, Pascale apertou o passo sem se dar conta.

— Espere por mim! — protestou Aurore.

Pascale obrigou-se a desacelerar, todavia, foi tomada por um nervosismo incompreensível. No espaço de um instante, pensou no incêndio do ateliê, na morte trágica da mãe de Adrien nas chamas, mas logo rechaçou esse pensamento com horror. Não era exatamente o momento para ter esse tipo de ideia! Peyrolles era sua casa, um lugar maravilhoso, que ela conhecia de cor e adorava. Tropeçando no primeiro degrau da escadaria, soltou um suspiro de alívio.

— Sãs e salvas! — disse aliviada. — Vamos acender um monte de velas...

— Mas não as de Natal. Deve haver outras na cozinha.

No momento em que Pascale abria a porta, a luz voltou. Piscando, trocaram um olhar perplexo antes de desatar a rir.

— Realmente não estamos prontas para entrar para as tropas de choque! — observou Aurore.

Pascale passou o ferrolho na porta, desligou sua lanterna. A braçada de azevinhos era magnífica, mas por que não tinham esperado o dia seguinte para ir colhê-la? Para brincar de levar susto?

— Se você requentar para nós um prato de sopa, começo agora mesmo a fazer a coroa — decretou Aurore dirigindo-se para a cozinha.

— Requentar uma das suas sopas de caixinha? Nada disso, vou preparar eu mesma uma sopa, com batatas e ervilhas. Sopa Saint-Germain, minha querida, incrementada com um pouco de toucinho, você vai lamber os beiços!

— É muito prudente jantar uma refeição leve na véspera da ceia...

As duas voltaram a rir, felizes por estarem protegidas, de folga e juntas para preparar o Natal.

Nunca Samuel reservara um tempo para olhar bem sua casa. Comprada rapidamente quando foi instalar-se na região, escolheu-a por sua localização — a dois passos do aeroclube — e a considerava funcional. Mas era fria, anônima, sem graça. Será que conhecer Peyrolles o tornava mais exigente, mais sensível à arquitetura ou ao charme de um lugar? Claro, ele ficava pouco em casa, só voltava para dormir e passava todo o tempo livre voando, e não fechado entre quatro paredes. Paredes brancas, lisas, transpassadas por vãos envidraçados. Uma sala grande, arrumada à moda americana, ocupava todo o térreo. No primeiro andar, dois quartos, um amplo banheiro e uma despensa repleta de armários ofereciam todo o conforto possível. O conjunto, moderno e claro, só precisava de um pouco de manutenção.

Naturalmente, Marianne adorava aquela casa, seduzida por seu aspecto bem organizado, pelo gramado quadrado e pela fileira de roseiras modestas. Nada de gigantesco nem de exuberante, nada que estivesse entregue ao abandono, totalmente o contrário daquelas grandes propriedades em perpétua renovação.

"Pascale teve mesmo coragem, vai passar por poucas e boas em Peyrolles, aquilo deve consumir uma dinheirama!" Esse comentário malicioso fora repetido por Marianne duas ou três vezes sem que Samuel reagisse. De que adiantaria? Tudo o que dizia respeito a Pascale irritava Marianne, e, no final das contas, ela tinha razão. Sim, Pascale era sua rival; sim, Samuel continuava pensando nela, e até cada vez mais desde a noite em que ligara para ele pedindo socorro.

Ele se espreguiçou antes de decidir sair da cama. Não havia nenhuma intervenção prevista em seu cronograma naquele 24 de dezembro; no entanto, tinha suas obrigações e podia ser bipado a qualquer momento. O que não o impediria de ir a Peyrolles à noite, torcendo para que nenhuma emergência o obrigasse a voltar correndo ao hospital.

Passar o Natal sem Marianne era até um alívio. Ela não lhe dera notícias, e ele se abstivera de ligar para ela, já que nada tinha a lhe dizer. Ficava triste por ela ter levado a mal aquele incidente, mas recusava-se a mentir-lhe para consolá-la. Em seu lugar, provavelmente teria agido da mesma maneira, com o mesmo sentimento de ciúme.

Onde será que ela ia passar o Natal? Com seus pais? Não queria imaginá-la sozinha e chorando em sua quitinete, essa ideia lhe era insuportável. Marianne merecia ser feliz com um homem que a amasse de verdade, e ele era incapaz disso ou, pelo menos, o seria enquanto Pascale continuasse sendo sua obsessão. Por que não se conformava em tê-la perdido? Reconquistá-la parecia tão impossível quanto esquecê-la, ele se via num impasse.

No alto da escada, considerou seu living com um olhar crítico. Seria mesmo agradável misturar a sala e a cozinha? Ao apertar o cinto de seu roupão felpudo, sentiu um arrepio. Aqueles vãos envidraçados eram glaciais, tanto no sentido próprio como no figurado. Do lado de fora, o céu de chumbo parecia carregado de neve, e não havia vento algum. A bonança antes da tempestade?

Desceu, pôs a chaleira para esquentar e acendeu uma pequena chama na lareira. Esta última era como o resto da casa, moderna demais, com sua boca fechada por um vidro e embutida numa das paredes, a meia altura. Olhar para o fogo naquelas condições era como assistir à televisão. Achando graça na comparação, pegou o controle remoto de seu equipamento hi-fi e procurou uma estação de música clássica. No momento em que os acordes de uma sinfonia retumbavam no cômodo, o carrilhão da porta soou.

— Que merda...

Ao ir abrir, ele esperava qualquer pessoa, menos Marianne. Apertada num grosso casaco de matelassê, cujo capuz ela havia abaixado, parecia enregelada.

— Posso entrar?

Faltava tanta segurança em sua voz e em seu sorriso que ele ficou comovido.

— Claro. Venha se aquecer, estou fazendo um chá.

Ela o seguiu, tirou o casaco e passou a mão nos cachos loiros para assentá-los.

— Tirei um dia de folga — anunciou ela como se essa explicação justificasse sua presença na casa dele.

Ele colocou duas xícaras sobre o balcão e pôs pão para torrar enquanto preparava a infusão.

— Pensei que você fosse me ligar — soltou ela com um tom de desafio.

Sem responder, ele empurrou à frente dela a manteigueira, um pote de geleia e o açucareiro.

— Precisamos conversar, Sam.

— Estou ouvindo.

Ele esperou alguns minutos enquanto ela buscava as palavras:

— Talvez você me ache detestável ou mesquinha...

— Não, absolutamente. Só acho que não fomos feitos para nos entender porque não queremos a mesma coisa.

— Mas você não quer nada! — exclamou ela. — Em todo caso, você não me quer. Você me rejeita, não está nem aí para mim, é difícil aceitar isso.

Durante dois ou três segundos, sustentou seu olhar, e foi ela que baixou os olhos primeiro.

— Você não me prometeu nada, eu sei — disse com voz sufocada.

Estava pálida, seus traços eram marcados por seu esforço. Ir até sua casa para insistir e exigir explicações inúteis devia custar-lhe muito, mas, pelo que conhecia dela, sabia muito bem que ainda tinha esperanças, apesar de tudo. Desde que se conheceram, ela passava o tempo colando os cacos, inventando histórias para si mesma.

— Marianne... Realmente estou fazendo o papel do bandido com você. Não posso lhe dar o que você deseja e sinto muito por isso, acredite. Seria tão mais simples se estivéssemos em sintonia! Mas não dá para mandar nessas coisas, você sabe disso.

Falou com muita calma, para não feri-la mais. No silêncio que se seguiu, verteu o chá e foi pegar leite. A única solução consistia em ser firme, em não se deixar amolecer, em não cair novamente na armadilha de uma vã reconciliação.

— O que represento para você, Samuel?

A essa questão direta ele então se permitiu responder sinceramente:

— Você é uma mulher muito bonita, muito desejável. E também muito vulnerável, porque é gentil, carinhosa, cheia de ilusões. Sempre que a vejo, tenho a desagradável impressão de estar me aproveitando de você, e não quero mais isso, pronto. Não sou um cafajeste, Marianne.

— Nunca disse que você era!

Trêmula de indignação, ela o pegou pelo pulso.

— Espere, Samuel. Isso não é uma cena, não vim aqui para censurá-lo nem para cobrar-lhe nada. Então não me mande embora da sua vida. Por favor.

Ela o soltou, sentou-se resolutamente num dos altos tamboretes do balcão e conseguiu esboçar um sorriso quase digno de credibilidade. Consternado, ele a observou em silêncio. Será que oferecia a mesma visão dolorosa a Pascale quando se agarrava a ela?

— Não estou mandando você embora da minha vida — respondeu pesando suas palavras. — Mas faço questão de conservar minha independência, só isso. Você não está a fim desse tipo de relação, Marianne. Sair junto de vez em quando não apresenta nenhum interesse para você. Aliás, para ninguém, mas quando não se trata de amor, de que adianta fingir?

Contrariamente ao que ele temia, ela não se pôs a chorar. Com a cabeça inclinada, ela girava sua colher na xícara com um movimento mecânico. Ao final de um momento, murmurou:

— Podemos ficar amigos assim mesmo?

A semelhança era surpreendente. Não era exatamente isso o que ele obtivera de Pascale, essa suposta amizade que permitia não perder o outro por completo?

— Se você quiser — aceitou em voz baixa.

Seu chá estava frio, ele o jogou na pia e serviu-se de outro.

— Não faça essa cara, Sam. Não vou mais enchê-lo, juro. E, para provar, vou acompanhá-lo a Peyrolles nesta noite. Tinha prometido a mim mesma que não colocaria mais os pés lá, mas é ridículo. Na volta, se você quiser, você me deixa em casa. Um Natal entre amigos, o que você acha?

Pego de surpresa, ele não encontrou absolutamente nada para responder.

Henry e Adrien passaram pelos portões de Peyrolles às três horas. O porta-malas do carro que haviam alugado no aeroporto estava cheio de sacolas com os presentes de Natal, que Adrien foi colocar diretamente aos pés da árvore, no jardim de inverno. Aproveitou para admirar-se diante da decoração da casa e abraçar Aurore com uma insistência um pouco exagerada.

Nervosa, Pascale deixou que se instalassem, em seguida serviu-lhes café acompanhado de um bolo que acabara de tirar do forno, depois levou seu pai para a biblioteca, incapaz de esperar mais cinco minutos. A explicação que estava protelando havia tanto tempo tornara-se repentinamente urgente para ela. Não conseguia imaginar passar a noite toda rindo e se divertindo quando tantas perguntas graves continuavam sem resposta. Seu pai estava ali, podia responder-lhe, entregar-lhe, enfim, a verdade.

— Você arrumou muitíssimo bem este cômodo também — apreciou ao olhar ao redor.

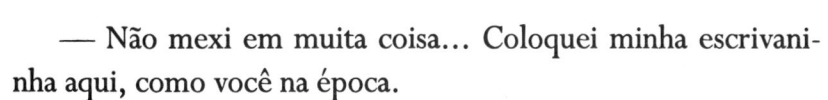

— Não mexi em muita coisa... Coloquei minha escrivaninha aqui, como você na época.

— A minha ficava na frente da janela, e era menos original que esta!

— Eu já a tinha em Paris, Sam me deu de presente por meus vinte e cinco anos, não se lembra?

— Não. Deve estar melhor aqui do que no apartamento de vocês. Depois, você também mudou a iluminação. Está mais aconchegante... Ah, por exemplo, aqui está minha poltrona!

Foi discretamente sentar-se nela, e suas mãos começaram a acariciar o veludo desbotado dos braços.

— Não esperava revê-la um dia. No fundo, sua mãe teve uma boa ideia ao salvar estas velharias, pois agora você está aproveitando.

Seu sorriso triste quase desencorajou Pascale, mas ela se agarrou à sua resolução:

— É justamente da mamãe que eu queria falar com você — anunciou com um tom firme.

Com as sobrancelhas franzidas, ele a olhava sem entender, e ela sentiu o coração apertar. Como ia reagir ao ser confrontado com as próprias mentiras? Para poupar-se de um preâmbulo desajeitado, foi abrir a gaveta da escrivaninha, de onde tirou a caderneta de família, e entregou-a a ele. Ele não devia saber do que se tratava, pois ainda ajustou os óculos sem parecer perturbado.

— O que é isto...?

Sua voz morreu enquanto lia. Durante um longo minuto, permaneceu em silêncio, depois fechou a caderneta e a deixou cair sobre os joelhos.

— Bom — suspirou.

— Bom?

Incrédula, ela recuou e se sentou por sua vez, colocando, assim, a escrivaninha entre eles.

— Um erro de juventude que dificilmente você entenderia, com a melhor boa vontade do mundo.

— Não se você me explicar, pai.

— Com que direito? Não é minha vida, é a da sua mãe. Seu primeiro casamento só lhe trouxe infelicidade, ela não queria se lembrar dele, menos ainda falar dele.

— Estou pouco me lixando para esse casamento. É a criança que me interessa! A menina...

— Ela morreu.

— Não!

— Sim, eu lhe garanto, ela...

— Não minta! — gritou Pascale. — Até agora você omitiu, então não venha inventar histórias, seria pior.

Sufocado por sua virulência, Henry esboçou um movimento para se levantar, mas desistiu. O silêncio caiu entre eles sem que nenhum dos dois conseguisse rompê-lo. Finalmente, Henry tirou os óculos e massageou as têmporas com a ponta dos dedos.

— Por que você está com raiva? — murmurou. — A única coisa que sua mãe e eu fizemos foi protegê-la. De que lhe serviria saber da existência de Julia? Alguns fardos não devem ser partilhados.

Ele pronunciava o nome de Julia facilmente, como se estivesse habituado. Pascale supôs que devia pensar nela com frequência.

— Por que ela a abandonou, pai?

— Ela não tinha como encarar a situação. Estava sozinha, sem recursos.

— E o pai da Julia?

— Foi embora assim que viu o bebê.

Consternada, Pascale continuava a escrutar seu pai. Os retalhos dos acontecimentos que ele lhe estava entregando tinham ocorrido quarenta anos atrás, muito antes de ela vir ao mundo. Era a história de sua mãe, e ela queria compreendê-la, mas se sentia indiscreta, importuna.

— Antes de mais nada, não julgue sua mãe, Pascale. Lembre-se de que, de certo modo, ela foi abandonada pela própria mãe, depois pela família Montague, após a morte de Abel, e, por fim, por seu marido. Aos vinte anos, não tinha vivido outra coisa a não ser rejeição, traição e abandono. Não soube agir de outro modo com Julia. Já não conseguia cuidar sozinha de si mesma, como poderia se responsabilizar por uma criança com tamanha deficiência? Julia precisava de cuidados e estruturas que sua mãe não tinha condições de oferecer. A única solução para ela foi confiar Julia à DDASS, para que ela fosse tutelada pelo Estado e colocada num estabelecimento especializado.

— Como Julia pôde manter seu nome?

— Em nome do direito à origem, o registro civil da criança não muda, a não ser que seja adotada. No caso de Julia, a adoção estava fora de questão.

— Mas a mamãe continuou a receber notícias dela, a ir vê-la, a...

— Claro que não. Um abandono oficial faz a mãe perder todos os direitos. De todo modo, Camille tinha de se livrar do seu passado para ter uma oportunidade de refazer sua vida.

— Então ela virou a página, assim? Uma vez que a Julia estava alojada, ela a esqueceu?

— Não diga besteira! — lançou Henry com um tom mordaz. — Esqueceu! Ela pensou nela todos os dias de sua vida, é evidente.

— Era tarde demais quando ela conheceu você? Não podia fazer mais nada para retomar o contato com sua filha?

— Acabei de lhe explicar que era impossível.

Ele parecia endurecer, fechar-se à discussão, no entanto, fez um esforço visível para continuar a falar.

— Sua mãe apegou-se de imediato ao Adrien. Era um menino bonito, saudável, passou a adorá-lo... Em seguida, ficou grávida de você, e o seu nascimento representou uma verdadeira redenção para ela. Por um tempo, ela ficou melhor.

Novamente, Pascale o viu apertar as têmporas com os dedos e teve a impressão de tê-lo colocado sob tortura. Houve outro silêncio, que se eternizou.

— Eu não queria ter descoberto as coisas por acaso — murmurou por fim.

— Se você não tivesse comprado Peyrolles...

Ele sempre voltava à carga, obstinadamente. O que mais estava lhe escondendo? Queria interrogá-lo sobre seu encontro com Camille, saber por que não ficara chocado com uma mulher capaz de abandonar uma criança indefesa, mas, efetivamente, talvez não tivesse o direito de vasculhar o passado de seus pais.

— Adrien sabe dessa história? — limitou-se a perguntar.

— Em parte. Dissemos a ele, como a todo o mundo, que essa criança tinha morrido. Mais tarde... Bom, mas, para ele, Julia não significa nada, eles não têm o mesmo sangue.

— De fato, ela não significa nada para ninguém, não é? A mamãe já não está aqui, o Raoul Coste sumiu como se nunca tivesse existido, os Montague lavaram as mãos, você não quis se meter e o Adrien não tem nada com isso... Em suma, resta apenas eu?

— O quê? Você?

— Vou tentar... vê-la. Deve haver um jeito.

— Se é o que você quer! Espera descobrir uma irmã que vai cair nos seus braços? Meu Deus, Pascale, você é médica, sabe o que vai encontrar! Já é inimaginável que tenha vivido até agora, você sabe disso. Julia tem o cérebro de uma criança de dois anos. O fato de você ir até lá para segurar sua mão, você que é uma perfeita desconhecida para ela, não vai lhe trazer o menor conforto. Volte para a Terra, minha filha!

Martelando suas palavras, repentinamente furioso, ao que parecia ele não suportava a ideia de que elas se conhecessem.

— Era o que sua mãe queria evitar a todo custo, e isso explica seu silêncio.

— Não o seu, pai. Depois que a mamãe morreu, você deveria ter me contado.

— Ah, mas você é muito teimosa mesmo, hein! Parece até que estou falando com a parede... Você vê a Julia como uma vítima e sua mãe como uma carrasca, que belo resultado! Agora escute bem, Pascale: se fosse para fazer de novo, não lhe diria nada mais e ainda daria um jeito de destruir essa maldita caderneta de família. Desde quando você está ruminando essas coisas a ponto de ficar doente? Por acaso alguém ganha alguma coisa com essa história? Você não tem ideia do drama que sua mãe viveu, e quando ousa dizer que ela a esqueceu, respondo a você que ela morreu depois de quarenta anos de remorso. Hoje, onde quer que ela esteja, está livre. E eu também, imagine! Então, não venha bancar a censora, por favor.

Abandonando a poltrona, ele caminhou até a escrivaninha, sobre a qual Pascale havia colocado a caderneta. Abriu-a com raiva e apontou uma página com um dedo trêmulo.

— Julia Nhàn. Sabe o que isso significa?

— Sem preocupações — sussurrou Pascale.

Surpreso por ela saber, deixou cair a mão.

— Meu Deus... — suspirou.

Mergulhou seu olhar no de sua filha, esperou um pouco, depois se desviou.

— Estou cansado, vou descansar até o jantar.

Com um passo pesado, deixou a biblioteca e subiu diretamente para seu quarto. Apesar do frio, abriu a janela, apoiou-se no parapeito. A oportunidade de ser sincero, de ser *absolutamente* sincero, lhe havia sido dada, mas ele não a aproveitara.

"Era tarde demais quando ela conheceu você? Não podia fazer mais nada para retomar o contato com sua filha?" Obviamente, ele se abstivera de responder a essa pergunta. Pascale não precisava saber mais, já estava sabendo muito. Maldita caderneta de família. Por que Camille a conservara e, principalmente, tão mal guardada?

A noite caía, e o jardim começava a ser invadido pelas sombras. Henry inclinou-se para conseguir ver as árvores grandes. Esferas de visco invadiam os galhos mais altos, evocando, por sua forma, ninhos de pássaros. Pascale devia chamar um podador antes que essa maldita planta parasita atacasse toda a fileira de bordos. Será que o Lestrade tinha pelo menos avisado isso a ela? Da última vez que Henry ligara para ele, tiveram uma conversa franca. Era para Lestrade deixar Pascale em paz e não invadir mais seu espaço. Em troca, Henry continuaria a lhe enviar um cheque anual pelas plantações de outono. Estas eram sagradas, Lestrade sabia disso.

Inclinou-se um pouco mais, procurando com o olhar a fileira de hibiscos. No verão, a alternância de flores brancas e malva causavam um belo efeito. Ele ainda se lembrava do dia em que escolhera esses arbustos tropicais, destinados a fazer esquecer a localização do ateliê incendiado. Uma foto no catálogo do paisagista o seduzira. Naquela época, interessava-se pelo jardim, pela casa, e gastava sem economizar. A morte de Alexandra não mudara grande coisa, a não ser pelo fato de que essa escolha de continuar em Peyrolles após a tragédia que fazia dele um jovem viúvo surpreendera várias pessoas. Mas por que iria embora dali?

Com o inverno, os hibiscos pareciam meros arbustos secos. Um pouco mais longe, mal dava para ver a estufa na noite. Quando criança, ele brincara ali de aprendiz de jardineiro, e mais tarde foi a vez de Adrien e Pascale se divertirem. Quantas manhãs Camille não passara ali, debruçada sobre recipientes cheios de húmus, nos quais ela semeava grãos cuidadosamente selecionados? Ele não se lembrava exatamente em que momento ela fora tomada pela paixão pelas flores. Provavelmente muito cedo, pois em muitas de suas lembranças ela estava sempre com uma tesoura na mão ou uma cesta no braço. Só Deus sabe como ela ficava bonita com seu chapéu de palha, colocado de través sobre seus cabelos de azeviche! Bonita a ponto de fazer Alexandra desaparecer de sua memória: ao se casar com Camille, ele tivera a impressão de estar se casando pela primeira vez.

Um casamento adiado — ele bem que gostaria de ter-se casado de imediato! —, porque primeiro ela precisava se divorciar. Como o ignóbil Coste tinha abandonado mulher, filha e domicílio conjugal, o processo por justa causa finalmente deixara Camille livre para voltar a se casar. Mas, antes disso, ela se havia instalado em Peyrolles.

Na época, a extrema fragilidade de Camille perturbava Henry. Suas lágrimas, suas olheiras, a maneira como ela apertava as mãos, uma contra a outra, seus grandes olhos pretos pedindo ajuda... Como ele poderia resistir? Protegê-la fazia dele um homem, ele se sentia adulto, viril, indispensável. Determinado a ser a fortaleza da qual ela tinha uma necessidade vital, ele a cercava de amor e a guiava passo a passo. Quando ela se abrigava nele, à noite, ele jurava a si mesmo que faria dela uma mulher feliz. Infelizmente, os anos passaram, e ele teve de encarar de frente seu fracasso.

O frio o fez tremer, e ele fechou a janela. No quarto escuro, hesitou um momento, depois foi deitar-se sem acender a luz. A raiva de Pascale o irritava. Ele achava que não tinha de dar satisfações à sua filha, que, aliás, não dispunha dos elementos necessários para fazer um julgamento. Obviamente ele poderia ter fornecido esses elementos a ela, contar-lhe *tudo*.

Tudo? Era tão complexo, tão irracional... Por mais inteligente e aberta que fosse Pascale, era bem possível que ela rejeitasse todos os seus argumentos. E, apesar de todo o amor que ele lhe dedicava, ou por causa dele, ele se recusava antecipadamente a ser tratado como monstro.

Será que era isso o que ele era? Oh, Deus, não! Ele fizera o que considerava certo, embora tenha se arrependido em seguida. Aos trinta anos, nada sabia da vida. Filho de um homem importante, seguira os passos do pai e do avô sem se questionar. Casado assim que terminara os estudos, estabelecido em Peyrolles na residência familiar, seu futuro parecia traçado. Exercendo a medicina com rigor, pai de um menino bonito, era o respeitável doutor Henry Fontanel...

Só que havia Camille. O grão de areia de sua existência. Aquela moça pela qual se apaixonara na adolescência ia novamente cruzar seu caminho. Naquele dia, ele se havia perdido no tumulto de uma verdadeira paixão. Inferno e paraíso, ele não se arrependia de nada.

Tateando, procurou o interruptor do abajur do criado-mudo. O quarto onde se encontrava havia sido o de Pascale quando criança e não lhe evocava grande coisa. Tanto melhor. Não ia querer ficar naquele que havia ocupado por tantos anos com Camille.

Onde ia encontrar forças para descer e passar o Natal com seus filhos? Por que sua filha, que ele amava acima de tudo, o submetia a tal tortura? Estar ali, em Peyrolles, obrigado a lembrar-se do passado até rever o rosto da pobre Julia...

Fechou os olhos enquanto uma angústia pungente apertou-lhe a garganta. Ele não era inocente, não podia querer sê-lo, mas estava envelhecendo, e o cansaço o estava vencendo. Camille purgara sua pena, não ele.

OITO

Samuel e Marianne foram os últimos a chegar, por volta das nove horas. O champanhe, servido como aperitivo no jardim de inverno, vinha acompanhado de torradas ao *foie gras* e de linguicinhas grelhadas. Muito elegante num terno azul-escuro, Adrien passava os pratos de um a outro, cuidando para que as taças permanecessem cheias.

Pascale fizera um esforço para superar o mal-estar provocado pela discussão com seu pai. Decidida a sorrir, apesar de tudo, a fim de não entristecer aquela noite de Natal, arrumara-se com cuidado: maquiagem luminosa, cabelos levantados num coque, vestido curto e fluido em cetim cor de marfim.

— Você fica tão mais bonita vestida de mulher do que de jeans! — exclamara Henry ao vê-la.

Mais reservado, porém igualmente admirador, Laurent parecia ter dificuldade em desgrudar seu olhar dela.

— Você conseguiu decorar esta casa como quando éramos pequenos — constatou Adrien, parando diante dela. — Eu adorava os Natais aqui...

Apontando para a árvore e os desenhos em greda branca nos vidros, sorriu enternecido.

— Ofereço a você uma assinatura para os próximos anos — respondeu Pascale. — Pretendo ficar em Peyrolles por um bom tempo!

— Pelo menos o tempo de pagar seu banco e seu mecenas — ironizou seu irmão.

Samuel, que estava ao lado deles, levantou os olhos ao céu.

— Não serei um credor muito exigente, prometo, contanto que eu também possa fazer uma assinatura. Quanto mais venho a esta casa, mais gosto dela.

— Ah, isso não me surpreende! — lançou Aurore. — Morar em Peyrolles é uma verdadeira felicidade, nos divertimos para valer.

— Vocês não morrem de medo, as duas sozinhas, nas noites de inverno? — interrogou Marianne com curiosidade.

— Sim, claro! Aliás, noite dessas brincamos de trem fantasma no jardim, para ir colher azevinho. Arrepios garantidos!

— Onde estão os vizinhos mais próximos?

— Bem fora do alcance da voz.

Aurore desatou a rir, batendo no ombro de Marianne.

— Mas não somos fracas, nem a Pascale nem eu…

Pascale sabia que Aurore não gostava de Marianne. "Ela tem um jeito de olhar para você, quando acha que você não a está vendo… Tem ciúme de você e, se pudesse, a colocaria contra seu ex." Menos severa, Pascale entendia as reticências de Marianne desde que estava saindo com Sam.

— O problema das casas antigas — interrompeu Henry — é que sempre estamos fazendo algum trabalho nela ou prevendo algum trabalho para fazer.

— Você está exagerando — protestou Pascale.

— Não, minha querida, logo você vai se dar conta disso. Em vinte anos de locação, uma porção de coisas acabou se degradando. A rede de eletricidade é antiga, e a caldeira, então, nem se fala…

— Isso mesmo, nem vamos falar, por favor, não esta noite.

Com um suspiro voluntariamente exagerado, Henry estendeu sua taça a Adrien.

— E você, não vá aproveitando para me esquecer.

Um leve calor reinava no jardim de inverno, graças aos aquecedores elétricos e à multidão de velas vermelhas e verdes, dispostas um pouco por toda parte.

— Onde está o Georges? — perguntou Pascale a Aurore.

— Está avivando o fogo na lareira da sala de jantar, se não, vamos morrer de frio durante a ceia.

— Falando nisso, o que vamos comer, meninas? — quis saber Adrien.

— Uma fanfarrice — anunciou Aurore.

— O que é?

A pergunta de Marianne arrancou de Aurore um sorriso compadecido.

— Pascale vai explicar para vocês, tenho justamente que ir ligar o forno!

— Trata-se de perna de cordeiro com anchovas e alho. Vamos servi-la com trufas assadas na brasa.

— Nossa, que boa ideia ter pensado nisso! — exclamou Laurent. — Você cozinha com uma tirinha de toucinho e...

— No papel-alumínio, isso mesmo, essa é a receita.

— Não teve dificuldade para encontrar?

— Tive. Mas temos uma vizinha gentil, a um quilômetro daqui, que conseguiu arrumar uma com um morador local.

— De quem você está falando? — espantou-se Henry. — Não é daquela velha chata da Léonie Bertin?

— Por que você a chama de chata? Ela é muito amável.

— E, principalmente, muito faladeira!

— Ela nos deu os bolos com essência de violeta que vocês vão comer de sobremesa.

Henry deu de ombros, aparentemente contrariado, mas Pascale o ignorou.

— Nada de queijo? — brincou Adrien.

— Claro que sim. Pensei em você, escolhi um *gâtis*.

— É mesmo? Ah, adoro você!

Novamente, Marianne parecia perdida com a menção de todas aquelas especialidades regionais. Lançou um olhar interrogativo a Samuel, que explicou com uma ponta de irritação:

— Um *fondue* de queijo *cantal* e de *roquefort* numa massa de brioche.

— A mamãe tinha a arte de fazer jantares desse tipo — lembrou-se Adrien. — Acho que nunca comemos peru ou *bûche** na noite de Natal! Lembro-me de um ano em que ela preparou para nós uma fatia de *foie gras* fresco, malpassado, com uvas brancas...

Uma sombra de melancolia passou por seu rosto, mas ele se recuperou de imediato, provavelmente em consideração a seu pai.

— O menu de vocês está suntuoso, meninas!

Henry olhava para outro lugar, com ar perdido em pensamentos sombrios. Laurent aproveitou o silêncio para pedir autorização para tirar algumas fotos com sua máquina digital.

— Se não gostarem, apago, portanto, elas sairão todas muito boas... E, para começar, a árvore de Natal. Raras vezes vi uma tão original!

— Aurore devia ter sido decoradora — afirmou Pascale.

— O Purpan ia perder uma excelente enfermeira — retorquiu Laurent com um de seus sorrisos calorosos, que eram seu segredo.

---

* Rocambole coberto de chocolate e que tem a aparência de um tronco. (N.T.)

Fez sinal a Pascale para que ela fosse posar na frente na árvore, e ela se prestou à brincadeira de bom grado.

— Você está linda neste vestido — murmurou Laurent ao abaixar a objetiva.

Evidentemente, era ela quem ele queria fotografar, e não a árvore.

— Trouxe para você um presente de Natal virtual, Pascale. Do tipo que não dá para embrulhar.

— O que é?

— O hospital de Albi está precisando de um pneumologista, para começar a trabalhar no início de fevereiro. Se ainda estiver interessada, posso conseguir esse cargo para você.

Surpresa, primeiro ela ficou sem reação, depois se precipitou impulsivamente em sua direção e pegou-o pelo pescoço para beijá-lo. Um beijo casto, que, no entanto, fez Samuel brincar:

— Chama isso de presente? Em todo caso, não é uma promoção, pelo que imagino!

Tão perturbado pelo contato de Pascale quanto pela ironia de Sam, Laurent gaguejou:

— Só estou facilitando as coisas para ela, a escolha é dela.

— Sinceramente, você só pode estar ficando louca! — soltou Sam com certa agressividade. — Quanto a ele, dá para entender, porque, se você deixar de fazer parte da equipe do Purpan, ele fica livre para...

— Samuel, por favor!

A intervenção de Marianne, ao mesmo tempo tímida e determinada, permitiu a Sam voltar atrás.

— Ah, eu só estava brincando.

Laurent lhe lançou um olhar indecifrável sem soltar Pascale, que pegara pela cintura.

— A ideia não é ruim, filha. Primeiro, você poderá se poupar de todos esses riscos inúteis na estrada, depois, estará bem em Albi. Os Fontanel são conhecidos por lá, você vai ver, e o hospital tornou-se importante.

Satisfeito, Henry considerou sucessivamente Laurent e depois Samuel. Estaria ele querendo jogar um contra o outro? A menos que se divertisse em ver aqueles dois homens, que ele estimava, prontos a se enfrentar para conquistar sua filha.

— As trufas estarão prontas em dez minutos — anunciou Georges.

— O cordeiro também, estamos sincronizados!

Aurore dirigiu-lhe um sorriso cheio de ternura e, por um segundo, Pascale os invejou. Estavam se dando bem, sua relação parecia fazê-los felizes, e conseguiam o prodígio de conservar, apesar de tudo, certa independência. Seria essa a receita da felicidade? Percebeu que Laurent continuava a segurá-la, o que lhe causou uma sensação agradável, mas se afastou dele ao avistar a expressão carrancuda de Sam.

— Sugiro que passemos à mesa — declarou num tom leve.

O lugar dos convivas havia sido um verdadeiro quebra-cabeça, no entanto, achava que tinha feito a melhor escolha. Adrien ficava entre Marianne e Aurore, que tinha Georges como segundo vizinho, enquanto Pascale pusera seu pai à sua direita e Laurent à sua esquerda, com Samuel quase à sua frente. Pinhas e estrelas prateadas decoravam a toalha, bem como velas em forma de Papai Noel. Aproveitando a algazarra que acompanhava a chegada da perna de cordeiro, Pascale inclinou-se para Laurent.

— Obrigada pelo presente, é o mais bonito que podiam me dar.

— A perspectiva de não ver mais Nadine Clément, suponho?

Ela balançou a cabeça, rindo, o que acabou desfazendo seu coque. Enquanto ela recuperava às apalpadelas dois ou três grampos para prender os cabelos, Laurent tocou de leve sua nuca, como se quisesse ajudá-la.

— Dificilmente vou sentir falta da professora Clément — admitiu Pascale.

— Ainda bem. Em todo caso, o Sam não está errado, a partir de fevereiro vou poder convidá-la para onde eu quiser, sem provocar fofocas.

Do outro lado da mesa, Adrien multiplicava os esforços para introduzir Marianne na conversa, e a moça parecia sorrir. Pascale torcia para que ela conseguisse passar uma noite agradável, apesar da indiferença que Samuel demonstrava em relação a ela. Alguns dias antes, ele havia anunciado que iria sozinho, depois voltara atrás no dia da festa, telefonando para perguntar se Marianne podia acompanhá-lo. Durante a ligação, ele não devia estar sozinho porque não dera nenhuma explicação para essa mudança de planos.

Pascale percebeu que Sam estava justamente olhando para ela, e lhe sorriu.

— Quer servir o vinho?

Mal pronunciou a frase e se arrependeu, embora fosse anódina. Na época em que eram casados, era sempre Sam que cuidava do vinho. Gostavam de receber seus amigos com *crus* de qualidade, e Sam comprava vinho regularmente para montar a adega deles. Conciliador, até chegara a propor que ela ficasse com uma parte dessa adega quando se divorciaram, mas, naquele momento, garrafas de Bordeaux ou de Borgonha de safras especiais eram a menor das preocupações de Pascale.

Ela o viu levantar-se para encher as taças com precaução. Como conhecedor, evitava verter rápido demais. Quando chegou atrás dela e se inclinou por cima de seu ombro, ela teve uma impressão estranha, que parecia quase um remorso. Eles tinham se amado tanto, tinham sido tão felizes, e se Pascale tivesse ficado grávida, nunca se teriam separado. Nunca!

Como podia pensar nisso agora que Sam estava a ponto de refazer sua vida e que ela mesma se deixava seduzir com prazer por Laurent? Voltando sua atenção para este último, constatou que ele a observava com ar interrogador.

— Pascale, minha querida, está simplesmente divino! — decretou seu pai, que acabava de saborear um pedaço de trufa.

— Dê os parabéns a Aurore, é ela a mestre-cuca.

— Felizmente para nós — ironizou Sam —, porque, se bem me lembro, você não é exatamente uma *cordon-bleu*.

— Tente evitar ser desagradável, pelo menos durante o jantar — replicou ela dirigindo-lhe uma careta.

— Ele não pode fazer nada, é a sua natureza! — lançou Marianne com uma risadinha, supostamente para atenuar suas palavras.

No breve silêncio que se seguiu, Pascale surpreendeu a expressão exasperada de Samuel. Ela se levantou e pegou a cestinha de pães para ir enchê-la na cozinha.

— Vou cortar o resto do cordeiro, acho que todo o mundo vai querer se servir de novo — propôs Georges.

— Pode deixar que cuido disso, você já trabalhou o suficiente por esta noite!

Já de pé, Sam pegou o prato e seguiu Pascale.

— Você realmente me acha desagradável? — perguntou assim que se viram sozinhos.

— Um pouco tenso.

— Sinto muito. A Marianne me dá nos nervos. Ela bebeu demais e não tem tolerância ao álcool.

— O Laurent também parece lhe dar nos nervos!

— É diferente. Gosto muito dele, mas ver sua cara de peixe morto olhando para você...

— E daí?

Voltada para ele, ela o mediu dos pés à cabeça.

— E daí... nada. Você tem razão, me desculpe.

Quando estava errado, Samuel sabia reconhecer e pedir desculpa.

— Não devo parecer mais inteligente do que ele — admitiu. — Principalmente porque você está deslumbrante esta noite. Quer dizer, está sempre deslumbrante...

Ele voltou a pousar a faca e levantou os olhos para ela. Durante dois ou três segundos, seus olhares ficaram fixos um no outro.

— Vamos, antes que esfrie — murmurou Pascale, pouco à vontade.

Ele sempre conseguia provocar nela todo tipo de emoções. Será que ainda não se havia desligado dele? Nesse caso, ia se entregar a um jogo perigoso se continuasse a vê-lo. E, quanto a Marianne, a situação era insuportável, inadmissível.

De volta à sala de jantar, onde a conversa estava animada, Pascale voltou a sorrir e decidiu dedicar-se a Laurent. Conversou um pouco com ele, evocando aquele cargo em Albi que a tentava tanto.

— Me sinto refreada pela Nadine Clément, quase de volta aos meus anos de residência. Como ela não gosta de mim, controla tudo o que faço, diagnósticos, prescrições, sem falar da sua obsessão pelos exames supérfluos! E nem pensar em passar tempo demais à cabeceira de um paciente. Ela é capaz de ir lá puxar você pela manga para mandá-lo a outro lugar. Preocupação com a rentabilidade e a eficácia, talvez, mas, de um lado, isso deixa o ambiente muito ruim e, de outro, faz com que a gente se sinta sem responsabilidades. Em contrapartida, suas qualidades profissionais são indiscutíveis, seria um prazer trabalhar com ela se fosse menos... rabugenta.

Laurent sorria ao ouvi-la, aparentemente feliz de poder ajudá-la a conseguir uma situação melhor.

— Albi é uma estrutura menor do que o CHU de Purpan; na minha opinião, lá você vai ter todas as responsabilidades que deseja e talvez até demais para o seu gosto.

— Fique tranquilo, jamais vou criticá-lo por isso! — afirmou ela rindo.

Depois dos *gâtis*, ninguém mais tinha fome, então Aurore propôs servir os bolos com essência de violeta junto com o café, no jardim de inverno.

— Vamos aproveitar para abrir os presentes! — exclamou Marianne com uma voz aguda.

Ela realmente parecia ter bebido demais, e Pascale lançou um olhar interrogador a Sam. Resignado, este foi pegar Marianne pelo braço, cochichar-lhe algumas palavras no ouvido, depois ajudou-a a deixar a sala de jantar.

— Você não ficou enchendo a taça dela o tempo todo, ficou? — perguntou Pascale a Adrien.

Seu irmão assumiu uma expressão inocente, mas era perfeitamente capaz desse tipo de brincadeira de mau gosto.

— Arrumamos tudo mais tarde — disse Aurore passando ao lado dela. — Venha, vamos nos divertir com os outros.

Pascale a seguiu, ignorando a mesa devastada.

* * *

Seu relógio, que ele tivera o cuidado de tirar, estava preso à maçaneta da janela, em cima da pia. Inclinou a cabeça de lado para ver a hora. Quinze para as seis, e ainda não estava cansado. Com uma olhada, assegurou-se de que não havia mais nada para lavar, em seguida pegou um pano de prato para enxugar as últimas travessas.

Uma noite abominável... Na realidade, bem-sucedida, mas que lhe deixava uma impressão de desordem, de amargura, de arrependimentos. Henry havia sido adorável com ele, como se Samuel ainda fosse seu genro, mas também fizera toda uma cena para impressionar Laurent, que talvez visse como seu *próximo* genro. O possível genitor de seus futuros netos.

— Laurent é meu amigo, Marianne foi minha amante, e estou detestando os dois: parabéns!

Seria para se punir que ele tinha preferido se lançar àquela montanha de louça a tentar dormir? A menos que a ideia de deitar-se ao lado de Marianne não o tenha feito simplesmente fugir. Pascale lhes oferecera um quarto de hóspedes agradável, sumariamente mobiliado, provavelmente convencida de que ainda eram amantes. Sam ficara à cabeceira de Marianne, depois de tê-la despido e obrigado a tomar uma xícara grande de café, até ela cair num sono profundo. Certo de que ela não acordaria tão cedo, ele desceu, mas todo o mundo tinha ido dormir, menos Pascale e Laurent. Sozinhos no jardim de inverno, sentados diante da árvore de Natal iluminada, conversavam à meia-voz, e Samuel não quis interrompê-los. Refugiou-se na biblioteca, onde ficou folheando distraidamente um bom número de obras de medicina. Algumas delas, com anotações de Pascale, datavam da época em que ela estava se preparando para a residência. Envolto por uma porção de lembranças que o oprimiam ainda mais, não viu o tempo passar. Quando saiu da biblioteca, toda a casa estava mergulhada na escuridão. Claro, não conseguiu resistir e foi verificar se o carro de Laurent tinha ido embora. Em seguida, enojado com a própria mesquinhez, pôs-se a arrumar a cozinha.

Passar a noite de Natal à mesa na frente de Pascale, na casa dela, e não ser mais nada para ela o desesperava. Nunca teria vontade de fundar uma família com outra mulher, mas estava chegando a uma idade em que a questão ia se tornar crucial. Claro que queria filhos! Meninas de grandes olhos pretos, como ela.

Durante o jantar, quando seu coque se desfez, sentiu uma vontade irresistível de tocar seus cabelos. Brilhantes, sedosos, perfumados, acariciá-los era um gesto sensual. Infelizmente, foi Laurent quem pousou a mão sobre a nuca de Pascale. Naquele instante, Samuel sentiu-se não apenas espoliado, mas também mergulhado num ciúme visceral. Aquela mulher tinha sido *sua*, como ele pôde ter sido louco de deixá-la ir embora?

Abriu os armários da cozinha ao acaso, tentando descobrir onde se guardavam os pratos e os copos. Naquela casa, até os armários tinham charme, com aquelas suas portas antigas, sua incrível profundidade, seus ganchos de cobre carregados de utensílios.

— Taí, eu deveria comprar uma casa de verdade...

Para viver sozinho nela? Não, era melhor continuar onde estava, esperando que Marianne não desembarcasse mais de improviso.

Coitada da Marianne! Ele sabia muito bem por que ela tinha bebido tanto, e se arrependia por deixá-la triste, mas, novamente, o que fazer? Mostrar-se mais firme e mantê-la a distância? Era fácil tomar esse tipo de decisão quando não se estava sofrendo.

— Uma verdadeira fada do lar! — exclamou Adrien. — Não acredito no que estou vendo...

Entrou na cozinha bocejando, vestindo um extravagante pijama de flanela cheio de elefantes rosa.

— Você está uma gracinha, eu garanto — ironizou Samuel.
— Quer que a Cinderela lhe faça um café?
— Seria maravilhoso.

Adrien deixou-se cair numa cadeira, passou a mão nos cabelos, espreguiçou-se.

— Tive a mesma ideia que você, queria arrumar essa zona antes que as meninas se encarregassem. Obrigado por ter chegado antes, você é mesmo um irmão.

Outra expressão surgida do passado, da época em que Sam era cunhado de Adrien.

— É engraçado tomar o café da manhã aqui. Tenho a impressão de ter rejuvenescido vinte anos!
— Se estou entendendo direito, você já não está tão contrariado com o fato de a sua irmã ter comprado Peyrolles?

Com as sobrancelhas franzidas, Adrien pareceu refletir seriamente na pergunta.

— Já não sei mais... A casa está cheia de boas e más lembranças.
— E é só por isso que Henry e você se opuseram de modo tão violento ao projeto de Pascale?
— Ah, quando se trata dela, você fica um chato! Acha mesmo que ela precisa de alguém para se defender? Ela faz tudo da cabeça dela, você sabe muito bem disso.
— Não me agrida ou coo seu café na meia.

Adrien pôs-se a rir e levantou as mãos em sinal de rendição.

— Como vai sua amiga?
— Está dormindo.
— Na minha opinião, não vai se levantar tão cedo! Pense em levar para ela uma aspirina junto com o café. Eu a acho muito

gentil, você sabe, e também muito sedutora. Você devia cuidar melhor dela, senão ela vai acabar por deixá-lo.

— Já deixou. Rompemos.

Arregalando os olhos, Adrien o observou.

— Achei que vocês estivessem apaixonados e que você estivesse pensando em se casar de novo...

— Não, de jeito nenhum.

— Vai ficar solteirão, Sam?

— E você? Se quiser, podemos fundar um clube!

Seu mau humor estava voltando, mas Adrien, impiedoso, pôs-se a rir.

— Aposto que você ainda suspira pela Pascale.

— Suspirar talvez não seja a palavra correta, mas...

Adrien meneou a cabeça, parecendo compadecido, todavia, não fez nenhum comentário. Após ter colocado dois cubinhos de açúcar e um pouco de leite em seu café, bebeu-o em silêncio.

— Está certo — disse por fim —, minha irmã é uma mulher e tanto, só que ninguém é insubstituível. Pode acreditar, eu juro!

— Por quê? Você tem alguma experiência em matéria de dores de amor?

— Mais do que você pensa.

Perplexo, Samuel o contemplou por alguns instantes. Ninguém era mais discreto do que Adrien em relação à sua vida privada. Até Pascale nada sabia dele, mesmo sendo ambos muito próximos, e muitas vezes ela se espantava com ele.

— Não me olhe desse jeito e guarde suas conclusões para você — soltou Adrien com uma voz repentinamente categórica.

Que conclusões? Adrien tinha um problema do qual não queria falar? Samuel foi pegar a cafeteira e colocou-a entre ambos, sobre a mesa.

— Está sabendo de todas as interrogações de Pascale sobre sua mãe?

— Vagamente. Meu pai me contou por alto antes de ir deitar ontem à noite. O que me surpreende é que você esteja sabendo.

— Ela estava perturbada, ligou para mim pedindo ajuda.

— Claro... Em quem mais você quer que ela confie, a não ser em você? Daqui a pouco, provavelmente vai ser no ombro do Laurent Villeneuve que ela vai desabafar, mas, por enquanto, ela conta com você. Normal, você está *sempre* por perto.

Seu tom malicioso soou insuportável para Sam, que reagiu de imediato:

— Melhor para ela! Porque seu pai e você nunca foram muito presentes quando ela quis mudar de vida. Dava até para pensar que comprar Peyrolles era um crime de lesa-majestade, e o mesmo acontece quando ela quer saber mais sobre a história da sua família. Vocês têm tantos podres assim?

— Não fale do que você não sabe! — gritou Adrien, batendo o punho sobre a mesa.

Erguidos um contra o outro, encararam-se com furor até a voz de Pascale os fazer sobressaltar:

— Vocês ficaram loucos? Por que estão brigando desse jeito?

Samuel voltou-se para ela e, instantaneamente, sua raiva desapareceu. Envolvida num penhoar de veludo azul-claro e com os cabelos soltos caindo sobre os ombros, mesmo que tivesse acabado de acordar, estava magnífica. De onde tirava sua energia, sua serenidade?

— Ah... Vocês arrumaram tudo! — exclamou alegremente.

— Ele sozinho — resmungou Adrien.

Ela se aproximou de seu irmão, pegou-o pelo pescoço e o beijou.

— Você está com uma cara amarrada esta manhã.

— Agora que sei onde encontrar as coisas, quer uma xícara grande ou pequena? — perguntou Samuel.

Conhecendo suas preferências, ele já havia pegado uma pequena, e ela agradeceu com um sorriso radiante.

— Você me poupou de um trabalhão com aquela louça. Eu queria fazer uma surpresa para a Aurore, me levantei para isso. Evidentemente, não pensei que fosse cair numa reunião na cozinha...

Nenhum dos dois julgou que valia a pena responder, e Pascale bebeu seu café antes de encadear:

— Nevou esta noite. Vocês viram?

Samuel aproximou-se da porta e colou a testa contra o vidro. Ainda não tinha amanhecido, mas tudo parecia coberto com uma camada branca.

— Incrível...

Na biblioteca, cujas janelas estavam fechadas, não se dera conta de nada.

— Devem ter jogado sal na estrada, mas talvez não na departamental de Labastide a Marssac, e menos ainda na vicinal que sai daqui. Principalmente num 25 de dezembro!

— De todo modo, é tão raro a gente ver neve na região que eles devem estar atolados de trabalho — afirmou Samuel.

Ser obrigado a ficar um pouco em Peyrolles não o incomodaria se estivesse sozinho, mas Marianne acabaria acordando, e ele não imaginava passar um dia inteiro ali com ela.

— Dá para dirigir — disse a contragosto.

— Não, nem pensar! — protestou Pascale. — Vocês ficam para almoçar conosco, vamos comer o que sobrou, e à tarde toda essa neve já vai ter derretido. Sei que você é um ótimo motorista, Sam, mas não quero que se arrisque. Está com pressa?

O cansaço da noite ainda não se fazia sentir, e ele não estava mesmo com vontade de ir embora, principalmente depois que ouviu Adrien declarar:

— Bom, vou me trocar, isso está com cheiro de guerra de bola de neve!

Sam esperou ele sair, depois serviu-se de mais café.

— Qual era o assunto da discussão de vocês? — quis saber Pascale.

— Os cadáveres escondidos da família Fontanel. Você tinha razão, seu irmão fica muito sensível quando o assunto é o passado.

— Meu pai também. Suscetível e triste. Ontem ele quis que eu acreditasse que Julia tinha morrido. Essa foi a versão que ele contou a todo o mundo na época.

— Provavelmente tinha medo de que julgassem sua mulher. As pessoas naturalmente sentem compaixão por uma mãe que perdeu seu filho, mas olham com maus olhos aquela que o abandonou. Ainda hoje ele não admitiria que você condenasse sua mãe, entenda-o...

— Por que você sempre o defende? — espantou-se.

— Porque ele é um sujeito de bem. Pelo menos, é o que acredito, embora eu continue a me perguntar por que ele lhe vendeu Peyrolles em vez de lhe dar.

Pascale balançou a cabeça, pensativa. Sam a conhecia o suficiente para saber que ela ia fazer de tudo para conhecer sua meia-irmã, quer Henry estivesse de acordo, quer não. Em que estado ela sairia de um encontro com essa mulher de quarenta anos, deficiente desde o nascimento? E de que maneira imaginava reparar a injustiça sofrida pela infeliz?

— Também vou me trocar, estou com frio — decidiu ela.

Finalmente amanheceu, um céu cinza como ferro iluminava aos poucos a espessa camada de neve.

— Você não dormiu à noite, Sam? Deveria tomar uma boa ducha, está com a cara abatida.

— Espere! — exclamou enquanto ela se dirigia para a porta. — Sua história com o Laurent... está avançando?

Ela deu meia-volta e apoiou a mão no alizar para encará-lo.

— Minha história?

— Digamos, seu flerte.

— O que você tem com isso?

— Pura curiosidade — replicou com perfeita má-fé.

— Pois bem, para satisfazê-la, digo-lhe que Laurent não fica nada à vontade na sua frente! Ele tem a impressão de estar caçando no seu território, e precisei lembrá-lo de que já não sou sua mulher, só sua amiga. Por que você faz com que ele acredite no contrário?

— Mas não, não é nada disso, eu...

— Ah, pode parar, Sam! Você não quer que eu refaça minha vida, é isso? Ou então acha que Laurent não é homem para mim?

Pego em flagrante, embaraçado em suas contradições, Samuel balançou a cabeça procurando as palavras:

— Mas claro... Laurent seria muito bom para você... Gosto muito dele.

Tentou encontrar alguma coisa mais convincente, mas desistiu. Pascale pareceu hesitar por um segundo entre a raiva e o riso; por fim, aproximou-se dele, pegou-o pelos ombros e declarou, olhando-o bem nos olhos:

— Conserve intacto seu carinho por mim, Sam.

Incapaz de interpretar essa frase sibilina, ele se contentou em sorrir-lhe.

* * *

Logo após o almoço tardio, servido na cozinha em meio a um ambiente alegre, Pascale requisitou Adrien para fazer uma visita de cortesia a Léonie Bertin.

Não apenas a neve não tinha derretido, como também um brusco resfriamento a transformara em gelo. Reclamando atrás de sua irmã, Adrien derrapava no caminho.

— E você chama isso de passeiozinho digestivo! Meus sapatos vão estragar...

— Ande no meio da estrada em vez de afundar na neve acumulada do acostamento; nenhum carro vai passar hoje.

— As pessoas não são loucas, ficam em casa! Falta muito?

— É ali. Está vendo o telhado da casa?

Com roupas quentes, Pascale estava feliz por tomar ar depois de todo aquele excesso de comida.

— Por que tenho que carregar este pacote? — indignou-se Adrien, que acabava de tropeçar. — Nem sei o que tem dentro!

— Um xale de lã dos Pireneus. Não é pesado, pare de reclamar.

— Um xale... Cuidado, desse jeito você vai acabar virando dama de caridade. A menos que seus adoradores a impeçam.

— De quem você está falando?

— Ora, de todo o mundo! Seu ex-marido, seu diretor e até mesmo o amiguinho da Aurore espicham o olho para as suas pernas quando você passa.

— O Georges? Você não sabe o que está dizendo, ele está apaixonado pela Aurore, e isso é evidente.

— Uma coisa não impede a outra, minha querida. Parece até que você não conhece os homens!

Pascale parou e voltou-se para observar seu irmão.

— Você é muito cínico, Ad. O que você tem?

Ela tinha certeza de que ele ia responder com uma brincadeira, mas ele se crispou:

— Nada. Só que estou cheio de tudo. Não gosto das festas e não estou mais a fim de ficar sozinho.

— Você?

— Quem mais? Somos quantos nesta estrada?

Seu instante de sinceridade tinha passado, e ele recuperava seu tom sardônico, mas Pascale insistiu:

— Adrien? Se você está com algum problema, deixe-me ajudar você...

— Você não pode fazer nada, querida! — explodiu.

Desconcertada, ela não ousou perguntar-lhe mais nada e voltou a caminhar. Não estava acostumada a vê-lo expor seus problemas; ele sempre se mostrava de bom humor, apesar da ironia mordaz. Que bicho o tinha mordido? Sua discussão ao amanhecer com Samuel o deixara de mau humor?

Ela ouviu suas solas crepitar na neve enquanto ele a alcançava.

— Não fique chateada comigo — disse gentilmente —, ando preocupado.

— Com o papai?

— Não, tenho me ocupado bastante dele e acho que ele está bem. Na clínica também tudo está nos trilhos, os leitos estão ocupados, e as contas, equilibradas, o que é um prodígio para os tempos atuais!

— Então, o que é, Ad? Dor de amor?

— Suponho que se chame assim — admitiu hesitando —, mas não estou com vontade alguma de lhe contar minhas tristezas. Sou seu irmão mais velho, sou eu quem deve velar por você, aconselhá-la e consolá-la, não o contrário. Me repetiram isso tantas vezes!

Cada vez mais espantada, ela se absteve de qualquer comentário, até que ele, espontaneamente, encadeou:

— É verdade, podemos ao menos falar disso, já que você quer tanto saber tudo do passado. A mamãe, que eu adorava, que fique bem claro, via você como a oitava maravilha do mundo. Não porque você era sua filha e eu não. Não: porque você era uma menina. Uma menina incrível, diante da qual ela ficava admirada e que era preciso proteger como o santo sacramento. Para me tranquilizar, o papai me explicou logo cedo que a mamãe tinha perdido uma menina. Eu disse "perdido". Só tive essa versão durante anos. Em seguida, quando a mamãe ficou realmente doente, o papai me confessou que essa criança não estava morta, que a mamãe tinha decidido confiá-la à Assistência Pública, pois era incapaz de cuidar da sua deficiência.

— Ele contou para você, mas não para mim!

— Não, claro que não. Conhecendo você, você não deixaria de falar a respeito com a mamãe, só que esse assunto estava enterrado havia muito tempo, não existia razão alguma para torturá-la com isso.

— Ouviu o que acabou de dizer, Adrien? Com "isso"? É de um ser humano que estamos falando!

A raiva de Pascale voltava, atiçada pelo fato de já não compreender seu pai nem seu irmão. O cinismo deles a revoltava, ela se sentia repentinamente diferente de todos os membros de sua família, alheia a eles, sozinha a defender uma evidência que eles se recusavam a ver.

Ao chegar ao portão de Léonie Bertin, ela parou, um pouco ofegante.

— Bom, trata-se de uma senhora muito gentil e ela se lembra de nós, crianças. É inútil gritar, ela não é surda.

Adrien soltou uma risada espontânea, inesperada.

— Ah, minha querida, você é impagável com essas suas lições de moral, juro...

Pascale o observou novamente, um pouco estupefata, no entanto, começou a rir também, vencida por sua alegria.

A neve continuava a cair, mas um agricultor da vizinhança pegara seu trator e espalhara areia nas pequenas estradas. Por volta das cinco horas, pouco antes de anoitecer, Samuel decidiu que era hora de partir. Até então, não havia conseguido convencer Marianne, que queria de todo jeito se despedir de Pascale e Adrien.

Quando eles voltaram de sua visita a Léonie Bertin, com as bochechas vermelhas por causa do frio e o semblante bem alegre, Samuel os esperava com impaciência para se despedir, mas Marianne antecipou-se a ele:

— Foi um Natal magnífico, Pascale! Obrigada por nos ter acolhido com tanta gentileza, e desculpe por ter abusado um pouco dos vinhos excelentes de vocês. Dormi como um bebê e, quando acordei, havia neve por todo lado, um verdadeiro conto de fadas!

Ela sorria sem se forçar, natural, entusiasta, calorosa com Pascale como se estivesse agradecendo a uma amiga do fundo do coração. No entanto, tinha passado uma noite péssima, Sam sabia disso, e vários comprimidos de aspirina ainda não tinham feito sua enxaqueca passar.

— Fiquei muito feliz por receber vocês — afirmou Pascale.

— Vocês são muito importantes para o Sam, ele não estava se aguentando de felicidade de vir passar o Natal aqui, e tinha toda razão! Obrigada mais uma vez.

Dividido entre a surpresa e a irritação, Samuel a pegou pelo braço para interromper essas efusões.

— Descanse, você merece — disse ele inclinando-se para Pascale.

— Você realmente "não estava se aguentando de felicidade"? — cochichou ela enquanto ele a beijava no pescoço.

Trocaram um olhar risonho, cúmplices contra a sua própria vontade.

— Tenha cuidado na estrada — acrescentou Pascale em voz alta.

Ela os acompanhou até a escadaria e agitou a mão para responder aos sinais de adeus de Marianne.

— Bom, pode parar de fazer seu charme — resmungou Sam ao passar pelos portões de Peyrolles.

— No final das contas, até que acho simpática a sua ex...

— Melhor assim.

— Por outro lado, a casa dela não tem um bom aquecimento, senti frio a noite toda.

— Você dormiu profundamente demais para ter a menor ideia da temperatura — observou.

— Não seja desagradável, pedi desculpas. Bebi demais, e daí? Era Natal, não? E não acho que fiz escândalo. Seja como for, somos só amigos, você e eu, e entre amigos temos o direito de tomar um porre!

Constatar que ela se lembrava do acordo deles proporcionou-lhe um vago alívio. Ele ia poder deixá-la na casa dela e voltar sozinho para a sua.

— Não se preocupe — disse ele com uma voz apaziguadora —, não é grave.

Aliás, nada mais era grave entre eles, pois seus caminhos iam se separar. Sam fez uma curva e sentiu o carro derrapar sobre uma placa de gelo. O agricultor não devia ter jogado areia em todos os lugares, a estrada continuava perigosa. No que lhe dizia respeito, dirigir não era problema, mas ele esperava não encontrar muitos motoristas iniciantes naquela pista de patinação.

— Sabe o que é grave, Sam?

Com os olhos fixos na estrada, ele balançou a cabeça em sinal de ignorância.

— Todo esse tempo que você perde chorando junto a ela. Você não aceita tê-la perdido, então se agarra a qualquer coisa para fazer parte de seu ambiente, apesar de tudo. Mas ela tem um pai, um irmão e também um pretendente que parece lhe convir bastante. Ontem à noite, quando vi você do outro lado da mesa, já que separaram nós dois, você me dava pena ao tentar encontrar uma função, a mendigar o olhar dela... Tudo bem, ela é muito bonita, talvez até muito gentil, muito brilhante ou tudo o que você quiser, mas o problema é que ela não o vê mais. Você vai ter de se conformar um dia e parar de desperdiçar suas outras chances de ser feliz.

Incomodado com o discurso que ela acabava de lhe fazer com um tom erudito, ele abriu a boca, depois a fechou sem dizer nada. Como convencê-la de que, independentemente do que ela dissesse ou fizesse, nunca seria a mulher da sua vida? Será que ela esperava persuadi-lo à força? Seus argumentos, inevitáveis no que se referia à estranha relação de Sam com Pascale, tornavam-se estúpidos se ela ainda acreditasse que seria aquela que o curaria.

— Obrigado pelos conselhos... de amiga — brincou ele.

Por que era tão fraco, por que a levara com ele? Porque não queria fazê-la sofrer? Que ridículo! Ele a fizera sofrer muito mais cedendo a seu desejo de passar o Natal com ele. O fim de seu relacionamento estava se tornando acre, e ele era o único responsável por isso.

Ela acrescentou alguma coisa, mas ele não prestou atenção, bruscamente alertado por um caminhão que descia rápido demais a encosta na mão contrária. Com os faróis altos, a carreta estava desviando. Numa fração de segundo, Sam entendeu que o motorista tinha perdido o controle, levado pela ladeira coberta de gelo.

— Samuel! Ele vai bater na gente! — gritou Marianne.

Seu grito se perdeu nas buzinadas desesperadas do caminhoneiro. Sam já tinha recuado, não podia frear bruscamente sem correr o risco de também se colocar de través. Tanto à direita quanto à esquerda, a estrada era ladeada por árvores, e, ao girar levemente o volante, Sam rezou para não atingir nenhuma.

Pontual, Nadine Clément chegou às oito horas em ponto em seu setor, na manhã de 26 de dezembro. Parou na sala da supervisora do andar e lhe entregou uma enorme caixa de chocolates, destinada a toda a equipe. O olhar estupefato da enfermeira-chefe não podia deixar de escapar-lhe; no entanto, ela o ignorou. Assim como ignorava alguns olhares intrigados para a pulseira de pérolas dada por Benjamin, que ela havia decidido manter no pulso.

Todo Natal lhe trazia uma pequena dose de melancolia, que logo se atenuava no trabalho, mas, naquele ano, a comemoração tinha sido particularmente tristonha. Emmanuel, seu irmão, só falava em aeronáutica, era maçante como seus amigos. Mais grave do que isso: com a idade, estava ficando neurastênico, a aposentadoria não lhe servia para nada. Durante a noite, interminável, Nadine relembrara a terrível frase de Benjamin: "Nossa família não apenas é restrita, mas decididamente deteriorada. É o fundo do poço."

Efetivamente, os Montague não tinham gerado uma grande linhagem. No início de seu casamento com Louis Clément, ela postergara os filhos, até o dia em que acabou ficando viúva. Por uma ou duas vezes acariciara a ideia de se casar de novo, mas o hospital exigia muito, e a corrida para conseguir o título de professora a engolira. Não se arrependia e não mudaria de lugar por nada no mundo, no entanto, ficaria feliz se tivesse sobrinhos ou netos.

Ao fazer algumas compras na antevéspera, parara na rua Lafayette, no Olivier, o melhor chocolateiro da cidade, e mandara montar para si própria uma caixinha com amêndoas cobertas de chocolate, Clémence Isaure — deliciosas passas ao Armagnac, cobertas com chocolate preto — e *péchés du diable** com casca de laranja e gengibre. No momento de pagar, voltou atrás e fez outro pedido em quantidade maior, destinado à sua equipe do Purpan. A conta, vertiginosa, deixara-a petrificada. A quando remontava sua última atenção para com seus colaboradores? A ideia de surpreendê-los a divertiu sem enternecê-la. No seu setor, ninguém gostava dela, ela não se iludia.

A constatação dessa falta de amor a seu redor contribuíra para estragar seu Natal. E, ao se deitar, na noite da comemoração, surpreendera-se ao olhar a pulseira de Benjamin com certa emoção. Pior ainda: pouco antes de dormir, tivera um pensamento incongruente em relação a Camille.

Camille! Ela se detestava por ter pensado nela. Os momentos de abandono, que eram muito raros nela, sempre a deixavam

---

* Literalmente, *pecados do diabo*, doce que consiste num creme de chocolate. (N.T.)

com raiva. Uma natureza *colérica*... Várias vezes seu pai utilizara essa expressão desdenhosa para designá-la, para seu grande desespero. Feia, talvez, irascível, certamente, mas, pelo menos, muito inteligente e levando uma carreira de modo magistral! Porque a Camille, ela...

Meu Deus, paz à sua alma. Com todas aquelas bobagens do palavreado complicado dos psicanalistas a respeito das crianças mal-amadas, provavelmente se poderia imaginar que a bastarda de Abel Montague tinha desculpas? Nadine não suportava as desculpas, as justificativas *a posteriori* que absolviam todos os incapazes.

Decididamente, as festas de fim de ano não davam certo para ela. Para que o ano-novo não se parecesse com aquele Natal sinistro, decidiu que ficaria em casa e aproveitaria para redigir um artigo destinado a uma publicação médica americana. O tipo de coisa que ela nunca tinha tempo de fazer, no entanto, devia.

— Bom-dia, senhora! — lançou alegremente Pascale ao encontrá-la.

Por um segundo, Nadine parou. A responsável por sua melancolia era aquela mulher de jaleco branco, com traços de mestiçagem em seus grandes olhos puxados para as têmporas e os mesmos cabelos pretos de sua mãe. Por que não se livrava dela?

— Eu gostaria de lhe avisar que pretendo pedir minha transferência para Albi no início do ano — anunciou Pascale. — Por razões de conveniência pessoal, já que moro longe de Toulouse.

— Perfeito — replicou Nadine com um tom seco.

Ficou pensando. A melhor notícia do ano. Mas a quem ou ao que a devia? Pascale Fontanel ia realmente desaparecer de seu setor? Um verdadeiro presente caído do céu!

* * *

Samuel ouvia atentamente as explicações do cirurgião-ortopedista que se encontrava do outro lado da cama.

— Estou satisfeito com a intervenção. A fratura do fêmur estava com um deslocamento importante, mas o pino foi colocado sem problemas.

Ele baixou os olhos para Marianne, a quem se dirigiu sorrindo:

— Por enquanto, nada de se mexer. Deixo-a em boas mãos. Tchau, Sam.

Pálida e abatida, ela se contentou em fazer que sim com a cabeça e esperou que ele saísse. Em seguida, pegou a mão de Samuel.

— Quanto tempo sem me mexer?

— Alguns dias. Vão levantá-la assim que possível.

— Não quer se sentar cinco minutos?

— Quero, mas preciso ir trabalhar. Já devem estar me esperando no centro cirúrgico.

O acidente, do qual ele havia saído ileso, deixava-lhe uma lembrança muito amarga. Por muito tempo ainda ouviria os gritos de terror e sofrimento de Marianne. Ele próprio tinha diagnosticado a fratura, chamado o SAMU de Albi por seu celular e coberto Marianne com sua própria jaqueta. Tudo se passara tão rápido que teve dificuldade para entender. No instante em que, ao desviar os olhos do flanco do caminhão que se aproximava dele como um muro, mirou o vão entre duas árvores, o carro reagiu bem e seguiu a trajetória imposta por ele. Infelizmente, quinze metros mais adiante, ele ia se incrustar numa mureta de pedra que parecia um monte de neve. O choque, muito violento, havia arrancado a porta de Marianne.

— A fisioterapia vai ser longa?

— Tudo vai depender da maneira como o osso se consolidar.

Superando sua impaciência, ele se sentou na única cadeira do quarto e esforçou-se para assumir uma expressão desenvolta.

— Precisa de mais alguma coisa? Posso passar no seu apartamento esta noite e trazer suas coisas amanhã.

Ele havia feito o necessário para que ela tivesse um quarto individual, fora até sua casa buscar algumas camisolas e uma bolsa com produtos de higiene pessoal, tinha até pensado em parar numa mercearia de luxo para lhe comprar uma cesta de frutas exóticas.

— Gostaria de umas revistas. Coisas femininas, nada de política.

— Vou providenciar isso na loja do hall.

Tirou do gancho o telefone que estava sobre o criado-mudo, verificou se tinha som, depois pegou o controle remoto da televisão e experimentou alguns canais.

— Bom, está tudo funcionando... Vou deixar você descansar!

Apesar de sua imensa compaixão por ela, aumentada por um penoso sentimento de culpa, já não sabia o que lhe dizer e só tinha um desejo: sair.

— Até mais tarde — murmurou ao se levantar.

Após uma ligeira hesitação, inclinou-se e a beijou com carinho na face.

— Não se preocupe com nada, já cuidei dos papéis para a internação e para a sua licença. Entreguei a documentação ao seu pai.

Havia encontrado os pais dela pela primeira vez na véspera, na sala de espera da emergência. Gente simples e calorosa, que não parecia guardar nenhum rancor dele. Ele se sentira embaraçado diante deles, persuadido de que Marianne lhes havia pintado um retrato muito lisonjeiro dele. Será que o viam como uma espécie de noivo de sua única filha? Essa ideia o fazia tremer.

Deixou o setor de ortopedia com alívio. Até aquele momento, achara que não valia a pena avisar Pascale, no entanto, queria falar com ela antes que ela soubesse do acidente por outras pessoas. Como estava com menos pressa do que havia feito crer a Marianne, bipou Pascale e esperou que ela ligasse para o seu celular.

Dez minutos mais tarde, encontrou-a na cafeteria. Tal como temia, ela ficou consternada por saber que Marianne estava hospitalizada e prometeu passar um momento do dia com ela.

— Mas você não fez nada para evitar aquele monte de neve?

— Não. O carro ainda estava muito acelerado, e pensei que aquilo nos frearia. Era impossível adivinhar que debaixo havia uma mureta de pedras. De todo modo, tudo acontece tão rápido nesses casos...

— Pelo menos você não rodopiou ao redor de uma árvore, já é um milagre. Meu Deus, Sam, eu nunca suportaria se acontecesse alguma coisa com você!

Um sentimento sincero que o perturbou, mas quase de imediato ela acrescentou:

— Você deve ter sentido tanto medo pela Marianne! Por que não ligou para Peyrolles? Teríamos ido ajudar vocês.

— Precisávamos de uma ambulância.

— Você não foi muito sensato ao partir quando a noite estava caindo. Vocês podiam muito bem ter ficado mais uma noite!

— Com esses "se"... Se aquele caminhão não estivesse rodando, já que são proibidos de circular nos feriados, se não tivesse nevado na véspera, se ainda fôssemos casados, você e eu...

Desconcertada, ela o contemplou por alguns instantes em silêncio.

— Sabe — disse ela por fim —, achei a Marianne mais divertida, mais relaxada. Em que pé vocês dois estão?

— Em pé nenhum. Em princípio, tínhamos terminado na manhã do Natal, mas ela quis me acompanhar assim mesmo. Má ideia!

— Por que você aceitou?

— Porque os homens são covardes, e sobretudo porque ela estava triste.

— O que vai fazer agora?

— Você quer dizer agora que tenho uma dívida com ela? Nada. Cuidar dela o melhor que posso até ela poder voltar para casa. Depois, ela tem seus pais, seus amigos.

Pascale balançou a cabeça com uma expressão pouco convencida. Será que ela o julgava egoísta ou indiferente? Na realidade, ele estava prestes a fazer qualquer coisa para abrandar a permanência forçada de Marianne no hospital; no entanto, seus sentimentos não iam além disso. Consultando seu relógio, percebeu que logo ia se atrasar.

— Vou indo. Quer almoçar comigo esta semana? Se não tiver nada previsto para sábado ao meio-dia, vá ao clube, levo você para dar um passeio de helicóptero.

Estranhamente, ela pareceu um pouco embaraçada com sua proposta e acabou confessando, com reticência:

— Sábado já prometi ao Laurent que vou almoçar com ele no clube.

— Ah! Ótimo... Então, vejo você lá.

Ele não estava certo de ter conseguido manter uma voz normal. O aeroclube era seu território; se fosse para encontrar Pascale e Laurent juntos ali, ia ser muito difícil para ele suportar. Forçando-se a mostrar um sorriso amigável, deixou a cafeteria e dirigiu-se aos elevadores. O que estava sentindo era violento, agudo, desesperador. Um acesso de ciúme ao qual já não podia pretender, mas que lhe dava uma vontade furiosa de declarar guerra a Laurent. Um homem que era seu amigo, seu diretor, secundariamente seu aluno... e, doravante, seu adversário.

Abatido, perguntou-se se não tinha cometido a pior besteira de sua vida ao encorajar Pascale a ir instalar-se em Peyrolles. Sem ele, ela nunca teria vindo, ele sozinho tinha provocado sua própria infelicidade, bem feito para ele!

No andar da cirurgia geral, entrou no vestiário dos cirurgiões. Estava cheio de aplicar anestesias, cheio do inverno que o impedia de voar quando bem queria, cheio de perseguir em vão um amor perdido. Enquanto esfregava com cuidado as mãos e os braços, lembrou-se do prontuário do paciente que ia anestesiar dentro de alguns minutos. Em geral, era o melhor meio para esquecer todo o resto, mas desta vez foi insuficiente.

NOVE

Pascale bateu a porta de seu carro, segurando o saco de croissants com a ponta dos dedos, pois o papel já estava coberto de manchas de manteiga. Seu relacionamento com a padeira limitava-se a duas palavras, mas os doces eram realmente deliciosos.

Antes de subir os degraus da escadaria, Pascale se virou. Havia pegado o hábito de olhar com atenção o jardim e a casa, notando cada detalhe. Refazer o rejunte de cimento entre duas pedras, arrancar algumas ervas daninhas, colher com a pá um arganaz morto pelo frio, tirar os cascalhos que as rodas dos carros projetavam no gramado e, sobretudo, notar os sinais precursores da primavera. Naquele fim de fevereiro, o tempo estava excepcionalmente agradável, e um bom número de jacintos e açafrões tinha florescido. Disposto em latadas ao longo de um muro, um jasmim de inverno desabrochava com exuberância.

— Eu sei, é esplêndido! — lançou Aurore ao abrir a porta. — Lucien Lestrade podia até ser invasivo, mas, na minha opinião, ele nos preparou uns fogos de artifício, há plantas brotando por toda parte. Venha, não fique aí parada contemplando, estou sentindo o cheiro dos croissants daqui!

Já que naquele dia nenhuma das duas estava com pressa, decidiram tomar um café da manhã excepcional. Na cozinha, Aurore mostrou a mesa com um gesto triunfal.

— O que me diz?

Sobre os jogos americanos de linho vermelho vivo, pratos e xícaras grandes bem coloridos, em faiança de Martres-Tolosane, vizinhavam com uma taça de frutas, potes de geleias, uma porção de manteiga, bastonetes de açúcar cristalizado, uma travessa de queijos, uma jarra de suco de laranja e uma cafeteira fumegante.

— Mais um achado lá de cima? — interrogou Pascale.

Pegou uma das xícaras para examinar, espantada por achá-la tão pesada.

— A caixa pesava feito um burro morto, então eu quis saber o que havia dentro — confessou Aurore rindo.

Ainda lhe ocorria ir vasculhar no sótão, mas Pascale já não a acompanhava, temendo talvez pôr os pés ali desde a descoberta da caderneta de família.

— Você fez muito bem. Este serviço me traz uma porção de lembranças à cabeça, minha mãe o adorava e o usávamos com frequência. Ela deve ter pensado que seria inadequado para Saint-Germain, como tantas outras coisas...

— Passar de uma casa tão grande para um apartamento certamente não foi fácil para ela.

— Foi sim, ela se alegrava de mudar de vida. É engraçado, ela fez o caminho num sentido, e eu, no outro.

Pascale pousou a xícara e levantou os olhos para Aurore.

— Sua reflexão casa-apartamento teria alguma relação com o Georges? — perguntou gentilmente.

— Bom... Mais ou menos. Ele está começando a falar em morar junto, e não me sinto pronta. Não ainda. Estou tão bem aqui! Tenho vontade de ver a primavera, e também o verão... E não de me ver confinada num apartamento de três cômodos, cuidando da casa, das compras, assistindo ao futebol na televisão. O Georges é adorável, mas é um verdadeiro machista. Imagine que leva suas camisas para a mãe passar! Não quero esse papel.

— É o papel ou Georges que você não quer?

— Gosto dele, mas um não fica sem o outro.

Com um gesto nervoso, Aurore virou o saco de croissants em cima de uma cestinha. Ela adorava Peyrolles, onde havia descoberto as alegrias do campo, do espaço e da liberdade. Dando livre curso a seu gosto por decoração e por festas, ela aproveitava bastante, e sua coabitação com Pascale, mais sensata do que ela, garantia-lhe o equilíbrio de que ela precisava.

— Enquanto você me suportar na sua casa, vou ficar — concluiu sentando-se num dos bancos.

— Pelo tempo que você quiser. Sinceramente, não sei como teria passado esse primeiro inverno sem você.

Graças à presença de Aurore, tudo havia sido mais fácil e, sobretudo, mais alegre.

— Ah, você não precisa realmente de mim, Pascale! Você está cercada por homens formidáveis que não pediriam outra coisa a não ser lhe fazer companhia, curvando-se a todas as suas condições. Laurent está em êxtase, seu ex-marido continua louco por você...

— Não, o Sam só sente carinho por mim, e talvez um pouco de saudade.

— Você não?

— Acho que não. Só que, de fato, ele é um homem formidável. Quando eu vivia com ele, nunca ficava com a impressão de estar com um machista. Ao contrário, dividíamos igualmente as tarefas domésticas, e, na época em que me preparei para a residência, ele se encarregou de tudo.

Comovida por essas lembranças, deixou escapar um suspiro. Tinha sido feliz com Samuel, muito feliz.

— Veja só! — exclamou Aurore ao olhar pela janela. — Não estávamos falando do diabo há cinco minutos?

A silhueta de Lucien Lestrade, de tesoura na mão, apareceu furtivamente do lado da estufa.

— Não me diga que ele voltou para trabalhar! Será que não entende nada?

Decidida a acabar de uma vez por todas com ele, Pascale levantou e pegou o casaco antes de se precipitar do lado de fora.

— Bom-dia, Lucien! — gritou, descendo depressa os degraus da escadaria.

Ele se voltou, abriu um largo sorriso.

— Que bons ventos o trazem? — prosseguiu amavelmente. — Esqueceu suas ferramentas aqui?

De sobrancelhas franzidas, baixou a cabeça na direção da tesoura, que contemplou por um segundo.

— Não, esta é sua, quer dizer, de Peyrolles. Vim podar as roseiras. Como se diz, de nada adianta a poda de março, só que a natureza está precoce este ano, esta é a hora.

— Lucien, já lhe expliquei várias vezes que não posso empregá-lo, meu orçamento não me permite.

— Eu sei, mas seu pai pagou adiantado, então...

Sob sua expressão de simplório, ela acreditou descobrir um pouco de ironia e se retesou.

— Meu pai lhe pagou? — repetiu em tom deliberadamente cético.

— É o que ele faz duas vezes por ano, nunca atrasa. Bom, vou indo, tenho trabalho.

Afastou-se ignorando o olhar ressentido de Pascale. Ou ele estava mentindo — mas com que objetivo? —, ou a atitude de Henry era incoerente. Depois de ter repetido tantas vezes a Pascale para se livrar de Lestrade, por que lhe mandaria cheques? Ela vasculhou o bolso de sua jaqueta, pegou o celular e teclou o número da clínica, em Saint-Germain. Ao final de cinco minutos, durante os quais falou com várias pessoas, conseguiu que enfim lhe passassem seu pai, a quem ela fez a pergunta sem rodeios.

— Ah, o Lestrade? Não se preocupe com isso, minha querida, sei que você tem despesas mais urgentes que o jardim e que tem mais o que fazer com seu tempo. Considere que se trata de um pequeno presente do seu velho pai! Minha modesta contribuição ao saco sem fundo que é Peyrolles... Mas não deixe Lestrade fazer as coisas do jeito dele, ele deverá ir no outono, para as plantações, e no final do inverno, para as podas, ponto final. Só para manter o desenho do jardim. Sua mãe teve tanto trabalho que seria um pecado não cuidar, não?

Desenvolto e apressado, seu pai desligou depois de algumas palavras afetuosas, deixando-a totalmente aturdida. Claro, ele continuava a considerar Peyrolles um "saco sem fundo" financeiro que ela nunca deveria ter assumido, mas que ele pudesse interessar-se pelas flores era ridículo. Além do mais, ele enrubescia de raiva sempre que ela lhe falava de Lucien Lestrade e de suas incursões, e era ele quem as subvencionava. Por quê?

A passos lentos, voltou à cozinha, onde Aurore a esperava enquanto folheava uma revista. Resumiu-lhe a situação, sem insistir no comportamento estranho de seu pai, e depois foi jogar seu café frio na pia antes de voltar a encher a xícara.

— Onde estávamos?

— Estávamos falando dos homens — respondeu Aurore com uma careta. — Falando nisso, vou jantar com o Georges esta noite, ele acabou de ligar. E você?

— Convidei Laurent para vir aqui, mas estava contando com você para inventar para a gente umas das suas deliciosas receitas.

— Ele vai ficar tão feliz de ficar a sós com você que você pode até lhe preparar papelão cozido com ragu!

Pascale pôs-se a rir, animada com a perspectiva daquela noite, como sempre que tinha algum encontro com Laurent. Depois do Natal, viram-se regularmente, no fim de semana, no aeroclube, de onde Laurent a levava para dar uma volta de avião, e algumas noites nos restaurantes de que ele gostava em Toulouse ou nos arredores. Porém, quinze dias antes, Pascale havia assumido suas funções no hospital de Albi e estava ocupada demais para pensar em se divertir. Queria integrar-se o mais rápido possível à equipe de pneumologia, que a acolhera com muita gentileza. O ambiente do setor era radicalmente diferente daquele que reinava no Purpan, sob a palmatória de Nadine Clément. Os médicos pareciam mais tranquilos, mais disponíveis, menos respeitosos de uma hierarquia estrita, e, apesar de um trabalho considerável, todos tiraram um tempo para colocar Pascale à vontade. No fim da primeira semana, dera-se conta de que deviam ter trabalhado até então em número insuficiente e que, naturalmente, ela era bem-vinda. Além disso, sua experiência em grandes hospitais lhe conferia uma espécie de prestígio sem provocar ciúme.

— Começo ao meio-dia — declarou Aurore —, preciso ir. Você tem sorte de estar de folga!

— É a primeira vez que pego um dia inteiro, tenho trabalhado feito uma louca nesses últimos tempos.

— Tudo bem, mas sem uma Nadine Clément nas costas. Acho que ela está piorando a cada ano, e este não será exceção à regra. Todo o mundo inveja a sua transferência para Albi, você tem muita sorte! E dá para ver, você está cada vez mais radiante, parece até a bela chinesa da série *Plantão Médico*...

— Tenho cara de chinesa?

— Quase nada. Só o necessário. O pequeno toque de exotismo, olhos de veludo e pele de sonho.

Pascale desatou a rir, convencida de que Aurore estava brincando, mas esta balançou a cabeça, permanecendo séria.

— E você nem tem consciência disso, é justamente isso o que a torna simpática!

Quis tirar a mesa, Pascale não deixou.

— Pode ir, eu cuido disso.

Enquanto Aurore ia embora, ela se pôs a arrumar os pratos e as xícaras na lavadora de louças. O dia de folga que se estendia à sua frente era uma verdadeira recompensa, e ela pretendia saborear cada instante. Aproximou-se da porta e percebeu Lucien Lestrade podando os hibiscos. Ele ia estragar seu prazer de dar um passeio no jardim, a menos que ela decidisse fazer daquele limão uma limonada e ir vê-lo trabalhar mais de perto. De todo jeito, tinha de aprender algumas coisas com ele, e não apenas no plano da jardinagem.

Vestindo novamente seu casaco, foi a seu encontro. No carrinho de mão já se acumulava um monte de galhos cortados, no entanto, Lestrade continuava a manejar sua tesoura enquanto assobiava.

— Está tirando muito!

— É para despertar os rebentos inferiores que ainda não desabrocharam — explicou. — Nesse tipo de arbusto, não se pode hesitar em praticar uma poda curta.

— E quanto às roseiras?

— Ah, essas... Por um lado, são fáceis, porque nunca passam de silvas, que voltam a crescer mesmo quando a gente faz besteira. Mas, se quisermos uma bela florada, então é preciso conhecer um pouco delas!

Interrompeu-se e voltou-se para ela. Talvez estivesse surpreso com suas perguntas, uma vez que ela se mostrara tão distante até então.

— Sua mãe cuidava muito bem delas — disse de maneira abrupta. — Você é médica, trabalha fora, enquanto ela estava sempre aqui...

— Foi você quem lhe ensinou, Lucien?

— Ela sabia algumas coisas, por instinto. Quando não, perguntava. Ela me divertia com suas ideias muito preconcebidas sobre as variedades, as cores. Criamos umas coisas engraçadas juntos! Eu só reparava nos detalhes, mas ela se obstinava com a totalidade. Não percebi isso de imediato. Às vezes, ela me dizia o nome das flores na língua do seu país.

— Ainda se lembra?

— Não de todos! Vejamos... A orquídea é Lan, o chorão, Duong Liêu, e a flor da cerejeira...

Ele hesitou por um instante, com as sobrancelhas franzidas, vasculhando sua memória, e Pascale completou por ele:

— Anh Dào.

— Isso mesmo!

Com aplicação, ele repetiu três vezes a palavra, a fim de gravá-la. Anh Dào era o nome da avó de Pascale, aquela mulher que não hesitara em confiar seu bebê ao capitão Montague. Bruscamente entristecida, Pascale afastou-se alguns passos sob o olhar intrigado de Lestrade. Quando finalmente ela obteria o direito de conhecer Julia? Enviara uma carta oficial às autoridades responsáveis, fazendo valer seu vínculo de parentesco, e uma espécie de conselho — em princípio favorável à aproximação familiar — devia deliberar sobre sua demanda. Maior de idade, mas deficiente mental, Julia não tinha condições de exprimir sua vontade a esse respeito, portanto, outros tomariam a decisão em seu lugar.

Laurent tinha ajudado Pascale em sua solicitação, mostrando-se reservado. Se, por um lado, compreendia o desejo de Pascale, por outro duvidava de que ela pudesse sair ilesa desse encontro. Como seria Julia? Em que medida podia se comunicar? E que tipo de ajuda Pascale esperava levar-lhe?

— Eu vou — resmungou entre os dentes —, preciso saber...

Uma necessidade a cada dia mais imperiosa.

— Disse alguma coisa? — lançou Lestrade por trás dela.

Decididamente, ele não devia estar entendendo nada de sua atitude, e ela se obrigou a sorrir-lhe.

— Ah, que bom vê-la um pouco alegre! Se não, vou acabar acreditando que Peyrolles deixa todas as mulheres tristes.

A tristeza sentida por sua mãe durante anos era, naquele momento, totalmente evidente para Pascale. Mesmo com Adrien, um menino adorável ao qual ela pôde transferir seu excesso de amor, e mais tarde com Pascale, seu próprio bebê, sua filhinha perfeitamente normal, como poderia esquecer Julia, cuja lembrança devia consumi-la, persegui-la, destruí-la?

Olhou ao redor e, de repente, viu o jardim de Peyrolles com os olhos de Camille. Prisão e paraíso. Percorrida por um arrepio, dirigiu-se apressadamente para o carro estacionado na alameda. Ir fazer compras em Albi, pensar em seu jantar com Laurent, espantar aquele pesadelo. Um dia, em breve, ela veria Julia, finalmente poderia colocar um rosto no passado de sua mãe, em sua dor.

* * *

Henry não estava com pressa, tinha mentido para se livrar das perguntas de Pascale. Na realidade, estava trabalhando cada vez menos, conservando apenas alguns pacientes de longa data, com os quais mantinha vínculos privilegiados, ou, a rigor, raros casos atípicos que ainda chegavam a despertar sua curiosidade de médico. Mas, quanto ao essencial, contava cada vez mais com Adrien. Segundo ele, a clínica continuaria a prosperar, isso era o principal, pois nada mais teria a deixar para seus filhos.

Para eximir-se de toda culpa, Henry gastara somas incríveis em doações. Algumas vezes, essa generosidade o apaziguou, outras, só serviu para lembrá-lo de seu erro. E hoje se perguntava se não tinha espoliado os próprios filhos.

Pudica e educada demais para interrogá-lo sobre suas finanças, Pascale tinha *comprado* Peyrolles sem protestar, sem taxá-lo de sovina nem de injusto. Avaro ele não era. Muito pelo contrário: tinha consentido a todas as súplicas de Camille, distribuindo seu dinheiro, trabalhando sempre mais. Mas era como engolir a si mesmo num poço sem fundo, enquanto os remorsos perduravam, intactos.

Com a morte de Camille, parou tudo. Continuar a pagar não o aliviaria em nada, tinha de preservar Adrien e Pascale.

Tal como fazia dez vezes por dia, seu olhar acariciou a foto do casamento de sua filha, que ocupava o canto de sua escrivaninha. Nos degraus da igreja, Pascale e Samuel estavam radiantes de felicidade. Atrás deles, Henry segurava a mão de Camille. Um contato cujo carinho extraordinário, tão evidente, apertava seu coração.

Deus, como ele havia amado aquela mulher! Poderia ter feito qualquer coisa por ela, realmente qualquer coisa... Menos o essencial, mas isso ele tinha descoberto quando já era tarde demais.

Seus olhos passaram de Camille a Pascale. Não queria que sua filha soubesse, que o julgasse e, necessariamente, o condenasse. Não suportaria. Era melhor mentir, ainda e sempre, calar-se. Mesmo Julia Nhàn não sabia — o que poderia saber a infeliz? —, e, admitindo que as duas meias-irmãs viessem a se conhecer, isso não seria tão grave. Aliás, talvez Julia tivesse até uma vida melhor num ambiente especializado.

Claro que não... Ele era médico, conhecia esse tipo de lugar e preferia nunca pensar nisso. Ao abandonar Julia na DDASS, Camille tinha perdido todos os seus direitos, impossível saber em quais estabelecimentos a criança, que se tornara adolescente e depois adulta, havia morado. Então, resignaram-se a fazer doações cegas às associações encarregadas dos órfãos, das crianças, dos deficientes, tudo o que evocasse a sorte de Julia, de perto ou de longe.

Incansavelmente, Camille salmodiava, quase incrédula: "Deixei meu bebê." Ela não entendia como tinha podido repetir daquela forma o próprio drama. Fazer a Julia o que Lê Anh Dào tinha feito a ela mesma. Nesses momentos, para exorcizar sua dor, Henry lhe lembrava que Abel Montague comportara-se como um pai digno e responsável ao assumi-la, o que não era o caso de Raoul Coste! Muito rapidamente, a raiva ultrapassava o sofrimento, e Camille cuspia todo o ódio que lhe inspirava a lembrança daquele homem abjeto. Henry a ouvia dissimulando uma amarga satisfação. Por muito tempo ele sentira ciúme de Coste porque este tinha sido o primeiro a despir Camille, a tocá-la, a aproveitar de seu corpo de moça. Um sujeito que, segundo ela, não era nem inteligente nem bom, nem mesmo sedutor, mas que lhe permitira escapar dos Montague. Pobre história, pobre vida, pobre moça! Henry a recuperara num estado tão deplorável quanto o de um gato esfolado vivo. E cuidara de suas feridas abrindo a pior...

Com a cabeça nas mãos, Henry pôs-se a chorar.

— Incrível, não?

Contente, Marianne deu meia-volta e voltou na direção de Samuel, praticamente sem a ajuda da muleta. Fazia duas semanas que dava duro na fisioterapia e progredira bastante.

— Se o cirurgião achar minha perna bem consolidada, vai dar permissão para voltar a trabalhar, não?

— Cabe a ele julgar — respondeu Samuel com prudência. — Mas, se quer minha opinião, você ainda precisa de um mês de convalescença.

Com uma careta de decepção, ela apoiou sua muleta contra a parede e sentou-se ao lado de Sam no sofá, tomando cuidado para não se aproximar demais dele. Durante aqueles dois meses de inação forçada, tivera todo o tempo para refletir. No início, ele a cercara bastante, ocupara-se dela com muita gentileza, apesar de terem terminado, mas ela sabia que ele se sentia responsável e se sentia obrigado a esforçar-se. Hábil, ela o tranquilizara sem nada exigir dele, fazendo com que cada visita sua em seu quarto hospitalar fosse um prazer em vez de um castigo.

Samuel era correto demais para deixá-la de lado nesse tipo de circunstância, ela não se iludia; no entanto, podia tirar partido da situação, e foi o que fez. Depois que ela voltou para casa, ele continuou a ir vê-la quando poderia ter-se abstido de fazê-lo. Duas ou três vezes por semana, passava de improviso, sempre trazendo flores ou uma lembrança. Dava-lhe as últimas notícias do Purpan, fazia com que risse com algumas anedotas, abraçava-a com carinho antes de ir embora e, ainda que nada houvesse de ambíguo em sua atitude, ela se comprazia em acreditar que, sem querer, ele estava voltando a se apegar a ela.

— Se quiser, levo você para jantar — propôs. — É tarde, estou morrendo de fome e não tenho nada para comer em casa.

Ele se justificava como se não quisesse que ela tomasse seu convite por uma proposta de amor, o que a fez sorrir.

— Boa ideia! Fiquei fechada o dia inteiro, sair realmente vai me fazer bem.

Ela nunca se queixava, bancava a moça corajosa e alegre, quando, na verdade, lhe acontecia de se debulhar em lágrimas assim que ele ia embora. Era difícil representar esse papel, mas ela se agarrava a ele com todas as suas forças. Recuperou sua muleta e lançou um rápido olhar para o grande espelho que devia aumentar sua quitinete por efeito óptico. Com cinco quilos a menos, tinha perdido suas curvas, mas ainda não tinha a silhueta com a qual sonhava, ou seja, aquela de Pascale.

— Você deveria ganhar um pouco de peso — disse enquanto a ajudava a vestir o sobretudo. — Está com as bochechas fundas, não é bonito.

Magoada, ela mordeu os lábios sem responder. Emagrecer tinha exigido dela esforços consideráveis, e tudo isso para receber uma crítica? Azar, ela devoraria tudo à frente dele, já que ele gostava das mulheres que não evitam o próprio prazer, correndo o risco de fazer um regime estrito o resto do tempo. Ela estava começando a batalha mais importante de sua existência e não se deixaria desencorajar.

— Aonde quer ir? — quis saber ele com um sorriso que desarmava.

— Ao Fazoul, comer um *cassoulet*!

O local era elegante, a cozinha, generosa, mas sobretudo a iluminação íntima, à luz de velas, deixava o ambiente muito romântico. Ora, Sam era romântico, ela tinha certeza disso. Afinal, não havia amado sua ex-mulher como um louco, a ponto de se imaginar inconsolável? Como a maioria dos homens, Samuel escondia uma grande sensibilidade sob sua aparência decidida e enérgica. Era menos seguro de si mesmo do que queria fazer crer, e ela logo acabaria encontrando uma brecha em sua couraça.

Uma vez à mesa, sob as imponentes vigas do restaurante da praça Mage, com um *foie gras* preparado à moda antiga em seu prato, Marianne decidiu que a noite era propícia a uma tentativa de reconquista.

Um fogo alto crepitava na lareira da biblioteca. Sentados nas duas antigas poltronas estilo Voltaire, Pascale e Laurent estavam frente a frente, conversando sobre vários assuntos.

— Você vai conseguir sua autorização, tenho certeza, mas se prepare bem para esse encontro, vai ser um momento muito duro para você.

Ele a considerava com uma solicitude quase terna, que a encorajava a se abrir, a formular enfim sua angústia diante da ideia de enfrentar Julia.

— Meu pai já me advertiu e preferia ter me dissuadido, então deve estar preocupado comigo.

— Tudo depende da sua expectativa, do que você está esperando mesmo sem querer.

— Ah, não, eu não...

— Claro que sim. É claro.

Pascale desistiu de se defender: Laurent tinha razão. Ela não podia evitar imaginar como era Julia, e sempre era obrigada a espantar essa visão. Passados quarenta anos, sua meia-irmã provavelmente se encontraria mais próxima do fim de sua existência, e Pascale só poderia se comunicar de maneira rudimentar.

— Estou tentando não me iludir — disse apenas.

— Mas está impaciente, não está?

— Muito! Mesmo sabendo que não mudarei mais o curso do destino, que não serei de nenhuma utilidade para essa mulher, tenho pressa em vê-la.

— Você vai ficar decepcionada, Pascale. E frustrada. Porque vai se sentir impotente, como acabou de dizer...

As achas se consumiam num feixe de centelhas, e Laurent se levantou para arrumar a chama. Enquanto atiçava o fogo e depois acrescentava lenha, Pascale verteu chá em suas xícaras. Conversar com Laurent era fácil, como se já se conhecessem havia muito tempo, quando, na verdade, não sabiam grande coisa um do outro.

— Impotente — admitiu ela —, mas também vagamente culpada.

— De quê?

— De ter sido amada, mimada, preservada. Por que eu e não ela?

— Pelo que entendi, sua mãe não estava em condições de cuidar dela naquele momento. Uma criança deficiente representa uma imensa responsabilidade. Ter confiado seu bebê à DDASS permitiu-lhe refazer sua vida, e graças a isso você está aqui... Não sou eu que vou me queixar!

Ele lhe sorria com tanto carinho que ela parou de respirar por um segundo. Até então não tinha cedido à atração que sentia por ele; talvez fosse tempo de pôr um fim ao jogo da sedução?

Sustentando seu olhar, permaneceu em silêncio e, como sempre, ele foi o primeiro a se sentir perturbado.

— Sua mãe parece ter tido uma infância difícil — retomou para disfarçar seu embaraço.

— Ela não tinha raízes. Não sei que tipo de existência teria tido no Vietnã se tivesse ficado lá, mas...

— A vergonha e a miséria, nada além disso. Quer se trate dos vietnamitas, quer dos japoneses que os invadiram, a bastarda de um oficial francês não tinha chance alguma entre eles na época. Nem ela nem sua mãe. O pai dela fez bem em tê-la trazido.

— A não ser pelo fato de ela ter caído na casa dos Montague!

— Montague? — repetiu ele, intrigado.

— O capitão Abel Montague, meu avô. Ele reconheceu oficialmente minha mãe.

— Esse nome não me é estranho.

Ficou um tempo pensando, depois acabou dando de ombros.

— Não me lembro. E olha que tenho boa memória... Em todo caso, esse capitão Montague tinha o senso do dever. A que corpo ele pertencia?

— Artilharia ligeira, acho. Minha mãe não gostava de falar da sua família, mas abria uma exceção quanto a ele. Ela o descrevia como um daqueles militares coloniais que, por ter passado tanto tempo longe de casa, acabava tendo amantes no local. Ela não o julgava, provavelmente porque ele foi o único no mundo a mostrar-lhe um pouco de afeto. De certo ponto de vista, era um homem estimável, tinha obtido todas as condecorações possíveis por suas campanhas. Infelizmente, também tinha trazido de lá sequelas de disenteria, malária e outras porcarias que o mataram cedo demais. Minha mãe se viu sozinha na toca dos lobos... Quando deixou os Montague, que passaram a tratá-la muito mal, só levou de lembrança uma minúscula caixa de papelão na qual se encontrava a legião de honra de seu pai.

Pascale interrompeu-se, espantada por saber tanto. As confidências de sua mãe tinham sido tão raras que deviam tê-la marcado sem ela saber.

— Você parece muito interessada nessa história — constatou Laurent com novo sorriso. — É normal, sempre se quer saber mais sobre as próprias origens. No entanto, deixa-se de interrogar os membros da família enquanto ainda há tempo.

— É verdade. Por exemplo, não sei nada da minha avó, Anh Dào. E só fui conhecer um dos meus tios Montague há alguns meses. Talvez não devesse tê-lo feito, talvez seja melhor não desenterrar os segredos de família. Não me interessava muito por isso antes de voltar a Peyrolles. As coisas me pareciam simples graças ao lado Fontanel, a dinastia dos médicos sem mistérios! Só que, paradoxalmente, foi a marca da minha mãe que acabei encontrando aqui.

— Porque é ela que você está procurando desde que deparou com a caderneta de família.

Ele voltou a sentar-se na frente dela, bem à beira de sua poltrona, e os joelhos de ambos roçaram.

— Acredita no inconsciente familiar? — perguntou ela lentamente.

— O que quer dizer?

— Essa espécie de herança moral dos nossos ancestrais, com suas emoções, sua vivência e também os lutos que não puderam concluir e que retomamos no lugar deles.

— Não! — exclamou ele rindo. — O transgeracional, a psicogenealogia, toda essa miscelânea? Nem um pouco... O vocabulário dos psicanalistas não consegue me convencer, tenho a impressão de que se trata de uma moda. Às vezes há cargas hereditárias, concordo, mas toda interpretação ou extrapolação me deixa cético.

Com um gesto delicado, pousou a mão sobre a de Pascale.

— Em contrapartida, estou apaixonado por você, quanto a isso não tenho a menor dúvida.

A atmosfera confortável da biblioteca e a hora tardia provavelmente o ajudaram a tomar coragem para confessá-lo, embora tenha dito rápido demais, tropeçando um pouco nas palavras por timidez. No momento, seu olhar azul intenso escrutava Pascale com inquietação.

— Você é um homem muito sedutor, Laurent — disse em voz baixa.

Com a mão livre, pegou-a delicadamente pela nuca e a aproximou de si. Fora o leve murmurar das brasas, o silêncio da casa os isolava do resto do mundo. Beijaram-se longamente, sem o menor constrangimento, curiosos para descobrir o gosto do outro, depois Pascale apoiou a testa no ombro de Laurent, recuperando o fôlego. Ele aproveitou para apertá-la mais contra si e, com a ponta dos dedos, abriu a fivela que segurava seus cabelos.

— Estava louco de vontade de tocá-los — cochichou.

Deixou escorregar a mão ao longo de uma mecha, roçou o seio através do pulôver, demorou-se. Eletrizada pelo contato, Pascale levantou-se bruscamente, escapando-lhe.

— Venha — decidiu ela.

Enrolada debaixo do edredom, Pascale deu uma olhada no despertador, que indicava cinco e meia e ainda não tinha tocado, depois voltou sua atenção para Laurent. Ele estava vestindo seu pulôver de gola alta, do qual emergiu com os cabelos todos desgrenhados.

— Posso ligar para você mais tarde hoje? — perguntou. — Sinto muito por ser obrigado a ir embora agora, mas...

— Não se desculpe, é normal, também vou trabalhar às oito horas.

— Não estou me desculpando, sinto muito de verdade, de maneira muito egoísta.

Foi ajoelhar-se ao lado da cama, pegou o rosto de Pascale entre as mãos.

— Eu queria não só fazer amor com você, também queria que dormíssemos juntos.

Seu sorriso estava marcado pela mesma delicadeza da véspera.

— Tire um soninho de uma hora, vai ser melhor do que nada...

Ele a beijou no canto da boca, levantou-se e deixou o quarto. Pensativa, Pascale ouviu o som de seu passo diminuir na escadaria, o barulho da porta de entrada, depois o da partida do motor. Aurore não tinha voltado — provavelmente preferira passar a noite na casa de Georges para evitar um bate-e-volta — e, portanto, não ia sentar-se ao pé da cama para bombardear Pascale com perguntas. Que pena, seu humor teria sido bem-vindo.

Afastando o edredom, levantou-se e foi tomar uma ducha. Nada de dormir, estava sem sono, aliás, queria arrumar a cozinha antes de sair. Habituada aos plantões de vinte e quatro horas, podia encadear uma noite em claro e um dia de trabalho sem problemas.

Vestindo um pulôver vermelho-cereja, jeans aveludado e mocassins macios, desceu até a biblioteca, onde a bandeja do chá tinha ficado junto das poltronas. Na lareira, algumas brasas ainda ardiam sob as cinzas. Por um segundo, Pascale ficou imóvel, com a bandeja na mão, olhando a decoração daquele cômodo que ela adorava. Estava certa ao ter cedido ao desejo que Laurent lhe inspirava?

Já na cozinha, tirou a louça e preparou um café. Aquelas últimas horas a deixavam perplexa, ao mesmo tempo alegre e decepcionada. Laurent era um amante delicado, extremamente hábil, muito sentimental, e ela tinha provado um prazer louco ao fazer amor com ele. No entanto, achava-o muito interessado, muito envolvido, ele parecia ter partido para uma grande história séria, quando ela ainda estava no estágio de uma simples atração física.

Será que tinha vontade de ter um homem em sua vida? Daquele homem? Estaria pronta para iniciar uma relação de futuro, para construí-la com ele? Por enquanto, faltava a Pascale a centelha da paixão, como aquela que havia sentido desde o início com Samuel.

A primeira noite nos braços de Sam tinha sido uma revelação imediata, um deslumbramento, ela soubera de imediato que o amava de verdade, que não ia querer mais deixá-lo. Ora, naquela manhã não tinha sentido nada disso.

Um momento intenso, eletrizante, eis o que ela acabava de partilhar com Laurent, mas onde estavam as risadas descontroladas, a exaltação, a impressão de ser leve como uma pluma? Ela deveria estar cantarolando em sua banheira cheia de espuma, pensando em seu próximo encontro, em vez de lavar conscienciosamente a louça. Deveria estar triste por vê-lo sair tão cedo, infeliz por não tomar o café da manhã com ele, olhos nos olhos. E por que acabava de pensar em Sam, por que sempre comparava todos os outros homens com ele? Aliás, que fim ele tinha levado e havia quanto tempo não telefonava?

Com um suspiro exasperado, serviu-se de outra xícara grande de café. Laurent era um homem de bem, que sabia ouvir, e a tinha ajudado consideravelmente até então. Sedutor e charmoso, inteligente, brilhante, disponível, capaz de fazê-la subir ao sétimo céu, o que mais pedir? Enfim, para ela que tinha desejado tanto ter filhos, Laurent não seria o pai ideal? Deixou seus pensamentos à deriva, tentando imaginar Laurent instalado em Peyrolles ou ela própria no palacete particular de Toulouse.

— Não, quero ficar na minha casa — resmungou. — E ele, como alto funcionário, pode ser transferido para qualquer lugar!

Na realidade, ela não sabia de nada, mas essa perspectiva constituía uma primeira explicação para suas reticências.

— Não minta para si mesma, não adianta nada...

Talvez ela não estivesse em condições de se apaixonar, por sentir-se muito obcecada por Julia, muito perturbada pelo passado familiar? Fechando os olhos, reviu Laurent algumas horas antes, no momento em que saíra do banheiro, com uma toalha em volta dos quadris, muito bonito na luz filtrada do quarto. Infinitamente desejável com a pele lisa, o olhar claro, o sorriso hesitante. Nem um átomo de gordura supérflua — Sam era mais maciço —, bochechas de bebê — Sam tinha de barbear-se duas vezes por dia — e cabelos cortados bem curtos, ao contrário de Sam, que se esquecia sistematicamente de passar no barbeiro.

— Pois é, assim ele não faz você se lembrar de ninguém!

Bateu o pano com que tinha acabado de secar a mesa. Era melhor ir embora logo, chegaria um pouco antes ao hospital e aproveitaria para tomar um café com o residente de pneumologia. Estava gostando muito do seu novo setor, onde trabalho não faltava; uma vez lá, provavelmente não teria a ocasião de pensar em Laurent até ele ligar para ela. Ao ouvir sua voz, ela veria o que sentia e se seu coração batia mais depressa.

Laurent anunciou para a torre que estava pronto para decolar, e o controlador lhe indicou a pista a pegar. Levou o Robin para essa direção, impaciente para alcançar o céu azul-celeste. Àquela hora da manhã, ele era um dos primeiros pilotos do aeroclube a voar, e havia muito pouca atividade em volta dos hangares ou nas pistas de táxi aéreo.

Depois de efetuar uma última *checklist* na entrada da pista, testou o motor e retomou contato com a torre:

— Alfa Fox em ponto de espera O4, alinhamento e decolagem.

— Alfa Fox autorizado a decolar, último vento zero sessenta, dez a doze nós — ouviu em seu fone.

Começou a acelerar, sentindo as vibrações do avião que ganhava velocidade. Quatrocentos metros mais adiante, deixou delicadamente o solo.

Normalmente, deveria encontrar-se em seu escritório, no Purpan. Era a primeira vez que cabulava e nem se dera ao trabalho de procurar um pretexto plausível quando avisou sua secretária.

Ao sair de Peyrolles, no entanto, voltou tranquilamente para casa para se trocar, incapaz de ir trabalhar de pulôver. Debaixo do chuveiro, não parou de assobiar e, ao dar o nó na gravata, ouviu-se nitidamente cantar a plenos pulmões. Um quarto de hora mais tarde, capitulou, tirou sem remorso o terno e a camisa branca para vestir calças jeans, moletom e sua grossa jaqueta de aviador. A vontade de caracolar no comando do Robin tinha sido mais forte: tanto melhor! De todo modo, não teria conseguido trabalhar, estava com a cabeça nas nuvens, primeiro precisava acalmar-se.

A torre lhe comunicou as últimas instruções e lhe desejou um bom voo. Bom? Ah, não deixaria de ser! Após uma curva sobre a asa, um pouco fechada, subiu até a altitude de cruzeiro.

Tivera Pascale nos braços, fizera amor com ela, decididamente, não estava acreditando. Desde o dia já distante em que ela passara pela porta de seu escritório, recém-chegada de Paris e apresentada por Samuel, estava apaixonado por ela. Dez, cem vezes tentara encontrá-la nos corredores ou nos pátios do hospital, comportando-se como um colegial imaturo. Mais tarde, em cada encontro, lutara para não queimar as etapas e fez de tudo para não perder a menor ocasião de ser agradável com ela, de ajudá-la. Às queixas da professora Clément, ele se contentava em responder que Pascale Fontanel era uma excelente médica.

Sim, uma excelente médica, uma mulher de caráter, uma beleza exótica, de rara sedução e... e o que mais? Em resumo, o tipo de morena sublime que o subjugava e, ao mesmo tempo, o intimidava. A não ser pelo fato de que, quanto mais ele conhecia Pascale, mais descobria nela uma fragilidade de que não suspeitara no início, o que a tornava mais acessível, ainda mais atraente. Como Samuel pôde ter sido louco o suficiente para deixá-la partir? Tudo bem, ele estava arrependido, era até evidente, no entanto, tinha aceitado divorciar-se.

Laurent afastou Samuel de sua mente; todavia, consciente de que teria de voltar a pensar nele mais cedo ou mais tarde. Naquela manhã, estava nadando em felicidade e sentia-se bem demais para deixar-se distrair.

De todo modo, obrigou-se a olhar os quadrantes, a verificar seus instrumentos. Voar de avião era nitidamente menos exaltante do que de helicóptero, mas, pelo menos; estava sozinho a bordo e podia gritar de alegria ou executar um *looping* se tivesse vontade. Seria delicado fazer a mesma coisa quando estivesse sentado ao lado de Sam no Jet Ranger! Mas será que ia poder continuar sendo seu aluno, se Sam levasse as coisas mal? Quanto à amizade deles, o que subsistiria? Assim que confirmasse que era o amante de Pascale, a guerra se tornaria inevitável.

O amante de Pascale! Tinha acariciado sua pele, de uma delicadeza extrema, enchido as mãos com seus cabelos de seda, sentido contra si seus quadris estreitos e suas pernas intermináveis... Aquela mulher era sensual como um belo animal, nervosa e dócil, impaciente e hábil... Meu Deus! Não se lembrava de algum dia ter-se sentido tão satisfeito.

No entanto, exceto por um detalhe. E ele não era cego o suficiente para ignorá-lo: Pascale não estava apaixonada por ele. Quando muito, ele tinha conseguido provocar nela interesse, depois desejo. Ele a agradava — disso, pelo menos, já não tinha dúvida —, soubera corresponder a todos os seus desejos e até ir além, mas não lhe inspirava sentimento de amor. Ainda não.

Inclinou o avião para olhar abaixo dele. Sozinho no mundo naquele céu tão límpido, ofereceu-se alguns instantes de voo picado, antes de voltar a levantar o nariz do Robin. O que era preciso fazer para ser amado por uma mulher como ela? Estava pronto para tudo, não importava o quê! Depois de ter-se assegurado novamente de que nenhum outro aparelho se encontrava nos arredores, lançou-se numa acrobacia muito bem-sucedida, que lhe arrancou uma exclamação de alegria. Com os olhos fixos no horizonte, deixou escapar um longo suspiro de satisfação, depois relaxou um pouco e verificou maquinalmente seus quadrantes. Ao longo de sua vida, até aquele momento, soubera lutar para obter o que queria, e queria Pascale acima de tudo. Jurou a si mesmo que a conseguiria, fosse qual fosse o preço a pagar.

Finalmente mais calmo, executou uma meia-volta impecável e dirigiu-se ao aeroclube.

DEZ

Samuel deixou o banco com a desagradável sensação de nada ter resolvido. O dinheiro não podia consolar nem reparar, no entanto, não via outro meio de ajudar Marianne. Ela não ganhava nenhum salário mirabolante, e o acidente não devia ter ajudado suas finanças. Sempre que ele passava pela porta de sua minúscula quitinete, sentia-se sobrecarregado de culpa. Ela ficara presa ali durante semanas, com suas muletas que a impediam de sair, e uma de suas raras distrações tinha sido o leitor de DVD que ele lhe dera de presente. Claro, sua mãe passava para vê-la, talvez também seus amigos, mas, mesmo assim, era por causa dele que ela se entediava desde o Natal e não tinha como se divertir nem ir passar o período de convalescença num lugar agradável. Como tinha emagrecido, certamente teria de reabastecer seu guarda-roupa, e era provável que aspirasse a algumas fantasias que jamais conseguiria comprar. Como ele não era capaz de amá-la, podia ao menos aliviá-la de suas preocupações materiais. Mas como lhe apresentar as coisas? Como não machucá-la nem humilhá-la? Certamente um cheque não era o que ela esperava dele!

Ao passar no banco, naquela manhã, para falar com o gerente, ele quebrou a cabeça sem encontrar uma solução aceitável. No entanto, tinha transferido uma soma importante para sua conta-corrente, a fim de poder dá-la a ela. Talvez fosse mais elegante falar primeiro com os pais de Marianne? Não, ela poderia se sentir infantilizada ou manipulada, era com ela que ele devia ter uma conversa.

Samuel não tinha problema algum com dinheiro; no entanto, compreendia o dos outros. A importante herança deixada pela família Hoffmann o protegera desde cedo da necessidade, cedo demais, pois ele tinha acabado de atingir a maioridade, o que o levara a se mostrar prudente. Diversificando seus bens, investindo com critério, fez seu capital prosperar, e às vezes se dizia que teria gostado de ser um homem de negócios se não fosse médico. Felizmente, era mais apaixonado por sua profissão de anestesista do que pelas cotações da bolsa. Aliás, não se sentia no direito de dilapidar um dinheiro ganho por outras pessoas, até porque vivia muito bem com seu salário.

Ao chegar diante de seu carro, hesitou. Ir naquele momento para a casa de Marianne não o alegrava nem um pouco, contudo, desejava acertar essa história o mais rápido possível. Estava pensando nela havia vários dias e, na véspera, quando vira na casa dela uma pequena pilha de faturas a serem pagas, tomara sua decisão. Mesmo que ela o mandasse para o inferno, ele tinha de abordar o assunto.

Insinuou-se no trânsito denso do centro e tomou a direção da quitinete. O tempo consagrado a Marianne o impedira de ir ao aeroclube com a frequência de que gostaria, tivera até de confiar alguns de seus alunos a outro instrutor. Parado num sinal vermelho, inclinou-se para a frente para observar o céu através do para-brisa. O horizonte era de um azul-celeste, sem a menor nuvem. A meteorologia previa uma semana magnífica, aparentemente a primavera tinha chegado. Uma vontade irresistível de voar arrancou-lhe um suspiro. Daria tudo para estar no comando de um helicóptero, com as copas das árvores desfilando sob seus pés e talvez Pascale sentada a seu lado, agitando-se em seu assento para lhe apontar um ou outro detalhe da paisagem, rindo em seu microfone e não conseguindo dissimular sua vontade de pilotar sozinha...

Mas Pascale já não telefonava, não dava notícias, e ele não tinha mais a oportunidade de encontrá-la no Purpan. Seu novo cargo devia absorvê-la; perfeccionista do jeito que era, não sossegaria enquanto não se integrasse à equipe de Albi. Lá, pelo que Laurent havia explicado, Pascale não se via confrontada com uma Nadine Clément, o que certamente mudava sua vida.

Ao chegar ao prédio de Marianne, foi obrigado a dar três voltas no quarteirão antes de encontrar um lugar para estacionar. Morar numa cidade grande não era coisa fácil, mas, comparada a Paris, Toulouse sempre o encantava; não se arrependera nem uma única vez de sua escolha.

Ao sair do carro, percebeu uma silhueta que mancava na calçada, a cinquenta metros dali. Com a muleta numa mão, uma sacola de supermercado na outra, Marianne voltava das compras. Um acesso de compaixão e carinho apertou a garganta de Sam. O sol brincava nos cachos loiros da moça enquanto ela avançava com um passo inseguro, a cabeça inclinada para olhar onde estava pondo os pés. Só percebeu a presença de Samuel quando estava a poucos passos dele, e sua expressão entristecida se transformou repentinamente num sorriso radiante.

* * *

Adrien brincava com as peças do tabuleiro que Pascale lhe dera de presente de Natal. Avançou o cavalo na direção da torre, que caiu. Durante alguns instantes, contemplou os peões pretos e brancos, delicadamente cinzelados, depois deu de ombros. Excelente jogador de xadrez, já não encontrava adversário à sua altura e não perdia uma única partida havia anos. Levantou a torre, repôs o cavalo ao lado do bispo, depois acendeu um cigarro, do qual soltou uma profunda baforada. Seu pai não tinha conseguido dissuadi-lo de fumar, ele precisava do cigarro para acalmar suas angústias.

Como tinha saído tarde da clínica, deu com o nariz na porta de ferro da mercearia aonde costumava ir e que fechava às sete horas, e não tinha grande coisa em sua geladeira. Trabalho demais, tempo de menos, hábitos desoladores de solteiro: quando finalmente ia adotar uma vida regrada? Pascale tinha conseguido, apesar do divórcio, apesar de sua ideia despropositada de ir estabelecer-se em Peyrolles, aquele casarão isolado, cujos fantasmas não chegavam a impedi-la de dormir.

Deu um sorriso triste ao pensar nos fantasmas que assombravam os corredores de Peyrolles para fazer Pascale e sua amiga Aurore gritar. Não, claro, nada de espectros em lençóis brancos sacudindo suas correntes, mas uma multidão de lembranças penosas e confusas, que era melhor manter a distância.

Adrien se lembrava exatamente da época em que a família deixara Peyrolles. De sua parte, a mudança o encantava, estava radiante por integrar uma faculdade parisiense e partia sem arrependimentos. Durante vários dias, Camille fizera com que ele subisse todo tipo de coisas ao sótão, móveis e objetos que ela não queria vender nem levar para Saint-Germain, depois trancara a porta e mandara especificar no contrato de locação que o último andar da casa ficaria inacessível. Será que, naquele momento, ela imaginava que sua velha caderneta de família, cuidadosamente conservada na gaveta de uma penteadeira, seria descoberta por sua filha vinte anos mais tarde? Provavelmente não. Mas, nesse caso, por que a colocara ali? Por que não conseguia resignar-se a destruí-la? Porque era o último — e único — vestígio que atestava a existência de Julia?

Dele Henry não escondera quase nada, ele conhecia esse episódio da vida de Camille, seus primeiros e tristes passos na vida e sua filha deficiente. Só tinha mais afeto por aquela que chamava de "mamãe". De sua outra mãe, a verdadeira, aquela bela mulher chamada Alexandra, subsistiam apenas algumas fotos que seu pai lhe entregara solenemente no dia em que completara dez anos.

Camille tinha sido maravilhosa com ele. Doce, carinhosa, maternal, tinha-o cercado — saturado? — de amor. Ele era o menino mais bonito do mundo, o mais inteligente, tudo o que fazia merecia aplausos. Por sorte, quando começava a se sentir sufocado, Pascale nascera, e Camille enfim o deixara respirar sem por isso desinteressar-se dele. Em suma, tudo tinha se passado da melhor forma possível.

Infelizmente, como lembrança de sua infância, Adrien buscava o amor absoluto. Como testemunha do amor louco de seu pai por Camille e beneficiário do amor imenso de Camille por ele, não conseguia sentir-se feliz em sua vida de adulto. E mesmo todas as suas alegres viagens de estudante, depois de solteirão empedernido, nada haviam mudado. Aos quarenta anos, sabia que sua busca não teria fim.

Todo começo de história se desenrolava da mesma maneira: ele queria ser visto como o mais bonito, o mais inteligente e ainda ser aplaudido. Exigia demais e rápido demais de mulheres que poderiam amá-lo, e logo se separava delas ao constatar que não era o objeto de sua adoração. Em segredo, começara a fazer análise, que abandonou após as primeiras sessões.

Pouco à vontade, não deixava, porém, de dar o troco, fazendo o papel do brincalhão onde quer que se encontrasse. A seu pai e a sua irmã oferecia uma aparência serena, a de conquistador feliz com seus golpes de sorte, quando na verdade se sentia desesperadamente frustrado.

Diante de sua geladeira vazia, suspirou. Paciência, ia fazer um macarrão, tinha sempre vários pacotes de reserva com latas de molho à bolonhesa. Também podia ligar para seu pai e convidá-lo para jantar numa *brasserie*, mas não estava muito a fim de sair. Nem de ver seu pai naquela noite, pois estava com a cabeça cheia de perguntas. O tipo de perguntas que era melhor não fazer sem refletir primeiro.

Por causa de Pascale, daquele passado familiar que ela remexia sem parar, coisas que ele achava que estavam esquecidas voltavam à sua cabeça. Por exemplo, como e por que Camille já estava lá, logo após a morte de sua mãe no incêndio? Instalada em Peyrolles antes de se casar, correndo o risco de chocar toda a vizinhança... Por que ela ainda não tinha se divorciado do Coste? Provavelmente seu pai, viúvo recente, já a conhecia, mas quando e onde isso se dera? Ela tinha acabado de abandonar seu bebê, e Henry Fontanel lhe oferecia outro, já feito, já pronto, e eis que ela tomou sem esperar o lugar da morta. Houve quem tivesse feito reflexões insidiosas, que Adrien acabou gravando na memória, apesar de sua pouca idade.

E depois, o que era ainda mais perturbador, por que Henry espalhara o boato de que a pequena Julia tinha morrido? Para poupar Camille das perguntas? Por fim, a total ruptura com a família Montague parecia um pouco estranha, e o mesmo se pode dizer da maneira como Camille renunciara à sua parte da herança, só para não encontrar aqueles entre os quais tinha crescido.

Pascale apontava o dedo para todas essas mentiras, esses não ditos, não hesitando em acusar seu pai, e hoje Adrien não lhe tirava a razão. Se realmente existia um abscesso, era preciso extirpá-lo. Depois disso, talvez todo o mundo se sentisse melhor. E ele seria o primeiro!

Provou o macarrão, queimou-se e soltou um palavrão. De todo modo, não tinha mais fome.

— Nem sei mais como a gente fazia antes de você! — lançou o doutor Lebel, com sua voz forte.

Baixinho, gorducho, calvo e jovial, cuidara sozinho de grande parte das consultas de pneumologia até a chegada de Pascale.

— Você é um presente da Providência, minha pequena Pascale! E como ainda por cima você é competente, vou poder voltar para o meu golfe...

Seu sorriso desmentia suas palavras, era um escravo do trabalho e nunca tinha pisado num *green* na vida. Pascale dirigiu-lhe um olhar de cumplicidade e estendeu-lhe um prontuário.

— Estou tendo dificuldades com um paciente, gostaria da opinião do senhor a respeito.

Sem parar de caminhar, ele se concentrou nos resultados dos exames e no relatório clínico que ela lhe submetia. Ao final de um momento, murmurou alguma coisa incompreensível balançando a cabeça.

— Vou lhe dar minha opinião com uma condição: que você não me chame de senhor. O que acha?

Rindo, ela aceitou de imediato enquanto ele lhe devolvia o prontuário.

— Estou de acordo com o seu diagnóstico. Você deveria interná-lo. Vai um café?

Enquanto conversavam, chegaram diante da máquina distribuidora, e Lebel vasculhou os bolsos.

— Não está sentindo falta do Purpan?

— Ah, não! — exclamou com uma risada despreocupada. — Menos ainda da professora Clément, que me olhava com tanta benevolência como se eu fosse um escorpião perdido no seu setor. Dito isso, não se pode negar que ela é muito competente.

— Fui residente sob suas ordens quando ela ainda não era a chefona. Mas já tinha intenção de se tornar califa no lugar do califa, e a gente sabia que ela chegaria lá. Sua ambição está à altura de seu talento. Quando a nomearam, fizeram a escolha certa. A não ser por seus colaboradores, é claro... Você pediu transferência por causa do temperamento de cão dela?

— Não, não exatamente. Era mais uma questão de conveniência pessoal, moro perto de Albi...

— O temperamento de cão de quem? — perguntou o homem que acabava de parar perto deles.

— Quer café, Jacques? — propôs Lebel. — Estávamos falando da Nadine Clément.

Jacques Médéric, o chefe do setor, esboçou um breve cumprimento a Pascale.

— Tenho certeza de que está muito melhor entre nós, doutora Fontanel... E vejo nosso amigo Lebel tão aliviado! Estávamos sentindo uma falta enorme de um médico experiente, é verdade...

Indolente, como era seu hábito, Jacques Médéric exprimia-se com lentidão, deixando todo o final das frases em suspenso. Era um homem circunspecto, muito humano, que nunca buscou fazer carreira e consagrava todo o seu tempo a seus pacientes.

Chegava cedo, saía tarde, tinha a bondade de ouvir todo o mundo ao longo do dia, quer se tratasse de colaboradores, quer de seus pacientes. Sua única angústia parecia ser sua aposentadoria, que ele adiava a cada ano.

— Ah! Nadine... — suspirou ao pegar o copo de café que Lebel lhe estendia. — Imaginem vocês que estudamos juntos. Isso não é de ontem... Não era nem bonita, nem sorridente, o tipo de moça que passa totalmente despercebida, a não ser nos dias em que publicavam os resultados das provas! Uma verdadeira fera nos estudos, com uma capacidade de trabalho que conservou desde então... Leio de bom grado o que ela publica, é sempre notável. Realmente, pode-se dizer que ela fez uma bela carreira, a jovem Montague...

Após um instante de estupefação, Pascale repetiu lentamente, convencida de ter compreendido mal:

— Montague?

— Sim, Nadine Montague, que virou senhora Clément. Aliás, estive no seu casamento. Meu Deus, quanto tempo faz tudo isso! Bom, vou deixar vocês, temos todos que trabalhar... E obrigado pelo café.

Afastou-se com seu passo comedido, que sempre lhe dava um ar de estar mergulhado numa profunda reflexão. Pascale o seguiu com os olhos, em estado de choque.

— Algum problema? — quis saber Lebel com solicitude.

— Não é nada — balbuciou Pascale. — Uma coincidência... Montague é o nome de solteira da minha mãe.

Lebel desatou a rir e pôs-se gentilmente a dar palmadinhas no ombro de Pascale.

— Não se preocupe, você não pode pertencer à mesma família de Nadine Clément, é simplesmente impossível!

A ideia parecia diverti-lo muito, mas Pascale nem conseguiu sorrir.

Sentados lado a lado nos altos tamboretes do bar, Laurent e Samuel já não sabiam o que dizer um ao outro. Entre eles, a amizade cúmplice dera lugar a uma animosidade mal dissimulada, pela qual Samuel sabia que era responsável. Sempre que se encontrava com Laurent no aeroclube mostrava-se agressivo contra sua própria vontade e não conseguia evitar fazer-lhe perguntas indiscretas. Laurent as respondia com reticência, mostrando um ar de homem satisfeito que exasperava Sam.

O barman colocou os cafés diante deles sobre o balcão de cobre, depois bateu em retirada, em vez de entregar-se a suas brincadeiras habituais. Sam deduziu que ambos deviam estar com uma cara péssima, no entanto, em geral eram os brincalhões do clube.

— O mais sensato seria não tocar mais nesse assunto — sugeriu Laurent.

— Por quê?

— Porque você não aguenta, Sam. Você fica me perguntando em que pé estou com ela, como ela está, e depois isso acaba se degenerando... Sou apenas seu sucessor, cara, não seu rival. Ou então era melhor ter me prevenido!

O olhar azul de aço de Laurent não pestanejava, plantado no de Samuel, que resmungou:

— Há milhares de outras mulheres, e você pode ter todas, se quiser. Não era obrigado a escolher justo essa.

— Você preferiria que ela ficasse sozinha?

Sam deu de ombros, como se acabasse de ouvir uma bobagem; no entanto, a reflexão de Laurent era correta. O desabrochar de Pascale passaria necessariamente por um caminho diferente da solidão. Ela ia fazer trinta e três anos, e seu desejo de ter filhos devia ter-se aguçado. Daí a imaginar Pascale na cama com Laurent, casando-se com ele, instalando-se na casa dele... Mas, não, ela não deixaria Peyrolles depois de tanto sacrifício para consegui-la! A não ser que estivesse realmente apaixonada...

— Em todo caso, fique tranquilo, Pascale não é uma simples aventura para mim, estou muito interessado nela.

— E ela? — perguntou Sam com um tom abrupto.

Laurent tomou o tempo de desembalar um cubo de açúcar, de mexer seu café.

— Não sei — confessou por fim. — Não estou na cabeça dela, mas acho que ela tem vontade de construir, de fundar uma família.

— Com você?

— Eu não seria o pior dos candidatos — declarou Laurent com um fraco sorriso.

Provavelmente estava se sentindo embaraçado com essa discussão; no entanto, Sam achou que tinha descoberto uma falha. Se Laurent tinha a atitude de um amante feliz, em contrapartida não tinha manifestamente nenhuma certeza quanto ao futuro. Naquele momento, Pascale devia ser mais prudente do que havia sido dez anos antes. Desde o início, entre ela e Sam, a perspectiva do casamento impusera-se espontaneamente, ambos acreditando que sempre se amariam e jurando ficar juntos para sempre.

— Sam? Vire a página, deixe-a viver e esqueça-a.

— Só isso! E se eu o aconselhasse a fazer o mesmo?

— Com que direito?

De fato, ele já não tinha nenhum, o que tornava inepta sua vontade de bater em Laurent. Respirou fundo, tentando desesperadamente ficar calmo.

— Vocês se divorciaram, Samuel, sua história acabou. Você é meu amigo e também pretende ser o dela... Não tem vontade de vê-la feliz?

— Não debaixo do meu nariz, não com você! É egoísta e infantil, eu sei, mas é assim.

O tom violento de Samuel fez Laurent se endireitar. Encararam-se por um momento em silêncio. Pela primeira vez desde que o conhecia, Sam viu que Laurent podia transformar-se em inimigo e daria um adversário temível.

— Bom, vou buscar outro instrutor para a sua aula de helicóptero, não estou em condições de lhe dar o curso esta tarde — declarou jogando algumas moedas no balcão.

— Sam...

— Não quero que a gente termine enroscado num fio de alta tensão, e é o que vai acontecer conosco se brigarmos durante o voo!

Sua primeira aluna, quinze minutos mais tarde, felizmente era uma moça gentil que não lhe oferecia nenhum problema de relacionamento. Atravessou o bar sem se voltar e decidiu ir dar uma volta nos hangares. Ver os aviões e os helicópteros sempre o deixava de bom humor. Laurent não estava errado, ele tinha mesmo de tomar distância em relação a Pascale. Deixá-la viver do jeito dela, ficar feliz por ela, comportar-se como seu amigo.

"Nunca vou conseguir isso, sou o último dos babacas e, ainda por cima, faço um papel ridículo, é o fim!"

Indispor-se com Laurent não era grave, mas continuar a se arruinar daquele jeito acabaria deixando-o amargo, intratável.

Parado diante do Hugues 300, com o qual pretendia voar, enfiou as mãos nos bolsos da jaqueta. Caramba, o que estava acontecendo com ele, afinal? Durante vários minutos ficou plantado ali, ocupado em compadecer-se da sorte do pobre Samuel

Hoffmann, que tinha tudo na vida, realmente tudo, menos a mulher que amava.

Depois de dar o curso à sua aluna, percebeu que tinha uma hora livre e voltou ao bar para tomar outro café. Esperava vagamente encontrar Laurent, pedir-lhe desculpa, mas este tinha deixado o clube sem se dar ao trabalho de procurar outro instrutor. Decepcionado, pediu um expresso e subiu num tamborete enquanto o barman lhe lançou, com ar zombeteiro:

— Não se sente aqui, tem uma moça esperando por você numa mesa ali...

Ao se voltar, Sam descobriu, com surpresa, Marianne, instalada perto de um vão envidraçado. Estava de costas, absorvida pelo espetáculo das pistas, com um boné esquisito colocado de través sobre seus cachos loiros. Um pouco ansioso, pegou sua xícara e foi a seu encontro.

— Oi, Marianne! Veio nos fazer uma visitinha?

Instalou-se na frente dela, forçando-se a sorrir.

— Era você que eu queria ver — começou com um tom sério. — Para minha primeira saída de carro, seu clube dá uma bela viagem.

— De carro?

— Comprei um carrinho japonês automático.

— Ah...

— Com seu dinheiro. Para a minha perna, um carro automático é mais fácil.

— Fez bem. E não se trata do meu dinheiro, Marianne.

— Trata sim. Sem você, nunca poderia ter me permitido esse luxo. Também aluguei uma vaga de estacionamento no meu prédio. Depois, paguei minhas contas atrasadas, comprei umas roupas, e mesmo assim minha conta continua positiva! Fiz questão de vir lhe agradecer, Samuel.

Manifestamente, ela se forçava a pronunciar cada frase como uma lição bem aprendida.

— Você não me deve nada, principalmente nada de agradecimentos — assegurou com firmeza. — Ajudá-la era o mínimo que eu podia fazer, expliquei isso a você.

Tinha penado para fazê-la aceitar seu cheque, que ela acabara recebendo a contragosto, com os lábios contraídos, lágrimas nos olhos, e não tinham voltado a se ver desde então.

— Legal seu boné — disse, para falar de outra coisa.

Fugindo de seu olhar, Marianne fez de conta que estava observando a decolagem de um ULM.

— Eu ficaria com medo lá dentro — murmurou.

Nunca ele a levara junto, nem mesmo para um batismo no ar, e se arrependeu de ter-se mostrado tão indiferente. Querendo conservar o aeroclube como seu território, ele a excluíra dali sem perceber que ela sofria com esse afastamento.

— Podemos ir vê-los mais de perto?

— Claro! Se isso a diverte, vou perguntar qual aeronave está livre para levá-la para dar uma voltinha no final de tarde, acho que você vai gostar.

— Não, Sam, é gentil da sua parte, mas não faço questão. Por mais que eu confie em você, essas coisas vão rápido demais para mim! Você sabe, não sou muito ousada, não subo nem em brinquedo de parque de diversão...

Será que a conhecia tão pouco? Ao longo do relacionamento deles, não se interessara muito por ela, sempre ocupado em procurar o meio de romper sem feri-la demais, pois não conseguia amá-la de verdade.

Precedeu-a rumo a uma porta que dava diretamente para as pistas. Uma vez do lado de fora, pegou-a pelo braço e começou a explicar-lhe a organização das pistas de táxi aéreo, a maneira como os pilotos se posicionavam nos pontos de espera, a importância do vento, da temperatura e da pressão atmosférica para a decolagem.

— Por exemplo, veja, um avião está se aproximando, ele vai pousar...

Usando as mãos como viseira, contemplaram a descida, depois a aterrissagem impecável de um Cesna.

— Você fala bem, é realmente apaixonado por isso — observou com ar maravilhado.

Ela parecia estar descobrindo alguma coisa e devia lamentar por ele nunca ter-se dirigido a ela com tanto fervor. Pouco à vontade, Sam estimou que era chegada a hora de ser totalmente franco:

— Marianne, ouça... Fui lamentável com você. Tenho consciência disso e sinto vergonha.

— Não, Sam, você tentou mil vezes me dizer que não me amava, só que eu não queria ouvir. Eu me prendia, você cedia, e íamos empurrando com a barriga. Por que não terminou antes?

— Por covardia e por egoísmo, o que não é muito glorioso. Você é bonita, Marianne, me aproveitei disso e me arrependo enormemente. Você merece outra coisa.

Ela não respondeu nada, mas se pôs em marcha, rumo ao estacionamento desta vez. Ele a deixou tomar um pouco a dianteira, constatando que já não mancava, depois a alcançou.

— Vai embora?

— Vou, só vim para prometer a você que vou deixá-lo em paz agora.

Com um gesto orgulhoso, ela apontou para um pequeno Nissan verde, com os cromados reluzentes.

— Aí está a maravilha!

Com as chaves do carro na mão, ela ficou de frente para Samuel, que a envolveu com um longo olhar triste.

— Esse dinheiro que você me deu... É a pior coisa que poderia ter feito comigo, Sam.

— Por quê? Eu só queria livrá-la das suas preocupações materiais. Você foi parar no hospital por minha causa, Marianne!

— Foi um acidente, nós dois sabemos disso. De resto, você limitou os estragos, poderíamos ter morrido debaixo daquele caminhão.

— Você era minha passageira, era eu que estava ao volante.

— Felizmente para nós dois!

Ela tentava brincar; no entanto, seu coração não conseguia.

— Marianne, o dinheiro não é uma injúria. Minha intenção nada tinha de desdenhosa.

— Pois é, só que considerei seu cheque o pagamento de toda dívida. Ao me oferecê-lo, você me fez entender que estava tudo terminado. Eu poderia muito bem tê-lo rasgado, mas o que isso ia mudar? Você comprou sua tranquilidade, era mais explícito do que um longo discurso de rompimento.

— Você está errada — protestou com uma voz surda.

Entretanto, não tinha certeza. Quisera ajudá-la, mas também livrar-se de toda culpa.

— Você diz que o dinheiro nada tem de injurioso, no entanto, quando Pascale precisou dele, você o emprestou a ela, evitaria dá-lo de presente porque ela o teria jogado na sua cara. Ela, você estima, você respeita. Porque você a ama... E, na minha opinião, vai amá-la pela vida toda, não há nenhum lugar no seu coração para outra pessoa. Você deveria pedi-la novamente em casamento, Sam, não estou brincando.

E não parecia mesmo estar brincando. Ao contrário, parecia perturbada, esgotada. À custa de um esforço visível, virou-se e entrou em seu carro. Antes de dar a partida, baixou o vidro.

— Estou abandonando o jogo, Samuel, isso deveria aliviá-lo. Boa sorte para você!

Enquanto o Nissan se afastava, ele se sentiu absolutamente miserável. Abaixo de tudo, mas, sim, aliviado. Todas as últimas tentativas de sedução de Marianne o tinham embaraçado e contrariado, pelo menos já não precisaria bancar o desentendido. O único sentimento que sentia por ela era uma mistura de compaixão e afeto capaz de revoltá-la, e que ele não conseguira dissimular muito bem, já não sabendo que comportamento adotar. No momento, Marianne tinha saído de sua vida, finalmente o havia libertado.

Voltou ao aeroclube a passos lentos, pensando nas últimas frases trocadas.

— Estava em sua documentação — disse Laurent com um tom desolado.

A raiva sacudia Pascale, dava-lhe vontade de gritar; no entanto, permaneceu muda, com os olhos fixos na ficha que ele acabava de entregar-lhe, prova indiscutível de que Nadine Clément era mesmo filha de Abel Montague, militar de carreira.

— Minha mãe e Nadine tinham o mesmo pai — articulou por fim com uma voz sibilante. — Eram meias-irmãs, portanto, Nadine é minha tia. É... uma loucura! Temos o mesmo sangue, ela e eu? A mesma origem?

Quando encontrara Benjamin Montague, ele evitara falar-lhe a respeito, ela se lembrou disso com amargura.

— Que família abjeta! Minha mãe tinha razão, são uns monstros...

Pôs-se a andar de um lado para outro, agitando a ficha que continuava a segurar. Ao final de um momento, Laurent murmurou:

— Você fica linda quando está com raiva, parece até uma pantera negra.

Interrompendo suas idas e vindas, Pascale o olhou sem vê-lo.

— Você se dá conta? Ela trabalhou comigo, falou comigo todos os dias durante meses, sabendo muito bem quem eu era!

— Tem certeza disso?

— Mas claro! Mesmo que Fontanel seja um nome conhecido, de todo modo tenho uma grande semelhança física com minha mãe. E isso devia deixá-la louca de raiva, o que explica sua antipatia comigo. Que víbora! Meu Deus, Laurent, nunca vou agradecer o suficiente a você essa transferência para Albi! Trabalhar com Jacques Médéric é uma bênção.

No entanto, tinha sido seu chefe a semear a dúvida ao chamar Nadine de "a jovem Montague". O estado civil desta última, como empregada do hospital Purpan, estava necessariamente nas fichas, e Laurent não teve dificuldade alguma para consegui-las.

— Juro a você — retomou Pascale —, tenho a impressão de que nunca vou terminar de descobrir coisas, cada uma mais horrível que a outra. Ao me instalar em Peyrolles, não sabia em que pesadelo ia entrar, senão...

— Teria ficado em Paris?

Antes de responder, Pascale tomou o tempo de refletir sobre a pergunta:

— Não, teria vindo apesar de tudo. Nasci aqui, tenho o direito de viver aqui. Mas não são as minhas raízes que tenho encontrado; na verdade, tenho desenterrado um labirinto diabólico! Eu, que me acreditava em terreno familiar, estou bem servida. A gente imagina que conhece os parentes, se vê contando um dia para os filhos a história da família, e tudo o que a gente sabe não passa de uma trama de segredos, de não ditos, de mentiras!

Um pouco mais calma, voltou a sentar-se perto de Laurent, que continuava a sorrir-lhe gentilmente. Com a chegada da primavera, o jardim de inverno se tornara seu ambiente favorito, principalmente porque Aurore, alguns dias antes, descobrira numa liquidação umas almofadas grandes, vermelhas e amarelas, que deixavam bem mais confortáveis as poltronas de ratã. Do outro lado dos vidros que os cercavam, as tulipas e os narcisos começavam a desabrochar nos canteiros, semeando manchas de cores vivas.

— Devo aborrecê-lo com todas essas minhas obsessões — suspirou.

— Nem um pouco. É um verdadeiro folhetim, me interessa muito. E depois, a partir do momento que lhe diz respeito...

Pegou sua mão, acariciou-a com a ponta dos dedos, subiu para o pulso, o antebraço, até ela estremecer.

— Com essa varanda — disse ele em voz baixa — temos a impressão de estar no meio do jardim, e eu gostaria muito de fazer amor com você na natureza.

Ela se deixou beijar, mas, quando ele levantou seu pulôver, ela o deteve:

— Não, Laurent, agora não.

Sem manifestar contrariedade, afastou-se um pouco dela.

— Sinto muito... Não consigo pensar em outra coisa a não ser em Nadine, na minha mãe e na Julia.

— Vai vê-la no sábado?

— Vou, e, francamente, isso já está me deixando doente.

O parecer favorável da equipe médica e do conselho administrativo que cuidavam de Julia finalmente tinha chegado, pegando Pascale desprevenida. O desejo que tinha de conhecer sua meia-irmã era tão grande quanto o pânico causado pela iminência do encontro. Este último, fixado no estabelecimento onde Julia residia, de repente parecia-lhe acima de suas forças.

— Quer que eu a acompanhe?

Pascale balançou a cabeça em sinal de recusa. Não tinha a menor ideia do estado em que ficaria ao sair e não queria ter uma crise de choro nos ombros de Laurent. No entanto, ele era gentil, muito gentil, gentil *demais*. Presente demais também, interessado demais em tudo o que ela fazia. Às vezes acreditava estar apaixonada por ele — sobretudo quando estavam na cama, pois seu entendimento físico tinha algo excepcional —, e em outros momentos pensava o contrário, o que a deixava muito pouco à vontade. Claro, ela ficava feliz quando passavam a noite juntos, apreciava muito sua maneira atenta de ouvir, mas faltava alguma coisa naquele homem, e ela não sabia o quê.

— Ligo para você para contar, prometo.

—Enquanto isso — propôs —, vamos sair para jantar. Fiz uma reserva no Esprit du vin, parece que é um dos melhores lugares de Albi.

Ela aquiesceu sorrindo, quando na verdade a ideia não a animava muito. Suas preocupações a impediam de aproveitar bons momentos? Laurent gostava de grandes restaurantes e, desde que Pascale deixara o Purpan, ele não hesitava em se mostrar em todos os lugares com ela, feliz por fazê-la descobrir suas mesas favoritas.

— É logo na parte de baixo da catedral, numa antiga dependência do palácio de Berbie, com um salão abobadado... Está com fome?

— Não muito — confessou.

— Tudo bem, mas o apetite chega quando se come, e isso vai fazê-la esquecer suas preocupações.

Provavelmente estava querendo distraí-la, e ela não tinha razão alguma para estragar a noite, todavia, a insistência de Laurent a irritou.

— Vou me trocar — decidiu. — Volto logo. Beba alguma coisa, se quiser!

Estava com vontade de ficar sozinha cinco minutos para colocar ordem em suas ideias. O que estava acontecendo com ela? Era unicamente a perspectiva de seu encontro com Julia que a perturbava? Ou estava adivinhando que Laurent não ia tardar em lhe falar do futuro? Quando ele ficava em Peyrolles para passar a noite, na hora de dormir costumava pronunciar juras de amor definitivas. O tipo de declaração que ela não queria ouvir, pelo menos não ainda, ou talvez não dele, e que a faziam fugir para o outro canto da cama em vez de ficar em seus braços.

Nervosa, subiu até o banheiro, onde se fechou. Diante do espelho, perscrutou-se sem indulgência. Trinta e três anos em breve, já com rugas no canto dos olhos. Mecanicamente, ela se maquiou com uma nuvem de pó de arroz, um pouco de blush nas maçãs do rosto, um toque de rímel nos cílios.

— Você faz tudo para agradá-lo, minha querida...

Agradá-lo, sim, seduzi-lo, ver acender-se um desejo do qual ela partilhava, mas não se prender a ele para a vida toda!

— No entanto, este seria o momento, não espere os quarenta.

Porém, daí a imaginar-se casada com Laurent havia um abismo.

— Ele vai pedi-la em casamento, tenho certeza. Isso se não surpreendê-la com uma aliança, ele seria bem capaz disso.

E você vai lhe dizer o quê? Que precisa de tempo para refletir? Ah, que lisonjeiro...

Colocou uma gota de perfume atrás de cada orelha, taxando-se de incoerente. Por acaso estava querendo manter Laurent no papel de amante episódico, com quem poderia se divertir e nada mais?

— É o homem ideal, por que você se recusaria a se comprometer?

A ponto de sair, com a mão na maçaneta, parou, surpreendida por uma evidência que acabava de se abater sobre ela com a violência de um tapa. Que descoberta estranha... A razão de suas reticências e de suas dúvidas chamava-se Samuel. Pois casar-se com Laurent significaria perder Sam para sempre, seu carinho e sua cumplicidade, e para isso ela não estava pronta.

Voltou ao espelho, contemplou seu reflexo. Samuel, realmente? Não, impossível, era uma falsa impressão, provavelmente devida à confusão. Andava muito vulnerável naqueles dias, e assim ficaria enquanto não visse Julia. Sam era sua fortaleza, sempre fora, mas ela devia libertar-se dele, ou ia acabar estragando tudo.

Com um gesto resoluto, abriu a porta, de repente apressada para encontrar Laurent.

ONZE

Naquele sábado, o tempo estava radiante, apenas com uma pontinha de suão para esquentar a temperatura. Samuel estava na nacional 112, rumo a Castres, respeitando o silêncio tenaz de Pascale, que não descerrava os dentes. De vez em quando, contentava-se em dar uma olhada para ela, inquieto por vê-la tão tensa.

— Vamos chegar logo — anunciou ele.

Pegou uma folha colocada no painel para verificar o itinerário. Na véspera, logo depois do telefonema de Pascale, estabelecera um plano de acesso destinado a evitar que errassem dezenas de vezes a estrada, uma vez que o estabelecimento situava-se fora da cidade, num local retirado numa das margens do Agout.

— Vai dar tudo certo — repetiu com uma voz tranquilizadora.

Era pouco provável, mas de que adiantava angustiá-la mais? Ao telefone, ela lhe parecera tão ansiosa, tão perdida que ele tomara a decisão de acompanhá-la sem que ela lhe pedisse. Impossível deixá-la ir sozinha até lá, era manifesto que sairia dali com o coração em mil pedaços. Na hora não se perguntara por que Laurent não lhe servia de anjo da guarda e, ao refletir a respeito, concluíra que, de todo modo, ela estaria melhor com ele. Uma dedução que lhe convinha, obviamente, ainda que Laurent fosse adorável com ela — e devia ser mesmo —, e ainda que ela estivesse louca por ele — queira Deus que não! —, mas eles não se conheciam havia tempo suficiente para que ela confiasse cegamente nele.

O instituto médico onde Julia havia sido colocada não era conhecido como asilo, mas tampouco se tratava de um estabelecimento profissional nem médico-profissional, o que significava que Julia não estava em condições de ter uma atividade qualquer.

Na pequena estrada departamental que estavam seguindo, apareceu de repente uma placa discreta indicando a entrada do estabelecimento. Samuel entrou na alameda, enquanto a seu lado Pascale se enrijecia ainda mais. No fundo de um jardim bem cuidado, encontraram o estacionamento de visitantes, que continha apenas uma dúzia de vagas, todas livres.

— Vou esperar aqui — declarou Samuel. — Vá sossegada...

Pascale balançou a cabeça, esboçando um sorriso lastimável. Vestia uma camiseta preta e uma jaqueta jeans; seus longos cabelos estavam presos num rabo de cavalo. Sam achava que estava linda, mas se absteve de dizê-lo, não era nem o momento nem o local.

— Coragem, querida.

Pegou-a nos braços e a apertou com força; logo depois, inclinando-se por cima dela, abriu sua porta.

— Até mais — disse ela com uma voz sem timbre.

Desceu do carro, com os olhos fixos na fachada de um grande edifício ocre com janelas brancas, construído em U em volta de um pátio florido. Levantando a cabeça, contou cerca de quinze janelas, provavelmente os quartos dos pacientes.

Enquanto se dirigia à entrada, a porta de vidro deslizou, e uma mulher saiu, vindo a seu encontro. Pequena, rechonchuda e sorridente, avançava com a mão estendida.

— É a doutora Fontanel? Sou Violaine Carroix, a responsável pelo instituto. Nos falamos pelo telefone...

— Sim, claro. Prazer em conhecê-la.

— Se não se importa, primeiro vamos passar em minha sala.

Ela precedeu Pascale num hall ensolarado e moderno, depois ao longo de um corredor que parecia com aqueles dos hospitais, revestido de linóleo e largo o suficiente para permitir a circulação de macas ou cadeiras de rodas.

— Nosso estabelecimento foi construído depois da guerra, mas foi modernizado várias vezes e, no conjunto, nossas instalações são satisfatórias. Entre, por favor.

Tomaram assento nos lados opostos de uma grande escrivaninha de madeira clara, sobre a qual havia um buquê de flores.

— Doutora Fontanel, estou aqui com seu pedido, que suscitou certa emoção entre a equipe, a senhora pode imaginar.

Violaine Carroix sorriu-lhe calorosamente, no entanto, Pascale sentia-se imobilizada, enregelada, e nada respondeu.

— Seu pedido foi uma verdadeira surpresa para todos nós — retomou Violaine. — Uma boa surpresa! Julia está aqui há quase dez anos, e eu nunca poderia imaginar que um membro de sua família a procurasse um dia...

— Só fiquei sabendo de sua existência no inverno passado.

— Sim, foi o que entendi. Sua atitude é muito louvável... Como médica, deve saber a que ponto as pessoas com síndrome de Down são doces e afetuosas. As visitas, as atenções, os presentinhos sempre lhes dão muito prazer.

Pascale notou com alívio que Violaine não tinha utilizado os termos "trissômico" nem "mongol", de conotações demasiado negativas.

— Tentamos dar atenção a cada um de nossos pacientes, mas Julia é particularmente apreciada pela equipe, embora sua faculdade de comunicação seja muito... reduzida. Ela é como uma criança pequena, com dificuldades de coordenação que vão se agravando.

Violaine deixou passar um breve silêncio, que Pascale acabou interrompendo:

— Qual é seu QI?

— Trinta.

A média dos doentes portadores de trissomia 21 situa-se em torno de cinquenta, sendo que o normal encontra-se entre oitenta e cinco e cento e vinte. Pascale balançou a cabeça sem conseguir falar. Sua emoção devia ser visível, pois Violaine lhe deu tempo para se recuperar baixando os olhos para a ficha aberta à sua frente.

— Julia sempre esteve em estabelecimentos muito especializados, pois precisa de assistência para certo número de atividades cotidianas. Em princípio, sua expectativa de vida era de cerca de vinte anos, mas a natureza decidiu de outra forma. Por enquanto, seu estado de saúde é estável, e, logicamente, a senhora terá acesso a todo o seu prontuário médico. Tem alguma pergunta a me fazer?

Novo silêncio as separou. Pascale estava com vontade de fugir, precisou apertar com força os braços da poltrona para não se mexer.

— Não, agora não — disse num suspiro. — Acho que gostaria de ver Julia primeiro.

— Não deseja inicialmente conversar com a equipe de pedopsiquiatria que a está acompanhando?

— Não...

Adiar ainda mais a hora do encontro estava se tornando uma tortura, e Violaine Carroix pareceu compreender.

— Venha — disse ao se levantar.

Novamente, pegaram o corredor, desta vez na direção oposta à da saída. Pascale tinha a impressão de ter solas de chumbo. Em desespero, tentava preparar-se para o pior, lamentando amargamente ter-se acreditado forte o bastante. Nunca Samuel lhe faltara tanto como naquele minuto. Nem seu pai, nem seu irmão, só Sam, que felizmente a esperava do lado de fora.

Violaine parou à entrada de um salão de jogos, cuja porta estava bem aberta. Ampla e bem iluminada por largos vãos envidraçados, o cômodo comportava uma televisão, grossos tapetes de borracha sobre os quais havia brinquedos empilhados, poltronas de espuma em cores vivas, mesas e cadeiras de plástico. Só havia duas pessoas, sentadas perto da televisão, e que estavam de costas para elas. Como uma delas vestia um casaco branco, o olhar de Pascale pousou na outra.

— A essa hora — explicou Violaine —, todo o mundo está lanchando no refeitório, mas fizemos Julia comer antes. Pode ir...

Cravada no lugar, Pascale inspirou profundamente. Jurou a si mesma, uma última vez, que não procuraria nenhuma semelhança e, sobretudo, que não pensaria em sua mãe, e avançou. A auxiliar de enfermagem levantou-se, de sorriso nos lábios, quando ela se aproximou, e desligou a televisão.

— Esta é a moça que estávamos esperando, Julia!

Da mesma maneira como se jogaria na água, Pascale venceu a distância que ainda a separava de sua meia-irmã, contornou a poltrona e sentou-se à sua frente.

— Bom-dia, Julia — disse delicadamente.

Viu exatamente o que estava esperando ver, registrando o menor detalhe de modo clínico. A aparência achatada e pseudo-asiática do rosto, característica da anomalia cromossômica, era acentuada pelas origens vietnamitas de Julia. O nariz arrebitado, nenhuma ruga, lábios grossos e o abdômen volumoso, como previsto. Além disso, cabelos pretos, cortados bem curtos por razões práticas.

— Eu me chamo Pascale.

Os olhos escuros eram suaves como veludo. Pascale se prendeu a esse olhar ignorando o resto.

— Estou contente por vê-la, Julia.

Um som inarticulado respondeu-lhe inicialmente, mas, alguns instantes mais tarde, uma palavra se formou, compreensível:

— Pa... cal.

— Isso, Pascale. Você, você é a Julia.

— Chulia Nannn.

Tudo o que Pascale tinha conseguido reprimir até então sufocou-a brutalmente quando aquela que estava à sua frente, largada em sua poltrona devido à hipotonia muscular, esboçou um sorriso hesitante.

— Julia Nhàn, sim, você tem razão. Julia Sem Preocupações. Minha irmã. Vamos ser amigas, nós duas. Que tal?

Não percebeu de imediato que estava chorando, enquanto o sorriso de Julia se abria serenamente.

Sam acabou descendo do carro. Imaginava que Pascale não tardaria a voltar. Primeiro porque ela não tinha grande coisa para saber da equipe médica, uma vez que se informara profundamente havia semanas sobre a síndrome de Down, depois porque, ao final de alguns minutos de conversa, Julia Coste provavelmente se desinteressaria dela. Aquele encontro não podia se desenrolar como aqueles entre irmãs, nem mesmo como uma descoberta no sentido próprio do termo. Não havia lembranças a serem trocadas nem histórias a serem contadas, tampouco emoções a serem compartilhadas. A única questão, crucial, dizia respeito ao futuro. Será que Pascale ia se decidir a vir regularmente? Ia querer ganhar o afeto de Julia e retribuir-lhe o mesmo com prodigalidade? Conhecendo-a, Sam estava convencido disso. Uma das qualidades de Pascale era sua tenacidade, às vezes levada à obstinação; certamente ela se obstinaria em compensar a falta de amor de que Julia havia sido vítima.

Samuel se lembrava muito bem de Camille. Uma sogra encantadora, de pouca conversa e muito meiga, que gradativamente foi ficando neurastênica. Ao vê-la tão maternal, ninguém poderia supor que seria capaz de abandonar um de seus filhos, ainda mais sendo portador de deficiência. Henry protegia com unhas e dentes sua mulher, que ele sabia que era frágil de um ponto de vista emocional, e guardara perfeitamente o segredo de seu passado. Um segredo que devia ter pesado muito sobre a pobre Camille.

Os Fontanel ainda contavam muito para Sam. Apesar de seu divórcio, ele não se distanciara deles, talvez porque precisasse de uma família, já que não tinha nenhum parente, ou porque Henry e Adrien o ligavam a Pascale. Como havia constatado Marianne com amargor: ele ainda não tinha virado a página.

Após ter dado duas voltas no jardim, tornou a sentar-se no capô do carro e observou discretamente alguns dos pacientes que acabavam de regressar de um passeio. Cercados pelos educadores, aqueles que não tinham deficiência física tentavam passar entre si uma bola, os outros seguiam em cadeiras de rodas, com uma coberta sobre os joelhos. Um espetáculo enternecedor e patético. Em que estado Pascale ia sair dali?

Viu-a finalmente emergir do edifício, sozinha. Caminhava de cabeça baixa, com as mãos enfiadas nos bolsos de sua jaqueta. Seus cabelos estavam soltos e, naquele momento, caíam sobre os ombros. Foi diretamente até ele, sem olhar ninguém.

— Podemos ir — soltou com uma voz átona.

Sam estendeu a mão, e ela se abateu contra ele, desatando em soluços convulsivos.

— Estou aqui, Pascale, acalme-se...

Apertando-a contra si, levou-a para uma alameda deserta, obrigando-a a caminhar até que saíssem de vista.

— Você tem Kleenex na sua bolsa?

Ela tirou um pacotinho, pegou um lenço para assoar o nariz, depois outro para enxugar as faces.

— Me dê isso aqui, seu rímel borrou.

Enquanto ele tentava reparar os estragos, ela refez seu rabo de cavalo.

— Ela... A Julia queria tocar meus cabelos — explicou.

Com a cabeça levantada em sua direção, ela parecia tão assustadoramente triste que ele ficou perturbado.

— Como ela é?

— Como você a imagina.

— Conseguiram... conversar?

— Conseguimos. Algumas palavras. Ela não se comunica muito bem, mas entende direitinho. Acho que vou conseguir me tornar uma espécie de amiga para ela, contanto que minhas visitas não a perturbem. As pessoas que se ocupam dela parecem ser gentis, competentes. Não há nada de trágico aqui...

Gritos chegavam até eles, parecidos com a algazarra de um corredor de escola. Sam voltou a abraçar Pascale, apertando-a novamente contra si.

— Você vai fazer o que quiser, mas espere até ter clareza da situação. Por enquanto você está sob choque.

Sentiu que ela estava um pouco mais relaxada, que recuperava o fôlego. Com a cabeça em seu pescoço, ela murmurou:

— Puxa vida, foi difícil! Por pouco não voltei atrás. Parei na sala da diretora e quase não consegui ir adiante. Queria que você estivesse lá para me dar um empurrão nas costas.

— Você chegou lá sozinha.

Ela sufocou um sorrisinho sem alegria, ainda agarrada a ele. Por nada no mundo ele soltaria sua cintura, e pôs-se a acariciar seus cabelos com um gesto tranquilizador. Durante quantas noites tinha sonhado em poder tê-la nos braços daquele jeito? Respirava seu perfume, sentia até seus batimentos cardíacos. Muito mais perturbado do que gostaria de estar, escorregou a mão por sua nuca, tocou sua pele.

— Sam?

Ela jogou a cabeça para trás para poder olhá-lo sem tentar se soltar. Durante alguns instantes, considerou-o, com as sobrancelhas franzidas, depois seu rosto se iluminou, seus olhos alongaram-se na direção das têmporas.

— Sam, como é que você é capaz...?

Desta vez ela soltou uma bela risada, muito alegre, que o fez sentir-se ridículo.

— Me desculpe — disse soltando-a. — Foi muito inapropriado da minha parte, estou com vergonha, mas você sempre mexeu comigo!

Contra qualquer expectativa, ela se pôs na ponta dos pés e deu-lhe um leve beijo nos lábios.

— Você me deixa em casa?

Pegando-o pela mão, ela o levou até o estacionamento.

* * *

Aurore acabava de terminar seu serviço e estava se trocando no vestiário das enfermeiras. Um pouco inquieta, perguntava-se se Pascale ia colocar sua ameaça em prática. Com seu temperamento inflexível, era provável, tanto mais que seu encontro com Julia a tinha realmente abalado. Passaram o domingo inteiro sozinhas, declinando os respectivos convites de Georges e de Laurent. Pascale precisava desabafar, e Aurore deixou-a falar. Durante muito tempo, passearam pelo jardim de Peyrolles, arrancando distraidamente as ervas daninhas dos canteiros por onde passavam, aproveitando o sol da primavera e reexaminando a história de Julia.

O relógio do vestiário indicava dezenove horas. Em princípio, era o momento em que Nadine Clément deixava o hospital. Se pudesse imaginar o que a esperava, talvez tivesse sido menos desagradável com todo o mundo! Aurore vestiu seu sobretudo e saiu. Evidentemente, sua amizade com Pascale não a tornara simpática a Nadine, que não facilitava sua vida no setor, e, a contar daquele dia, provavelmente ficaria pior. Caso a atmosfera ficasse irrespirável, também Aurore poderia pedir transferência. Encontrar Pascale em Albi era uma ideia sedutora, que a aproximaria de Peyrolles... mas a afastaria de Georges. Ora, este questionava com frequência cada vez maior essa distância que os separava, evocando uma eventual vida em comum.

O que fazer? Aurore estava apaixonada por ele, no entanto, ainda não estava pensando em mudar de vida. Por que deveria deixar aquela propriedade fascinante que era Peyrolles, onde se sentia tão bem? Abandonar suas incontroláveis risadas de cumplicidade e suas conversas desenfreadas com Pascale, renunciar ao fogo da lareira no inverno ou ao *farniente* sobre a grama no verão, não ser mais despertada pelo canto dos pássaros? Não, ela queria continuar independente, livre para decidir toda manhã como seria seu dia, sua noite, e poder continuar a encontrar com o homem de seu coração em vez de cair na rotina. Só que — e aí é que estava o problema — quanto tempo Georges ia suportar suas evasivas?

Preocupada, dirigiu-se para os elevadores e viu tarde demais Nadine Clément esperando diante das portas metálicas, premendo nervosamente o botão.

— Por acaso está quebrado? — perguntou enraivecida a Aurore.

No mesmo instante, a cabine finalmente chegou, e Nadine adentrou-a.

— Você vem, queridinha?

Uma apelação detestável, infligida a todas as enfermeiras. Aurore a alcançou a contragosto, pouco decidida a ser testemunha do que ia seguir-se. No térreo, assim que as portas se abriram, procurou Pascale com o olhar e a viu andando nervosamente de um lado para outro.

— Esqueci uma coisa lá em cima — murmurou recuando.

Nadine levantou os olhos ao céu e saiu do elevador, sem lhe dirigir um olhar. Havia muita gente no hall, àquela hora as equipes noturnas assumiam o turno, enquanto os médicos do dia e os visitantes deixavam o hospital. Nadine também estava com pressa de voltar para casa para respirar um pouco. Com a idade chegando, ela já não aguentava tão bem a cadência infernal de trabalho que impunha a si mesma — e que exigia dos outros. Já devia ter-se aposentado, mas nem queria pensar nisso.

— Senhora Clément!

Plantada diante dela, Pascale Fontanel obstruía seu caminho.

— Preciso falar com a senhora...

Nadine mediu Pascale dos pés à cabeça, surpresa e contrariada. O que aquela peste estava fazendo no Purpan? Vinha encontrar sua amiga Aurore? Ah, não, claro, estava ali por causa do Villeneuve! O rumor tinha se espalhado por todo o hospital e também por toda a cidade: a pequena Fontanel era amante de Laurent Villeneuve.

— Sobre o quê? Estou com pressa!

— É importante, mas não é bom ficarmos aqui.

— E aonde quer ir, doutora Fontanel? — resmungou Nadine.

— Vamos sair, vamos encontrar um lugar tranquilo.

O tom era glacial, com uma ponta de agressividade que intrigou Nadine, sem inquietá-la muito. Em *seu* hospital ninguém nunca pisava em seu calo.

— Tudo bem, contanto que seja rápido! — concedeu dirigindo-se a grandes passos para a saída.

De maneira incongruente, uma antiga reflexão de seu pai atravessou de repente sua mente: "Não caminhe como um hussardo." Reprimiu um sorriso pensando que, de pequena, ela já era atirada. E isso lhe tinha rendido bons frutos!

— Aqui está bom — disse Pascale atrás dela. — É pela senhora que busco a discrição, não por mim.

Nadine parou e deu meia-volta. Ela já estava a ponto de perder as estribeiras, no entanto, alguma coisa na atitude de Pascale a impediu de se insurgir. Estavam um pouco distantes e se encontravam na frente de um dos prédios administrativos, afastado da passagem.

— Tenho uma história para lhe contar, Nadine, uma história cujo fim você não conhece. Estou chamando-a pelo nome, pois somos parentes próximas…

Nadine ficou muda, desconcertada. Quem tinha posto essa metida a par de tudo? Como ela fizera a associação? Ideias se agitavam em sua cabeça enquanto fitava Pascale em silêncio.

— Conheci seu irmão Benjamin há alguns meses, você deve saber... Há tantas coisas que você sabe, ao contrário de mim!

— Não faço questão de entrar nessas considerações — conseguiu Nadine dizer com firmeza.

— Considerações? Ora, Nadine, sou sua sobrinha, seu pai era meu avô, isso me dá o direito de evocar a família.

— Você não tem direito nenhum! E já ouvi o bastante...

Nadine esboçou um passo de lado, mas a mão de Pascale fechou-se em seu braço.

— Você vai me ouvir, não vamos fazer escândalo.

A determinação e a calma da moça começavam a alarmar Nadine. Levantando o queixo, hesitou e fez-lhe sinal para continuar.

— Foi um verdadeiro quebra-cabeça para mim — retomou Pascale —, que precisei reconstituir sozinha, pois na minha casa ninguém gostava de falar dos Montague. Vocês passaram grande parte da infância com a minha mãe, até ela ser mandada ao colégio interno. A julgar pelo que aconteceu em seguida, vocês deviam detestá-la. Benjamin se contentava em não vê-la, suponho que seu outro irmão também, mas você e a sua mãe certamente a odiaram por a terem tratado tão mal.

— Maus-tratos? Ora, vamos! Não diga besteira, Camille nunca...

— Apanhou? Ainda bem! Ela só foi abandonada, ignorada, posta de lado.

— Bom — cortou Nadine nervosamente —, isso foi há cinquenta anos, nem me lembro mais.

— Pois vou refrescar sua memória. Minha mãe foi emancipada porque os Montague queriam se ver livres dela. Entregue à própria sorte, sozinha em Paris e sem um tostão, conheceu um homem chamado Raoul Coste. Grávida dele, casou-se e deu à luz uma menina com síndrome de Down. Coste aproveitou para deixá-la. Ela não tinha recurso nenhum, nem mesmo uma profissão, já que sua mãe não permitiu que ela estudasse. Então ela voltou, certamente desesperada, mas só tinha vocês. Deve ter acreditado que vocês não iam ser monstruosos o suficiente para rejeitá-la mais uma vez, no entanto, foi o que vocês fizeram. Você, seus irmãos, sua mãe... Nenhum de vocês quatro lhe estendeu a mão. Ela não tinha nem sequer do que alimentar seu bebê, estava com a corda no pescoço.

Nadine deu de ombros, mal conseguindo evitar uma reflexão cínica sobre essa história de Cinderela, mas infelizmente Pascale não estava inventando nada. Decidida a repreendê-la e a fazer com que ela se calasse, replicou:

— De quem é a culpa? Camille fez um filho com o primeiro que apareceu, você mesma está dizendo, não éramos responsáveis por suas travessuras!

— Ah, eram sim! Foi por causa de vocês, do seu egoísmo e da sua maldade que ela se viu arrancada de suas raízes e sem recursos. Naquele momento, tinha vinte e um anos, e você não estava longe dos trinta, Nadine... Já era médica? Tinha pronunciado o juramento de Hipócrates, mas não teve o mínimo de compaixão por sua irmã arruinada, nem por sua filha, que precisava de cuidados.

Nadine queria muito tapar os ouvidos, daria qualquer coisa para deter aquela torrente de palavras. Não queria se lembrar daquela época nem daquela horrível Camille que tinha estragado tudo.

— O bebê com trissomia morreu cedo — protestou —, e, pelo que sei, não fomos nós que o matamos!

— Morta? Ah, não! A menina sobreviveu e ainda vive. Minha mãe foi obrigada a abandoná-la na DDASS, não tinha outra saída. Por causa de vocês, como sempre!

Abalada, Nadine recuou um passo e apoiou-se no muro atrás dela. A filha de Camille, viva? Tinha visto a menina uma única vez, no dia em que Camille fora bater à porta dos Montague. Um bebê estranho, cujo destino não despertava compaixão. Camille foi pedir ajuda, sim, mas todo o mundo considerava que ela estava tendo o que merecia. O marido fujão, uma criança deficiente nos braços, e ela esperava que os Montague pagassem o prejuízo? A mãe de Nadine mandou Camille e sua filha embora.

— Se quiser vê-la, Nadine, não é longe daqui; o estabelecimento fica na saída de Castres.

— Por que eu iria? — gritou com uma voz aguda demais.

O olhar triste de Pascale a transpassava. Exatamente os olhos de Camille, a mesma forma, a mesma cor.

— Não foi a mim que ela se dirigiu, não tenho por que me censurar — afirmou mais baixo.

— Só que você devia se sentir bastante culpada por não ter ousado me revelar quem era. Evitou fazer isso.

— Para não criar histórias. Não provocar essa exposição inútil que você está me impondo nesta noite.

— Se isso é roupa suja, podemos lavá-la juntas. Lembro-lhe que somos da mesma família, quer você goste, quer não!

Nadine ainda tentava resistir, mas começava a sentir um verdadeiro mal-estar. Todo aquele discurso sórdido a reconduzia para longe demais no passado, ela não queria se lembrar.

— Só tem um ponto sobre o qual certamente concordamos — continuou Pascale impiedosamente. — Meu avô, o famoso Abel Montague, o oficial imbuído de tão grande senso de dever, nunca deveria ter trazido minha mãe para a França! Mesmo a mais miserável das existências no Vietnã teria sido menos dura para ela do que aquilo que vocês a fizeram passar. Chamar-se Montague, ter vocês como família era mesmo o pior que podia ter acontecido a ela. No final das contas, vocês a destruíram, ela morreu neurastênica. Pronto, isso era o que eu fazia questão de lhe dizer, faça bom proveito se quiser... Boa-noite, Nadine.

Pascale deu meia-volta bruscamente e afastou-se com seu passo decidido. Que violência subjacente nessa mulher! E suas palavras vingativas, carregadas de ódio... Nadine deixou escapar um longo suspiro. Tinha prendido a respiração? Estava com um pouco de dificuldade de respirar. Lentamente, abriu seus dedos úmidos, que estavam presos à alça de sua bolsa. Ela não podia ficar ali, plantada sozinha diante daquele muro, alguém podia vê-la e fazer perguntas.

Como uma sonâmbula, caminhou até o local onde estava estacionado seu carro. Deixando-se cair no assento do motorista, não deu a partida de imediato, profundamente perturbada que estava pela cena a que acabava de ser submetida. Durante muitos anos, conseguira ocultar tudo o que dizia respeito a Camille, sobretudo o episódio de seu retorno a Toulouse, e aquela desgraçada da Pascale de repente a obrigava a se lembrar dele nos mínimos detalhes. Tinha acontecido num dia cinzento de novembro e não levara mais do que alguns minutos de conversa, na soleira da porta, entre a mãe de Nadine e Camille. Uma recusa categórica, pronunciada sem peso na consciência, ratificada pela própria Nadine, que, sim, era uma jovem médica na época. Por que deveria ter socorrido Camille, que ela detestava? Camille, que lhe havia roubado o afeto de seu pai, que havia feito de sua mãe uma mulher amarga; Camille, a usurpadora, a *cara de limão*...

Um breve soluço sacudiu Nadine. Apesar de seu temperamento duro, o contato permanente com os pacientes acabara por humanizá-la ao longo do tempo; ela já não era a mesma de trinta anos antes. Hoje, se Camille batesse de novo à porta, com um bebê deficiente nos braços, provavelmente teria um daqueles lendários acessos de raiva, mas não lhe bateria a porta na cara. Infelizmente, não podia voltar atrás para recriar a história. Acreditara, com toda boa-fé, que a criança tivesse morrido pouco depois. Em seguida, ficara sabendo do segundo casamento de Camille com Henry Fontanel, um médico de Albi, o que resolvia a situação e apagava eventuais remorsos. Remorsos cujo último traço havia desaparecido com a afronta infligida por Camille por ocasião da herança. A imbecil renunciava à sua parte na herança só para não ter de rever Nadine e seus irmãos!

A náusea intensificava-se, e Nadine vasculhou sua bolsa em busca de um comprimido de Primperan. Santo Deus, será que ia passar mal justo no pátio do hospital? E por que estava se torturando daquele jeito? Não devia mais pensar nisso. Nunca. Pascale havia cuspido seu veneno, não voltaria mais, não se falaria mais no assunto.

No momento em que finalmente decidiu esticar a mão até a chave no contato, suspendeu seu gesto. *Na saída de Castres...* Que tipo de estabelecimento especializado existia perto de Castres? Seria fácil saber, e talvez o melhor meio de se livrar de toda aquela maldita história fosse ir ver no local.

"Imagine, ficou louca! Ver o quê?"

Ninguém podia fazer nada, a menina tinha nascido trissômica, não havia outro responsável além do destino. A não ser pelo fato de que as crianças com síndrome de Down precisam de muito afeto, e não era se tornando pupila da nação... Como Camille conseguira tomar essa decisão? Estaria desprovida a esse ponto? Ela, sim, mas não os Montague, uma vez que Abel tinha deixado uma bela fortuna. Evidentemente, eles poderiam ter feito alguma coisa.

"É terrível..."

Nadine já não sabia exatamente onde se situava o pior entre a visita de Pascale, as lembranças indesejáveis e sua própria culpa, que de repente a sufocou. Partiu a toda velocidade, como se tivesse o diabo em seu encalço.

A semana tinha sido interminável, o cronograma do centro cirúrgico estava ficando uma coisa de louco, e Samuel já não estava aguentando. Se a penúria de anestesistas persistisse, aqueles que exercem a profissão iam acabar trabalhando vinte horas por dia. Por que essa especialidade já não tentava ninguém? Por causa da ameaça dos processos que começavam a ser intentados aqui ou acolá, seguindo o mau exemplo dos Estados Unidos? Seja como for, o futuro prometia ser difícil, e Samuel estava realmente cansado. Até porque os cirurgiões tinham particular apreço por ele e o disputavam. Poderia sentir-se lisonjeado pela preferência deles, mas estava muito preocupado com sua vida privada para pensar nisso.

Era chegado o momento de fazer tábua rasa. Ou renunciava a Pascale, ou ficaria louco. Desde o sábado anterior, só pensara nela. No desejo lancinante que ela lhe inspirava, na necessidade imperiosa de protegê-la e de consolá-la, na insuportável dor sentida ao deixá-la diante dos portões de Peyrolles. Ao voltar de Castres, ele a deixara lá, tal como ela havia desejado, e voltara para casa. Para a sua casa, onde não havia o que fazer, ninguém para amar.

Quase toda noite saía. Os amigos aos quais ele causava uma boa impressão, os bares enfumaçados, onde um monte de moças bonitas lhe sorria: nada conseguia distraí-lo. E tudo isso por quê? Porque tivera Pascale nos braços e sentira seu coração bater. Um instante que o dilacerara, fazendo-o se lembrar de seus anos de felicidade.

Ela lhe telefonara na terça-feira para contar-lhe com uma voz vibrante de raiva sua conversa com Nadine Clément, mas quando ele quis encontrá-la dois dias depois para saber das novidades, caiu na secretária eletrônica, e ela não voltou a ligar para ele mais tarde, provavelmente monopolizada que devia estar por Laurent.

Felizmente o fim de semana tinha chegado, Sam ia poder voar, talvez até pegasse um avião para fazer umas acrobacias se seus alunos lhe deixassem tempo. Como a maioria dos pilotos, uma vez no céu, esquecia tudo.

Quando penetrou um dos gigantescos hangares que abrigava os aparelhos, deu de cara com Laurent, que exclamou, com ar falsamente desenvolto:

— Ah, era você mesmo que eu estava procurando! Escute, Sam, não estou me dando nada bem com o Daniel, eu o acho uma nulidade como instrutor, queria terminar minha formação com você.

— O Daniel não é uma nulidade.

— Com *você*, Sam. Por favor. Estamos brigados?

— Não...

— Então, qual o problema? De todo modo, não tenho mais do que três horas para me apresentar ao teste, estou quase pronto.

— Mesmo para as autorrotações?

— É o que mais odeio, mas é com você que conto superá-las.

Samuel gostava de Laurent, tinham simpatizado de imediato quando se conheceram no aeroclube, três anos antes, e tinham se tornado amigos de verdade. Sua rusga não combinava com nada, tinham passado da idade de se enfrentar como conquistadores.

— Muito bem — cedeu —, veja o cronograma e inscreva-se. Mas já vou avisando que...

— Não vou tocar no assunto, prometo, a menos que você me pergunte.

Entendiam-se com meia palavra e não precisaram nomear Pascale.

— Para falar a verdade — acrescentou Laurent, cujo olhar azul cintilava —, já dei uma olhada no cronograma, você tem uma desistência às dez horas e vou pegar o lugar, tudo bem?

Sam hesitou um segundo, medindo Laurent, depois decidiu deixar o ciúme de lado.

— Você vai sofrer — predisse apontando o Hugues 300.

Pascale freou bruscamente ao ver Léonie Bertin bem no meio da estrada. Baixou o vidro e parou perto dela.

— A senhora vai acabar sendo atropelada...

— Meu gatinho está nesta árvore, ali, olhe! Ele não consegue descer, está encurralado e com medo, não posso deixá-lo aqui fora!

Levantando os olhos, Pascale viu uma pequena bola de pelos malhados em equilíbrio instável na ponta de um galho, cerca de três metros acima do solo.

— Vou buscar minha escada — decretou a velha senhora.

— Senhora Bertin! Nem pensar! Espere um segundo, vou estacionar.

Pascale parou no acostamento e desceu do carro, perguntando-se por que nem ela nem Aurore nunca tinham pensado em adotar um gato ou um cachorro.

— Rápido, esse imbecil vai cair! — ordenou Léonie.

Precedeu Pascale até a garagem onde se encontrava a escada, depois voltaram para a estrada.

— Fique na frente do seu portão, eu cuido disso. Como se chama o pequeno fujão?

— Caramelo.

Pascale abriu a escada, que apoiou com cuidado contra um ramo principal antes de subir lentamente os degraus, murmurando uma ladainha de palavras doces, destinadas a acalmar o animal.

— Não se mexa, querido Caramelo, ou você vai despencar, e eu junto...

Quando chegou na altura certa, só precisou estender a mão para que o gatinho, desesperado, a agarrasse, enfiando as garras minúsculas em sua palma.

— Muito bem, meu pequeno! Mas retraia suas garrinhas, sou sua salvadora, não o depósito de animais... Venha, vamos voltar à terra firme.

— Ah, obrigada, obrigada! — exclamou Léonie, que estava novamente plantada no meio da estrada.

Livrando Pascale do gatinho, ela o fez deslizar num dos profundos bolsos de seu casaco.

— Adoro gatos — disse, como se essa afirmação justificasse tudo.

— Não é razão para não tomar cuidado com os carros e os caminhões. As pessoas correm feito loucas.

Com um riso rouco, Léonie levantou os ombros.

— Não passa muita gente, você sabe!

Pascale levou a escada de volta para a garagem e aceitou o café que Léonie lhe oferecia de bom grado.

— Tudo bem, já estou indo, primeiro vou pegar minha bolsa.

Antes de trancar o carro, teve a ideia de pegar o buquê de flores que trazia do mercado de Albi. Aqueles jacintos agradariam mais Léonie que ela própria, até porque o jardim de Peyrolles sobejava de flores de todas as cores; comprá-las era mesmo uma ideia ridícula de parisiense.

— Não vou ficar muito, meu porta-malas está cheio de compras que precisam de geladeira — anunciou ao entrar na cozinha. — Acabei com o estoque do mercado da praça Sainte-Cécile, como todos os sábados!

Estendeu os jacintos a Léonie, que a observou com ar surpreso.

— Para mim? É muito gentil... E é engraçado, porque sua mãe também às vezes parava aqui para me oferecer um buquê! Ela trazia de Albi em braçadas cheias, dá para imaginar?

A última frase, pronunciada bem lentamente, continha uma espécie de advertência que despertou a curiosidade de Pascale. Léonie continuava a observá-la, esperando uma reação, então Pascale respondeu ao acaso:

— Minha mãe adorava flores.

— Ah, e como! O pequeno Lestrade falava disso quando vinha podar minhas sebes. Ele me contava todas as maravilhas do jardim de Peyrolles... E, no entanto, todos os sábados, como você, ela ia ao mercado e comprava flores cortadas. Uma porção de flores cortadas...

De fato, Pascale se lembrava bem disso, havia permanentemente grandes buquês em casa, mas ela sempre acreditara que provinham do jardim. Se não, para que ter tanto trabalho com as plantações? Franzindo as sobrancelhas, lembrou-se da cesta de vime eternamente pendurada no braço de sua mãe. Não tinha apenas flores murchas?

— Está tentando me fazer entender alguma coisa, dona Bertin? — perguntou delicadamente.

Léonie hesitou e, sem desviar o olhar, pareceu avaliá-la.

— Não... nada além do que eu disse. Mas isso me intrigava, então um dia perguntei a ela, à sua mãe... Sua resposta foi estranha, toda complicada, como se não quisesse tocar em suas próprias flores por causa da mensagem.

— Da mensagem?

— É. Vamos, tome seu café, doutora Fontanel! Na minha idade, a memória já não é tão boa, talvez eu esteja confundindo as coisas, hein?

Mas ela estava perfeitamente lúcida, Pascale tinha certeza disso. Após esvaziar sua xícara, agradeceu a Léonie e acariciou as orelhas do gatinho que estavam do lado de fora de seu bolso.

— Não o deixe mais sair — recomendou ao partir.

O que poderia significar essa história de mensagem? Para que a velha senhora tinha querido atrair sua atenção? Perplexa, entrou no carro e chegou a Peyrolles, cujos portões estavam abertos. Subiu a alameda, depois estacionou o mais próximo possível da porta da cozinha.

— Você demorou! — exclamou Aurore, que devia ter esperado por ela.

— Dei uma parada na casa da dona Bertin.

— Pode deixar que esvazio o porta-malas. Vá ver o Lestrade, faz uma hora que ele está aí, acho que está fazendo uma inspeção geral. Tive até direito a parabéns, parece que tiramos bem as ervas daninhas!

Aurore pôs-se a rir, empunhando duas sacolas grandes.

— Livre-se logo dele, preparei uma torta de azeitonas para o almoço e coloquei um Gaillac para gelar. Estava me perguntando por que não podíamos nos instalar lá fora, está um dia tão bonito...

Ainda pensativa, Pascale aquiesceu distraidamente antes de ir em busca de Lestrade. Atravessou o gramado, parou, voltou-se. Por todos os lados, flores desabrochavam nos arbustos e nos canteiros, formando uma explosão de cores vivas. Ranúnculos, crócus, tulipas, campânulas ou frésias, íris e anêmonas, narcisos, sem contar uma profusão de rosas...

— Está bonito, não? — lançou Lucien Lestrade saindo de um arvoredo.

Ele carregava um grande pulverizador, que colocou a seus pés.

— Malditos parasitas! É preciso ficar de olho, senão...

— Elas duram muito, estas flores? — quis saber Pascale, de modo abrupto.

— Quando estas aqui murcharem, haverá lírios e gladíolos, angélicas e rainhas-margaridas, depois cravos, ásteres...

— Você sempre planta a mesma coisa todos os anos?

— Planto, e na mesma ordem.

— Por quê?

— Porque prometi.

— A quem?

— A quem você acha?

Pascale abriu a boca, voltou a fechá-la sem proferir nenhum som. Lucien Lestrade a olhava com satisfação manifesta, como se estivesse orgulhoso de sua aluna. Ela observou novamente o jardim a seu redor e, de repente, foi tão simples, tão evidente!

— Feche o portão quando sair, está bem?

Já sem se ocupar dele, pôs-se a correr na direção da casa. Uma vez que tinha como verificar sua intuição, não esperaria nem um minuto a mais para fazê-lo. Ofegante, precipitou-se na cozinha, onde Aurore estava arrumando as últimas compras.

— Venha comigo, vamos até Toulouse!

Inicialmente confusa, Aurore quis protestar, mas Pascale já tinha pegado sua bolsa e as chaves do carro.

Foi preciso toda a diplomacia de Samuel para convencer Pascale. Alugar um helicóptero custava muito caro, mesmo o pequeno Hugues 300, quando Sam, como instrutor, podia servir-se de qualquer máquina disponível. Por outro lado, ele se recusara categoricamente a deixá-la ir sozinha.

— Você não pilota sozinha há quase um ano, nem pensar em sair levando Aurore como passageira no estado de nervos em que você está! Estarei livre às três e meia, vão comer alguma coisa no bar enquanto me esperam...

Pascale acabou se conformando e superou sua impaciência. Embora tivesse revalidado sua licença para o ano em curso, não tinha prática, Sam tinha razão, e se podia assumir os comandos quando voava com ele, Aurore não a poderia socorrer em caso de problemas.

Enquanto engoliam um *club-sandwich* regado a chá, Aurore aproveitou para bombardear Pascale de perguntas, sem obter outra resposta além de:

— Talvez seja uma ideia idiota, prefiro não falar antes de ver. Seja como for, prometo a você um belo passeio, não há nem uma nuvem sequer no horizonte!

Quando finalmente Samuel foi ao encontro delas, Pascale já não se aguentava quieta. Seguiram-no até o Jet Ranger; Sam fez Aurore subir na traseira, colocou-lhe o cinto de segurança, deu-lhe um fone de ouvido e trancou a sua porta. Em seguida, instalou-se na frente com Pascale.

— Está com o mapa da região, querida? Garanto a decolagem e, contanto que você se acalme, vou deixá-la pilotar até Gaillac.

Pascale balançou suavemente a cabeça e verificou seu microfone, enquanto ele dava início à *checklist*. Ele verificou os equipamentos e controlou os parâmetros antes de acionar o rotor.

— Bom, vocês estão prontas, meninas? Vamos lá...

Após uma última olhada nos quadrantes, colocou a potência enquanto buscava o ponto de equilíbrio dos comandos. A máquina se levantou lentamente, sem sacudidelas, e ele a manteve imóvel até ela permanecer perfeitamente estável. Depois a fez balançar imperceptivelmente para a frente enquanto a sustentava, esperou o engate e acelerou para subir.

— Que máximo! — exclamou Aurore, cuja voz ressoou nos fones.

— Não precisa gritar, estamos ouvindo — disse-lhe Pascale rindo.

Os telhados das instalações do aeroclube afastavam-se sob seus pés, e eles se dirigiram para o nordeste. Dez minutos mais tarde, quando já conseguiam ver as margens do Tarn, Sam propôs a Pascale que ela pilotasse.

— Você pode descer sobre o rio e me mostrar o que sabe fazer!

Feliz, ela colocou os pés sobre os pedais e a mão direita no manche.

— Os comandos estão com você — disse Sam.

— Estou com os comandos — respondeu com voz firme, segundo o procedimento.

— É você que está dirigindo? — inquietou-se Aurore.

— Estou vigiando, não se preocupe — afirmou Sam com um largo sorriso. — Ela foi minha aluna, deveria saber se virar...

Sobrevoaram o vale do Tarn, subindo em direção a Albi, e Pascale deu uma olhada no mapa colocado atravessado sobre seus joelhos. Pilotar lhe daria uma imensa alegria se ela não estivesse tão preocupada com o que pensava ter descoberto.

— Fique de olho na altitude, querida...

Ela voltou a se colocar a mil pés e tentou concentrar-se, sabendo que Sam não suportava a menor distração. Ele deixou que ela passasse Gaillac e seguisse as curvas acentuadas do rio; depois, quando Peyrolles estava a apenas um ou dois minutos de voo, ela própria lhe devolveu os comandos sem que ele precisasse pedir.

— Quando chegarmos em cima da sua casa, querida, o que devo fazer exatamente?

— Nada de especial. Só várias passagens para verificar os eixos de aproximação.

— Quer que eu aterrisse?

— Não, nem pensar, você acabaria com todas as flores!

Ele lhe lançou um olhar intrigado, mas não fez nenhum comentário. Progressivamente, foi descendo a seiscentos pés, depois a quinhentos assim que avistaram a propriedade.

— Não vá rápido demais — pediu ela.

Mas era uma recomendação inútil, pois a cento e cinquenta metros acima do solo estavam descobrindo o espetáculo inaudito que o jardim de Peyrolles oferecia. Tal como Pascale havia suposto, os arbustos e os canteiros formavam um desenho gigantesco, aquele da mensagem composta por Camille e destinado a ser vista unicamente do céu.

— Incrível... — suspirou Samuel em seu microfone.

Fez a curva, perdeu um pouco mais de altitude e voltou para diante do portão para uma nova passagem a baixa velocidade. Aurore estava sem voz; quanto a Pascale, ela só conseguiu murmurar:

— Meu Deus, como ela fez isso?

Cada uma das letras do nome de Julia, dispostas em arco, distinguia-se com muita nitidez. Como para os arabescos de um jardim francês ou o traçado de um labirinto, Camille poderia ter formado uma palavra com arbustos de folhagem persistente, mas preferiu as flores. Uma composição complicada, que deve ter exigido dela muita imaginação e que era absolutamente indiscernível na altura do solo. Será que Lucien Lestrade sabia o que realizava ou se contentava em reproduzir o ordenamento estabelecido por Camille na época?

Samuel voltou a subir um pouco para que a corrente de ar provocada pelo rotor não soprasse as pétalas, depois manteve-se em voo estacionário.

— Elas devem murchar logo, não? — observou.

— São substituídas por outras. Da primavera ao outono, o nome refloresce sob diferentes cores.

Eis por que era importante livrar-se das flores murchas para deixar que as próximas desabrochassem. Um trabalho imenso para aquele resultado incrível, mas irrisório, aquele sinal patético endereçado a Deus e às nuvens.

— Sua mãe não queria esquecer — disse Aurore lentamente.

— Ela não *podia*. Certamente era uma obsessão, uma ferida aberta...

Por quantos anos consecutivos cultivara esse misterioso esquema que ela própria não tinha como contemplar? No entanto, devia ter certeza do resultado para ter tido tanto trabalho. Era sua obra efêmera, talvez sua punição.

— Vamos sair daqui, Sam — cochichou Pascale.

Por mais baixo que tenha falado em seu microfone, ele deve ter ouvido, uma vez que voltou a colocar potência e elevou-se. Pascale fechou os olhos enquanto ele dava meia-volta. Perguntou-se se não ia arrancar os bulbos, revirar a terra, semear grama e plantar árvores para apagar tudo. Tinha esse direito, tinha encontrado Julia.

A mão de Sam roçou levemente sua face, secando uma lágrima.

— Não chore, minha querida...

Não era o que lhe dissera logo após o enterro de sua mãe? Ela estava sentindo uma dor tão grande naquele dia, como se Camille tivesse acabado de morrer uma segunda vez.

DOZE

Com a cabeça entre as mãos, Henry estava sentado à beira de sua cama. Sentia-se amargo, cansado, velho. Não o espantava muito que sua filha tivesse descoberto a chave de tudo. Quanto às flores, ele bem que desconfiara da importância crucial que Camille dedicava a elas, mas não tentara compreender, não adivinhara que ela escrevia alguma coisa, e contentara-se em pagar Lestrade para que o jardim ficasse em ordem. Agora, pouco importava.

— Arranque tudo aquilo — sugerira a Pascale antes de desligar.

Ela queria de todo jeito que ele descesse a Peyrolles, mas para quê? De todo modo, ela ainda se enganava quanto a alguns detalhes.

"Detalhes" não era o termo exato. Era razoável ele poder chamar de detalhe seu papel nessa história? Ah, que indulgência maravilhosa para ele! No entanto, estava cansado de se fustigar, culpara-se até enjoar, já não estava aguentando.

Levantando a cabeça, considerou a decoração de seu quarto. Por que ainda vivia na lembrança de Camille? Havia muito tempo que deveria ter tentado dispor sua vida de outro modo.

Não estava doente, pelo visto ia durar, daria um belo velhinho bem conservado, que iria arrastar seus fantasmas consigo...

Nas profundezas do apartamento, ouviu o barulho da porta de entrada. Adrien saía e voltava quando bem entendia, Henry lhe confiara um molho de chaves, mas por que estava chegando tão tarde?

— Pai? Sou eu!

Claro. Ninguém mais entraria ali como se fosse a casa da mãe joana.

— Você jantou?

Na soleira do quarto, seu filho o considerava com um ar preocupado.

— Não — suspirou Henry.

— Eu também não. Quer sair?

— Não precisa, a geladeira está cheia.

— Então, vou para o fogão!

Caramba, era ao mesmo tempo reconfortante e ultrajante alguém tomando conta dele daquela maneira! Será que Adrien o achava senil, incapaz de se alimentar? Conformado, Henry levantou-se para segui-lo até a cozinha.

— Sua irmã ligou para você? — quis saber com um tom desiludido.

— Claro. A história das flores me deu frio na espinha.

— Por quê?

Com uma frigideira na mão, seu filho se voltou para encará-lo, estupefato.

— Como assim, por quê? Ora, porque... imaginar a mamãe fazendo... Quando eu a via se esfalfando sobre os arbustos, achava que era porque ela gostava! Imagine, cheguei até a pensar que todas as mulheres são apaixonadas por jardinagem. Quando, na verdade, para a mamãe, era só uma maneira de... de guardar seu luto, suponho. Embora a gente não possa guardar luto por uma pessoa que continua viva, não é?

Henry dispensou-se de responder e pegou dois pratos num armário enquanto Adrien batia os ovos.

— Francamente, pai, acho a Pascale meio louca por ter remexido em tudo isso, mas é que ela vive em Peyrolles, provavelmente precisava saber.

Por causa daquela maldita caderneta de família, sim, Pascale pusera-se em busca da verdade, e, uma vez aberta a caixa de Pandora, não havia meio de voltar a fechá-la.

— Não vai dizer nada? — observou Adrien.

— Estou cansado de sempre pensar no passado.

Adrien balançou a cabeça, perplexo, esboçando um sorriso ao acaso. Era realmente um menino gentil, um filho atencioso e mesmo um bom médico, no entanto, também devia estar cheio de problemas, Henry tinha certeza disso, sem nunca ter ousado perguntar-lhe.

— Sua irmã me perguntou se eu queria conhecer Julia Coste — anunciou. — Claro que está fora de questão. Mesmo pela memória de Camille, não vou conseguir decidir fazer isso.

Como ele conseguia dizer isso com tanta calma? Logicamente, Julia nada era para ele, mas a ideia de ver como tinha ficado o gelava, horrorizava.

— Seria de uma... curiosidade mórbida! — indignou-se Adrien. — Pascale tem sempre umas ideias aberrantes, ela não...

— É sua meia-irmã, Ad.

Em todo aquele caos, Pascale tinha razão. Como poderia agir de outro modo? Ao telefone, Henry ouvira a voz de sua filha tremer, depois ficar embargada enquanto ela descrevia Julia. O único consolo era que a coitada se encontrava num estabelecimento correto, vinha sendo bem tratada havia quarenta anos; às vezes as instituições tinham seu lado bom.

Adrien verteu os ovos batidos e o presunto cortado em tiras no óleo quente, depois acendeu um cigarro.

— Você está fumando demais — disse Henry maquinalmente.

Do canto dos olhos, observava seu filho com interesse. Parecia-se com Alexandra? Nas vagas lembranças que Henry conservava de sua primeira mulher, ela era bem bonita, e Adrien também. Então, por que estava sempre sozinho? Por que estava preparando o jantar de seu velho pai em vez de sair com uma de suas tantas namoradas? Na realidade, até demais, o que era sinal de que alguma coisa não ia bem na vida de seu filho.

O cheiro da omelete despertou o apetite de Henry. Levantou-se para pegar uma garrafa de Chablis na geladeira, tirou a rolha e encheu dois copos. Depois cortou duas fatias de pão, que jogou numa cestinha. A empregada ia às compras quase todas as manhãs, ele não tinha nenhuma preocupação com a administração da casa, mas por nada no mundo comeria sozinho naquela cozinha. Talvez devesse pensar em vender o apartamento, que se tornara grande demais, e instalar-se em outro lugar? A marca de Camille não estava exatamente ali, onde ela não tinha investido muito de si mesma, mas em Peyrolles. Uma marca cujos contornos Pascale voltava a traçar inteiramente. Pascale, tão obstinada, tão perspicaz... Sua filha maravilhosa!

— Daqui a pouco, se quiser, podemos jogar uma partida de xadrez — propôs Adrien, virando a omelete num grande prato.

— Já perdi, mas aceito — respondeu Henry.

O choque do telefonema de Pascale começava a se atenuar. Com um pouco de sorte — e de vontade —, mais uma vez ele conseguiria relegar tudo ao fundo de sua memória. Tinha ido bem até ali, só precisava continuar. Colocar um pé na frente do outro, ver uma manhã surgir após a outra, era o que conseguia fazer desde a morte de Camille. Às vezes, chegava até a sentir certo prazer em existir, como naquele momento em que Adrien lhe sorria tão gentilmente. Mas o que seria do sorriso de seu filho — e, muito pior, de sua filha — se Henry decidisse contar-lhes os últimos "detalhes" da história dos Fontanel?

Pousou seu garfo, já sem apetite.

A ideia viera de Aurore, mas seduzira Pascale, e o jantar a quatro, improvisado no jardim de inverno de Peyrolles, estava muito alegre.

Quando se achava incapaz de se divertir, ainda traumatizada pela vista aérea do jardim, Pascale acabou cedendo ao humor de Georges e à risada comunicativa de Sam.

As inúmeras velas, instaladas por Aurore em todos os castiçais disponíveis, criavam uma atmosfera de festa, bem como o champanhe trazido por Georges. E ainda que não soubessem exatamente por que estavam reunidos, estavam felizes por se encontrar todos os quatro em torno do *confit* de pato acompanhado de batatas ao alho.

Depois de terem esgotado suas brincadeiras habituais de estudantes de medicina e as últimas anedotas do setor de Nadine Clément, voltaram com a maior naturalidade do mundo ao jardim de Peyrolles.

— Pelo menos agora não temos dúvidas — declarou Aurore alegremente. — Lestrade não é um psicopata perigoso, finalmente entendemos por que ele não saía daqui!

— Vocês realmente tinham medo dele? — preocupou-se Georges.

— Era um pouco assustador vê-lo surgir a qualquer hora. Ele nunca quis devolver a chave do portãozinho e podia surgir a qualquer momento vindo de trás de um arbusto.

— Com uma ferramenta afiada na mão — acrescentou Pascale rindo. — Uma noite ele me pregou um belo de um susto.

— Duas mulheres sozinhas numa casa grande e isolada... — observou Georges com um tom irônico.

— Fique tranquilo — replicou Aurore —, não somos impressionáveis e não precisamos de guarda-costas!

Ela lhe dirigiu um sorriso sedutor antes de oferecer café.

— Deixe que cuido disso — decidiu Pascale, que já estava de pé.

Samuel a seguiu até a cozinha, carregando uma pilha de pratos sujos.

— Você parece melhor — constatou. — Riu com gosto esta noite, fico feliz.

Ele sempre notava suas mudanças de humor, talvez porque a conhecesse melhor do que ninguém. Enternecida, ela o considerou por alguns instantes em silêncio.

— Tenho a impressão de estar aliviada — admitiu por fim — sem saber muito de quê.

— De ter desvendado o mistério que cercava Julia.

— É... E agora me pergunto o que vou fazer com o jardim. Meu pai aconselha que eu ponha tudo abaixo, mas não tenho certeza de querer destruir esse imenso trabalho. Seria quase um... sacrilégio.

— Por quê? Essas flores são um vestígio, Pascale. Elas não servem a nada nem a ninguém.

— E vamos ser os únicos a ter visto o que elas dizem?

— Não exatamente.

Ela o percebeu levemente hesitante, depois ele encadeou:

— Voltei a sobrevoar Peyrolles hoje com um aluno e tirei algumas fotos.

Pasma, ela ficou um ou dois segundos sem reação. Como ele podia conhecê-la tão bem? Mesmo que ela decidisse transformar o jardim, gostaria de conservar um vestígio do que havia perdurado por tanto tempo em segredo, uma lembrança da obra efêmera e invisível que exprimia todo o sofrimento mudo de sua mãe.

— Trouxe o negativo e as revelações para você, estão no carro.

— Obrigada, Sam...

Nesse instante, ela ainda o olhava com certa melancolia. "Seu" Samuel, familiar, indispensável. Em que momento eles se perderam definitivamente, os dois?

— Que fim levou Marianne? — forçou-se a perguntar.

— Não faço ideia. Acho que retomou o trabalho, mas não nos vemos mais.

Balançando a cabeça, Pascale engoliu a saliva antes de conseguir murmurar:

— Você vai encontrar outra mulher, Sam. Eu queria tanto que você fosse feliz!

— Vou sim, claro, tudo acontece... E você? Encontrou sua cara-metade com Laurent?

Ele não estava muito a fim de saber, era óbvio.

— Vão beber esse café sem a gente? — indagou Georges.

Dispensada de responder à pergunta de Sam, Pascale colocou as xícaras e o açucareiro numa bandeja, que Georges pegou de suas mãos. Voltaram juntos para o jardim de inverno, onde Aurore acabava de abrir uma das janelas.

— O tempo está excepcionalmente agradável, daria até para ter jantado lá fora...

A jovem se voltou para Pascale e acrescentou, entusiasmada:

— Descobri umas tochas incríveis na loja de ferragens, o tipo de coisa que dá para enfiar onde a gente quiser na grama e que queima a noite inteira. Da próxima vez que fizermos um jantar lá fora, vou comprá-las, porque os lampiões são bonitos, mas não iluminam muito!

Do canto dos olhos, Pascale viu Georges se entristecer. Se ainda estava esperando convencer Aurore a ir viver em seu apartamento, ia cortar um dobrado.

— O problema de Peyrolles — murmurou Sam em seu ouvido — é que depois que a gente experimenta...

Ele estava bem atrás dela, e ela aproveitou para apoiar-se um segundo contra ele, com os olhos fechados.

— Vou voltar para casa, querida, está tarde e amanhã tenho que estar no centro cirúrgico às oito da manhã. Seu paraíso é um pouco longe da civilização! Quer uma carona, Georges?

— É... não, eu...

— Vou ficar com ele esta noite! — especificou Aurore rindo.

— Então, boa-noite.

Pegou seu casaco do espaldar de uma cadeira.

— Venha comigo até o carro que lhe dou suas fotos.

Um pouco incomodada, Pascale o acompanhou até o lado de fora. Voltaria sozinho a Toulouse, era lógico, cada um em sua casa, como amigos de longa data que se deixavam após uma boa noitada, felizes um com o outro e até a próxima.

— Tome...

Ele lhe estendeu uma sacolinha, que ela pegou maquinalmente.

— Durma bem, minha querida — disse inclinando-se para ela.

Em vez de beijá-la, contentou-se em tocar de leve em sua face e apertar seu ombro, depois entrou no carro. Imóvel, ela viu os faróis traseiros afastarem-se na curva da alameda. A noite estava realmente muito agradável, e Pascale levantou a cabeça para contemplar as estrelas. Sem razão, um verso de *Cyrano* veio-lhe à memória: "Tantas coisas que morreram, que nasceram..." A irmã que ela havia descoberto, a dor silenciosa de sua mãe, aquela grande casa atrás dela, e Samuel, que ela havia perdido. Por que de repente a existência lhe parecia tão complicada?

Na sexta-feira, ao final do dia, Laurent saiu do Purpan um pouco mais cedo do que de costume. Voltou para casa, tomou uma ducha, vestiu uma camisa azul-clara e um terno leve, depois hesitou um momento antes de renunciar à gravata. Já na véspera havia reservado uma mesa no Jardins de l'Opéra, onde tinha marcado um encontro com Pascale. Adorava vê-la comer com gosto, era exatamente o tipo de mulher capaz de apreciar a cozinha de um grande chef.

De todo modo, nela só encontrava qualidades, estava perdidamente apaixonado por ela e muito contente por isso. Decidiu ir até a praça do Capitólio a pé, a fim de não ficarem com dois carros ao saírem do restaurante. Subindo inicialmente até o Musée des Augustins, cortou pela rua de la Pomme e pela rua du Poids-de-l'Huile. Chegando à praça, parou um instante, seduzido como sempre pela arquitetura do lugar, com todas as fachadas de tijolos do século XIX elevando-se acima das arcadas da Galerue, tendo bem no centro a impressionante cruz do Languedoc com fitas de bronze, depois as colunas e pilastras jônicas da prefeitura, mais antiga, que abriga o célebre teatro em sua ala direita.

Baixou os olhos para seu relógio, que indicava oito e meia. Pascale nunca se atrasava, então apressou-se para chegar ao pórtico do Jardins de l'Opéra. Uma vez debaixo do grande vitral do salão, deixou-se guiar por um maître até a mesa em que Pascale já estava instalada.

— Fiz você esperar? — inquietou-se, aflito.

— Não, acabei de chegar. Que lugar magnífico! Deram-me o cardápio para eu me distrair, mas estou me sentindo perdida, você vai ter de me ajudar.

Ela sorria, com a cabeça levantada para ele, e ele a achou tão bonita que ficou todo emocionado. Seus longos cabelos estavam presos num coque, ela vestia um *spencer* branco e curto, com gola militar, aberto por cima de um bustiê preto, tendo por única joia um pingente de ouro que representava uma lua crescente. Havia algumas semanas ele andava muito atento a esse tipo de detalhe, e notara que ela preferia ouro amarelo. A aliança que se encontrava num porta-joia, no fundo de seu bolso, tinha sido escolhida de acordo. Quase a presenteou de imediato, mas não teve coragem. Era melhor ter paciência e esperar o momento certo, até porque ele não tinha a menor ideia das palavras que lhe diria ao oferecê-la a ela. Que queria se casar com ela? Ela podia começar a rir ou achá-lo atrapalhado, muito apressado, ridiculamente convencional.

— Você me recomendaria o ravióli de *foie gras* ao molho de trufas? — perguntou, com os olhos voltados para o cardápio.

— Aqui, tudo é absolutamente delicioso. Sobretudo a trilogia de láparo e *suprême* de pombinho com aroma de ervas. Quer um pouco de champanhe enquanto decide?

— Estamos comemorando alguma coisa especial?

Novamente, ele ficou tentado a tirar o porta-joia do bolso, mas a chegada do maître o impediu. Talvez devesse esperar o fim da noite, quando voltassem para seu palacete particular; em casa, ele certamente se sentiria mais à vontade para uma declaração. Aliviado por esse prazo que se dava, finalmente relaxou.

— Você está linda — disse à meia-voz —, todos os homens devem ter inveja de mim.

— Contanto que gostem das morenas! — replicou dando risada.

Sua alegria era uma das coisas que ele apreciava. Apesar das preocupações e angústias, ela era capaz de se divertir como uma menina, sem jamais levar-se a sério. Mesmo em suas conversas mais sérias, ela encontrava um jeito de inserir uma ponta de humor, como se, por ser médica, sempre preferisse minimizar os dramas. Comparada a seus relacionamentos anteriores, Pascale lhe parecia tão ideal que se tornava quase uma aposta, e ele começava a duvidar de si mesmo. Não era ela a única mulher que tinha conseguido fazê-lo enrubescer? A única também — ironia do destino — da qual ele não podia falar a seu melhor amigo.

Como previsto, ela honrou o jantar, chegando até mesmo a provar do prato dele o que não havia escolhido, e não hesitando em pedir figos *pochés* ao Banyuls para terminar. Durante todo aquele tempo ele não parou de mexer no porta-joia no fundo de seu bolso, praticamente sem tirar os olhos dela.

Quando deixaram o Jardins de l'Opéra, era quase meia-noite. Pegaram o carro de Pascale no estacionamento da praça e encontraram uma vaga bem na entrada da rua Ninau.

— Vou fazer um café ou um chá para a gente, o que você preferir — propôs, deixando-a entrar primeiro no palacete particular.

Ela o acompanhou até a cozinha e instalou-se na frente do balcão enquanto ele punha a água para esquentar.

— Foi uma noite maravilhosa, Laurent, comemos divinamente.

Um pouco nervoso, ele quase deixou cair o bule de chá, consciente de que era chegado o momento de falar:

— Tenho uma coisa para lhe dizer — conseguiu articular.

— Você está com uma cara tão séria...

— Sou sério.

— Não, por favor.

Ela desceu do tamborete, contornou o balcão e foi passar os braços ao redor de seu pescoço.

— Nada de seriedade — murmurou ela.

Na ponta dos pés, beijou-o para fazê-lo calar.

— Pascale, ouça — disse, desprendendo-se.

De repente, teve medo de estar cometendo um erro, mas já não podia recuar.

— Vou lhe fazer uma declaração de amor e um pedido de casamento. É tão terrível assim?

Ela se afastou de um passo, deixou cair os braços.

— Laurent — suspirou.

Imediatamente, ele soube que ela não queria, que ele se tinha enganado. E como nenhuma palavra podia exprimir o que estava sentindo, pegou-a pelos ombros e a puxou contra si, para que ela parasse de olhá-lo. Ficaram enlaçados por um momento, silenciosos um e outro.

— Fui rápido demais? — cochichou. — Sinto muito...

Ela não se movia, crispada, agarrada a ele. Ao se declarar, ele a obrigara a responder, só que não estava com vontade alguma de ouvir o que ela ia anunciar, inelutavelmente.

— Não posso, Laurent... — começou com uma voz insegura. — Não posso deixar você acreditar que...

— Tudo bem, não precisa acrescentar mais nada. Você não me ama, é isso?

Ele já não esperava grande coisa, principalmente não palavras de compaixão; no entanto, insistiu a contragosto.

— Fique pelo menos esta noite comigo.

— Laurent — repetiu simplesmente.

À ideia de perdê-la, o sofrimento o submergiu. Duas vezes no passado ele quisera construir sua vida com uma mulher, e a cada fracasso jurara a si mesmo que seria a última vez, que não acreditaria nunca mais nisso. Porém, com Pascale era diferente, ela representava um ideal ao qual ele nem sequer havia aspirado, com o qual não ousara sonhar, e que chegara em sua vida como um presente no momento adequado.

— É você que não está pronta para refazer sua vida ou sou eu que você não quer?

Por que insistia apesar de tudo? Sua única certeza era de lhe ter inspirado desejo, o que não lhe dava nenhum direito, talvez nem mesmo alguma esperança. Sentiu que ela estava tentando escapar dele e, estupidamente, apertou-a ainda mais.

— Por favor, fique, me deixe fazer amor com você.

Era o que ele queria, irreprimivelmente, para conjurar a condenação que ela estava para pronunciar. Seu entendimento físico era perfeito, em poucos instantes conseguiam enlouquecer, submersos pela vontade de se encontrar no prazer.

— Me solte, Laurent, preciso lhe falar uma coisa.

Sua voz calma, determinada, sua voz de "médica" lhe causou o efeito de uma ducha fria. Mordeu os lábios ao deixá-la recuar, furioso consigo mesmo. Quando ela levantou a mão, ele quase esperou um gesto agressivo, mas ela deslizou os dedos por sua têmpora, sua maçã do rosto, sua face, com uma espécie de brandura triste.

— Você foi perfeito, não se arrependa de nada. Sou eu que não estou em condições de... Achei que ia amá-lo; me enganei, perdão. Estar bem com você pode não ser o suficiente para você, eu sei, então esta noite só queria lhe dizer... passamos uma noite tão boa... E é sempre assim quando estamos juntos! Desde que o conheço, você faz de tudo para me ajudar, para facilitar minha vida; além do mais, você é um homem tão sedutor e um amante tão maravilhoso que... Estou muito triste pelo que está acontecendo, Laurent.

Ele não podia duvidar de sua sinceridade porque de repente ela ficou com lágrimas nos olhos, mas teve a impressão de que acabava de executá-lo à queima-roupa.

— É por causa do Samuel? — perguntou com uma voz rouca.

Inicialmente, ela o considerou com espanto, depois foi ficando perturbada, perdendo o sangue-frio.

— Sam? Não... Qual a relação?

Repentinamente, ele desistiu, apressado para que ela fosse embora.

— Tudo bem. Acho que já nos dissemos tudo.

A aliança ainda estava em seu bolso, graças a Deus; tinha evitado a humilhação máxima naquela noite. Viu-a pegar seu sobretudo e, por reflexo, ajudou-a a vesti-lo. Será que ia realmente partir para sempre, desaparecer de sua vida? Mais uma vez, teve vontade de transigir, de se agarrar a qualquer esperança, mas ainda tinha orgulho suficiente para calar-se. Acompanhou-a até a rua, seguiu-a com os olhos enquanto ela chegava ao carro. Existiria outra mulher com aquele jeito de caminhar? Ouviu a porta do carro bater, a partida do motor, e tateou, pelo paletó, o porta-joia irrisório.

* * *

Henry não teria cedido a nenhum outro argumento. Todavia, a foto enviada por Pascale o perturbara completamente. Durante longos minutos, ficou parado na frente da reprodução, um grande formato em cores, que não permitia ignorar nenhum detalhe.

JULIA. Cada letra aparecia em relevo graças à altura dos caules e a um contorno de tons mais escuros, incluindo o ponto sobre o i. Rosas brancas cercadas de rosas vermelhas, tulipas amarelas rodeadas de tulipas pretas: um resultado alucinante. Com a ajuda de uma lupa, Henry estudou a composição floral, cumprimentando mentalmente o trabalho de Lestrade.

O imenso JULIA em arco fazia até a casa parecer bem pequena em segundo plano. Deus do céu! Pascale não podia viver naquela evocação permanente da dor, não tinha de assumir os pecados de seus pais nem seus remorsos, seria muito mórbido. Por conseguinte, Henry precisava descer a Peyrolles, já não tinha escolha, não era desonesto a esse ponto.

Depois de se torturar para saber se Adrien devia acompanhá-lo ou não, decidiu ir sozinho. Afinal de contas, Pascale era a única envolvida, era ela que morava lá, ela que tinha encontrado Julia.

Quanto à foto, hesitou muito, mas acabou rasgando-a com uma mão que não tremia. Pascale possuía os negativos, poderia guardá-los com a velha caderneta de família, logo o círculo estaria fechado. Contanto que ele, Henry Fontanel, tivesse a coragem de dar com sua filha os últimos passos, e estes iam lhe custar muito.

Pegou um avião no sábado de manhã, depois de ter ligado para Samuel para pedir que fosse encontrá-lo no aeroporto de Blagnac, o tempo de tomar o café da manhã. Gostava de Sam e lamentava que ele já não fizesse parte da família, embora não tivesse apreciado sua intervenção quando Pascale pusera na cabeça de comprar Peyrolles. Para dizer a verdade, sem o dinheiro de Samuel, Peyrolles teria sido vendida a um perfeito estranho, e todo o mundo poderia continuar a dormir tranquilamente!

Depois de pegar as chaves e os documentos do carro alugado, Henry encontrou Sam no bar.

— Espero não estar atrapalhando sua manhã. Estava a fim de conversar uns cinco minutos com você, já que estou na região...

Sua explicação não pareceu convencer Sam, que lhe agradeceu com um sorriso irônico.

— Precisando de uma câmara de descompressão, Henry?

— É, acho que podemos chamar assim... Não gosto de estar aqui, só venho por causa da Pascale.

— Mas você deve ter boas lembranças em Albi e em Peyrolles...

— Na minha idade, as lembranças têm algo de incômodo, você vai constatar isso quando ficar velho.

Henry viu que Sam estava inquieto, desviava o olhar. Será que ele também tinha lembranças indesejáveis?

— Fale da minha filha — encadeou. — Ela está bem?

— Acho que sim. Mas você deve falar com ela mais do que eu pelo telefone!

— Vocês continuam bons amigos, não? E depois, você a conhece melhor do que ninguém! Na verdade, eu queria saber se ela não ficou muito... traumatizada ao visitar... a Julia.

Desde a época distante em que Samuel era anestesista em sua clínica de Saint-Germain, Henry sempre pôde conversar muito abertamente com ele. Um homem ponderado, inteligente e intuitivo, capaz de compreender as coisas à meia palavra, esse era exatamente o interlocutor de que Henry precisava antes de encarar sua filha.

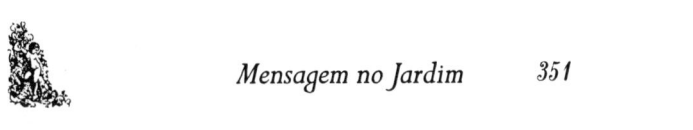

— Sinceramente, ela ficou abalada. Mas vai voltar lá; recebeu sinal verde da equipe médica.

— Que coisa mórbida! — protestou Henry.

— Por quê? Ninguém morreu.

Sam tinha razão. Julia ainda existia, por mais inacreditável que isso fosse. Um remorso vivo.

— Sabe — retomou Henry com um tom cansado —, depois da morte da mãe, Pascale tornou-se minha principal preocupação. Eu não concordava que ela fosse morar sozinha no outro extremo da França porque tinha certeza de que em Peyrolles ela...

Interrompendo-se, abanou a cabeça, e Sam terminou por ele:

— ... descobriria coisas que você havia escondido dela? Os segredos de família são verdadeiros venenos, Henry.

Bruscamente, Samuel inclinou-se por cima da mesa e fixou seu olhar no de Henry.

— Me diga: por que você vendeu essa casa em vez de dá-la de presente a ela?

— Eu não podia, estou um pouco apertado de dinheiro e, sobretudo... Digamos que eu não *queria* que ela morasse lá. É uma longa história, Sam, e vou ter de contá-la a ela inteirinha.

Ao afirmar isso, ele se comprometia a fazê-lo, abstendo-se de qualquer possibilidade de recuar.

— Tenho a impressão de que vai ser preciso coragem — disse Sam com uma espécie de compaixão.

— Vai. É por isso que eu fazia questão de vê-lo antes. Se ela reagir mal, conto com você para colar os cacos após a minha partida.

— Ela já não precisa de mim, tem um homem em sua vida; ele estará presente para consolá-la.

— Está falando de Laurent Villeneuve? — surpreendeu-se Henry. — A escolha não é ruim, mas eu teria jurado que...

Ao ver a expressão de Samuel, preferiu não terminar sua frase. Em que estava se metendo? Em sua frente, de repente Sam pareceu hostil, nervoso, talvez simplesmente infeliz?

— Bom, vou até lá. Obrigado por ter me cedido um pouco do seu tempo.

Ele quis pegar a carteira, mas seu ex-genro não lhe deu tempo e colocou uma nota sobre a mesa.

— Gosto muito de você, Henry. Mantenha-me informado.

Uma fórmula pronta, que dissimulava mal o interesse de Samuel por Pascale. Não importa o que ele dissesse, e até mesmo o que pensasse, aquele rapaz estaria sempre disponível para ela, era o que saltava aos olhos.

Henry pegou o carro alugado no estacionamento e tomou a estrada para Albi.

Sentada na grama, Pascale passara um bom tempo meditando. Aurore tinha ido encontrar Georges em Toulouse, preferindo não estar presente no momento em que Henry chegasse. "Vou assistir a uma partida de rúgbi!", especificara com seu riso comunicativo. "Não que eu morra de amores por isso, mas é melhor você ficar sozinha com seu pai, e depois, o Georges ficará tão contente por eu acompanhá-lo ao menos uma vez!"

Aurore, sua alegria, sua presença calorosa, suas ideias às vezes malucas... Que bons ventos a tinham colocado no caminho de Pascale? Graças a ela — mas também *por causa* dela e de sua mania de explorar aquele maldito sótão —, Pascale havia percorrido um caminho tão estranho! Em vez de sua própria infância, foi o passado de sua mãe que encontrara em Peyrolles e, a partir de então, tinha de assumir as consequências. Uma herança inesperada, envenenada.

De onde estava, via uma parte do jardim, a casa ao fundo, a estufa, e se lembrava do dia em que um táxi a deixara na frente dos portões fechados, sobre os quais estava pendurada a placa "Aluga-se". Levada por uma força que a superava, endividara-se para adquirir a propriedade, convencida de que estava cumprindo um dos atos mais importantes de sua existência. Hoje, tinha vontade de continuar vivendo ali?

O barulho de um motor a fez levantar. Quando criança, ela sempre se precipitava ao encontro de seu pai quando ele voltava de Albi ao final do dia. Quase correu em sua direção, mas alguma coisa a impediu. Ele estava saindo do carro, e sua silhueta um pouco arqueada já não era a de um homem jovem. Estava mudando, envelhecendo, aquele tipo de deslocamento devia cansá-lo. Será que ele não pensava em se aposentar e deixar Adrien dirigir a clínica em seu lugar?

Enquanto ela atravessava o gramado para encontrá-lo, ele a viu, levantou a mão e deixou-a cair, depois esperou que chegasse até ele.

— Minha filhinha... — disse pegando-a nos braços.

Durante um minuto, ficaram abraçados, sem falar.

— Você está cada vez mais linda — murmurou por fim.

Mas não a olhava, contemplava as flores em torno deles.

— Que estranho, daqui realmente não dá para imaginar nada... Meu Deus, está tão longe a época em que sua mãe percorria as alamedas de um arbusto a outro!

— Não pense mais nisso, pai. Acho que vou seguir seu conselho e mudar tudo. Este santuário não serve para nada.

Vendo a que ponto ele estava triste, ela se arrependeu de ter insistido para que ele descesse a Peyrolles. Aliás, nem devia lhe ter enviado aquela foto, que só podia mergulhá-lo novamente em seu luto e suas saudades.

— Você não é responsável — afirmou ela. — Fiquei sabendo de muitas coisas nestes últimos tempos; entre outras, o papel dos Montague, que foram ignóbeis com a mamãe. E não me privei de dizer umas verdades a Nadine Clément!

Arregalando os olhos estupefato, encarou-a com inquietação.

— O que você disse a ela?

— Que a culpa era dela!

— Dela? Não, minha querida, não...

Ele estava abanando a cabeça e parecia buscar pela respiração. Mais uma vez, seu olhar correu ao longo dos canteiros.

— Puxa vida, Pascale, você vai acabar me enlouquecendo de tanto sair batendo ao acaso. Eu devia ter lhe falado antes, eu sei, só que... Em família, há assuntos que são tabu, coisas às quais nunca se faz alusão, e, ao final de certo tempo, torna-se totalmente impossível evocá-las, menos ainda explicá-las.

Um pouco atordoada com suas frases sibilinas e por sua agitação, ela pegou gentilmente sua mão para conduzi-lo a casa, mas ele se recusou a se mexer.

— Pai? Está tudo bem?

— Como você queria que estivesse? — explodiu. — Escute, vamos caminhar um pouco, preciso lhe contar tudo desde o início...

O tempo estava encoberto, mas agradável, e um passeio no jardim provavelmente ia fazer com que seu pai se acalmasse, então ela o seguiu, sem protestar, ao longo de uma alameda. Quando passaram na frente da fileira de hibiscos, ele os apontou com um gesto fatalista.

— Foi minha única iniciativa botânica! Como você sabe, mandei plantá-los para esquecer aquele horrível incêndio, mas o que você não sabe é que a morte de Alexandra, por mais atroz que tenha sido, não me causou uma dor imensa.

— Pai...

— Por favor, não me interrompa, do contrário nunca vou conseguir!

Ele se perdeu alguns instantes na contemplação dos arbustos, indiferente à angústia que tomava conta de Pascale.

— Na minha época, você não pode imaginar como a gente se casava facilmente, sem paixão! Bastava encontrar uma moça do seu meio para fundar uma família. Além disso, eu já estava sem paciência, pois tinha me apaixonado por sua mãe na época do colégio, um verdadeiro amor à primeira vista. Infelizmente ela acabou desaparecendo da região, e corria o boato de que tinha se casado em Paris. Escolhi uma esposa bem diferente desse amor da adolescência, me casei com uma loira bem talhada, enquanto Camille era uma verdadeira tânagra.

Caindo das nuvens, Pascale quase fez uma pergunta, mas se absteve. Seu pai avançava lentamente, perdido em suas lembranças. Era melhor não cortar seu relato.

— Todo o mundo manifestou compaixão por mim quando fiquei viúvo, mas hoje posso lhe dizer que isso... Ai, é abominável dizer, mas veio bem a calhar, pronto! Porque Camille acabava de reaparecer, e eu não conseguia pensar em mais nada.

Horrorizada, ela parou de repente. Seu pai avançou um pouco, depois, constatando que ela não o seguia, parou e se voltou.

— Sem aquela tragédia, evidentemente eu teria me divorciado. Você vai descobrir um dia, pelo menos é o que espero para você, que só dá para amar, amar de verdade, uma vez. No meu caso, era sua mãe... Você vem ou não?

Pascale o alcançou, com o coração batendo, as ideias em desordem. Não era para ela se enganar; por enquanto, ele não estava confessando nada, contentava-se em contar. Não, ele não tinha colocado fogo no ateliê onde Alexandra exercia seus talentos de pintora amadora, não era um assassino e não tinha nenhum crime a confessar; ela se chamou mentalmente de louca por ter podido pensar isso, mesmo que só por um segundo.

— Camille era a mulher da minha vida, ela reapareceu, e eu estava livre, tudo parecia ideal. Um pouco precipitado, mas magnífico, um verdadeiro presente do destino! Eu só via a ela, finalmente a felicidade estava a meu alcance... A não ser pelo fato de que ela não estava sozinha, tinha Julia. Como sua família tinha recusado hospedá-la, ela morava num quarto de empregada no subúrbio de Toulouse, onde trabalhava de faxineira. Você imagina? Minha pobre Camille...

— Está vendo como os Montague foram ignóbeis! — ressaltou Pascale, cujo mal-estar aumentava.

— Não só os Montague, minha querida, não só eles, infelizmente... Para resumir, não fui mais caridoso.

A voz de seu pai tinha tremido nas últimas palavras, que mal se podiam ouvir. Ele parou, recobrou o fôlego, com os olhos voltados para o chão, depois pôs-se novamente em marcha. Com um tempo de intervalo, Pascale o seguiu.

— Eu a reencontrei, estava louco por ela, mas não era louco. Eu via bem que ela podia dar uma mãe perfeita para o Adrien, só que estava obcecada por Julia. Não conseguia falar nela sem chorar, era seu calvário, sua cruz... O que estava pagando, coitada? Sua vida era uma sucessão de catástrofes, ninguém nunca a havia amado, ela se apegava àquela criança deficiente pela qual nada podia fazer. Claro, ela me viu como seu salvador, imagine. Além do mais, eu tinha me tornado médico, ela confiava em mim! E eu... eu, eu... Ai, meu Deus, como pude?

Tomou a direção de um plátano bem próximo, deu um violento murro no tronco antes de nele apoiar a testa. Atrás dele, Pascale permaneceu imóvel, incrédula, começando a compreender e recusando-se a admitir.

— Eu queria Camille só para mim — confessou bem baixinho.

No silêncio que se seguiu, Pascale ouviu o canto dos pássaros, o leve chiado do vento nas folhas, o estalo dos cascalhos que seu pai fazia rolar obstinadamente sob um de seus sapatos. Ele estava contra essa árvore como uma criança que teria feito birra ou chorado por uma grande mágoa.

— Tomar conta de uma criança com uma deficiência tão grave estava acima das minhas forças. Já não sei como consegui convencer sua mãe. Fiz de tudo. Utilizei o jargão médico para assustá-la, pintei-lhe um quadro apocalíptico do nosso futuro com Julia entre nós... Aquela pobre criança era tão pouco graciosa, tão deplorável! Como poderia se tornar a irmã de Adrien? E seria preciso criá-los juntos? Eu nem podia imaginar uma coisa dessas; de resto, a expectativa de vida de Julia nem era considerável.

Ele virou de frente para Pascale, fazendo-a sobressaltar-se e recuar dois passos.

— Camille passou noites inteiras chorando, e eu, convencendo-a. Eu me dizia que, depois, esgotaríamos as lágrimas. Se ao menos eu soubesse! Não foi por má-fé, Pascale, acabei acreditando no que lhe contava. Uma vida melhor para ela, para mim, para Adrien... Claro, eu estava sacrificando Julia, mas, de todo modo, sua mãe não estava em condições de cuidar dela.

— Sozinha, não — suspirou Pascale.

— De fato, ela ia precisar da minha ajuda, só que era a única coisa que eu não queria lhe dar. Eu teria feito qualquer coisa pela sua mãe, juro para você, teria ido até pegar a lua para ela, se fosse necessário, mas Julia, não, eu não me sentia em condições. Não sentia nada por ela, entende? Nem compaixão, nem emoção, nada. Por causa da sua deficiência, essa criança era apenas um obstáculo entre mim e Camille. Eu não queria tomar conta dela, não queria que ela estivesse sempre presente, para a nossa vida toda.

Ele teve uma espécie de pranto sem lágrimas, um soluço patético.

— Um domingo, trouxe sua mãe aqui. Apresentei-lhe Adrien, mostrei-lhe Peyrolles. E, acredite, eu sabia perfeitamente o que estava fazendo ao lhe mostrar o paraíso, com aquele menino com cara de anjo que só pedia para ter uma mãe, esta bela casa onde se abrigar do mundo... Eu já havia tomado as rédeas do seu divórcio com o Coste para acelerar o processo, de modo que ela ficasse livre para se casar comigo, e estava lhe oferecendo uma nova vida numa bandeja de prata. Eu queria outros filhos, ela também; nos amávamos e concordávamos em tudo, menos a respeito de Julia.

— Que chantagem ignóbil!

Repentinamente revoltada, Pascale considerava seu pai com horror. Sua repulsão deve ter sido penosa para ele, pois ele fechou os olhos, apoiou-se contra o tronco que estava às suas costas e deixou-se escorregar até o chão, onde se sentou pesadamente.

— Ignóbil, sim, foi justamente o que eu fui...

Um silêncio bastante longo os separou, até Henry encontrar coragem para perguntar:

— Por que você quis desenterrar tudo isso?

— Porque se trata da minha mãe, da minha irmã, da minha história!

— Não, essa história é minha. Tenho vergonha dela e não posso reescrevê-la, mas ela só pertence a mim, você não devia ter se metido.

Pascale se virou para não vê-lo mais. Ela sempre o havia adorado, admirado, fazendo dele sua referência absoluta, e estava com a impressão de que todo o seu sistema de valores acabava de desmoronar. Em quem poderia confiar a partir daquele momento? Percorrida por um arrepio, levantou os olhos, descobriu as nuvens negras que se haviam amontoado sobre Peyrolles sem que ela tivesse percebido. Uma tempestade se anunciava, e o vento estava se levantando, agitando as flores.

— Continue — articulou com uma voz surda.

— Não tenho grande coisa a acrescentar. Ao final de alguns meses, sua mãe acabou cedendo a meus argumentos. Julia precisava ser constantemente assistida, a DDASS era a única solução.

— Mas claro que não! Mesmo na época, você não vai querer que eu acredite que não poderia ter tomado conta dela ou encontrado uma fórmula que não fosse um abandono definitivo!

— Era o que eu queria, Pascale. É o que estou lhe explicando: era o que eu queria, o que eu *exigia*.

Ela se aproximou dele, ajoelhou-se para ficar na sua altura.

— Você não pode ter feito uma coisa dessas... Você está inventando isso para defender a mamãe? Está imaginando que a julgo, que a desprezo?

— Você seria capaz disso, mas eu ficaria muito triste por saber que você culpa a memória da sua mãe, pois ela é inocente. Seu único erro foi ter confiado em mim, ter me ouvido. Ela era tão jovem, estava tão perdida, precisava tanto de esperança! Como no caso do seu divórcio, assumi as rédeas das coisas, tomei as providências necessárias. Fui eu quem lhe estendeu a caneta para que ela assinasse os papéis de renúncia a seus direitos, e estava presente no dia em que ela disse adeus a Julia, porque eu queria ter certeza de que ela não recuaria. Foi um verdadeiro adeus, não um até logo; ela nunca mais a reviu.

— Você não, pai, por favor... — soltou Pascale num murmúrio.

Mas sua recusa em acreditar de nada adiantava, ela se rendia à evidência dessa verdade hedionda que seu pai lhe entregava sem nenhuma concessão.

— Sim, eu. Fiz isso, fui esse homem...

Uma constatação revoltante, cuja lembrança ele já não podia suportar, a julgar por sua expressão assombrada.

— Depois, espalhei o boato de que a menina tinha morrido. Era uma boa maneira de impedir que as pessoas fizessem perguntas. Pelo menos, ninguém falou mais dessa criança para a sua mãe.

Precisou tentar três vezes até conseguir se levantar. Seu sobretudo, que ele não havia tirado, estava amarrotado, um pouco sujo. Quando se inclinou por cima de Pascale, ela abaixou a cabeça, encolhendo-se, e ele se absteve de tocá-la.

— A chuva está chegando, venha — disse ele em voz baixa.

— Estou pouco me lixando! — explodiu. — Vou ficar aqui para ouvir a sequência, porque há uma sequência, não há? Vocês tiveram de viver com isso na consciência, tanto um quanto o outro, e não posso acreditar que dormiam tranquilos. Sobretudo você! E se o que você fez com a mamãe se chama amar, então espero nunca amar ninguém, porque dá vontade de vomitar!

Lívido, ele recuou alguns passos tropeçando, enquanto Pascale buscava fôlego. Em sua cólera, acabava de insultá-lo, de feri-lo, estava mesmo prestes a renegá-lo; no entanto, alguma coisa cedeu dentro dela, colocando repentinamente uma bola em sua garganta e lágrimas nos olhos. Ela só conseguiu sussurrar:

— Me explique o que aconteceu depois...

— Depois? Bom, logo entendi que tinha cometido o erro mais grave da minha vida. Embora Camille tenha se apegado a Adrien quase de imediato, como eu esperava, a ferida de Julia não se fechou. Ela nunca fazia alusão a esse assunto, mas pensava nisso dia e noite, eu via que ela estava definhando. Nos casamos assim que possível e tentamos viver normalmente. Para agradá-la, comecei a enviar doações para as associações destinadas à infância. Sua mãe devia encontrar um pouco de conforto nisso, pois queria que todo o nosso dinheiro fosse doado... Quando ficou grávida de você, as coisas se acomodaram um pouco, mas eu sabia que seria apenas momentâneo, o desespero continuava ali, agudo, incurável. Camille, *minha* amada Camille, em vez de salvá-la, eu tinha lhe causado um mal imenso, seu coração estava em frangalhos, e para isso não existe cura.

Incapaz de pronunciar uma única palavra, Pascale apoiou a ponta dos dedos sobre os olhos ardentes, depois pôs-se lentamente de pé, sempre em silêncio. Henry encadeou, com a voz rouca:

— É isso, filha, agora você já sabe de tudo e provavelmente vai entender melhor por que me recuso a ver Julia. A redenção está proibida para mim, não há perdão possível. No que diz respeito a ela, fui um monstro de egoísmo, de covardia, um ser abjeto. Me servi da minha condição de médico e do amor que sua mãe tinha por mim para condenar a infeliz. Não fui nem altruísta nem mesmo honesto, só pensei em mim; sacrifiquei a menina sem dó nem piedade, sem imaginar que esse crime ia me perseguir durante toda a minha existência! Pois paguei todos os dias da minha vida, pode acreditar, e hoje meu passado me alcançou, tenho horror a mim mesmo. Quanto às flores plantadas pela sua mãe, essa é realmente a última punhalada; sinceramente, não aguento mais.

Com um gesto cansado, ele apontou os canteiros e os arbustos, deixando o olhar errar por todo o jardim.

— Como não entendi que ela perseguia uma ideia fixa? Aquele amor maternal que eu havia assassinado, ela precisava exprimi-lo de alguma forma! Mas eu não queria ver nem entender.

Sua angústia assustou Pascale, tirando-a do torpor em que suas confidências a haviam mergulhado.

— No entanto, você pagou Lestrade para que ele continuasse — balbuciou.

— Paguei. Eu tinha uma vaga intuição, submersa em todos os meus remorsos. Sua mãe dizia que os locatários massacrariam o *seu* jardim, e, como essa ideia a transtornava, mantivemos Lestrade. Depois, quando você veio se instalar aqui, eu devia ter me livrado dele; aliás, era o que eu queria fazer, mas me dei conta de que isso tinha se tornado uma espécie de superstição para mim e não consegui decidir. Ou então talvez eu soubesse, inconscientemente, talvez tivesse sempre sabido? Ah, meu Deus, sua mãe, debruçada sobre a terra! Como pude me convencer de que ela *se divertia*? Como é possível mentir para si mesmo a esse ponto? Ela traçava com obstinação as letras daquele grito de dor em sua cabeça, daquele nome que não pronunciava na minha frente... Eu já não conseguia alcançá-la, ela se achava a única culpada. Eu via que ela caía pouco a pouco na demência e não podia salvá-la porque tinha sido seu algoz! Com toda a franqueza, odeio Peyrolles, este paraíso que proibi deliberadamente a Julia e que acabou se tornando nosso inferno. Eu teria dado qualquer coisa para que você não fosse vê-la... Porém, não tenho mais o que dar porque não gosto de mim, e é muito duro considerar a si mesmo com desgosto, viver o dia a dia lembrando-se de que se foi capaz das piores coisas.

— Pai...

— Isso mesmo, das piores coisas! Você se dá conta de que Julia nem sequer pode ter raiva de mim ou me maldizer? Ela não sabe quem sou, é a impunidade total!

Provavelmente teria preferido qualquer castigo àquele ácido que o corroía havia quarenta anos. Era responsável por tudo, mas ninguém jamais o tinha acusado de nada, ele não podia expiar sua culpa, só sofrer. Pascale entreviu o que devia ter sido seu calvário. Ele amara Camille como um louco e a tinha perdido. Agora, entregando a verdade a Pascale, assumia o risco de perdê-la também. E não eram remorsos tardios que exprimia, e sim a dor lancinante com a qual vivera. Toda noite, ao voltar para casa, vira sua mulher um pouco pior, um pouco mais inacessível, e a grande felicidade com a qual sonhara nunca lhe fora concedida. Será que isso não era uma punição suficiente?

— Pai, ouça...

— Ah, se você pudesse não dizer nada, eu preferiria! Com esse seu maldito temperamento, suas palavras podem ultrapassar seu pensamento, e já me censurei mais do que você algum dia poderá me censurar. Não vamos brigar, vamos parar por aqui; vou embora.

Após um último olhar furtivo para as roseiras, contornou Pascale e se afastou. Aonde ia? Pegar o carro para deixar Peyrolles definitivamente? Imaginava ter rompido relações com sua filha?

— Espere por mim! — gritou ela, novamente furiosa.

Como ele nem se deu ao trabalho de parar, ela o alcançou correndo e se plantou à sua frente.

— Sua história é como um balde de água fria bem no meio da cara! Por que não me revelou a verdade aos poucos, quando comecei a lhe falar da caderneta de família?

— Para me poupar desse tipo de olhar que você está me lançando agora.

— Ah, não — protestou com uma voz branda.

O que ela sentia por ele nesse instante parecia compaixão. Evidentemente, seu pai já não tinha nada a ver com o jovem Henry Fontanel, aquele que tivera o coração duro o suficiente para afastar Julia de seu caminho.

— A queda é dura — disse ela. — Você e a mamãe me fizeram acreditar em contos de fadas, eu tinha certeza de que vocês eram pais perfeitos, pessoas fora do comum.

— E você acaba de se dar conta de que sou um monstro.

Ela parou para refletir profundamente antes de murmurar:

— Não... Um ser humano, e não um ícone.

De todos os pacientes de que havia tratado, cuidado, às vezes acompanhado até o fim, tinha ouvido confidências incríveis. Em muitos casos, a existência aparentemente mais simples escondia um passado complicado ou doloroso, e descobrir que acontecia o mesmo com sua família, contrariamente a tudo o que ela pudera acreditar, não bastava para colocá-la contra seus pais.

— Você contou tudo isso ao Adrien?

— Não tudo. Não quero que ele pense ter sido a causa da minha rejeição por Julia, ainda que tenha sido um pouco para preservá-lo. Só um pouco, porque, de todo modo, eu não a queria.

Realmente ele não procurava se desculpar, não tinha a covardia de dar desculpas; estava assumindo seus atos.

— Sabe, pai, estou pensando em voltar a vê-la..

— Tudo bem. Mas não vou com você, Pascale.

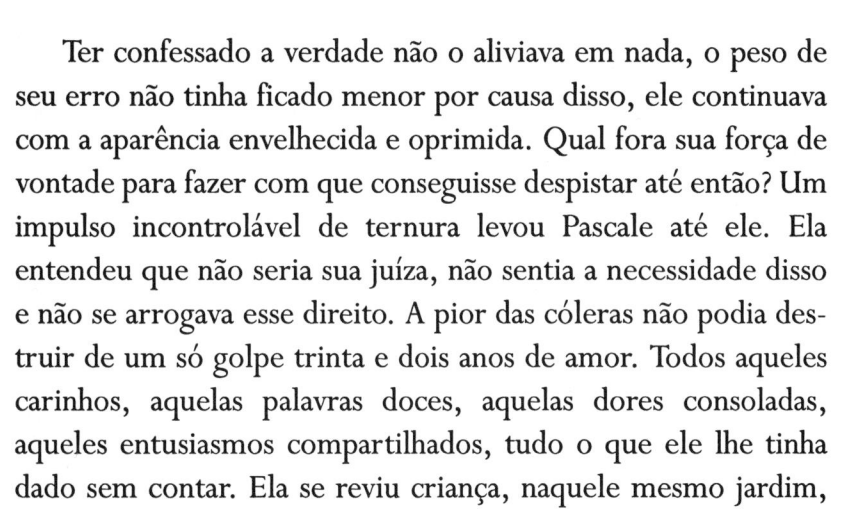

Ter confessado a verdade não o aliviava em nada, o peso de seu erro não tinha ficado menor por causa disso, ele continuava com a aparência envelhecida e oprimida. Qual fora sua força de vontade para fazer com que conseguisse despistar até então? Um impulso incontrolável de ternura levou Pascale até ele. Ela entendeu que não seria sua juíza, não sentia a necessidade disso e não se arrogava esse direito. A pior das cóleras não podia destruir de um só golpe trinta e dois anos de amor. Todos aqueles carinhos, aquelas palavras doces, aquelas dores consoladas, aqueles entusiasmos compartilhados, tudo o que ele lhe tinha dado sem contar. Ela se reviu criança, naquele mesmo jardim, correndo a seu encontro. Graças a ele, tinha sido uma menina feliz, tinha podido tornar-se a mulher que era hoje.

— Você precisa descansar — decidiu. — Que quarto vai querer?

Exatamente da mesma maneira que uma hora antes, ela o pegou pela mão para levá-lo para casa, e, desta vez, ele se deixou conduzir.

Como todas as noites, havia muita animação nas ruas de Albi. Sentada no salão de chá La Berbie, Pascale concedeu-se uma pausa após sua jornada no hospital, observando os passantes da praça Sainte-Cécile.

Seu pai tinha ido embora dois dias antes, mas ela sabia que voltaria a Peyrolles para vê-la, pois já não existia nenhuma sombra entre eles. Durante quase todo o fim de semana, conversaram, andaram pelo jardim, meditaram juntos. No domingo, o próprio Henry chamou Lestrade, que passou por lá no final da manhã. Não sem dor, chegaram os três a um acordo que previa a retirada dos canteiros, que seriam substituídos por um gramado, e arbustos variados seriam plantados no lugar dos já existentes. Somente as suntuosas roseiras seriam poupadas em razão de sua fácil manutenção. De início espantado, o jardineiro finalmente pareceu aliviado. Porém, se já sabia o que fazia exatamente com as flores, absteve-se de dizê-lo, limitando-se a questões técnicas. Henry lhe assinara então um cheque referente ao novo serviço, especificando que seria seu último trabalho em Peyrolles. Obviamente, Lestrade não pôde deixar de declarar que viria *de graça* dar uma ajuda na poda das roseiras!

Naquele momento, Pascale se sentia melhor. No período de um ano, tivera a impressão de ter efetuado um verdadeiro percurso de iniciação do qual saía um pouco diferente, em todo caso amadurecida, e sobretudo apaziguada. Tinha feito o que acreditava que devia fazer, o que considerava justo, estava de acordo consigo mesma.

Diante da catedral, turistas tiravam fotos, consultavam guias, viravam a cabeça para trás para admirar o baldaquino em cima do pórtico. Com um pequeno esforço de memória, Pascale podia rever-se criança naquela mesma praça ou ao longo das ruelas da cidade velha, seguindo sua mãe de loja em loja. Gostava de Albi, estava feliz por trabalhar lá, projetar seu futuro, e Laurent lhe dera um imenso presente ao facilitar sua transferência.

Laurent... Quando pensava nele, sentia uma tristeza difusa, um sentimento penoso de arrependimento, mas nada podia mudar, nem apagar seu encontro, nem esquecer tudo o que ele havia feito por ela.

Sua xícara estava vazia, a chaleira também; no prato de fina porcelana restavam algumas migalhas do suculento doce que acabara de devorar. Assoberbada por seus pacientes, não tivera tempo de almoçar e hesitou em pedir outra coisa.

"Pare de se dar um prazo; pegue a coragem com as mãos e vá em frente."

A decisão não tinha sido fácil; no entanto, naquela manhã, ao acordar, sua escolha parecera não apenas evidente, mas também urgente. Colocou uma nota na mesa, saiu do La Berbie e foi pegar o carro. De seu celular, ligou para Aurore para avisá-la de que provavelmente voltaria muito tarde, talvez nem voltasse, depois tomou a estrada rumo a Toulouse. Anunciar sua visita lhe parecia complicado demais, ela preferia explicar-se de viva voz, contanto que não desse com a porta na cara. Se fosse esse o caso, esperaria. Mas também podia chegar em má hora, uma eventualidade na qual ainda não tinha pensado e que quase a fez dar meia-volta.

"Por que você acha que ele vai ficar feliz? Que você vai ser obrigatoriamente bem-vinda? Ele pode muito bem ficar magoado com você, ou ter virado a página, ou qualquer outra coisa!"

A noite caiu enquanto ela corria na autoestrada, e era quase nove horas quando alcançou os subúrbios de Toulouse. Cada vez mais impaciente, ainda levou certo tempo para chegar ao destino, depois perdeu uns bons quinze minutos procurando um lugar para estacionar. Tendo finalmente estacionado, quis refletir uma última vez, e acabou constatando que não estava em condição de fazê-lo e saiu do carro.

Um minuto mais tarde, encontrava-se diante de uma casa desconhecida. Era o endereço certo, havia luz nas janelas. Com um gesto decidido, apertou o botão da campainha.

"Não se comporte como uma criança, fale com ele calmamente, tente se explicar retomando as coisas do princípio, e sobretudo não..."

— Pascale! — exclamou Samuel ao abrir a porta. — O que aconteceu?

Ele a considerou com espanto, mas não parecia contrariado por vê-la na soleira.

— Entre, e não repare na bagunça. Acho que você nunca veio aqui, não é? Você vai ver, é despretensioso...

Com uma curiosidade que surpreendeu a ela própria, Pascale esmiuçou a grande sala que ocupava toda a parte térrea da casa. Na lareira moderna, fechada por um vidro, o fogo estava aceso, inútil naquela estação, portanto, provavelmente destinado a dar um pouco de alegria ao ambiente pois tudo era de uma frieza desconcertante: paredes brancas, vãos envidraçados, ladrilhos cinza-claros, balcão de cobre para separar a cozinha da sala.

— Você gosta daqui?

Ela mordeu os lábios, contrariada por ter feito uma pergunta que poderia passar por muito irônica.

— Não, mas fico tão pouco em casa! Entre o hospital e o aeroclube, nunca fico aqui. E depois, nem todo o mundo pode ter uma Peyrolles! Ou mesmo o palacete particular de Laurent... Você está visitando um simples mortal, querida.

— Acho legal — protestou ela. — Bastante funcional, com certeza. Mas não me lembrava de que você...

— Não se trata de gosto. Quando cheguei a Toulouse, precisava encontrar rápido um lugar para morar, e comprei esta casa porque não corria o risco de me lembrar do nosso apartamento na rua de Vaugirard.

— Nem eu nem você gostávamos dele.

— Mas fomos felizes lá, pelo menos eu, e não queria nem mesmo me lembrar. Bom, e se você me contasse o que a traz aqui?

Desconcertada, ela buscou por onde começar enquanto ele a observava em silêncio.

— Foi a visita do seu pai? — perguntou enfim. — Está com vontade de falar? Eu o vi no Blagnac outro dia, tomamos um café juntos e ele me deu a entender que tinha confidências a lhe fazer, não necessariamente agradáveis...

Como sempre, ele estava tentando ajudá-la, facilitar sua tarefa, ainda que, por uma vez, estivesse enganado. No entanto, ela se sentiu obrigada a responder-lhe:

— Meu pai adora você, mas não devia ter lhe pedido para cuidar de mim. Tinha coisas a me confessar, sim, e o fez sem rodeios. Para resumir a história, foi ele que obrigou minha mãe a abandonar Julia.

— O Henry? Não!

— Ele não queria tomar conta de uma criança deficiente.

Ela lhe fez essa confidência unicamente porque tinha certeza da afeição que unia Sam e seu pai.

— É difícil acreditar — insistiu ele.

— Vou lhe contar tudo em detalhes, e acho que você vai entender. No que me diz respeito, eu o perdoo.

— Você? A intransigente Pascale?

— É meu pai, Sam, eu o amo.

Ele a observou, esboçou um sorriso.

— De todo modo, não importa o que tenha feito, Henry é um cara de bem.

Enternecida por essa solidariedade masculina, ela lhe retribuiu o sorriso em vez de protestar. Depois, respirou bem fundo e soltou:

— Mas não vim aqui por causa disso, Sam. Tem outra coisa.

— Quando você faz essa cara, fico preocupado! — brincou.

— Vamos nos sentar, beber alguma coisa.

Sem deixá-la falar, precedeu-a até o balcão, designou-lhe um tamborete alto.

— Quer champanhe? Vai ser isso ou cerveja.

— Champanhe, então.

Virando-lhe as costas, abriu o refrigerador.

— Tem algo para festejar, querida?

Fez-lhe essa pergunta com uma voz estranha, que soava falsa. Estava embaraçado com sua presença? Estaria adivinhando o que ela morria de vontade de lhe dizer e se recusando a ouvir? Sem saber que atitude tomar, olhou-o tirar a rolha da garrafa de Roederer e encher duas taças. Gostava de suas mãos fortes, da largura maciça de seus ombros, de sua estatura tranquilizadora. Em seus braços, sempre se sentira em seu canto.

— Samuel... — suspirou.

— Ai, ai, ai! Meu nome sem cortes? Ouça, não sei o que você vai me anunciar, mas espere cinco minutos, me deixe fazer um brinde antes.

Ele se debruçou por cima do balcão para brindar com ela; depois, logo recuou.

— À sua felicidade — disse ele gentilmente.

— Pois bem, eu...

— Cale-se e beba.

Em silêncio, bebericaram alguns goles.

— Venha comigo, vou lhe mostrar o resto da casa!

Com um entusiasmo um pouco artificial, ele a precedeu na escada de madeira clara. No primeiro andar, o patamar quadrado servia a dois quartos, um banheiro e um pequeno cômodo cheio de armários, onde reinava uma tábua de passar.

— A Marianne tinha mania de passar minhas camisas, assim que punha os pés aqui, isso me exasperava — disse rindo.

— Mas era gentil.

— Não, ela queria se tornar indispensável, só que sei muito bem usar um ferro de passar!

Ele falava do passado como de um caso encerrado, e Pascale ficou aliviada. Parou na soleira do quarto de Sam para dar uma olhada. A cama estava feita, com um edredom estampado com motivos japoneses; algumas roupas estavam jogadas numa poltrona, pilhas de livros e revistas abarrotavam as mesas de cabeceira. Uma decoração de solteiro, sem traço de presença feminina, a não ser uma foto dela, em preto e branco, que datava de seu casamento e que ele sempre tinha adorado.

— Você deixa isto no seu quarto? — zombou ela. — Não é muito simpático para as suas conquistas...

— Quando trago mulher aqui, coloco você numa gaveta!

Atravessando o quarto, ele pegou o porta-retrato de cima da cômoda e o virou.

— Sou muito sentimental, como você sabe. Bom, já viu tudo, vamos descer, o champanhe vai esquentar.

— Espere, Sam, preciso falar com você.

Seu coração começou a bater mais rápido, e ela lançou, de uma só vez:

— Talvez você ache difícil entender, mas refleti muito, e minha vida não me satisfaz do jeito que está. Percebi que me falta o essencial, ou seja...

— Você vai se casar com o Laurent? — interrompeu ele. — É o que não ousa me anunciar?

Cortada em seu impulso, ela ficou um segundo sem reação.

— Não posso lhe tirar a razão, querida! Até seu pai deve aprovar essa escolha, não? Laurent praticamente só tem qualidades, e vocês combinam muito bem. De fato, não sei o que me passou pela cabeça no dia em que eu o apresentei para você. Foi um ato suicida, porque eu não tinha a menor vontade de vê-la apaixonar-se por outro homem! Claro, você gostou dele, ele realmente tem o que é preciso para seduzir, já dava para prever.

E não me pergunte o que ele acha disso; você já é bem grandinha para se dar conta de que ele é louco por você. Case-se com ele de olhos fechados!

Enquanto falava, encostou na parede, na outra ponta do quarto, e olhava Pascale com uma expressão indecifrável.

— Não quero me casar com Laurent, Sam. Da última vez que jantei com ele, voltei logo em seguida para Peyrolles e não o vi mais desde então.

Franzindo as sobrancelhas, ele inclinou a cabeça de lado, perplexo.

— Por quê?

— Por sua causa.

— Por minha causa?

— Eu... Eu não estava a fim de ficar, e ele disse: "É por causa do Samuel?" Na hora, achei aquilo idiota, mas depois, pensando melhor, soube que era verdade que... Sinto a sua falta, Sam.

Suas faces estavam quentes, ela devia ter enrubescido; no entanto, obrigou-se a sustentar o olhar de Samuel, que a fitava.

— Sente a minha falta? — repetiu ele com uma voz incrédula.

Ele não sorria, não se aproximava. Ela havia imaginado que bastaria confessar para ele lhe abrir os braços, mas ele permaneceu imóvel contra a parede. Aparentemente, de sua suposta amizade nada restava enquanto continuavam a se observar em silêncio, cada um de um lado da cama. Ela se lembrou da primeira briga, anos antes, dessa mesma atitude hostil e mútua que os conduzira ao divórcio.

— Nunca deveria tê-lo deixado, Sam. Levei muito tempo para admitir que estava enganada e que ninguém poderá substituí-lo. Talvez seja tarde demais para dizer isso hoje a você, mas é você que eu amo.

Desta vez ele se mexeu, alcançou-a com duas passadas e a pegou pelos ombros, de modo um tanto rude.

— Você ainda me ama? Você dizia o contrário, você...

Para fazê-lo calar, ela o beijou, o que imediatamente provocou uma chama de desejo entre ambos.

— Você não vai se arrepender? Tem certeza? — cochichou enquanto tirava o pulôver dela.

Enquanto ele desabotoava seu sutiã, ela aproveitou para abrir os botões de sua camisa e eles se viram pele contra pele.

— Quero você, Sam!

Um querer alegre, guerreiro, que ela enfim podia exprimir sem reservas.

Graças à irrigação regular, praticada ao longo da primavera, um gramado verde e macio havia crescido no lugar dos antigos canteiros. Com os barretes-de-clérigo, os pessegueiros e os louros-cereja recém-plantados, o jardim de Peyrolles parecia ter voltado a um estado mais selvagem e quase mais atraente.

Deitadas na relva, à sombra de um cedro azul, Pascale e Aurore bebericavam o chá frio contido numa garrafa térmica.

— O Adrien prometeu soltar fogos de artifício para a gente — lembrou Pascale —, acho que isso o diverte bastante.

Seu pai e seu irmão deviam chegar perto do dia 10 de julho e ficar uma semana.

— Vamos colocar lampiões por toda parte — decidiu Aurore —, há um modelo bem fácil de fazer com papel crepom e arame.

Estampando um sorriso jovial, Pascale verteu chá em seus copos. O verão prometia, com aquela festa de 14 de julho que marcaria o início de suas férias.

— Só vou tirar quinze dias, há realmente muito trabalho no hospital, e Jacques Médéric vai se ausentar um mês inteiro. Ele fica com o coração partido de se afastar tanto tempo do seu setor, mas seus filhos e netos o reclamam. De todo modo, ele anda cansado.

— E se apoia cada vez mais em você!

— Nos damos bem — admitiu Pascale —, temos a mesma concepção sobre a pneumologia.

— Quem sabe talvez um dia você se torne chefe? Como a Nadine Clément!

Puseram-se a rir, achando graça na comparação.

— Ela anda um pouco menos tirânica — notou Aurore —, acho que está envelhecendo.

Um mês antes, Pascale teve a surpresa de receber um telefonema de Nadine. Sem preâmbulos, esta foi direto ao assunto, querendo saber se, *por acaso*, podia fazer alguma coisa por Julia. Pascale declinou a oferta com educação, mas firmemente. Para ela, não havia acaso, os Montague tinham feito sua escolha quarenta anos antes, e ela não deixaria nenhum deles se aproximar de sua meia-irmã. Ela mesma ia a Castres a cada dois sábados, tentando pacientemente tecer um vínculo afetivo com Julia. Por ocasião de sua última visita, teve direito a sorrisos perturbadores.

— Se não acontecer nada hoje de novo, vou comprar um teste amanhã de manhã — soltou de repente.

Aurore se ergueu sobre um cotovelo e a encarou.

— Conseguiu esperar até agora? No seu lugar, nunca que eu teria paciência, já teria feito esse teste na semana passada!

— Sabe, na época em que eu queria desesperadamente um filho, tive tantas desilusões que prefiro ser prudente.

— E o Sam? Ainda não lhe disse que está com atraso?

— Ah, não! Só quando tiver certeza, não antes.

— Estou cruzando os dedos por você — murmurou Aurore com ar extasiado. — Se tiver um bebê, vou começar a fazer tricô!

Uma nova risada sacudiu Pascale, que quase engasgou com um gole de chá. Aurore era a única a saber dessa esperança de ter filhos; não queria contar com isso nem pensar no assunto com muita frequência, mas havia alguns dias estava se sentindo agitada.

— Por falar no diabo... Veja só quem está chegando!

O Audi de Samuel acabava de estacionar diante do gramado, e ele desceu do carro com um pequeno embrulho na mão. Aurore pôs-se de pé para chamá-lo, depois se inclinou para Pascale.

— Vou deixá-los a sós e fazer minha torta de framboesa.

Enquanto Sam atravessava o gramado, Pascale se endireitou, sentada no chão, feliz por vê-lo vir em sua direção. Quando Samuel chegou a dois passos dela, parou e a considerou com uma seriedade inesperada, ainda segurando delicadamente o pacote branco pelo barbante.

— Minha querida, achei que um buquê de flores em Peyrolles seria uma péssima ideia. Então tive outra, pelo visto pior, porque os chocolates devem ter derretido com este calor... Não abra a caixa, vamos colocá-la na geladeira para ver se dá para salvar os *péchés du diable*. Bom, só o nome já é uma péssima escolha para a ocasião!

— Não estou entendendo nada do que você está falando — disse dirigindo-lhe um sorriso encantador. — Você ficou muito tempo no sol?

— Ouça: manda a boa educação que não se chegue de mãos vazias para se fazer um pedido de casamento...

Ele se ajoelhou na relva e depositou o embrulho aos pés de Pascale.

— Estou falando sério. Quer se casar comigo? Sei que vai ser a segunda tentativa, nem teremos direito à igreja porque não podem nos abençoar a cada cinco anos, mas certamente haverá um jeito de organizar uma festinha apesar de tudo, não?

O tom pretendia ser leve, no entanto, sua voz alterada o traíra. Pascale não esperava absolutamente essa declaração, embora já tivesse pensado nela. Desde que estava novamente nos braços de Sam, que faziam amor apaixonadamente e que ela adormecia com tranquilidade encolhida contra ele, suas dúvidas e seus medos tinham se dissipado. No entanto, seria o caso de retomar um contrato de casamento, uma união legal? Isso só se justificaria se um filho...

— Responda alguma coisa — murmurou ele —, você está me torturando.

— Não quer me dar alguns dias para eu refletir?

O tempo de ter certeza e de, assim, ter uma verdadeira razão para unir seu destino ao de Samuel pela segunda vez. Desconcertado, ele a escrutou inicialmente com inquietação, depois meneou a cabeça em sinal de resignação.

— Tudo bem — suspirou ele —, não é urgente.

Talvez fosse; no entanto, ela se apegou à sua ideia de prazo. Não era essa a lição inculcada por seus pais para se opor a seu temperamento impulsivo e obstinado? "Tome sempre o tempo de refletir antes de mergulhar de cabeça", martelava-lhe Henry quando era pequena. Um prazo, uma prorrogação, era o que ela se dera antes de comprar Peyrolles, antes de interrogar seu pai sobre a caderneta de família e Julia, antes de reconhecer que Samuel era o homem de sua vida.

Apoiou-se em seu ombro para fazê-lo cair na relva a seu lado. Se estava decepcionado, escondia bem, pois no momento sua expressão era de uma infinita ternura.

— Gosto da sua casa, gosto deste lugar — murmurou olhando o céu.

Da primeira vez que sobrevoaram Peyrolles fora em pleno inverno e não notaram nada. Hoje, veriam apenas um jardim como outro qualquer, com grandes árvores e um gramado ondulado. A mensagem de Camille tinha sido apagada, mas Julia já não era aquela sombra desaparecida num impossível esquecimento; agora tinha um rosto, que não era apenas o da tristeza.

— Venha morar comigo se gosta daqui.

Sentiu a mão de Samuel fechar-se na sua, e um sentimento de paz a invadiu. Peyrolles tinha entregado seus segredos, obrigando-a a voltar no curso do tempo para aprender a lição do passado, mas agora ela estava livre. Da próxima vez que fosse ao mercado de Albi, compraria flores e as levaria ao túmulo de sua mãe.

Impresso no Brasil pelo
Sistema Cameron da Divisão Gráfica da
DISTRIBUIDORA RECORD DE SERVIÇOS DE IMPRENSA S.A.
Rua Argentina 171 – Rio de Janeiro, RJ – 20921-380 – Tel.: 2585-2000